Dukes Prefer Blondes
by Loretta Chase

そのとき心は奪われて

ロレッタ・チェイス
水野麗子[訳]

ライムブックス

そのとき心は奪われて

主要登場人物

クララ・フェアファックス……………侯爵家の令嬢
オリヴァー・〝レイヴン〟・ラドフォード……弁護士
トマス・ウェストコット…………………オリヴァーの友人。弁護士
ジョージ・ラドフォード…………………オリヴァーの父。弁護士
アン………………………………………オリヴァーの母
モルヴァン公爵バーナード………………オリヴァーのいとこ
ウォーフォード侯爵………………………クララの父
フランシス…………………………………クララの母
デイヴィス…………………………………クララの小間使
ドーラ（レディ・エクストン）…………クララの大おば
ブリジット・コッピー……………………慈善職業訓練校の生徒
トビー………………………………………ブリジットの弟
ジェイコブ・フリーム……………………ギャングのボス
ヘンリー・ブロックストップ（シヴァー）……フリームの手下
サム・ストークス…………………………警部

プロローグ

「ムーサよ、あの男の話をしてください。あの機略に富んだ男の話を」

『ホメーロスのオデュッセイア』ウィリアム・クーパー訳

一八一七年秋
イートン校

第一に、オリヴァー・ラドフォードは鼻持ちならない少年だった。

彼が入学してから二日も経《た》たないうちに、生徒たちはそう思った。

やがて彼に〝鴉《レイヴン》〟というあだ名がついたが、その理由は定かではない。豊かな黒髪と鋭いグレーの目の持ち主だからだろうか。一〇歳の少年とは思えない大人びた低い声のせいかもしれない。あるいは鼻か。もっとも、小さくないとはいえ目立ったかぎ鼻ではないのだけれど。

その鼻をつねに本にうずめている姿を見て、〝死体の内臓をつつく鴉《からす》〟を思いだすという者——はっきり言うと、父方のいとこたち——もいた。

だがそのいとこたちが言わなかったことがある。言い忘れたのか、あるいは観察眼も頭も鈍いから知らなかっただけかもしれない。鴉は鳥の中でも抜群に利口なのだ。オリヴァー・ラドフォードも少年とは思えないほど聡明《そうめい》だ。彼が学校の友だちよりもはるかに本を好む理由のひとつである。

信じられないくらい愚かないとこたちよりも。

オリヴァーは運動場の隅の壁にもたれていた。ほかの生徒たちはクリケットをするためにチームを作っている。選手に選ばれそうにないし、選ばれたくもないが、一応その場にいなければならず、ホメーロスの『オデュッセイア』を読みふけっていた。

不意に影が差し、爪の汚れた丸々した手が本のページを覆い隠した。オリヴァーは顔を上げなかった。彼は父親に似て観察眼が鋭い。誰の手かすぐにわかった。間違いない。

「ここにいたのか」いとこのバーナードが言った。「一族の労働家系の子孫、われらがレイヴン」

オリヴァーの父親を蔑んで、労働という言葉を使っているのだ。長男がすべてを相続するため、次男以下の息子とその子孫は、裕福な妻や、軍隊や教会、法曹界の〝紳士らしい〟仕事を見つけなければならない。公爵の下の息子だったジョージ・ラドフォードは、法廷弁護士の道を選んだ。そして成功をおさめ、幸せな結婚もした。

オリヴァーの見たところでは、ラドフォード家のほかの家系は知能が著しく低いうえに、彼らの結婚生活もオリヴァーの両親とは対照をなす。

一〇歳にして〝対照〟などという言葉を知っているのも、憎まれる理由のひとつだ。

だからといって、どうしようもない。

「もちろん、きみにしてみれば法律はつらい仕事だろうね」オリヴァーは言った。「第一に、ラテン語を使いこなせなければならないから。きみは英語もよくわかっていないのに。第二に――」

バーナードがオリヴァーを軽く叩《たた》いた。「ぼくがお前だから、余計なことは言わない。言い返されたら困るだろ《アンレス・ゼア・イズ・テールズ・ユー・ウォント・トールド》」

「第一に、〝だから〟ではなくて〝なら〟だ」オリヴァーは間違いを指摘した。「きみがぼくでないのは明白だから、仮定法でなければならない。第二に、〝テールズ〟は複数形だ。よって、正しい動詞は〝アー〟だ」

バーナードは先ほどよりも強くオリヴァーを叩いた。「こんなやつ相手にする必要はない」子分に向かって言う。その中にはほかのいとこたちもいた。「礼儀作法も知らないんだ。しかたないさ。母親があれだ。尻軽女だから。ぼくたちはこの話はしないようにしてるけど」

ジョージ・ラドフォードが五〇歳のときに離婚歴のある女性と結婚した際、一族のあいだでちょっとした騒ぎになった。だが周りにどう思われようと、オリヴァーは気にしなかった。イートン校で待ち受ける試練や、感じの悪い親戚たちについては、父親から話を聞いて覚悟ができていた。

「きみは矛盾したことを言っている」オリヴァーは言った。「いつものことだが」

「どこがだよ」

「〝ぼくたち〟はこの話をしないと言っておきながら、きみはしている」

「むかつくか？」

「ちっとも。少なくとも、母上はぼくをこの世に送りだしてくれた。まともな頭で。きみの場合はそうはいかなかったようだね」

バーナードがオリヴァーをつかんで投げ飛ばした。オリヴァーは本を取り落とした。頭ががんがんし、鼓動が速まるのを感じる。取り乱しそうになるのをぐっとこらえて、感情を切り離した。これは自分ではなく、もうひとりの自分の身に起きていることで、それを遠くから見ているのだと思い込もうとした。

心が静まり、落ちつきを取り戻すと、オリヴァーはふたたび頭を働かせた。

肘を突いて起き上がる。「ぼくは間違っていた」

「当然だ」バーナードが言った。「これを教訓に――」

「彼は〝自分の身を守りたかった〟のではなくて、〝名誉を回復したかった〟と解釈すべきだった」

バーナードが得意のうつろな表情を浮かべた。

「オデュッセウスのことさ」オリヴァーは辛抱強く教えた。立ち上がると、本を拾い上げて埃《ほこり》を払った。「彼は仲間のために無駄な努力をしたんだ。仲間たちは自らの愚かな行為によって死んだ。愚かな人間は、自分たちの理解できないものを滅ぼそうとするんだ」

バーナードの顔が真っ赤になった。「偉そうに、愚かなのはお前だってことを思い知らせてやるよ」

オリヴァーに飛びかかって押し倒すと、殴りはじめた。

それは、オリヴァーが目の周りにあざを作り、鼻血を出し、耳鳴りがするまで続いた。

これがはじめてではなかった。最後でもない。だがこの話はここまでにしておこう。

一八二二年七月

ヴォクソール　ロイヤル・ガーデンズ

オリヴァーは珍しく途方に暮れていた。

女性に接する機会はかぎられていた。母親たちは別だが。彼の異父姉たちはすでに母親になっている。

ロングモア伯爵の妹、レディ・クララは、自分は八歳ではなく八歳と一カ月だと言う。

フェアファックス家の活発な子どもたちの世話をする子守なら大勢いたが、ロングモアによると、レディ・クララは兄たちにつきまとってばかりいた。兄たちは妹をペットのようにかわいがった。三人男の子が続いたあとに生まれた女の子だから、物珍しかったのだろう。

ロングモアの父親が後見人を務めていた若きクリーヴドン公爵も、彼女を溺愛した。とはいえ、今夜の計画は女の子向きではない。クリーヴドンが歩きだし、ロングモアについてくるよう合図した。ロングモアはうなずいたあと、妹に向かって言った。「一緒にボートには乗れないよ」

レディ・クララが兄の足首を蹴った。だがロングモアは含み笑いをするだけだった。かえって妹のほうがつま先を痛めたらしく、下唇が震えている。

オリヴァーは気づいたらこう言っていた。「レディ・クララ、ヘプタプラジエソプトロンを見たことがあるかい?」

ロングモアの困惑した視線を感じた。しかしそれよりも、オリヴァーを見上げるレディ・クララの青い瞳に目を奪われた。「なあに、それ?」レディ・クララがきいた。

「万華鏡みたいな部屋でね」オリヴァーは説明した。「鏡がたくさんあって、そこに絡みあう蛇とか噴水とかヤシの木とか、色とりどりのランプとか、いろんなものが映っているんだ。あっちだよ」円形列柱広間のある建物を指さした。「見に行く?」

オリヴァーが話しているあいだに、ロングモアはこっそり逃げだした。

「ボートに乗りたいの」レディ・クララが言う。

「ぼくは乗りたくないな」オリヴァーは言った。

レディ・クララは周囲を見まわし、兄がクリーヴドンを追って遠ざかっていくのに気づいた。オリヴァーに視線を戻すと、目を細めてにらんだ。

「ロングモアはきみを連れていきたくないんだよ」オリヴァーは言った。「きみが船酔いしたり、ボートから落ちて溺れたりしたら大変だから」

「大丈夫よ。酔ったりしないから」

「ロングモアが漕《ロウイング》ぐから揺れるよ。だからぼくは行《ゴーイング》くのをやめたんだ」

「韻を踏んだわね」レディ・クララが言う。

「ああ。ヘプタプラジエソプトロンを見に行く？　ヘプタプラジエソプトロンって、きみは絶対に言えないだろうね。女の子はあまり賢くないから」

レディ・クララの青い目がきらりと光った。「女の子だって言えるわ！」

「じゃあ、言ってごらん」

レディ・クララは目と口をぎゅっと閉じて集中した。その表情が滑稽だったので、オリヴァーは必死に笑いをこらえた。

オリヴァーがイートン校に入学した翌年にロングモアとクリーヴドンがやってきて、意外にも親しくなった。おそらくふたりにとっては、レディ・クララをかわいがるのと似たようなものだったのだろう。オリヴァーにレイヴン教授というあだ名をつけ、すぐに省略して教授と呼ぶようになった。

オリヴァーがヴォクソールの第二回年次少年祭《ジュブナイル・フェイト》に出席したのは、彼も一緒に行けるようロングモアの父親が招待状を送ってくれ、彼の父親に招待を受けるよう言われたからだ。

きっと退屈するだろうと思っていたのだが、実際に行ってみるとヴォクソールはじつに興味深い場所だった。曲芸師や綱渡り芸人、訓練された猿や犬が芸を披露し、ほかにも目の錯覚を引き起こす絵や、機械、音楽、花火などありとあらゆる趣向で楽しませてくれる。みんなと一緒にボートに乗るのもやぶさかではなかったのだ。

小さな女の子の子守をするつもりなどなかったのに。とはいえ、レディ・クララは、ヴォクソールの目を見張るような事物と同様に、ふつうの女の子ではなかった。第一に、女の子だから、第二に、ロングモアの家族だから——彼を知的と評する人はいない——賢くはないだろうと思っていたのに予想がはずれた。

ヘプタプラジエソプトロンにたどりつくまでに、レディ・クララはその名前を正確に発音できるようになっていた。それだけでなく、光の反射や、目の錯覚を利用したトリックについて学ぶ意欲があった。

円形列柱広間にある不思議なものを見尽くしたあとは、海底洞窟まで歩いていった。レディ・クララがそれに満足して、今度は隠者のいおりへ向かおうとしたそのとき、聞き慣れた不快な声がした。

「お前の相手をしてくれるのはそんな小さな子だけか？　まだおっぱいもふくらんでいないじゃないか」

オリヴァーは体が熱くなり、鼓動が速まるのをかすかに感じた。視界に赤いもやがかかる。レディ・クララに話しかける自分の声が、遠くから聞こえるような気がした。「ここで待っていて」

オリヴァーはずんずん歩いていくと、バーナードの太った腹に拳を見舞った。腹の贅肉《ぜいにく》は見た目よりもかたく、思ったほどききめはなかった。バーナードは「ふん」とうなったあと、すぐさま殴り返してきた。

不意を突かれ、拳をまともに食らってよろめいた。バーナードがすかさず大きな体で体当たりし、オリヴァーは地面に倒れた。

次の瞬間には、バーナードに押さえつけられていた。

レディ・クララが何か叫んでいるのが聞こえたが、それよりも耳鳴りがひどく、息もできなかった。

バーナードが笑い声をあげた。

オリヴァーが必死に押しのけようとしていると、突然バーナードが叫んだ。レディ・クララがバーナードに飛びかかって、パンチやキックを浴びせている。それがおかしくて、オリヴァーは一瞬、現実を忘れた。

バーナードは腕で顔をかばっている。不意に、レディ・クララがあとずさりして、口に片手を当てた。よく見えなかったが、おそらくバーナードの拳か肘にぶつけたのだろう。

バーナードがすばやく立ち上がる。「ぼくは何もしていないからな！」そう叫ぶと、走って逃げ去った。

レディ・クララの手に血がついている。オリヴァーは周囲を見まわした。バーナードはとっくに姿を消していて、人の気配はない。いつものように、大人が近くにいないときを狙ってちょっかいを出してきたのだ。

「あの野郎」オリヴァーは言った。「意気地のないやつだ。きみに怪我《けが》はないか尋ねるくらいするべきなのに。大丈夫かい？」

レディ・クララは口から手を離すと、親指で歯を触った。「折れてる？」そう言って歯を見せた。血は出ていない。手についているのはバーナードの血なのだろう。

彼女の歯は真っ白できれいに並んでいた。だが左の前歯が欠けている。

「その前歯は前から欠けていた？」オリヴァーはきいた。

彼女が首を横に振る。

「残念だ」

レディ・クララは肩をすくめた。「欠けた歯が肘に刺さって取れなくなっちゃえばいいのに」小声でつけ加える。「あの野郎」それから、くすくす笑った。

そのとき、オリヴァーは彼女に恋したのかもしれない。

いや、まさか。

いずれにせよ、その後、オリヴァーがレディ・クララ・フェアファックスと会う機会はなかった。

あの日まで。

1

「ホワイトホールの入り口にあるのが有名なチャリング・クロスで、そのすぐ先に最近、トラファルガー広場ができた。海軍の記念碑が建てられる予定で現在建設中のナショナル・ギャラリーは、広場の北側にある」

『グレートブリテンでの四年間』（一八三一年～三五年）カルヴィン・コルトン著

一八三五年八月一九日水曜日
ロンドン　コヴェント・ガーデン周辺

「やめて！」少女は叫んだ。「わたしにかまわないで！」
レディ・クララ・フェアファックスは一頭立て二輪幌馬車《キャブリオレ》から降りようとしていたところだった。少年の言葉は聞き取れなかったが、笑い声が聞こえた。少年がブリジット・コッピーの腕をつかんで、建物に入ろうとしている彼女を引き戻しているのが見える。貧困女性に教育を授ける婦人帽子職人協会《ミリナーズ・ソサエティ》は、その建物に入っている。

クララは馬を馬丁《タイガー》に預けたあと、鞭《むち》を手に取り、スカートの裾を持ち上げた。そしてふたりのもとへ駆け寄ると、少年の腕を鞭の柄で打った。少年が甲高い声で悪態をつく。

少年はニキビだらけの四角い顔に赤毛で、みすぼらしいなりをしていた。安っぽい派手な上着を着ているところを見ると、このあたりに横行している不良少年のひとりに違いない。

「その子から離れなさい。これ以上打たれたくなかったら」クララは言った。「さっさとお行き。ここに用はないでしょう。巡査を呼ぶわよ」

少年はぶしつけな視線をクララに浴びせた。しかし、クララのほうが背が高く、見上げざるを得ないため、さまにならなかった。少年はクララが持っている鞭を一瞥《いちべつ》したあと、彼女の背後にあるしゃれた馬車に視線を移した。そのまなざしから、小間使のデイヴィスが降りてきて傘を振りかざしているのだろうと、クララは推測できた。

少年は冷笑し、訛りの強い言葉でしゃべった。「もっと強く叩かねえと。痛くもかゆくもねえぞ」そう言いながらもふたたび叩かれる前に、帽子をぐいっと斜めに傾けると、ゆっくりとした足取りで歩み去った。

「大丈夫？」クララはブリジットにきいた。

「はい、お嬢さま《ユア・レディシップ》、本当にありがとうございました」ブリジットが答えた。「ここに来るなんて、あの男はいったい何を考えてるんでしょうか。場違いもいいとこです」

ミリナーズ・ソサエティは、逆境に負けずに立派な人になろうという志を持つ少女たちを受け入れ、教育する施設だ。

ふつうなら、仕事を覚えたい少女は見習いになる。だがロンドンの仕立屋は見習いを選り好みできるため、ミリナーズ・ソサエティに集まってくるのは、なんらかの理由で不採用になった少女や、寄る辺のない少女たちだ。大半の生徒が見習いになるには年を取りすぎていたり、〝堕落〟していたり、なんらかの汚名を負ったりしている。

ミリナーズ・ソサエティはそういう子たちを——本人にはい上がる気があるかぎり——どん底から救い上げ、彼女たちに勤め口が見つかるよう最善を尽くしている。練習の積み重ねと良好な視力のおかげで、ほとんどの生徒がものすごい速さでまっすぐ縫ったり、細かいステッチを施したりすることを覚え、一人前のお針子になる。中にはもっと将来性のある子もいた。たとえば、上質の綿モスリンやシルク、リネン、毛織物、またはそれらの生地をさまざまに組みあわせたものを刺繍《ししゅう》で飾る縫取り師になれる素質がある子。資金を得て帽子職人か仕立屋として成功する子もひとりかふたりはいるかもしれない。

ブリジットは一五歳。売れない花売りをしていたのだが、種々雑多な悪党の保護を断ったせいで何度も攻撃されたり強奪されたりしたあげく、ミリナーズ・ソサエティの門を叩いた。読み書きもまったくできなかった。しかし、努力家で、刺繍の才能があった。展示ケースに並ぶと、彼女の作品はつねに群を抜いている。

容姿もひときわ優れていて、あいにく外の世界でも人目を引いた。

「あの少年が何を考えていたか教えてあげる」クララは言った。「あなたがきれいだから、きれいな女の子を見たときに男の人が考えることを考えていたのよ」

昨日で二二歳になったレディ・クララ・フェアファックスは、自覚していなかった。自分がもっとも人気のあるロンドン一、いや、英国一の美女だということを。

一八三五年八月三一日月曜日
ウォーフォード・ハウスの小客間

クララは叫びながら部屋を飛びだすことはできなかった。危険に直面しないかぎり、レディはどこであれ叫びながら逃げだしたりしない。ましてや求婚されたくらいで、そんなことは許されない。

社交シーズンは終了した。オールマックスは七月の終わりに最後のパーティーを開き、上流社会の人はほとんど田舎へ行ってしまった。だがクララの父親のウォーフォード侯爵は議会が閉会するまでロンドンを離れようとしないため、家族も一緒に残っていた。

それで、クララに思いを寄せる男性もロンドンにとどまった。どういうわけか――みんなで結託したのか、ホワイツで賭けの対象になっているのか――求婚は二週に一度のペースで行われるように思われた。

今日はヘリングストーン卿の出番だ。クララはいらだちを覚えずにはいられなかった。

彼はクララを愛していると言った。熱意の程度に差はあれ、みな同じことを言う。しかしクララは本を読みすぎた聡明な女性だから、ヘリングストーン卿もまた、ロンドンで一番人気の女性を勝ち取りたいだけだと気づいていた。

クララはフェアファックス家に代々伝わる美貌を受け継いだ。淡い金色の髪と青く澄んだ瞳の持ち主で、肌はクリームのごとくなめらか。顔立ちは美しい彫刻のようだ。彼女が美の極み、完璧な美女であるのは誰しも認めるところだった。あまたの求愛者いわく、ギリシアやローマの女神像と寸分違わぬ姿をしている。

左の前歯が欠けているのが見た目に関する唯一の欠点と言えるが、それでかえって人間らしくなり、魅力を増す一方だった。

誰もが欲しがるサラブレッドのような女性だ。

最新型のしゃれた馬車のような。

その美しさは高い石壁のごとく彼女を取り囲んでいた。男性は壁の上からのぞき込むことも、その向こうを透かし見ることもできない。壁を越えようとは思ってもいない。

女性の外見にしか興味がないから。女性の話に耳を傾けることはない。とくに美しい女性が相手だと。

美しい女性が口を開いても、男性は聞いているふりをするだけだ。女性は頭がからっぽだというのが通説だ。

脳の代わりに何が入っていると思われているのかしら。クララは思案した。女性はいったい何で考えていると……。

「――あなたがわたしの妻になってくださるのなら、このうえない光栄です」

クララはわれに返り、求婚をいつものようにやさしく丁寧に断った。レディとして厳しく育てられたし、ヘリングストーン卿のことを人として好きだったから。韻律に合う気のきいた詩を贈ってくれた。楽しくてダンスが上手だし、頭も悪くない。

みんなそうだけれど。

求婚者はいい人ばかりだ。

けれども、クララがどんな人間かわかっていないし、わかろうともしない。

夢みる乙女と呼ばれても、クララは自分を理解してくれる男性を求めていた。

ヘリングストーン卿はがっかりしたようだ。でも必ず立ち直る。新たな花嫁候補を見つけて、あいかわらず顔しか見ないけれど、その女性はそれ以上を期待する夢想家ではないだろう。ふたりは結婚し、どうにか仲よくやっていく。みんなと同じように。

そしてクララもいつかあきらめるだろう。いずれ求婚を受け入れざるを得なくなる。

「それとも」クララはつぶやいた。「いっそのことエジプトかインドへ逃げるか」

「お嬢さま？」

クララは顔を上げた。ヘリングストーン卿が部屋にいるあいだ、ドアの前の廊下に小間使のデイヴィスが立っていた。ドアは開けっぱなしにしてあった。ウォーフォード・ハウスが抱える従僕たちが廊下に控えているし、クララを傷つけるどころかいやなことを言う求婚者すらいないのだが、デイヴィスは用心深いのだ。彼女はブルドッグに似ていると言われるけれど、人は外見がすべてではない。クララより少し年上なだけで、クララが幼少時代にヴォクソールで騒ぎを起こした直後に雇われた。それ以来、クララが骨折したり、脳震盪《のうしんとう》を起こしたり、水に溺れたりしないよう気をつけ、クララの母親の望みどおり、クララが完全なるじゃじゃ馬になるのを防いだ。

「お母さまはどこにいるの？」

クララの母親は、クララに求婚を断られた紳士が出ていった直後に部屋へ入ってきて、どこで育て方を間違えたのだろうと嘆くのが常だった。

「頭痛がするとおっしゃってベッドでお休みになられています」デイヴィスが答えた。

先ほど訪ねてきたクララの母親の意地悪な友人、レディ・バーサムのせいだろう、とクララは考えた。

「出かけましょう」

「かしこまりました」

「生徒たちのところへ」ミリナーズ・ソサエティを訪問することは、男性について悩むよりも有意義なことだ。「キャブリオレを用意させて」

クララはできるかぎり自分で馬車を操る。使用人たちの監視の目や告げ口から逃れるためでもあるが、それよりも、自分が支配しているという感覚を持ちたいからだ。たとえ相手が小型の二輪馬車を引く一頭の馬であっても。兄のハリー、ロングモア伯爵が買ってくれたものだ。

「途中で生徒たちのために小物を買っていきましょう」クララは着ている服を見おろした。

「でもこの格好ではだめね。もっと華やかに装わないと」

求婚を断らなければならないとき、クララは相手の傷を浅くするため、精いっぱい地味な格好をするようにしていた。

だが、生徒たちに会うときはその逆だ。ミリナーズ・ソサエティの設立者たちはロンドン一の仕立屋で、メゾン・ノワロを経営している。クララは彼女たちに服を仕立ててもらい、服が芸術の一形式であり、言語そのものであり、人を動かす力を持つことを教わった。不幸な結婚をしそうになったところを、二度も助けてもらった。

だからクララは、生徒たちの意欲をかきたてるために着飾るのだ。

チャリング・クロス
その少しあと

「危ない！　目が見えないのか？　そこをどけ！」

何を言われているのかわからないうちに、腰に誰かの腕が回され、クララは縁石から引き戻された。そのとき、彼女に向かって猛スピードで走ってくる黒と黄色の馬車が目に入った。

馬車は間一髪で方向転換し、チャールズ一世の像の周囲に群がる船頭や少年たちのほうへ向かった。そしてまた急に向きを変えると、乗合馬車を追い越し、足の不自由な犬を轢《ひ》き、大混乱をもたらしてからセント・マーティンズ・レーンに入った。

クララの頭上で教養が感じられる低い声が悪態をつき、人々の悲鳴や叫び声、馬車や馬や犬がたてる騒音にまじってはっきりと聞こえた。たくましい腕が彼女の腰から離れ、その腕の持ち主は一歩うしろにさがった。クララは顔を見ようとした。かなり上を見上げる必要があった。

その紳士の顔に見覚えがあるような気がしたものの、名前は思いだせなかった。帽子のつばの下から、一本の黒い巻き毛がこぼれ落ちて右のこめかみにかかっている。険しい眉の下にある冷ややかなグレーの目で、クララをじっと見ていた。その厳しいまなざしからクララはすばやく目をそらすと、長い鼻や、くっきりした口や顎に視線を移した。

あたたかい日だったが、クララは体の内側からあたたまっていくのを感じた。

「あの馬車について何か気づいたことは？」紳士がきいた。「こんな質問をしても無駄だな。みんなあわてふためいていて、何も覚えていないだろう。ここは〝何か問題はあるか？〟ときくべきだな」肩をすくめる。「犬にとっては大問題かもしれないが、御者は憐《あわ》れな犬を安楽死させてやりたかっただけかもしれない。罪のない行為ということにしておこう。ところでお怪我はありませんか、お嬢さま《マイ・レディ》？　泣きも気絶もしないとはすばらしい。では、ごきげんよう」

紳士は帽子のつばに手をやったあと、歩きはじめた。

「黒と黄色の幌《スタンホープ》のない二輪馬車に男性と少年が乗っていた」クララは黒い服を着た長身の紳士の背中に向かって言った。彼が立ち止まったあとも、集中して思い起こした。「馬車は塗りたて。馬は鹿毛で、白い縞《しま》が入っていた。脚が白いの……うしろ脚の片方が。馬丁はいなかった。少年は……前にも見たことがあるわ。コヴェント・ガーデンの近くで。赤毛で、顔が四角くて、ニキビがあるの。派手な黄色の上着に、安っぽい帽子をかぶっていた。御者はウィペット犬みたいな顔をしてるの。上着は……質は悪くないけど、きちんとしたものではなかった。紳士ではないわ」

紳士がゆっくりと振り返り、片方の眉をつり上げた。「ウィペット犬みたいな顔？」

「細長いの」クララは手袋をはめたほんのかすかに震えている片手を顔の前に持ってくると、引き伸ばす仕草をした。「目鼻立ちが鋭くて、正確な操縦をする。犬をよけることもできたはず」

紳士がクララの頭のてっぺんからつま先までさっと視線を走らせた。じつにさりげなく。それから、真剣な表情をした。

クララはため息をこらえ、顎をつんと上げて取り澄ました。

「確信があるんだな」紳士が言った。

〝確信がなければだめなの？　わたしはただの女だから、頭がからっぽなんでしょう？〟

クララは思わずいらだった声で言った。「あの犬は死んだも同然だった。さっき馬車に轢かれなかったとしても近いうちに男の子たちにいじめられるか、馬に蹴られるか、別の馬車に轢かれるかしていたでしょう。でもあの御者は、自分が何をしているかわかっていた。わざと犬を轢いたのよ」

紳士は鋭い視線をクララから離して、広場を見渡した。

「どうしようもないばかだな。恥さらしだ。犬を殺したのは明らかにぼくへの警告だ。仰々しい」クララに目を戻して言った。「ウィペット犬と言ったね」

クララはうなずいた。

「よくやった」紳士が言った。

クララは一瞬、頭をなでられるのではないかと思った。あたらしい芸を覚えた子犬のように。だが彼はただクララを見つめたあと、周囲を見まわした。口角をかすかにつり上げたが、笑みを浮かべるまではいかなかった。

「あの男は危険人物よ」クララは言った。「警察に通報したいところだけど、このあと約束があるの」それは嘘だ。ミリナーズ・ソサエティを訪問するのは、単なる気まぐれだった。けれども、レディが警察と関わり合いになるわけにはいかない。たとえ殺されるとしても、こっそりと殺されなければならないのだ。「だから、この件はあなたにおまかせします」

「第一に、負傷したのは犬だけで、それを気にかける者は誰もいない」紳士が言った。「誰かが気にかけていれば、そもそも犬はもっと元気だっただろう。第二に、犬が殺されたり暴力を振るわれたりしても、警察は相手にしない。飼い主が貴族でないかぎり。第三に、あの男はきみではなく、ぼくを狙っていたのがはっきりした。前がよく見えなかったんだ」クララの帽子を指さして、ふたたび口角をかすかにつり上げる。「きみの頭の上にそびえたつ重ね棚のせいで。しかしウィペット犬のような顔をした男と聞いて……」ようやく笑みを浮かべた。軽く微笑《ほほえ》んだだけですぐに消え去ったけれど、がらりと印象が変わり、クララをどきんとさせた。「そいつは最近ぼくの命を狙っているんだ。その男だけじゃないがね。警察の手を煩わせるまでもない」

紳士はクララに軽くうなずいてみせたあと、背を向けて歩きだした。

クララはそのうしろ姿を見つめた。

背が高く引きしまっていて、トラファルガー広場につながる通りに押し寄せる人ごみの中を、自信に満ちた足取りでさっさと通り抜けていく。ストランド街に入ってからも、しばらくその姿が見えた。帽子と広い肩が群衆から突きでている。クリーヴドン・ハウスにたどりついたところで、馬車が通りかかってクララの視界をさえぎった。

彼は振り返らなかった。

一度も。

その後、デイヴィスと馬丁のコルソンをなだめてから、クララはふたたび馬車を走らせた。紳士の面影が頭にちらつき、そのかすれた声がいまでもどこか頭の上のほうから聞こえてくるような気がした。ちらちらと燃えるろうそくの炎が投げかける影のごとく、彼の姿が脳裏に浮かんでは消える。クララは肩をすくめ、このできごとをきっぱり忘れようとした。けれども、気づけば考えていた。彼はどうしてクララが貴族だとわかったの？　どうして振り返らなかったの？

オリヴァー・〝レイヴン〟・ラドフォード郷士は振り返る必要がなかった。いつもなら、あの背の高いブロンドの貴族をひと目で見きわめられただろう。フェアファックス一族は大勢いて、顔立ちが際立って整っているため、社交界に属さない人々でさえ見分けられる。彼女はフェアファックス家のあまたのレディのひとりだろうと、オリヴァーもほぼ確信していた。

とはいえ、今回は、二、三度見なければ見きわめられなかったのには、理由が三つある。

第一に、オリヴァーの目が見たものを頭が受け入れようとしなかったせいだ。彼は人間とは思えないほど観察眼が鋭く――人間ではないと言う者もいて、記憶力も並はずれている。だがあの貴婦人の服装があまりにも凝りすぎていたため、目がくらんだのだ。

第二に、彼女を観察しているうちに、以前に会ったことがあると気づいたせいだ。しかし、膨大な記憶の中から、いつどこで会ったかを掘り起こすことはできなかった。

第三に、彼女に驚かされたせいだ。

オリヴァーを驚かせることができる人物などめったにいない。

「ウィペット犬みたいな顔か」オリヴァーはつぶやいた。それから、声をあげて笑い、すれ違う人々をぎくりとさせた。「今度会ったらそう言ってやろう。ぼくを殺しても殺し足りない気持ちになるだろうな」

「振り返るな、うすのろ」スタンホープの御者が叱った。

小刀《シヴ》の扱いに長《た》けているため、シヴァーと呼ばれているヘンリー・ブロックストップ少年が言う。「あの女だ！　あのアマが一週間くらい前に、鞭でおれをぶったんだ。轢いてやりやあよかったのに」

実際は聞き取れないような方言でしゃべっている。

「ばか」御者が手の甲でシヴァーを叩いた。「そんなことしたら、ロンドンじゅうの警官に追われるはめになる。軍隊まで出てくるぞ。何度言ったらわかるんだ。貴族には手を出すな。縛り首にされたあと、解剖台に寝かされたいのか？　お前の肝臓やら何やらが引っ張りだされるところを、医者の見習いたちがじろじろ見るんだぞ。お前のちっぽけな金玉を見て笑うんだろうな」笑い声をあげる。「あの女はレイヴンに盾として使わせておけばいいさ」

御者はジェイコブ・フリーム――ロンドンの暗黒街でその名を知らぬ者はない。鋭いユーモア感覚の持ち主で、店主から見かじめ料をしぼり取りながら微笑む。彼の抱える売春宿の女将《おかみ》が野暮な客を引きずり込んで破滅させるのを見て、にやりとする。手下の少年に敵の頭を蹴らせて含み笑いをする。彼にとっては何もかも笑いぐさだ。

「大女だからな」シヴァーが頭をこすりながら不機嫌な口調で言った。

「いくらだって大きくなれるさ。貴族だからな」ジェイコブが言った。「貴族を見たら帽子を取って深々とお辞儀して、イエス、マダムとかノー、サーとか言って、こびへつらってりゃいいんだよ、わかったか？　おれたちの世界で何をしようと、誰も気にしない。けど、紳士淑女さまを怒らせちまったら、とんでもなく面倒なことになる。腕ずくでその頭に叩き込んでやんなきゃわかんないか？」

「わかったよ」シヴァーは言った。だが、ブリジット・コッピーに焼きを入れるのはかまわないだろう？　あの巨石みたいな女へのいやがらせにもなる。

ジェイコブ・フリームは振り返ったが、獲物はとっくに見えなくなっていた。「また今度な、レイヴン」そう言うと、ふたたび笑い声をあげた。

その少しあと
コヴェント・ガーデン周辺

その日、ブリジット・コッピーはミリナーズ・ソサエティの店をまかされていた。店で生徒の作品を販売し、売上金を学校の維持費に当てるのだ。生徒の才能や経験に差があるため、商品の質にもばらつきがある。

「これはあなたのね」ブリジットが開けてくれたケースから、クララは豪華に飾りつけられた手提げ袋《レティキュール》を手に取って言った。

「そ――そうです、マイ・レディ。失敗してしまったんですけど。その結び目です。それは――」ブリジットがわっと泣きだした。

真っ赤になった顔をそむけ、あわててハンカチを取りだす。「ああ、すみません、マイ・レディ。本当にすみません」

レディはどんなときもけっして途方に暮れてはならない。自分より運に恵まれなかった者を憐れむ。たとえ自らの悩みを忘れるために彼らのもとを訪れたときでも。

「ねえ、どこがだめなのか、わたしにはわからないわ」クララは言った。「あなたはずいぶん目がきくのね」

「はい――いいえ、そうじゃなくて、完璧なものを作らなければならないんです。だって、あなたさまがユリの刺繍が入ったディナードレスをお召しになって、ふと見おろしたときにその花から糸が垂れさがっていたとしたらどうなるでしょう？　バラ色でなければならないつぼみが、深紅色だったとしたら？　それから――」顔と同じくらい赤くなった目から涙があふれ、鼻を伝う。ブリジットはふたたび顔をそむけてはなをすすったあと、ぐいっと涙をぬぐった。「お許しください、ユア・レディシップ。ああ、こんなところを校長に見られたら――自業自得です」

「校長の姿は見当たらないわ」クララは言った。「でもあなたが感情を抑えきれずにそんなに動揺していたら、大変な問題が起きたと思われるでしょうね。だって、あなたはこの学校で一番落ちつきがあって、信頼できる生徒だから」

「信頼できるだなんて！」ブリジットが嘆くように言った。「もしわたしがそんな生徒だったら、こんなことになっていますか？」

二日後

クララはロンドンの法曹地区に足を踏み入れたことがなかった。レディが法的な支援を必要とする場合は、弁護士のほうから訪ねてくる。とはいえ、レディは弁護士を必要とするような状況に陥ってはならない。それでも万一そのような事態を招いてしまったときは、その事件を彼女の夫、あるいは父親、後見人、兄弟、息子の手にゆだねることになる。

クララが今日、デイヴィスの服を借りてにわか仕立ての変装をしたのは、そういうわけだ。デイヴィスとフェンウィックという名の少年と一緒に、いつもの目立つキャブリオレではなく、貸し馬車でお忍びで出かけた。馬車はセント・ジェームズ・ストリートにあるフェンウィックの勤め先のメゾン・ノワロを出発し、東のフリート街へ向かった。そして、インナー・テンプル・ゲートで馬車を降り、インナー・テンプル・レーンを歩いた。

すすで汚れた歴史ある建物が、ギリシア悲劇を見おろす汚れきった合唱隊《コロス》のごとくのしかかるようにひしめきあっている。目指す部屋はウッドリー・ビルディングの二階にあるとクララは知っていた。しかし、どれがその建物なのかわからない。教会の墓地にそびえたついかめしい建物二棟のあいだでフェンウィックが迷っていると、墓石の合間からひとりの少年が現れた。フェンウィックはその少年に尋ねた。

もちろんその部屋のある場所を知っている、と少年は答えた。何しろ、その部屋の主たちから非常に重要な使いを頼まれて戻ってきたところなのだ。建物に館銘板が掲げられていても、気づかない人もいる。少年はれんが造りの建物を指さした。すすと鳥の糞《ふん》にまみれていたものの、名前が刻まれていた。

フェンウィックはその少年の物言いに腹が立った。

少年の態度がぶしつけだったのだ。フェンウィックは少年を殴った。

少年も殴り返した。

同じ頃
ウッドリー・ビルディング二階

「死亡した」ウェストコットが言った。「死亡、死亡、死亡」オリヴァーの眼前で手紙を振る。「わかりやすく言えば、そういうことだ」

オリヴァーは心がずっしりと重くなるのを感じた。だが彼は、自分の感情――すなわち、不合理性を切り離すのが習い性となっている。感情的な内なる自分をまったく別の人格と考え、超然とした態度で問題を見られるようにするのだ。それで今回も、たとえて言うなら感情的な自分を肘で押しのけると、ウェストコットの口調や手紙の筆跡、便箋の種類に冷静に注意を払った。

父ではない。

父は生きている。

まだ。

とはいえ、おだやかに話すにはいつも以上の意志の力を要した。「わかりやすくはないだろう。弁護士が書いたんだから」

トマス・ウェストコットは事務弁護士で、オリヴァーの友人でもある――唯一の友人かもしれない。インナー・テンプルのウッドリー・ビルディングの部屋を共用し、ティルズリーという名の若い事務員が、郵便物の集配のような雑務を引き受けている。

オリヴァーは郵便物を読まない。両親や異父姉たちが送ってきた手紙以外は、ウェストコットに弁護士として代わりに読んでもらい、大量の書類と同様に処理させていた。

「きみは読んでいないだろう」ウェストコットが言った。

読むまでもない。法的な書法、封印、そして〝死亡〟という言葉だけで、じゅうぶんな手がかりになる。その手紙はおじのモルヴァン公爵の事務弁護士が書いたもので、一族の誰か――紙の重さと文章の長さ、高齢であるという事実から考えると、おそらく公爵自身が死亡したことを知らせてきたのだろう。

「ぼくは法廷弁護士だ」オリヴァーは言った。「二〇歩離れた場所からでも法律に関するまわりくどい表現を見分けられる。決闘の距離だな。しかし残念ながら、撃つことはできない。紳士はそうやって多くの争いを解決しているのに。それにしても、卑劣な刑事事件を糧にする弁護士は紳士とは呼べないな」

オリヴァー・ラドフォードは喜んで父親と同じ道を進んだ。適性があったため、弁護士として成功し、その道のりで不正を正すことができると確信していた。

彼が正すことができないのは、ほかのラドフォードたちだ。

オリヴァーとバーナードの祖父は息子たち——その妻と子どもたちも——が対立するように仕向けた。わがままで意地が悪く人を利用する男で、バーナードの父親はその性質を受け継いだ。一方、オリヴァーの父親は聡明で観察眼が鋭く、家族が有害だと気づき、関わらないようにするという賢明な判断を下した。

オリヴァーの父親は昔、息子にこう言った。「悪影響を与える人間から意識を遠ざける唯一の方法は、縁を切ることだ。別の人生を歩みなさい。自分の人生を」

それがまさに、オリヴァー・〝レイヴン〟・ラドフォードのしたことだ。彼は公爵家の腹黒い人たちと関わり合いになりたくなかった。とくにいまは。

三カ月前、貧しい家が養いきれない子どもを入れるグラムリーの貧民施設で、五人の幼児が死亡した。施設の怠慢、不衛生や飢えによって死んだのだ。グラムリーは査問で故殺と評決され、これがオリヴァーが現在進めている刑事裁判につながった。これまででもっとも大きな仕事だ。

オリヴァーはウエストコットから手紙を取り上げ、法の抜け穴を探すために目を通した。心がまた重くなっていくのをかすかに感じ、うんざりした表情を浮かべた。

「残りはバーナードだけか。なんてことだ」

亡くなったモルヴァン公爵——バーナードの父親には三人の兄弟がいて、二度目の結婚で息子を三人もうけた。だがこれまでに、老いも若きもそのほとんどを、病気や事故で失った。

「子孫を残すくらいはできると思っていたが」オリヴァーは言った。「目の見えないヒツジにだってできることだ」

「王室も同じ問題を抱えている」ウェストコットが言う。「国王ジョージ三世は九人の息子に恵まれたが、現在の推定相続人は思春期の女の子だ」

「公爵位を女子が継げないのは残念だな」オリヴァーは言った。「女子なら大勢いるのに。まあ、ぼくには関係ないことだ」手紙をウェストコットの机に放った。

「ラドフォード、もし現公爵が亡くなった――」

「バーナードはまだ三〇歳だし、妻は二五歳だ。いずれ男子をもうけるだろう」

バーナードにはあと五〇年は生きてもらわなければならない。手紙を読まなくても、オリヴァーの父親が推定相続人になったのは承知している。父――ジョージ・ラドフォードは八〇歳で、健康状態が思わしくない。

去年の冬に高熱を出したあとは、ずっと具合が悪いままだ。今年の冬を越す見込みは薄い。近いうちにこの世を去るだろう。リッチモンドにある静かな田舎屋敷――オデュッセウスの故郷にちなんで名づけられたイタケー・ハウスで、母に見守られながら、安らかに息を引き取ってもらいたかった。長いあいだ誤った管理をされてきた広大な領地を受け継がせて悩ますなどもってのほかだ。

「手紙によると、公爵夫人もお加減が優れないようだ」ウェストコットが言う。

「当然だ」オリヴァーは言った。「何度も妊娠させられた女性が出産で命を落とす可能性は非常に高い。言うまでもないが、バーナードはすぐに再婚するだろう。何歳であろうと。前公爵は五〇代で再婚したんだ」

オリヴァーの父親は五〇歳ではじめての結婚をした。その年になるまで結婚する余裕がなかったのだ。オリヴァーとバーナードが同年代なのは、そういうわけだ。

ウェストコットが手紙を拾い上げてもう一度読んだ。「何か変だ。何とははっきり言えないが、重要なことを見落としている気がする。ぼくには行間が読めないし、きみは読み取ろうとしないし」

「教えてやるよ」オリヴァーは言った。「それは法律文書を装っているにすぎない。弁護士らしいまわりくどい文章のはしばしに、バーナードがぼくを呼んでいることがはっきり読み取れるはずだ。それに気づいて何か得することがあるか？」

「せめて話くらい聞いて差し上げたらどうだ？」

「いまか？　グラムリーの訴訟はどうなる？」

「ぼくが代わりに出廷するよ」ウェストコットが言う。「きみの事務弁護士として」

「この件は誰にもまかせるわけにはいかない。きみはバーナードを知らないからそんなことを言うんだ」

父ならあの頭がからっぽな暴漢に対処できるが、そんなことをさせたくない。ストレスや癪《しゃく》の種は、父がいまもっとも避けなければならないものだ。母に手紙を書いて警告しておこう。

「どうせくだらないことで時間を無駄にさせられるだけだ」オリヴァーは言った。「ぼくたちにはほかにやるべきことがある。差し当たって、悪党のグラムリーを刑務所に――」ふと口をつぐみ、閉まったドアに目をやった。「誰か来た。ティルズリーはどこへ行ったんだ?」

「あなたの事務員なら、教会の墓地で少年を殴っているわよ」

ドアの向こうから、くぐもった声が聞こえてきた。女性の声だ。貴婦人の。

オリヴァーほど観察眼が鋭くない――みんなそうだ――ウェストコットでも、上流階級の最高層の話し方だと容易に気づいた。顧客の中には貴族もいる。オリヴァーは急いでドアを開けに行った。

背の高いブロンドが部屋に入ってきた。

2

「少年犯罪者は……大都市のいたるところで見られる……その多くが……年上の泥棒の手下になり盗みを教わる。物乞い、使い走り、芝居のプログラム売り、スリ、万引によってその日暮らしをする者もいる」

『大都市の警察と犯罪に関する論文』(一八二九年)ジョン・ウェイド著

クララとデイヴィスは暗くて狭い階段を延々と上がったあと、黒いドアが並んだ廊下を歩いて、目当ての名前が掲げられた部屋を見つけた。

デイヴィスがドアを三度ノックしたところで、部屋の主たちが気づいた。口論しているように聞こえた。

ひとりの声——低いほうの声に、クララは聞き覚えがあった。

声の主を思いだせないまま部屋に入った。そして薄いグレーの目に見つめられて、はっとした。体の内側から熱が生じ、首から顔へと伝わって、レディならその存在自体を否定する場所まで熱くなった。

クララは心をかき乱された。けれども、レディはつねに落ちつきを保たなければならない。街灯にぶつかったような衝撃を受けたときでさえ。

「レディ・クララ」紳士が品定めするように、クララの全身に鋭い視線をさっと走らせた。「それでうまく変装したつもりかい？」

もうひとりの男性が口を開く。「ラドフォード、いったい――」

クララは片手を上げて制した。先にこの場を支配する必要がある。そうしなければ、彼らに子どものように扱われるだろう。男性は女性――とくに若い女性を子ども扱いする。なだめすかして家に帰そうとするに違いない。クララの父親の弁護士に告げ口する可能性もある。守秘義務が女性にも適用されるとは思えなかった。

〝不安や自信のなさを表に出してはだめ〟クララは自分に言い聞かせた。〝一生に一度でも、求婚を断るより有意義なことをするのよ〟

クララは父方の祖母をまねて、女王のような口調を使った。「おかげさまであちらの方がどなたかわかりました」背が低く髪の色が明るくて、黒ずくめではないほうの男性に向かって言った。「わたしの名前をあの方がどうしてご存じなのかについては、興味がないので説明していただく必要はありません。ミスター・トマス・ウェストコット、きっと優秀な弁護士なんでしょうね。あまり時間がないので、さっそく本題に入らせていただきます。あなたのご同僚がどうにかして突き止めたとおり、わたしはレディ・クララ・フェアファックスです。これは小間使のデイヴィス。それから、こちらを紹介してくれたフェンウィックという少年が、あなた方の事務員を殺《あや》めようとしています」

背の高い黒髪の紳士を一瞥すると、チャリング・クロスで感じた懐かしさがよみがえった。

「ミスター・ラドフォードならわたしたちの力になってくださると、フェンウィックが言うのです」

「彼は変わり者ですよ」ウェストコットが言った。

「みすぼらしい犬の話じゃないだろうな」とオリヴァー。「警察はそんな小さな事件に――」

「貧しい少年の話よ」クララはさえぎった。

オリヴァーは窓辺へ行って外を見おろした。「ぼくたちを雇いに来たのか？　さっき話していたのは、まさかあの少年のことじゃないだろうな。互角に戦っているぞ。いや、彼に分がある。ティルズリーにヘッドロックをかけた。見たことがある顔だな」

三人の兄に囲まれて育ったため、クララは〝ヘッドロック〟の意味を知っていた。相手の頭を脇の下に抱え込み、反対の手で殴ることだ。

「あなたたちが知り合いだから、ここに来たのよ」クララは言った。

「あの少年、いまはフェンウィックと名乗っているんだな？」オリヴァーがきく。

「あの子が名乗ったわけじゃないわ。無口だから。雇い主があの子をフェンウィックと呼んでいるのよ。それで、トビー・コッピーという少年を探しているんだけど、そういう仕事ならあなたが適任だとあの子が言うから」

オリヴァーが振り返った。「その子は友だちなのかい？　ええと……フェンウィックの」

この二日間、クララは悪名高いオリヴァー・〝レイヴン〟・ラドフォードについて調べていた。難しい仕事だった。もし家族に秘密にしておく必要がなかったとしても、たやすくはなかっただろう。

議会や社会活動の報告書に彼の名前はなかった。名前が出てくるのは主に、読む気が失《う》せるほど冗長な刑事訴訟の記録だ。それによると、彼は博識で才気《さいき》煥発《かんぱつ》、そして途方もなく無神経な人物らしい。すべてを読む時間はなかったが、驚いたことに、何度も勝訴していた――裁判官や陪審、依頼人さえも彼を黙らせたいと思ったに違いないときでさえ。

クララもすでにオリヴァーに対していらだちを覚えはじめていた。

「わたしに話をさせて。あなたの思いつきの質問に答えていくより話が早いでしょうから」

オリヴァーが片方の眉をつり上げる。「思いつき、ね」

「念のために言っておくが、皮肉だぞ」とウェストコット。

「知ってるよ」オリヴァーが応じた。

「彼に皮肉は通じませんよ、マイ・レディ」ウェストコットが言う。「皮肉だと気づいたときでさえ。もちろん、そのほかの点では才気にあふれていますがね」

「そのようですね」クララは同意した。「そうでなければ、わたしはここに来ていません」

「おっしゃるとおりです、マイ・レディ。ご足労いただいたのですから、手際よく話を進めるべきです。じつは、論理の塊と呼ばれている男が今日にかぎってこんなふうに回り道をするので不思議に思っているんですよ。どうぞおかけになってください。暖炉の前の椅子に

──といっても、夏ですから火は入っていませんが。比較的きれい──」

デイヴィスが前に出てその椅子をハンカチで拭いたあと、とがめるような目つきでウェストコットを見たので、彼は言葉を切った。

「お拭きすればよかったですね。どうも」ウェストコットが言葉を継ぐ。「さあ、お座りください。わたしが書記を務めさせていただきますよ。ラドフォード、きみの出る幕ではないよ」クララに向かって詫《わ》びるように微笑んだ。「もちろん、裁判のときは──」

「ぼくも一緒に聞いたほうが時間の節約になる」オリヴァーが言う。

「いや、ならない」ウェストコットが言い返した。「口をはさんで邪魔するだろ」

「窓の外の教会墓地の住人みたいにおとなしくしているよ。土の中にいる人たちみたいに」

オリヴァーは腕組みをし、窓枠に寄りかかった。

「さあ、話してください、マイ・レディ。ぜひ聞かせてもらいたいな」

欠けた歯で気づいた。

彼女が部屋に入ってきてオリヴァーを見ると、一瞬、動揺して口を開いた。驚いた少女のように。

その女の子を、彼は知っていた。

彼女はすぐさま落ちつきを取り戻したが、手がかりはじゅうぶんだった。

フェアファックス家の端整な顔立ち……新聞や雑誌で読んだあれこれ……妙な懐かしさ。

それらに欠けた歯が加わって、パズルは完成した。ロンドンのあちこちでときおり見かける、大勢いるフェアファックスのひとりというだけではなかった。ヴォクソールでヘプタプラジエソプトロンを案内してやった女の子。オリヴァーをバーナードから守ってくれようとした女の子だった。

それがすっかり成長して、下手な変装をしている。

チャリング・クロスでかぶっていた滑稽な帽子と違って、暗色のさえないボンネットについている飾りと呼べるものはさらに暗い色のリボンだけだ。先日は帽子のつばを上に傾け、レースやリボンに縁取られた完璧な顔を見せていた。しかし今日は顔を隠すように、広いつばを下に傾けている。賢い選択だ。レディが顔を隠したいときはふつうベールを使うが、それでは人目を忍んでいることがばれてしまう。

とはいえベールをつけていようが、チャリング・クロスで遭遇した女性だと見抜けただろう。地味な服を着ていても、彼女の体形は目立つ。

すばらしいスタイルだ、と感情的な自分が考えた。それから、彼女が生まれたままの姿でいるところを想像した——思考の邪魔になる。

オリヴァーは感情的な自分を頭の隅に押しやり、ウェストコットが勧め、小間使が拭いた椅子に座らずに立っている彼女をじっと見た。

レディ・クララは直立不動の姿勢——。

横たわった姿が見たい、と理性を欠いた内なる自分が言った。

オリヴァーはそれを無視し、彼女の話に耳を傾けた。女性がこれほど簡潔に話せるとは知らなかった。わずかな言葉数で、ミリナーズ・ソサエティという施設と、ブリジット・コッピーという少女について説明してのけた。

「ブリジットは父親を亡くしました」レディ・クララが言う。「母親は救いようのない酒飲みで、ごくたまにしらふのときは、繕い物を引き受けています。ミリナーズ・ソサエティはブリジットに初歩的な読み書きを教えました。ブリジットは弟のトビーを説得して貧民学校に通わせました。貧民学校については説明はいりませんね」

貧民学校は、貧しい子どもたちの生活向上に不可欠な基本的なことを教えようと無駄な努力をしている。教師は無給で、その多くが子どもたちと同じくらい物を知らない。それでも、ロンドンの貧しい人々が通える学校はそこしかなかった。

上流階級のほとんどの人が、貧民学校の存在すら知らない。オリヴァーも公爵の子孫だから、一応上流階級の一員ではあるが、彼らとは異なる人生を送っているため、学校の実態を知り尽くしていた。

その悲しげな口調から、レディ・クララは貧民学校についてつい最近知ったのだということが察せられた。

同じロンドンのすぐ近くで、まったく異なる生き方をしている人々がいることを、彼女はいままで知る由もなかった。

だが、知る必要のないことだ。彼女が貧民学校を知っていただけでも驚きだ。

レディ・クララが言葉を継ぐ。「ブリジットの手を借りて、トビーは読み書きと計算を覚えました。けれどもご存じのとおり、貧民学校には柄の悪い生徒もいます。トビーが窃盗団に誘い込まれて、もう一週間以上、行方がわからないとブリジットは言っています」

彼女が部屋に入ってきたときは燦々《さんさん》と照っていた日が、またいつものように陰った。

行方不明になった下層階級の少年。この物語の結末を、オリヴァーは知っていた。ハッピーエンドではない。

煩わしい公爵の死についての手紙の次は、ロンドンに大勢いる望まれない子どもの行方不明事件か。

レディ・クララが人を殺したという相談だったらよかったのに。

そのほうがはるかに簡単だし、刺激的だった。

「ブリジットは弟が絞首刑になる前に窃盗団から連れ戻すことを望んでいます」レディ・クララが先を続けた。「すぐに警察に捕まると思っているのです。弟には泥棒になる頭も器用さもないから、長くは続かないだろうと」

聞けば聞くほど最悪だ。

この話は見かけ以上に複雑である可能性が高いが、どうでもいいことだ。いずれにせよ、その少年の運命は絶望的だ。

オリヴァーにとってもレディ・クララにとっても、時間の無駄だ。その少年が助かる、あるいは助けられるべきだと彼女が考えているのだとしたら、とんでもない勘違いをしている。

彼女には理解できないことだ。自分が何に首を突っ込もうとしているのかわかっていない。

オリヴァーはきいた。「どの窃盗団にいるかわかっているのか？」

「フェンウィックに調べてもらったけど、わからなかった」

「ということは？」

「ロンドンには窃盗団が数えきれないほどある」

「つまり？」オリヴァーは証人を誘導した。

レディ・クララは澄まし顔で彼を見つめ、眉を優雅につり上げた。

いつもならとっくに、ウェストコットがわかりきったことを言うか、オリヴァーにその辺にしておけという合図を送ってくる頃だ。オリヴァーは不思議に思って友に目をやった。

ウェストコットはまるではじめて女を見たかのように、レディ・クララに見とれていた。

いや、その表現は正しくない。ウェストコットは男が女を見るときに必ずすることをしている。さりげないつもりで彼女の胸を眺め、完全にわれを忘れていた。

彼女の胸がじつにすばらしいということに異論はない。補整下着でそう見せているだけかもしれないが。この前会ったときも、その胸が本物かどうか気になった。真相はどうあれ、ウェストコットにいやらしい目で見る権利はない。

オリヴァーが抑え込んでいる人格が、ウェストコットを窓から投げだすところを想像した。

オリヴァーは雑念を振り払ってきいた。「〝干し草の山の中にある一本の針〟と言ったらわかるかな?」

「そうね」レディ・クララは目と口をぎゅっと閉じて考えた。ヘプタプラジエソプトロンの発音を練習したときのように。

「わかるわ。わかりすぎるくらい」

「よかった」オリヴァーは言った。「なぜなら——」

「でも、ほかの誰にも見つけられなくても、あなたなら探しだせるとフェンウィックが言うの。貧しい子どもたちの擁護者として名をあげたんでしょう?」

「貧民を擁護することが異常だと思われているから、刺激的な見出しになる。それだけのことだ。実際、ぼくが扱う事件は退屈なものばかりだ。中毒やら押し込みやら暴行やら名誉棄損やら」こういった事件を高級紙が取り上げることはあまりない。珍しい事件でも、原告や被告、証人のぞっとするような供述に焦点を当てるのがふつうで、退屈な弁護士が注目されるようになったのは最近のことだ。

「でも、グラムリーの事件は——」

「ああ、あれは世間を騒がせているね。あの事件でいまは手いっぱいなんだ。裁判官は休みをくれないだろう。少年を探しだせる見込みがあったとしても——一年かけて」

彼女の瞳に感情がよぎった。だが微妙な表情の変化を読み取るのが得意なオリヴァーでも、それが失望なのか、はたまた安堵なのか見分けられなかった。

どうでもいいことだ。

「そうよね」レディ・クララが言う。「あの恐ろしい事件のことなら新聞で読んでいたのに、気づかなかったなんて……ばかね。あなたには自分の仕事がある。それなら、やり方だけ教えてもらって、自分で探すわ」

「関わらないほうがいい。絶対に。こういったことは必ず――」彼女が顎をつんと上げ、よそよそしい態度を示したのを見て、オリヴァーは言葉を切った。兄の足首を蹴った少女の姿が脳裏に浮かんだ。

「ぼくこそばかなことを言った。きみは放ってはおけないだろうね」

「ええ」

オリヴァーはウェストコットを見た。まったく助けにならない。セント・ポール大聖堂の丸屋根がはずれて頭の上に落ちてきたとしても、これほどまぬけな顔はしないだろう。魅力的な女性を見たことがないのだろうか。

彼女がとびきり魅力的なのは認める。だがそれにしても――。

もうひとりの自分が何か言いかけたが、オリヴァーはその口をふさいだ。

「それなら、助言しよう。第一に、サー・ジョン・ウェイドの『大都市の警察と犯罪に関する論文』を読むべきだ」

「ミスター・ラドフォード」レディ・クララが口をはさむ。

「全部読む必要はない。非行少年について書かれている章だけをざっと読めばいい」オリヴァーはレディ・クララを無視して言葉を継いだ。「第二に、それでもきみがくじけなかった場合には、ロンドン警視庁の警察官を探偵として雇えばいい。キーラー警部を推薦する」元治安判事裁判所《ボウ・ストリート》所属の逮捕係《ランナーズ》のキーラーは、一番優秀な警察官だと、オリヴァーは評価している。物静かで粘り強く、どんな変装をしていても風景に溶け込む才能を持っている。

レディ・クララが小首をかしげ、いらだちをこらえているような表情でオリヴァーをしげしげと眺めた。彼女の表情がいまいち読めない。大人になるとともに、顔を隠す透明のベールを手に入れたかのようだった。

「どうやら情報が間違っていたみたい」レディ・クララが言った。「あなたはロンドン一の切れ者だと聞いていたのだけれど」

ウェストスコットが喉を詰まらせたような音をたてた。

「たしかに、その情報は間違っている」オリヴァーは言った。

レディ・クララが唇をかんだ。魅惑的な欠けた前歯が一瞬、姿を現した。「本当に変ね。だって、頭が鈍くて、社交界の不文律を全然知らない人だって、わたしが探偵を雇える身分でないことはわかるはずなのに。ミスター・ラドフォード、レディは職業人を雇ってはいけないのよ。家の使用人以外は」

「そうか」オリヴァーは応じた。「うっかりしていたよ。たぶんきみが上手に変装してきたせいだろうね。じつに大胆な人だ」

「わたしが変装したのは、レディが弁護士を探して法曹院を歩きまわるわけにはいかないからよ」

「ぼくが裁判で勝ったり負けたり忙しくしていたあいだに、社会的道徳観が大変動したのかと思ったよ」

「道徳観は母の時代からみじんも変わっていません。それどころか、ますます厳しくなったわ。亡くなった祖母は――話がそれたわね。あなたはお忙しいんでしょうから。あなたは五人の純真な子どもたちのために正義を求めている。大変なお仕事だわ。そんなときに、お手間を取らせてしまってごめんなさいね。役に立つ助言がもらえないのなら、そろそろ失礼するわ」

「懸賞金をかけたら？」オリヴァーはきいた。「それも許されていないのかい？」

レディ・クララが探るようにオリヴァーを見つめた。表情を読み取ろうとしているに違いない。それは難しいだろう。なぜなら彼は、ある意味ここにはいないからだ。いつものごとく離れたところから自分を見ている。とはいえ、今日は傍聴していただけなのに、そうするのにいつも以上の労力を必要とした。

「レディの暮らしの決まりごとを何も知らないの？」レディ・クララが尋ねた。

「全然わかっちゃいないですよ」ウェストコットが口をはさんだ。「オールマックスで彼を見かけたことがありますか？　宮廷にも行かないんですよ。彼の父親がモルヴァン公爵の推定相続人――」

「どうでもいいことだが」オリヴァーは鋭い声でさえぎった。「ぼくが上流社会の人々とあまり面識がないのには、明らかな理由がある。彼らは刑事裁判所に来ないし、ぼくはそこで働いているからだ」

「それなら、説明しておいたほうがいいでしょうね。次に会ったレディに頭がおかしいか、弱い人だと思われないために」

「それはぼくにとって大事なことかな？」オリヴァーはきいた。

「レディからの評判も大事よ。悪党を訴えたいと考えているレディもいるでしょう。人を殺めて、絞首刑を逃れたいレディもいるかもしれないし」

「きみが誰かを殺したときは、喜んで力になるよ、レディ・クララ」

「わたしが殺人を犯すときは、捕まらないようにこっそりとやるわ。お気持ちだけいただいておきます」

オリヴァーはとびきり魅力的な顔をのぞき込んだ。彼女は本気で言っているようだ。「きいてもいいかな――」

「だめよ」レディ・クララが言った。「ご想像におまかせするわ。ところで、話を戻すけど、貴族の娘は探偵を雇うことも、行方不明の子どもに懸賞金をかけることも許されないの。そんな役に立つことができたとしたら、歯止めがきかなくなるわ。探偵を雇って夫を探せばいいじゃない。懸賞金をかけてもいいわね。その方法で運命の相手が見つかる可能性のほうが、わたしがトビー・コッピーを見つける可能性より高いとあなたは思うんじゃない？」

「それなら広告を出したほうが手間が省けるよ。ばかげた社会的儀式――」

「マイ・レディ、ラドフォードが言ったとおり、その少年が見つかる可能性はほとんどありません。とくに現代のように物騒な世の中では」ウェストコットが言った。

オリヴァーが目を向けると、ウェストコットはすばやく喉を切る仕草をした。〝もうやめろ〟という合図だ。いまさら合図を送るのか？　ようやく話が面白くなってきたというのに？

「たとえ裁判が立て込んでいないときでも」ウェストコットが言葉を継ぐ。「引き受けかねます。われわれの経験から――」

「とはいえ」愚かな友が血なまぐさい事例について話しはじめる前に、オリヴァーは口をはさんだ。「探偵を雇うにしろ雇わないにしろ、きみの努力が徒労に終わった暁には、歓迎するよ。つまり、少年が逮捕されたときは。そのときはわれわれが役に立てるかもしれない」

逮捕されるまでトビー・コッピーが生き延びる見込みはほとんどないが、彼女は少年を助けるという崇高かつ、かたくなな考えを持っているらしい。

レディ・クララがまたしてもしげしげとオリヴァーを眺めた。

だがその探るようなまなざしに、昔のできごとを思いだした様子はなかった。覚えているはずがない。あれから長い時間が経っているのだ。ふたりで一緒に過ごした時間は、せいぜい一時間だろう。レディ・クララはまだ子どもで、オリヴァーは大勢いる兄の学友のひとりにすぎなかった。会ったのは一度だけだ。ラドフォード家はイングランドで広く知られている――少なくとも、かつては。しかし、彼女は彼の名前も知らなかっただろう。ロングモアは〝教授〟としか呼ばなかった。あの日を除けば、オリヴァーと彼女は住む世界が違っていた。社交シーズン中、ロンドンにいるときでさえ、彼女は月に住んでいるも同然だった。

それに、並はずれた記憶力と観察眼を持つオリヴァーでも、欠けた歯を見なければレディ・クララだとは気づかなかった。愚かないとこから彼を守ろうとして欠けた歯を。

レディ・クララが言った。「ありがとう、ミスター・ラドフォード、覚えておくわ」

「お役に立てず残念です」とウェストコット。

当然、残念だろう、とオリヴァーは思った。彼女にもっと見とれていたかったのだから。

レディ・クララが小さく手を振った。「よくわかりました。わたしがばかだったのね」彼女がドアへ向かって歩きはじめた瞬間、ウェストコットがあわてて開けに行った。彼女がドアの前で立ち止まって微笑むと、薄暗い部屋に光が差したような気がした。「それでは紳士のみなさま、お怪我はありませんか？　泣きも気絶もしないとはすばらしい。ごきげんよう、ミスター・ウェストコット」

「ごきげんよう、マイ・レディ」

「ごきげんよう……教授」レディ・クララが小さな笑い声をたてたあと、部屋から出ていった。

〝教授だと？〟

「教授って？」ウェストコットがきいた。

オリヴァーは閉じられたドアをじっと見つめた。

そちらへ歩きだしたものの、すぐに足を止めた。

「どういう意味だ？」ウェストコットが問い詰める。「怪我だの気絶だの。まるできみみたいな物言いだった」

「そのとおりだ」オリヴァーはヴォクソールやら何やらをさまよっていた意識を、友に戻した。「先日チャリング・クロスで、フリームが馬車でぼくを轢こうとしたとき、彼女がぼくの前にいたんだ。フリームでも彼女が貴族だと気づいて、方向を変えた。気に障る弁護士を殺すのと貴婦人を殺すのとではわけが違うからな。ぼくらをよけながら、さんざん悪態をついて、次の復讐《ふくしゅう》計画を練っていたに違いない」

オリヴァーはフリームがかわいがっていた手下六人を流刑に、ふたりを絞首刑にしたのだ。

「またフリームに殺されかけたのか？」ウェストコットが言う。「どうして話してくれなかったんだ？　殺人未遂だぞ」

「ぼくを狙っていたのはたまたまわかったことだ」オリヴァーはグラムリーの有罪を立証するというさらに厄介な問題に直面している。被告側が有利で、愚かな裁判官も向こうに助力する意欲を見せていた。

「あのレディのことも話してくれなかった」ウェストコットが文句を垂れた。

「たいしたことじゃないと思ったから」

ウェストコットが目を丸くした。

「彼女が怪我をしていたらもちろん、フリームを逮捕した」オリヴァーは言った。「やつは死にかけていた犬を轢き殺したが、その野良犬は世間の持て余し者だった。すぐに街路清掃人が回収して、騒ぎもおさまった。彼女とは自己紹介もしあわなかった。それだけの縁だ」

ウェストコットが得意の表情を浮かべた。レディ・クララが見せた表情と似ていなくもない。いらだちをこらえているような表情。おそらく驚きもまじっている。とはいえ、似たような表情でも、彼女のほうが印象的だ。

ウェストコットの顔は見慣れているせいだ。

それに、彼女のほうが見栄えがする。六〇〇倍は。

「最初きみに会ったとき、驚いた様子だった」ウェストコットが言った。

「彼女はぼくたちに会いに来たんだよ。トラファルガー広場で遭遇した男と、厄介な貧しい子どもたちのことで法廷を煩わしている空論家が、まさか同一人物だとは彼女も思わないだろう？　彼女がぼくのことを覚えていたのは、あれがつい最近のできごとだったからだ。ぼくの言葉をそっくりそのまま返して面白がっていた」

「きみに一度会ったら、誰も忘れられないと思うよ」ウェストコットが言う。「きみが口を閉じていないかぎり。でもそんなの無理だろ。〝教授〟というのは？」眉を上げる仕草が癪に障る。

「イートン校にいたときに、彼女の兄がぼくにつけたあだ名だ。あれこれ考えあわせて、ぼくが兄の友人たちが教授と呼んでいたラドフォードだと気づいたんだろう」

レディ・クララは絶対に気づいていないと、オリヴァーは思っていた。彼女がどのように推論したのか、いかにしてそれをおくびにも出さずにやってのけたのか、知りたくてたまらなかった。

じつに興味深い隠匿方法だ。

オリヴァーの周囲でポーカーフェイスを装えるのは犯罪者くらいで、それもめったにいない。犯罪者のほとんどは知性に欠ける。狡猾《こうかつ》に立ちまわれるし、嘘をつくのもうまいが、場数を踏めば彼らの表情を読み取るのはさほど難しくない。

一方、彼女は知的で……。

オリヴァーはそこで思考の流れを止めた。余計なことを考えている時間はない。別世界に住んでいる女性のことなど考えても無駄だ。グラムリーの裁判は最終局面を迎えていて、状況はきわめて不利だ。

レディ・クララもそれは知っていた。なのにどうして――。

もう彼女のことを考えるのはよそう。

考えてもしかたのないことだ。

三日後
中央刑事裁判所《オールド・ベイリー》

無罪。

オリヴァーが傍聴席を見上げると、今日も変装をしたレディ・クララと、ブルドッグに似た小間使の姿が目に入った。事務所を訪ねてきた翌日から、レディ・クララは毎日、裁判所に現れた。

事務所に来たときと似たような服装だが、裁判所では、肌のきめが粗く見えるよう化粧を施し、完璧な鼻に眼鏡をのせている。それでも、オリヴァーは彼女を難なく見分けられたし、失望の様子も見て取れた。評決が読み上げられたとき、彼女は口を大きく開け、手袋をはめた片手で目を覆った。次の瞬間には目に見えないベールが顔前におろされたが、彼は見逃さなかった。

レディ・クララを失望させてしまったと思うと、かつらをもぎ取って踏みつけ、被告人席に飛び込んでグラムリーを絞め殺し、裁判官につかみかかってその頭を裁判官席に叩きつける自分の姿が脳裏に浮かんだ。

もうひとりの理性に欠ける自分が考えたことだ。

理性のあるほうのオリヴァー・〝レイヴン〟・ラドフォードは、無罪の評決が出るのを覚悟していた。

それでもやはり、あと味が悪い。いつものように離れたところから自分を見ようとしたが、どうもうまくいかなかった。先日、事務所から帰る際にレディ・クララが見せたいたずらっぽい笑みが目に浮かび、驚きが表れていたに違いないオリヴァーの顔を見て、彼女がたてた小さな笑い声が聞こえた。

レディ・クララがオリヴァーの正体を見破った方法も、裁判所に通う理由もわからない。変装をしているから、多少の危険を冒してまで来ているに違いない。なぜだ？

九月七日月曜日
セント・ジェームズ・ストリート

「おい！　そこのあんた！」

オリヴァーは声のしたほうを見やった。

紅藤色と金色を使った奇抜な仕着せ姿の少年が、オリヴァーが見ていたショーウインドーのそばの脇道を頭で示した。

給仕の少年は、数分前からオリヴァーが近くをぶらついていることに気づいていたのだが、持ち場である仕立屋の玄関をすぐには離れられなかった。彼は貴婦人を迎え入れてから、セント・ジェームズ・ストリートをこともなく横切り、オリヴァーをぶしつけに呼びつけたあと、クラウン・アンド・セプター・コートに足を踏み入れた。

オリヴァーは少年のあとを追って細道に入った。少年はメゾン・ノワロの玄関が見えて、何かあったらすぐに戻れる場所を選んだのだろう。

「で、なんの用だよ？」少年が言った。

オリヴァーはまばゆいばかりの仕着せをじっと見た。「ジョンジー。しゃれた変装をしてるな」

「お仕着せだよ」少年が言う。「仕事についたんだ」

「なるほど」

「それに、ジョンジーじゃない。フェンウィックだ」少年は笑いたいなら笑えと言わんばかりに、オリヴァーをにらみつけた。

「そう聞いてるよ」オリヴァーは探偵を雇うよう人に勧めてはいるが、彼自身も名探偵だった。弁護士に必要な素質で、生まれながらの性格でもある。ふつうの男が酒や博打《ばくち》に溺れるように、彼は謎や難問に惹《ひ》きつけられる。

ロンドンの通りのいくつものツテをたどって、フェンウィックの謎を解いたのだ。

「フランス人の仕立屋か」オリヴァーは通りの向こうにあるその店を顎で示した。

「通りでさらわれたんだ」フェンウィックはオリヴァーに顔を近づけると、ショックを受けている無実の人間そのものといった表情を浮かべた。

「ぼくが聞いた話では、馬車の後部座席だったが。きみは紳士たちのポケットをからにしようとしていたそうじゃないか。ばかだな。きみはあの連中の中では珍しく知恵が回る子だったのに」

「話せば長くなる」

「話さなくていい」オリヴァーは言った。「時間がない。ある女性に伝言を頼みたいんだ」

フェンウィックはオリヴァーをじっと見た。それから、騒ぎだした。

興奮状態はしばらく続いた。

オリヴァーは少年が落ちつくのを待った。

「あんた！」フェンウィックがようやく息を整えて言った。

「きみが――」〝考えているようなことじゃない〟オリヴァーはそう説明しようとしてやめた。少年にどう思われようとかまわない。

「あんたには高根の花だよ、レイヴン」フェンウィックが言う。「あの人に言い寄る男は貴族ばかりだし、五、六〇人も順番待ちしてるんだ」

「そうかもしれないが、ぼくはその中の誰よりも頭が切れる」

フェンウィックは疑うような表情で考え込んだ。

「行方不明になったというトビー・コッピーのことで話があるんだよ」オリヴァーは言った。

「覚えてるよな？　この前、彼女をぼくのところへ案内しただろ」フェンウィックの顔をしげしげと見た。「ところで、腫れは引いたみたいだな」

「あいつのほうがひどかったぜ！」

「たしかに、ティルズリーのほうがずっとひどい。それに、きみみたいに派手な服を着ていないから、傷跡が目立つ」

フェンウィックが目を細めてにらんだ。

「そういうのを業界では〝アンサンブル〟と呼ぶんだろうね」オリヴァーは言った。

フェンウィックが紅藤色と金色の豪華な仕着せを見おろした。「好きなのを選んでいいって言われたんだ」

「ルイ一四世のようになりたかったのか」オリヴァーは言った。

フェンウィックが眉根を寄せた。「誰のことかたぶん知ってるぜ。いろいろ教わってるんだ。読み書きもできるようになった。たすも」

「何？」オリヴァーはきき返した。

「たすだよ」フェンウィックは耳の聞こえない人や外国人を相手にするかのように、大声で繰り返した。「一四たす六たす六は？　二六。これがたすだ！」

「ああ、なるほど。じゃあ、六ペンスたす六ペンスは？」

「一二ペンス。簡単だ！」

「正解」オリヴァーはシリング硬貨を取りだした。「あげるよ。きみが誰にも気づかれないように伝言を届けてくれるのなら」

フェンウィックは腕組みをし、ばかにするような目つきで硬貨を見た。

「一シリングだぞ。相場の一二倍だ。知ってるくせに」

「もっとくれるやつもいる」

「ぼくはそいつじゃない」オリヴァーは言った。「きみが引き受けてくれないなら、別の方法を考えるよ。ぼくにはたやすいことだ」

フェンウィックは肩をすくめ、店に向かって歩きはじめた。

このまま引きさがるよう、オリヴァーは自分に言い聞かせた。レディ・クララに連絡しようと思ったのは、単なる好奇心からにすぎないし、そんなことをしている時間もない。次の裁判の準備があるし、いまいましいバーナードから両親を守らなければならない。オリヴァーには自分の人生があり、彼女がその一部になることはこれまでもこれからもけっしてない。

ふたりが歩む道が交差することもない。泥棒の巣窟に陥ったか、すでに死体になっているかもしれない行方不明の少年に関わらなければ。

連絡したら、レディ・クララはオリヴァーが手助けする気だと思うだろう。そして彼女の努力は徒労に終わる。彼女が望む結果にはならない。少年はしょっちゅう道を誤る。オリヴァーにできるのは、彼らを絞首刑から救うことくらいだ。それもつねに成功するわけではない。

放っておけばいい。彼女に助言したように。

理性に従って行動しよう。

「ちょっと待て」気づいたら口に出していた。「もう一シリングやるよ」

3

「フリート下水溝の近くにある〝サフロン・ヒル〟ほど不潔で、どんちゃん騒ぎが行われ、夜の喧騒がひどく、猥雑《わいざつ》でみじめな場所はほかにない。ロンドンの貧困者の大半がこの地に集まっている」

『ロンドンで暮らした数カ月間の日記』（一八三〇年）
ナサニエル・シェルドン・ホイートン著

翌日

貧困女性に教育を授けるミリナーズ・ソサエティは、ロンドン警視庁からさほど遠くない、薄汚れた幅の狭い建物が立ち並ぶ通りにある。

学校の裏手に小さな庭がある。光があまり当たらないその庭は、生徒たちのように必死でよりよい場所になろうとしている。発育不良の木の下に誰かが花壇を作っていた。地面はほうきで掃いてある。一枚だけ取り残された葉が秩序を乱しているが、それもじきに片づけられるに違いない、とオリヴァーは思った。あちこちに鉢植えの花が置かれ、薄暗い場所を明るくしている。木陰に最近塗り替えられたばかりのベンチが置かれていた。

そのベンチで、ブリジット・コッピーが両手に顔をうずめて泣いている。

折よく、レディ・クララが現れた。

それを〝現れる〟と言うのは、ヴェスヴィオ火山の噴火を火事と呼ぶようなものだ。ピンクの爆弾が爆発したかのような装いだった。刺繍入りのオーガンジーのドレスは、奇抜だが流行の巨大な袖がついている。レディなら昼間は不適切と見なされるほど襟ぐりが深く、ヴァランシエンヌ・レースのフリルがついたサテンのハンカチを首に巻いているものの、それでもやはり慎みに欠ける。

ファッション通でなくとも、オリヴァーは観察眼が鋭い。それに、これまで二件の押し込み、一件の詐欺、一件の暴行事件で、難解なドレス用語をすばやく習得することが必要とされた。

袖の長さやベルトを巻いたウエストのサイズ、身頃の張りつき具合、ハンカチの輪からなめらかな肌が何センチメートルのぞいているかまで正確にわかったのは、そういうわけだ。きわめつきにばかげているのは、稲わら帽子だ。つばの内側を絹レースが縁取り、右の目元で蝶結《ちょう》びにしたピンクのリボンがひらひらしている。外側は花や葉で飾られ、リボンの木から空へ向かって小枝が突きでていて、二五センチくらい背が高くなっていた。

だからといって、薄暗い小さな庭がぱっと明るくなったことの説明がつくわけではないが、オリヴァーはその原因を突き止める気はなかった。

レディ・クララがやってきたのに気づくと、ブリジットはあわててベンチから立ち上がってお辞儀をした。そのあとでようやくレディ・クララの服が目に留まったらしく、口をあんぐりと開け、目だけを上下に動かして全身を眺めた。とにかくこの服のおかげで、ありがたいことにブリジットは泣きやんだ。

「レディ・クララ」オリヴァーは声をかけた。「時間ぴったりだ」懐中時計を取りださなくてもわかった。彼は時間感覚に優れている――とくに時間を無駄にしているときは。彼の尺度では、この二五分間のうち二一分は無駄な時間だった。

「遅れたと思うけれど」レディ・クララは目を赤くしたブリジットをちらりと見ながら否定した。「伝言では二時の約束だったわ」

「きみが来る前にミス・コッピーと話をしたかったんだ」オリヴァーは言った。これで、ふたりの女性が同時に話すのを聞くはめにならずにすんだ――女性が集まると決まってすることだ。「予想どおり、きみの話と大差なかった。三言話すたびに涙にさえぎられたが」

落ちつきを取り戻し、手の甲で涙をぬぐっている少女を、レディ・クララが探るように見た。

「あれはトビーでした、ユア・レディシップ」ブリジットが訴える。「ゆうべ見かけたんです。すっかり変わっていました。ミスター・ラドフォードとお話ししているうちに、その姿を思いだしてしまって」

トビーは生きていた。ブリジットがシヴァーと呼ばれるたちの悪い少年に絡まれた話も聞いた。このふたつの事実から導きだされる仮説は、不穏なものだった。ロンドンの暗黒街でもっとも恐れられている極悪人のひとりをレディ・クララが鞭で打ったことは、考えないようにした。

「本気で助けたいんだね？」オリヴァーはきいた。「弟さんを連れ戻すことができたとしても、更生させるのは難しいかもしれないよ」

ブリジットはうなずいた。「流されやすい子ですけど、連れ戻してまた学校に――」

「また流される可能性は非常に高い」彼らの母親が飲んだくれでなければ、まだ希望はあっただろう。少しは。

「あの子がまた同じことをしたら、見切りをつけます」ブリジットが言う。「でもあの子は学校が嫌いなんです。頭もよくないし。だから見習いの仕事を探してやります。それも長続きしなかったら、あきらめます」

「わたしたちも仕事探しに協力するわ」レディ・クララが請けあった。

「わたしたち？」オリヴァーはきき返した。

「そうよ」レディ・クララが彼をまっすぐ見た。

オリヴァーはその視線を受け止めたあと、ブリジットに言った。「もう授業に戻っていいよ。ぼくひとりのほうが要領よく話せるから」

ブリジットはうつろな表情をしていた。

「大丈夫よ、ブリジット」レディ・クララが言う。「教室に戻りなさい。顔を拭いてからね。ミスター・ラドフォードにいったい何を言われたんだろうと、校長にいぶかしまれないように」

ブリジットはすでに湿っているハンカチで顔をぬぐうと、何度かあたふたとお辞儀をしてから立ち去った。

「ぼくが泣かせたんじゃない」オリヴァーは弁解した。「勝手に泣きだしたんだ。論理的に話をさせるのが大変だった」

レディ・クララは、のみ込みの悪い生徒に辛抱強く教える先生のようなまなざしで彼を見た。「あの子はまだ一五歳よ。ほとんど教育も受けていない。ユークリッド（ギリシアの数学者。幾何学の父）と聖餐《ユーカリスト》の違いもわからないの。論理学を学ぶ機会なんてなかった」

「簡単な算数くらいはわかるだろう」オリヴァーは言った。「彼女だってホワイトチャペルからショアディッチへ行くときにブルームズベリーは通らない。二点間の最短距離を理解するのに幾何学を学ぶ必要がないように、アリストテレスを知らなくてもわかりやすく話すことはできる」

「昨日の法廷であなたのご友人が話すのを聞いたけれど、大学で教育を受けても論理的に話せない人もいるわ」

「まあそうだな。ところで、どうして法廷にいたんだ？」

「結婚したくなかったから」

オリヴァーは一瞬戸惑い、わけのわからない感情に襲われた。だがうろたえているもうひとりの自分をすばやく押しのけて、ふたたび頭を働かせた。「それはまた斬新な方法だ。しかし、流行を生みだすのがきみの役目みたいだからね」

「わたしのことを調べたのね」

「最初にきみがぼくのことを調べたんだろ」

「当然払うべき注意《デュー・デリジェンス》と呼ぶのかしら？」レディ・クララが言った。「あなたは興味深い人ね。子どものときからそうだった。ちょっと歩きまわってもいいかしら。窓からこっちを見る生徒がいるでしょうから。ドレスは動いたときに一番見栄えがするの。あの子たちはわたしの衣装を見るのが好きだそうだから。励みになるのよ」

オリヴァーが〝興味深い〟とはどういう意味だろうと思案しているあいだに――癪に障るなら理解できるが――彼女は小さな庭の周りをゆっくりと歩きはじめた。

するとたしかに、ドレスの長所が引きたったが、それだけではなかった。空気が変わった。美の効果だ。オリヴァーは自分に言い聞かせた。人は美しい絵を見たり美しい音楽を聴いたりすると、感情をかきたてられる。もうひとりの自分がベンチに腰かけて彼女に見とれたがっていた。だがそんなことをしても、いい結果にはならない。その正反対だ。

だから彼は、一緒に歩きはじめた。

「社交シーズンは終わったわ」レディ・クララが言う。「ほとんどの人たちが田舎へ行ってしまったけれど、議会がまだ閉会していないから、お父さまは最後まで残るつもりなの。お母さまには立ち直る時間が必要だし……ほかの家の娘の結婚が先に決まったことで落ち込んでいるのよ」

オリヴァーは彼女をちらりと見た。頬がピンクに染まっている。

「何人かロンドンに残っている紳士たちに」レディ・クララが言葉を継ぐ。「二週に一度の頻度で求婚されるの。レディ・クララ・フェアファックスに求婚するのが、流行の娯楽になったみたい。あなたがいまどう思ったかはわかるわ」

「それはどうかな」オリヴァーのもうひとりの自分は、その男たちは全員窓から投げだされるべきだと思った。

「でも、あなたはほかの人にどう思われようが気にしないでしょう。だから、わたしもあなたにどう思われようが気にしないことにするわ。浅はかで、うぬぼれていて、気まぐれだと――」

「そんなふうには思っていないよ」

「そうよね、そもそもなんとも思っていないでしょうから」

やれやれ、彼女も結局、頭の鈍い女性だったのだろうか。

「あなたにはなすべきことがある。ブリジットでさえわたしよりも重要なことをしているわ。あそこで、ひと角の人間になろうと努力している。見込みのない弟のこともちゃんと考えて、見捨てない。世の中にはかわいそうな貧しい子どもが大勢いて――彼らの両親は……」レディ・クララが高級手袋をはめた両手を握りしめた。「不公平について考えると、頭がおかしくなりそうになるの。あなたはよく耐えられるわね。でもあなたは、何かをしようとしている。失敗からどうにかして勝利を生みだそうとしている。それなのにわたしは――ああ、非力なわたしは――求婚者から逃げて――」

「オールド・ベイリーに向かったんだね」オリヴァーは言った。「つまり、やけになってあそこへ来たわけだ。全然わからなかった。まさかきみの求婚者と関係があるとはね。いわば軍団《レギオン》という名の求婚者たちに」

レディ・クララが彼を見上げた。「今日わたしを呼びだしたのは、わたしが法廷にいた理由を知りたかったからなの？　ブリジットは関係ないの？　あなた、正気？」

「ぼくはたいていの人よりは正気だ。〝正気〟を理性的と解釈するなら」オリヴァーは言った。「それに、ブリジットと関係はある。多少は」

「でも、わたしの助けはいらないのね？」

「助けって？」オリヴァーは彼女の頭の上のばかげた庭園からピンクのハーフブーツをはいたつま先まで、視線を三回往復させた。「ぼくの記憶では、きみのほうがぼくに助けを求めてきたはずだが。そのはた迷惑な少年を自力で探そうとはせずにね」

「わたしはどうすればよかったの？」

オリヴァーははねつけるように手を振った。「なんでもレディがすることをすればいい」

そう言って、歩み去ろうとした。

レディ・クララが足を踏み鳴らした。

オリヴァーは振り返り、ピンクのブーツをはいた足をじっと見た。「足を踏み鳴らすなんて、甘やかされた子どもみたいだ」

「だってわたしは甘やかされた子どもだもの、あなたって本当に癪に障る人ね」レディ・クララが言う。「わたしはただ、甘やかされた子どもなりに、人の役に立ちたいだけなのよ」

「きみはぼくの役には立たない」オリヴァーは反論するもうひとりの自分を容赦なく撃退して続けた。「ぼくは噂《うわさ》どおり、必要とあればわりと簡単に人を使う。なんらかの得があるのなら、きみのことも利用するだろう。だが、セヴン・ダイヤルズだのホワイトチャペルだの、その悪ガキがいそうな場所に若い女性を――しかも貴族の娘を連れていく気はない。足手まといになるし、自分だけでなくきみの身の安全にまで気を配らなければならなくなる。きみが退屈していて、求婚者が多すぎるというだけの理由で、ぼくがきみを連れていって事態をいたずらにややこしくすると思うのなら、きみが持っていたかもしれない小さな脳も委縮したんだな」

クララは傘でオリヴァーを叩きたい衝動に駆られた。けれども、あいにく持参していなかったし、いつも傘を持ち歩いているデイヴィスはクララに命じられて馬車の中に残っていた。

それに、彼の言うとおりだとクララにはわかっていた。

自分は足手まといにしかならない。

オリヴァーの役に立てると思った自分がばかだった。

彼はもはや、クララの前で下品なことを言った太ったいじめっ子を殴って手を骨折しかけた痩せっぽちの一〇代の少年ではない。

まだ八歳の少女だったけれど、クララは何を言われたのか理解していた。三人の兄につきまといながら、〝おっぱい〟の意味とか、いろいろなことを知ったのだ。あの時点ではわからなかったとしても、その後まもなく、あの場にいたのがハリーやクリーヴドンでも教授と同じことをしただろうということも理解した。おそらくもっとうまくやれただろう。でも、不器用ながら行動を起こしたオリヴァーをなおさら称賛した。

いまのオリヴァーは、ハリーやクリーヴドンと同じくらい大きい。仕立てのいい黒の上着とズボン越しに見て取れるたくましい体格から判断すると、あれから頭だけでなく体も鍛えたようだ。

そんなことはどうでもいい。オリヴァーは耐えがたいほど傲慢でうぬぼれている。ハリーからもっと殴り合いの仕方を習っておけばよかった。男性なら老いも若きも、どちらが正しいか悪いかに関係なく、喧嘩《けんか》で決着をつける。オリヴァーにヘッドロックをかけてやれたら痛快なのに！

「何をそんなにかりかりしているんだ？」

「かりかりですって？」

「もっと頭を働かせてごらん」オリヴァーが言う。「きみと話をするにはこうするしかなかった。ぼくは社交界に出入りしていない。きみを訪ねていって、従僕に名刺を渡すこともできない。いったいどこで知りあったのだろうと、きみの家族に不審に思われるだろう。変装していたんだから、きみが何を企《たくら》んでいるか家族に話していないのは明らかだ」

クララはハリーの妻のソフィーにさえ話していなかった。話せば変装を手伝ってくれただろうが、兄に秘密にするよう頼みたくなかったのだ。

「苦労してわたしをこっそり呼びだしたのは、自分の好奇心を満たすためだったのね」クララは努めて冷静な態度を装った。

「悪いか？　オールド・ベイリーにきみが現れたらおかしいと思うだろう？」

「だから変装したのよ」クララは言った。「あなたに気づかれるとは思いもしなかった」

「愚かだったな」

「いいえ、理にかなった行動だわ」なんて無礼な男。「あなたは自分の仕事に集中しているから、傍聴席のひとりひとりに注目するはずがないと思っていたのよ。でも、あなたはこっちを見たわね。デイヴィスに気がついたんでしょう」

「きみに気がついたんだ」オリヴァーが言った。「そのあとにデイヴィスを見てきみだと確信した」

クララは動揺した。それを抑え込《スロットル》みながら、彼を絞め殺《スロットル》したいと思った。

必死に怒りをこらえてオリヴァーを見上げ、鋭いグレーの目をのぞき込んだ。冬の空のようにどこまでも淡いグレーだ。「あなたは天才なのね。ちょっと注意をそらした瞬間に、変装を見抜くなんて」

「第一に、ぼくは注意をそらしてなどいない」オリヴァーが言った。「周囲に注意を向けつつ、ちらりと一方向を見ることは可能だ。あらかじめ何を言われるかわかっていながら、裁判の行方を見守っていたのだから。第二に、あれは変装とは呼べない」

「第二に」クララは言った。「あれは上手な変装だったわ。ラドゲート・ストリートでミスター・ベイツとすれ違ったけれど、全然気づかれなかったんだから」

「ミスター・ベイツは不注意だな」オリヴァーが鋭い視線をクララの全身に走らせた。「ぼくならどこにいようときみを見分けられる」

クララは体が熱くなるのに気づかないふりをした。「それから、第一に――」

「第一はふつう、第二の前に来る」

「そうね、でもまずはあなたの腹立たしい意見に反論しておきたかったから。第一に――」

「ぼくをまねてからかっているんだな」

「悪い？　あなたがわたしをからかうから」

オリヴァーの唇が震えている。

クララは先を続けた。「第一に、あの裁判はわたしにとって難解だったの。ご存じのとおり、わたしは脳が小さいから、被告側の弁論の弱点を見つけるためにはものすごく集中しなければならなかった。細かい点を論じていて、ほとんど理解できなかったわ。でもそれが狙いなんでしょう？　子どもたちが熱病ではなくてグラムリーのせいで亡くなったことを完全に証明する方法はなかった」

オリヴァーが腕組みをし、突き刺すような目でクララを見た。

これは試験なのだ、とクララは思った。落第したら、求婚されながら、失踪してアラビアのテントで暮らすことを夢想する日々に逆戻りしなければならない。

クララはふたたび歩きだした。落ちつかないのではなく、自分の服で彼の気をそらすことができると知っているからだ。それに、虫眼鏡で観察されている虫のような気分にならずにすむ。「あなたの証人は弁護人に細かい質問をされてたじたじになっていたわね。裁判官にまでしつこくきかれて、ますます自信をなくして口がきけなくなってしまった。陪審には選択の余地はなかった。当然、博識なあなたはとっくに気がついていたことよね」

オリヴァーはうしろにさがり、ブリジットが座っていたベンチの背に手袋をはめた大きな手を置いた。無言だった。

クララは彼の手に吸い寄せられていた目をそらした。

「それで、次の日もまた行ったの。あなたの戦略を知りたくて」

オリヴァーは考え込むようにクララをじっと見ていた。これからが肝心なところで、彼が裁判について自ら説明してくれることはあり得ない。

クララは思いきって言った。「あなたはすてばちになっているふりをした。そして、被告人のひとつひとつの行動に注意を向けさせて、それが彼の有罪につながるはずだった。新聞は毎日その点を書きたてていたわ。枝葉末節ではなくて、読者が理解して、自分で判断できることだったから」

ほとんどの新聞が評決を辛辣に非難した。グラムリーは無罪になっても社会から追放され、落ちぶれるだろう。

クララはいまでは、オリヴァーが評判を得た理由を頭でも心でも理解できた。

長いあいだ、カサカサ鳴る葉音と、遠くから聞こえる通りの喧騒だけが聞こえた。ようやく彼が言った。「トビー・コッピーが通っていた貧民学校に一緒に行ってもかまわないよ」

クララはもう少しでよろめくところだった。けれどもレディはよろめいたりしない。まっすぐ立つか、優雅に気絶するのだ。

「あさっての午前一〇時」オリヴァーが言う。「有害な連中は眠っているか、寝ぼけている時間だから、きみに注目する可能性は低いだろう。だが、それはやめてくれ」クララのドレスに向けて手を振った。「法廷で着ていたのもだめだ。学校の校長に言って、生徒たちに何か作らせるんだ。校長が着ているような服を。素人劇で使うと言えばいい。どこへきみを迎えに行けばいいか、フェンウィックに伝言を頼んでくれ」

オリヴァーは帽子のつばに手をやると、歩み去った。クララは彼の背中を見送った。彼の姿が見えなくなって、おそらく次の通りに入ったあともしばらくそのままでいた。

「合格した」クララはつぶやいた。「試験に合格したんだわ」

二日後

サフロン・ヒル

その家は崩れかけているように見えた。これに比べたら、インナー・テンプルに立ち並ぶ建物は、現代的で明るく美しいとさえ言える。

家の中はほんの少しだけましで、清潔にしようという努力の跡が見られたが、不毛な努力に思われた。このうえなく不潔で、このうえなくみすぼらしい身なりをした大勢の少女が、クララたちが最初に入った部屋にひしめきあっていた。隅をぶらついている年かさの少女たちの何人かは、通りでも同じことをしていたに違いない。売春婦が着る派手な服を着ていた。そのほかのさまざまな年齢の少女たちは、紙切れの上に身をかがめているか、両腕に頭をのせて眠っている。おそらく、彼女たちが知っている寝床の中で、ここが一番清潔で安全なのだろう。

ふたりの教師——男性と女性がひとりずつ——が、おだやかに、そしてクララに言わせれば必死に、この寄せ集めの生徒たちに初歩的な教育を授けようとしている。女性教師が読み方を担当し、男性教師は辛抱強く算数の基礎を教えていた。

「慣れておいたほうがいい。男子の教室へ行く前に」オリヴァーが言った。

「慣れるですって！」クララは小声で応じた。「そんなの無理よ」

「きみが来たがったんだ」

「においには慣れると思うけれど」この眺めには一生かかっても慣れることはできないだろう。

天井の低い部屋に詰め込まれたこの少女たちは、ロンドンにあふれる貧民たちのほんの一部にすぎない。

「誰にも触らないように。息を深く吸い込んでもだめだ」オリヴァーが言う。「きみが熱病で命を落としたら、ぼくは兄上たちに手足をもぎ取られるだろう。そのうえで、もっとひどいことをされる」

「その前にデイヴィスが黙っていないわよ」

デイヴィスが何やらぶつぶつ言った。クララが見やると、その忠実なブルドッグのような顔に嫌悪だけでなく悲しみが見て取れた。

デイヴィスは用心に用心を重ねた。クララのハンカチに酢を染み込ませ、クララの顔以外、全身がくまなく隠れるようにした。そのハンカチを鼻と口にも巻こうとしたのだが、クララは全力で阻止した。

売春婦のなりをしたふたりの少女がオリヴァーに微笑みかけた。ひとりが気取った足取りで近づいてきたが、彼が手を振ってはねつけるとにやにやしながら引きさがり、もうひとりの少女に何やらささやいた。

男性教師がクララたちのもとへやってきた。オリヴァーは教師を隅のほうへ連れていき、ふたりでしばらく話していた。そのあと、教師がひとりの若い売春婦を呼びつけた。オリヴァーは頭を傾けて誰もいない部屋の隅を示すと、少女と一緒にそちらへ向かった。クララは誘われなかったけれど、少しためらったあとでついていくと、デイヴィスもあとを追ってきた。

予想に反して、オリヴァーはいやな顔をしなかった。それどころか、〝なんてお利口な犬なんだ〟と言わんばかりの表情でクララを見た。「ああ、ミセス・ファクソン。彼女はジェーン。トビー・コッピーを知っているそうだ」

ジェーンはうさんくさそうにクララの頭のてっぺんからつま先までじろじろ眺めた。

「ジェーン、ミセス・ファクソンはブリジット・コッピーがいる学校で教師をしている。トビーを探しているんだ」

「あいつ何したの？」ジェーンがきく。

おそらくそう言ったのだと思う。フェンウィックよりもはるかにコックニー訛りが強く、クララは聞き取るのに苦労した。

「知っているだろ」オリヴァーが言う。「学校を辞めたんだ」

ジェーンが肩をすくめる。「誰だって辞めるわよ」

「きみは辞めていない」

「だって誰も――」ジェーンが不意に言葉を切り、敵意のある表情を浮かべた。「あんたの手口はお見通しよ、レイヴン」大声を出す。「トビーだろうと誰だろうと、あたしがたれ込むと思ったら大間違いよ。友だちは売らない」それから、声を低くしたものの、あいかわらず喧嘩腰で言った。「それで、分け前《スライス》をもらうの。ブリジットに自業自得だって伝えといて」そして、気取った足取りで歩み去った。

オリヴァーは首を横に振った。「じゃあ行こうか、ミセス・ファクソン。時間を無駄にしてしまったな。彼らは結束がかたいんだ。〝盗人《ぬすっと》にも仁義あり〟ってことだ」

オリヴァーはレディ・クララを見直さねばならなかった。彼女は具合を悪くすることも気を失う気配もなく、最初の試練を乗り越えた。

ロングモアの妹なのに、全然似ていない。

男子の教室は無秩序状態だったが、教師たちは果敢に自らの仕事をし、数名の気丈な少年が学ぼうとしていた。

オリヴァーは目ぼしい少年をひとり選んで、ジェーンのときと同じように連れだした。だが教室の外には出ていかなかった。それでは何もききだせなくなる。

その少年――ジョスはジェーンよりもさらに敵意をむきだしにした。同様に収穫はなかった。

オリヴァーはふたたび否定的な意見を述べると、男子の教室をあとにし、レディ・クララとデイヴィスを連れて外に出た。無言で歩いた。ほかのふたりも黙り込んでいる――衝撃を受けて言葉を失っているに違いない。一同は急ぎ足でハットン・ガーデンの貸し馬車屋へ向かい、古びた馬車に乗り込んだ。

「これで終わり？」馬車が動きだすや、レディ・クララが口を開いた。「貧民学校をあと何校訪ねれば情報が手に入るかしら？」

「ちゃんと聞いていなかったのかい?」オリヴァーは言った。「いろんなことがわかったじゃないか」

「みんなあなたのことを知っていたみたいね。あの女の子たち……ジェーンも……」レディ・クララは言葉に詰まり、窓の外に目をやった。窓ガラスは傷だらけですっかり汚れているから、何も見えないだろうが。

「あの子たちははっきり言わなくてもぼくには伝わるとわかっているんだよ」オリヴァーは言った。

「ジェーンが何を言っているのかほとんど理解できなかったわ。あの少年——ジョなんとかっていう。あの子もまるでメソポタミア語を話しているみたいだった」

「お嬢さまが理解する必要なんてありません」デイヴィスが言う。「あんな人たちのそばに寄らせるなんて。あの無礼な少女のぼろ服がお嬢さまのスカートに触れていたんですよ」オリヴァーをにらんだ。

オリヴァーは肩をすくめた。「あとでお嬢さまの服を燃やせばいい。なんなら、真夜中にでも」

「そんなことをしたら誰かに気づかれます、サー」〝サー〟という言葉が、〝この悪魔め〟と言っているように聞こえた。「わたしが厨房《ちゅうぼう》にいたら怪しまれます。お嬢さまの寝室の暖炉でドレスを燃やしでもしたら、屋敷じゅうの噂になりますよ。奥さまに知られたらどうするんですか?」

「ドレスをぼくに送りつけてくれ。ぼく宛にどこかに預けてもかまわない。燃やしておくよ」

「ドレスのことは気にしないで」レディ・クララが言った。「何がわかったの?」

「ジェーンは人を切る《スライス》のが好きな男の話をしていた」

小間使が女主人を見つめた。「この方を殺してもいいですか? 恐ろしい人ですよ。お嬢さまは恐ろしい男とばかり関わり合いに――」

「黙ってちょうだい、デイヴィス」レディ・クララが制した。「ミスター・ラドフォードの前で、わたしの過去の恥《エア・マイ・ダーティー・リネン》をさらけだすつもり?」

レディ・クララの清らかな寝室を想像していたオリヴァーのもうひとりの自分が、今度は彼女の下着《リネン》に思いを馳《は》せた。コルセット、ペチコート、シュミーズ、そして、その奥の肌に。

「わたしを怖がらせたいのならお好きなだけどうぞ、ミスター・ラドフォード」レディ・クララが言う。「でもいつか、何がわかったのか教えてくださいね」

「第一に、きみを連れてきたぼくは賢明だった」

「賢明ですって! あなたが! 試験に合格したのはわたしなのに」

「もしきみが合格していなければ、思ったような情報を得られず、ぼくは賢明とは言えなかっただろう」オリヴァーは言った。「とにかく、ジェーンはきみに嫉妬して――」

「嫉妬ですって?」

「売春婦は男のことになると対抗意識を燃やして見境をなくす。ジェーンはきみが知らないことを自分は知っていると見せつけたかったんだ。ジョスは男だから、魅力的な女性に知識をひけらかしたがっていた。たとえ顔が肥料で汚れている女性でも」

レディ・クララは肥料を塗って顔色を悪くし、きめを粗く見せていた。それでも美しさは隠しきれない。相手が注意散漫で頭の鈍い少年でも――ジョスは違うが。

「デイヴィスが配合してくれたのよ」レディ・クララが言う。「ジョスは――九歳くらい？」

「一四歳だ」オリヴァーは答えた。「発育はよくないかもしれないが、貧民窟で育つ子はメイフェアの子たちよりも早熟だ。きみをもっとよく見たかったんだよ。清潔なにおいをかいでみたかったのかもしれない。そのためには対価を払う必要があるから、知っていることをぼくに話した。ついにトビーを連れだした人物がわかったぞ」

予想どおり、フリームだった。数あるロンドンのギャングの中で、よりによってあそこに入るとは。シヴァーのおかげで動機もわかっている。

「どういうことかよくわからないわ」レディ・クララが言った。

「自分で謎を解いてごらん。結婚から逃れることに頭を使うよりはずっといい」オリヴァーは促した。「ただし、きみの単なる好奇心を満たすのにこれ以上つきあうつもりはない」

レディ・クララは今日、彼と一緒に行動するために大きな危険を冒した。二度とあってはならないことだ。彼女がいなくても、必要なことはききだせただろう。これほど簡単にはいかなかっただろうが。

たしかにオリヴァーは間違いを犯した。それを正さなければならない。

「単なるですって！　さっきは――」

「きみの小間使も反対している。反論の余地はない」

「デイヴィスはわたしの母親じゃないわ」

「きみの母上に告げ口したくないんだ」オリヴァーは言った。「ぼくだって友だちを売りたくはない。だがジェーンのように、挑発されたら話してしまうだろう。もうすぐオックスフォード・ストリートに着く。ここでぼくは降りるよ。ロンドン警視庁に用があるんだ」御者に合図して馬車を止めさせた。

「ミスター・ラドフォード、あなたはぶしつけで――」

「よく言われる。鼻持ちならないとも」御者が扉を開けるため、御者台からのろのろと降りてくる。オリヴァーは窓と格闘し、力ずくで引きおろすと、扉の取っ手を回した。

扉を開けたところで、レディ・クララが彼の腕をつかんだ。

「ミスター・ラドフォード――」

「お嬢さま！」デイヴィスがぎょっとして叫んだ。

オリヴァーも腕に触れられてぎょっとした。しかも、それだけではなかった。

レディ・クララは手を離さなかった。

ほっそりした小さな手は、ほとんど重さを感じさせない。それなのに、彼は短剣で突き刺されたような衝撃を感じ、血が騒ぐのを感じた。

「そんなに簡単には引きさがらないわよ」レディ・クララが言う。

「どうかな？」オリヴァーが手を重ねると、レディ・クララの手がこわばるのがわかった。デイヴィスが真っ赤になって傘をつかむ。叩かれてもかまわない。もっとささいなことで腹を立てた女性に叩かれたこともある。

オリヴァーが手を持ち上げても、レディ・クララは抵抗しなかった。驚きのあまり動けなくなっているのだろう。オリヴァーはその手を適切とされている唇の二センチ下ではなく、唇の真上に持っていった。そして、礼儀をわきまえて音だけのキスをする代わりに、唇を押し当てた。時間をかけて。彼女がいつもまとっているかすかな香りを胸いっぱいに吸い込んだ。

「さようなら、お嬢さま」オリヴァーは言った。「おかげで刺激的な一日を過ごせたよ。運がよければ、もう二度と会うこともないだろう」

レディ・クララの手を放し、微笑みをたたえたままゆっくりと馬車を降りた。

扉を閉めたときには、笑みは消えていた。御者に硬貨を手渡し、まだ乗っているレディたちに料金を請求しないよう言いつけ、御者台に戻るよう急《せ》かしてから、歩道に足を踏み入れた。

馬車がブロード・ストリートを走りだすのを見届けたあとで、自分に悪態をついた。

クララはキスをされた手をじっと見つめた。

感情的になってオリヴァーに触れたとき、もう少しで手を引っ込めそうになった。言葉ではうまく説明できない。寒い場所から帰ってきて、暖炉に両手をかざしたときのような気分だった。

そして。それから……。

せつない気持ちでいっぱいになった。

彼女はいろいろなものを求めていた。自由。冒険。禁じられた本や場所。でも、男性との交際を望んだことは一度もなかった。この切望を感じたら、それ以外の願いはどうでもいい気がする。胸が締めつけられるようで、途方に暮れてしまう。

〝行かないで《ステイ》〟危うくそう言いかけた。

オリヴァーは少しだけとどまってくれた。そのわずかなあいだにクララの手にキスをして、骨抜きにした。

薄い革の手袋越しに唇のぬくもりが伝わってきた。それだけで心があたたまり、胸が高鳴るのを感じた。どうしてそんなことをしたのかわからないけれど、尋ねる前に彼は姿を消していた。

遠い昔、オリヴァーに言われたのを思いだした。〝ここで待っていて《ステイ》〟

「待たなかったけれど」クララはつぶやいた。

「お嬢さま？」

顔を上げると、デイヴィスがこちらをじっと見ていた。「なんでもないわ」

デイヴィスが手袋のしわを伸ばした。「まあ、誰かに殺されずにすめば、あの方も裁判官やら大法官やら、ひょっとしたら公爵にだってなれる見込みがありますよ。相手にするならそれからです」

「別に相手にしたいなんて言っていないわ」クララは窓の外に目をやった。ガラスが傷だらけで何も見えないにもかかわらず。

「もちろんです、お嬢さま。それが賢明です。あんな人とは関わらないほうが身のためですよ。簡単なことです。議会は今日で終わりですから、あさってにはチェシャーへ発《た》つことができます」

「デイヴィス」

「今夜のパーティーは盛りだくさんで、みなさん楽しみにしていらっしゃるんですよ。あさって出発してしまえば、もうあの方に会う心配はありません」

クララは前を向いてデイヴィスをにらんだ。本気で腹を立てたわけではない。デイヴィスは日頃は本分をわきまえ、下位の使用人たちの手本となるべく口を慎んでいる。けれども、長年のあいだに、クララとともに数々の危機を乗り越えてきた。それに、クララより年上で長く生きているし、信頼を得ているから、ふたりきりのときや、感情が抑えきれなくなったときに、分を超えることがあるのだ。

「チェシャーには行かない」

「でしょうね」デイヴィスが言った。

「彼みたいなまねはやめて——自分のほうが賢くて、なんでもわかっているというような顔をして。うんざりするわ」

「かしこまりました、お嬢さま」

「ケンジントンに行き先を変更するよう御者に言ってちょうだい。ドーラ大おばさまに話があるの」

「そのドレスを着替えてからでないと」デイヴィスが言った。「お嬢さま」

4

「木曜日、国王陛下は議会を閉会するために貴族院へ向かわれた。アルベマール伯爵とクイーンズベリー侯爵につきそわれ、二時少し前に馬車にお乗りになられた」

『宮廷日誌』（一八三五年九月一二日）

オリヴァーは彼の計算によると、三つのじつに愚かなことをした。第一に、フェンウィックを通してクララに連絡を取ったこと。第二に、ミリナーズ・ソサエティで彼女と会って話をしたこと。第三に、彼女を貧民学校へ連れていったこと。空気中を漂っているありとあらゆる病原菌に感染してもおかしくなかった。生徒たちと違って、彼女は貧困や不潔な環境や病気に鍛えられていない。ジェーンならしゃっくりひとつ起こさないようなものによって死んでいたかもしれない。

この調子では、バーナードよりも知性が劣る可能性がある。

クララの手にキスをしたことが功を奏するのを願うばかりだった。オリヴァーはけしからぬふるまいをした――いつにも増して。彼女はこれで分別を働かせ、彼を避けるようになるはずだ。もうひとりの自分が異議を唱えているが、理性に欠けている者の意見を聞く必要はない。

論理的かつ良識ある思考によって、心の平静を取り戻せるはずだ。

オリヴァーは決断を下し、それに基づいて行動した。状況を支配した。

それなのに、感情を切り離すことができなかった。

まるで幽霊に取りつかれているかのように、クララの手の感触が腕に残っている。ドルリー・レーンを通り、ロング・エーカーに入ってからもずっと、その重みを感じていた。ロンドン警視庁に到着し、警視と個人的に話がしたいと頼んだあともまだ。

ロンドン警視庁は、六年前にできたばかりのあたらしい機関だ。当初はほとんどの人が反感を抱いていた。警察官が職務中に人を殺しても、検視官は正当殺人と判断するのだ。だがいまでは、好意的に受け入れられているとは言わないまでも、公平な見方をされるようになっていた。

一方、ロンドン警視庁側はというと、オリヴァーに対して複雑な感情を抱いている。多数派の意見と同じく、扱いにくい相手だと思っていて、殺してやりたいと思うときさえあるかもしれない。とはいえ彼は、役に立つ人脈や情報網を持っているし、優秀な検察官でもある。

オリヴァーは他人の時間も無駄にしたくないので、重要なことだけ話した。「シヴァーがブリジット・コッピーを気に入っている」シヴァーが何者か説明する必要はなかった。「彼女は必死に身を守ろうとして、シヴァーをきっぱりと拒絶した。シヴァーは傷ついた自尊心をなだめるためか、彼女に考え直させるために、彼女の弟を誘い込んで道を誤らせた。貧民街ではよくある話で、通常なら、こんなことであなたの手を煩わせるつもりはない。だがブリジットは現在、貧困女性に教育を授けるミリナーズ・ソサエティに保護されているんだ」

「ハート・ストリートにある学校のことか？」

オリヴァーはうなずいた。

警視が唇を引き結んだ。これ以上説明する必要はない。

ミリナーズ・ソサエティはロンドン警視庁と同じ地区にあり、ジェイコブ・フリームの縄張りでもある。設立者である三人姉妹は位の高い貴族と結婚した。もしフリームの窃盗団がミリナーズ・ソサエティに迷惑をかけたら、警察は有力な貴族たちから厳しく非難されるだろう。警視をはじめとする何人かの首が飛ぶことになる。一方、この地区で一番厄介な窃盗団を排除すれば、警察の地位は上昇する。

オリヴァーは言った。「何年もフリームを追っているんだろう」

「サム・ストークスにまかせよう」警視が応じた。「彼が適任だ。逮捕係《ランナー》だった頃から一番のやり手だ」

昔ボウ・ストリートは、ロンドンの泥棒を逮捕するボウ・ストリート・ランナーズの本部だった。だが汚職の醜聞が一因となり、ボウ・ストリート・ランナーズは解散し、ロンドン警視庁が新設された。サム・ストークスは誠実で粘り強く、見た目よりもはるかに頭の切れる危険な男だ。現在は警部となり、この地区で――おそらくロンドンでも一番の捜査官だが、警察はもはや捜査するのではなく、犯罪を防止する機関ということになっている。ストークスは呼ばれてから数分でやってきた。平凡な容姿の男で、どんな人ごみにも溶け込めるだろう。彼のほかに誰もいないときでさえ見過ごされてしまうかもしれない。中肉中背で、特徴のない顔をしている。

「またフリームか」オリヴァーの説明を聞いたあと、ストークスがぼやいた。「あいつほど逃げ足の速いやつは見たことがない。まるでおれたちがいつやってくるか事前に知っているみたいだ。最新の巣窟を突き止めたときには、すでにあたらしいところへ移っている。手下を捕まえることすらできない」

シヴァーとハッシャー。フリームの側近の中でももっとも恐れられているふたりだ。ハッシャーは威張り屋のシヴァーと違って無口だが、そのあだ名がついたのは静か《ハッシュ》だからではない。人を殺す《ハッシュ》のが好きだからだ。

「もう一度挑戦する気があるのなら」オリヴァーは言った。「ひとつ案があるんだ」

若い未婚のちゃんとしたレディがしょっちゅう変装するのは容易ではない。しかし変装すれば、クララはあまり注目されずにすむ。そのままでいると、打ち上げ花火のごとく目立つのだ。

そしていま、ウォーフォード・ハウスに帰宅したクララは、着替える必要に迫られていた。幸い、敷地の周囲には高い木が立ち並んでいて、隣接するグリーン・パークからの視線をさえぎってくれる。デイヴィスの助けを借りて離れ屋に忍び込み、もとの姿に戻った。

議会がようやく閉会したため、今日はいつもより楽にやれた。屋敷じゅうが田舎へ出発するための荷造りで大わらわだったし、女性たちは今夜のパーティーの準備にかまけていた。中でもクララの母親と妹たちはひどく興奮していて、クララに関心を向けることはほとんどなかった。

クララはキャブリオレを用意させ、ケンジントンにあるドーラ大おば、レディ・エクストンの屋敷へ出かけた。

以前なら、クララの理解者だった最愛なる父方の祖母に秘密を打ち明けて相談していただろう。祖母は三年前に亡くなり、クララはいまでも寂しく思っていた。祖母の現実的な助言を必要としていた。クリーヴドン公爵に期待しないよう忠告してくれたのも祖母で、それは正しかった。

祖母とまったく同じようにはいかないが、ドーラ大おばも本人が言うところの〝現代よりも気取りのない〟時代に育った世代だ。ソフィーたち姉妹に相談できないとあっては、ドーラ大おばだけが頼りだった。

折よく、大おばは暇を持て余し、退屈しきっていた。クララの話を聞いたら退屈は吹き飛んだようだ。

「ラドフォードと言ったわね」ドーラ大おばが確認した。「ジョージ・ラドフォードに窃盗の起訴をお願いしたことがあったわ。切れ者ね。癪に障る人でもあるけれど。絞め殺してやりたいと思ったことがある男性は、夫のほかにはあの人だけよ。まあ少なくとも、法廷弁護士は役に立つわ。でも、同じ男性のはずないわね。彼は引退したのよ。あなたのお祖母さまが亡くなったのと同じ頃に」

「その方の息子なの」クララは言った。「オリヴァー・ラドフォード。でも、レイヴンと呼ばれているわ」

「本当に？」ドーラ大おばの青い目がきらりと光った。「興味深いわね。ところで、もちろんあなたはロンドンに残りなさいな。家に若い家族がいると張り合いが出るわ。子どもや孫以外の若い家族ってことよ。あの子たちは堅苦しくて。父方の家族に似たのね」

「わたしは堅苦しくしないと約束するわ」クララは請けあった。「でも、お母さまが反対すると思うの」

ドーラ大おばがはねつけるように手を振った。「今日、訪問してわたしから話すわ。お母さまはまた大騒ぎするでしょうね。チェシャーで田舎暮らしをするほうがよっぽど荒っぽい冒険なのに。でもお母さまは結局、癇癪《かんしゃく》を起こして、わたしを追い返すためならなんでも同意するはずよ。それに、荷造りができているのは好都合ね。きっとうまくいくわ」

クララは大おばにキスをして礼を言った。

「気にしないで」とドーラ大おば。「結婚する前に一度くらい外聞の悪いことをしても許されるべきよ」

「わたしはもう二度したわ」クララは言った。婚約同然の関係を解消し、イグビー伯爵夫人の舞踏会で衝撃的な事件を引き起こした。

ドーラ大おばはふたたびはねつけるように手を振った。「あれは不幸なできごとにすぎないわ。まったく違う話よ。あなたは頭がいいから愚かな冒険をしないのはわかっているけれど、ミスター・ラドフォードが父親似なら、人一倍、明晰《めいせき》な頭脳の持ち主なんでしょうね」

優秀な頭脳を黒髪が覆い、こめかみのあたりで粋にカールしている……冬の空のような目……堂々とした端整な鼻……驚くほど器用な口。

けれども、見た目がすべてではないし、女性を歓《よろこ》ばせる能力があればいいというわけでもない。彼はああいう人で、その性格は年を重ねるごとにますます強まっていくだろう。機械のような頭の持ち主と関わってもろくなことはない。

クララはただ、約束どおり、トビー・コッピーを姉のもとへ帰してやりたいだけだ。トビーは見込みがないかもしれないが、彼を愛し、彼のためによりよい生活を望む姉がいるのだから、せめてもう一度チャンスを与える手伝いをしたかった。

それがすんだらもとの世界に戻って、ふつうの生活を送る——大蛇に締めつけられるような窮屈な生活を。そのあとは?

淑女らしくそっと窒息するだろう。

クララがいとまを告げたあと、レディ・エクストンは長年彼女に仕えている執事を呼びつけた。使用人頭であるノーズは、当然、英国の上流階級の最新名簿を暗記していた。

「ラドフォード」レディ・エクストンは言った。「あの家には公爵がいるわよね。名前は思いだせないんだけど」

「モルヴァン公爵でございます、奥さま」

「詳しく説明して」

ノーズは『デブレット貴族名鑑』やほかのどの公式名簿にも載っていない情報を知っている。そのような本は年に一度しか発行されないが、ノーズは新聞の〝出生・結婚・死亡〟欄にもきちんと目を通しているのだ。

説明を聞き終えると、レディ・エクストンは言った。「甥《おい》の娘のクララが滞在することになったの。しっかり準備をしておいてね。それから、職を失いたくなければクララの行動については他言しないよう、使用人たちに言っておいてちょうだい」

「かしこまりました、奥さま」ノーズはお辞儀をして退出した。

その日、オリヴァーは夕方まで情報屋に声をかけ、彼の話が広まるようにした。

午前三時、三人の若い男がセント・クレメント・デーンズ教会に押し入ろうとして見つかった。

彼らは激しく抵抗し、巡査の鼻を折って逃げだした。だが、一番年若で小柄な泥棒が、地面に突き刺してあったステッキにつまずいて転倒した。警察はその一三歳の少年、ダニエル・プライアーを逮捕した。彼が連行されると、オリヴァーはステッキを取り戻して家路についた。

事前の合意に従って、オリヴァーは訴訟事件摘要書を受け取った。

九月一一日午後
ウッドリー・ビルディング

オリヴァーが執務室に入っていくと、ウェストコットは、褐色紙で包装され、ひもでくくられたでこぼこした大きな包みを凝視していた。

「きみ宛だ」ウェストコットが告げる。「公認運搬人《チケット・ポーター》が持ってきた」

オリヴァーはその包みを眺めた。

「いま開けるところだったんだ」ウェストコットが言う。「重くないし、においもしないから、動物の死体でないのはたしかだ」

オリヴァーにはときおり、起訴した相手や弁護した相手の敵味方からメッセージが送られてくる。彼らは読み書きができないため、象徴を用いて思いを伝えるのだ。ところがこの送り主は、オリヴァーの名前と宛先をきちんと書いていた。

「中身がわかった」オリヴァーは口を開いた。

ひもをほどいて包装紙を引きはがした。

「女性のドレスに見えるが」ウェストコットが言う。

「きみはじつに目がきくな」

クララのドレス。貧民学校へ行った日に着ていたものだ。

ウェストコットが机を離れて近づいてくる。ドレスをじっと見たあと、持ち上げてオリヴァーの胸に当てた。

「この色はぼくには合わない」オリヴァーは言った。かすかだが、紛れもない彼女の香りが立ちのぼり、鼻孔をくすぐった。

「これも何かのメッセージなのか？」ウェストコットが手を引っ込めると、香りは消えた。ウェストコットがドレスをためつすがめつ見た。「いつものと違っておだやかだな」

「ぼくがそれを処分することになっているんだ」オリヴァーは説明した。

「証拠品じゃないのか？」

オリヴァーは無言でウェストコットを見つめた。

「もちろん、違うよな」ウェストコットが言う。「きみが証拠品を処分するはずがない。一瞬でもそんなことを考えるなんて、どうかしていた」

「そのようだな」

「動揺したんだ。きみに殺害予告状の代わりに女性のドレスが届くなんて、そうそうあることじゃないから」

「ぼくを殺したがっている人物の名簿に、レディ・クララの小間使も加わったぞ」

「変だな」ウェストコットが言う。「そう聞いても全然驚かない。今度は何をしたんだ？」

「レディ・クララを貧民学校へ連れていって、そこで売春婦の服が無謀にも彼女のドレスに触れたんだ」オリヴァーは答えた。

「レディ・クララ――フェアファックス――ウォーフォード侯爵の長女」ウェストコットがゆっくりと区切りながら口にした。

オリヴァーはうなずいた。

ウェストコットがドレスを机の上に置いた。「彼女を貧民学校へ連れていったのか」

「サフロン・ヒルの」

「ますます悪い」

オリヴァーは経緯を説明した。そして、昨日の夜と今日の午前中のできごとについても話した。ウェストコットはドレスを見つめながら黙って聞いていた。

「屋敷で燃やしたら使用人のあいだで噂になると、小間使が言うから」

「もったいない」ウェストコットが言う。「たしかに、売春婦は健康によくない場所をうろついているが、洗えばすむことだろう。それに、誰か欲しいと言う人がいるはずだ。うちの掃除婦とか」

「そうだな」オリヴァーはドレスを手に取って執務室を出ると、廊下の向かいにあるウェストコットが住居にしている部屋へ向かった。

居間に入ると、ドレスを椅子に放った。それから、もう一度手に取って眺めた。身頃を顔に押し当て、二度と会ってはならない女性のほのかな香りを深々と吸い込んだ。

五分後、ふたたび廊下へ出て執務室に戻った。そして、ドレスをティルズリーの手に押しつけて言った。「掃除婦にやってくれ」

九月一四日月曜日
オールド・ベイリー

有罪。

その日、ニュー・コートで行われた裁判は迅速に進んだ。ダニエル・プライアーはそれほど待たされずに自らに下された判決を聞いた――終身流刑。プライアーはたちまち泣き叫びはじめた。自分はやっていない！　犯人は自分じゃない！　別人だ！　というようなことを言いながら。自分はあの近くにはいなかった。なのに、取り押さえられたんだ！

オリヴァーを指さして脅す。「見てろよ、レイヴン！　必ずこの借りは返すからな」看守に引きずられていきながら叫びつづけた。ニューゲート監獄へつながる重い扉が閉められたあともなお、くぐもった叫び声が聞こえてきた。

これは芝居だった――少なくとも、一部は。

プライアーはこれまで何度も裁判にかけられていて、警察官に暴行し、悪名高い人物と関わりがあることで知られていた。絞首刑になる可能性はじゅうぶんにあった。それで、刑を死刑から流刑に減免してもらう代わりに、ジェイコブ・フリームを密告したのだ。

オリヴァーは傍聴席を見上げた。

クララの姿はなかった。いるはずがないだろう？

彼女に用はないとはっきり伝えたのだし、別れ際に無礼なふるまいをした。彼女のほうももう用はないだろう？

オリヴァーは法廷をあとにし、式服着替え室でかつらとリネンのたれ襟とローブを脱いで街着を身につけた。

廊下でウェストコットが待ち受けていた。

「上出来だ」ウェストコットが言う。「あの少年は名優だな」

「演技ではない部分もあったが」オリヴァーは応じた。「流刑地で地獄のような長い人生を送るのは絞首刑よりましとはいえ、祝いたくなるようなものではないからな」それでも、今回の判決は妥当と言える。ダニエル・プライアーは生まれながらの常習犯だ。

「これまででも指折りの手品を披露したのに、あまりうれしそうじゃないな」ウェストコットが言う。

「まだフリームが捕まっていない」

「きみが捕まえるさ」

「プライアーが提供した情報が正しければな。正しかったとしても、警察が到着する前にかぎつけられるかもしれない」

ふたりは建物の外に出て、土砂降りの雨の中に踏みだした。灰色のオールド・ベイリーがぼやけて震えていて、ときおり突風が吹き、雨が叩きつけた。

「馬車を拾おう」ウェストコットが提案した。

「一キロもないのに？」

「ずぶ濡れになりたくない」

「雨だからつかまらないぞ」

そのとき、大きな傘を持った少年が駆け寄ってきた。

「レイヴン、すぐに来てください」少年が言う。「あっちに彼女がいます」道路の脇に止まっている馬車を指さした。棺桶《コフィン》キャブと呼ばれている辻《つじ》馬車だ。そう呼ばれる理由は、棺桶《かんおけ》の形をしているからだけではない。カーテンを引いて雨よけをおろせば、乗客は雨から守られるだけでなく、姿を隠すことができるからだ。

「誰だ？」オリヴァーのもうひとりの自分が神経を研ぎ澄ました。

「彼女」少年が答えた。

もうひとりの自分の心臓が跳ね上がった。馬車に向かって歩道を歩いていくあいだに、荒れ狂う薄暗い空が明るくなっていく気がした。

「乗って」女性の傲慢な声がした。

「これはこれは、芝居がかっているな」

「早く乗って、レイヴン」女性が繰り返して言った。

オリヴァーは振り返り、自分の頭に傘を差しながらついてきた少年を見た。「ぼくの友人にまたあとで会おうと伝えてくれないか」

少年は突っ立ったまま、オリヴァーを見上げた。傘から垂れるしずくがオリヴァーの靴に降りかかっていた。

オリヴァーはポケットに手を入れた。「わかったよ。一シリングやろう。その代わり、傘をぼくの友人に譲ってくれないか」

少年は硬貨を引っつかむと、にやりとした。「あんがと、レイヴン！」そう叫び、ウェストコットのほうへ走っていった。ウェストコットがまだ同じ場所にいればの話だが。オリヴァーはそちらへ目を向けて確認する心の余裕がなかった。

雨をしたたらせながら馬車に乗り込むと、たちまち高級な香りに包み込まれた。

「乗り心地がいいな」オリヴァーは感想を述べた。

これで愚かな行動は四つになった。

「裁判に勝ったそうね」クララが言った。

カーテンが閉められた車内は墓穴のようだが、完全な暗闇ではなかった。風が吹くたびにカーテンがはためき、細い隙間から光が差し込む。クララのドレスの細部は見えなかった。オリヴァーの毛織の服の湿ったにおいと、出どころのわからないハーブの香りがまじりあっている。彼女の肌の香りもした。

「裁判の結果が知りたければ、こんな土砂降りの中出かけてこないで、法廷議事録を読めばよかったんだ」オリヴァーは言った。「きみにはどうも自己破壊的な性質があるようだな。肺炎にかかるだけじゃ飽き足りなくて、辻馬車を拾うのか。突然放りだされて死んでしまうかもしれないのに」

コフィン・キャブは悪名が高い。御者は面目にかけて、どれだけ速く走れるか示さなければならないと思っているのだ。その結果、ポストやほかの馬車に衝突して、乗客が道路に放りだされる事故が発生していた。

「それに、小間使を連れていない。とうとう頭がおかしくなったのか?」オリヴァーは少し思案してから続けた。「議会は先週閉会した。どうしてまだロンドンにいるんだ?」

「第一に、デイヴィスとはあなたの事務所で落ちあうことになっているの。この馬車には全員乗れないから」

「それならどうして――」

「質問には順番に答えるわ」クララがさえぎった。「第二に、わたしは正気を失ってなどいませんん。第三に、わたしは田舎へ行く代わりに、ドーラ大おばさまの屋敷に滞在することにしたのよ。トビーの事件のことも、全部打ち明けたの」

オリヴァーはもうひとりの自分が有頂天と恐怖のあいだを行ったり来たりしているのを感じた。フリーム。シヴァー。ハッシャー。やつらがまだあたりをうろついているのだ。

「どこにも行かねえんですか、旦那？」御者が降りしきる雨の音に負けないよう叫んだ。「こいつは屋台じゃねえし、このまま道をふさいでたら、警官に注意されちまいます」

「テンプルへ行ってちょうだい」

「旦那？」

クララが小さくため息をついた。「男性が登場すると、女性は姿が見えなくなってしまうのはどうしてかしらね」

「こちらのレディの言うとおり、フリート・ストリートへやってくれ」オリヴァーは命じた。「インナー・テンプル・レーンだ」それから、彼女に向かって言った。「本当に姿が見えなくなればいいのに」

馬車が動きだした。

クララが何やらつぶやいた。

オリヴァーはきき返さなかった。

離れたところから自分を見ようとしても、どうもうまくいかない。

彼女の姿が見えなくなればいいと言ったのは、本音ではない。馬車に乗らなければよかったとも思わなかった。レディ・クララ・フェアファックスと、カーテンを引いた狭い馬車に乗りたくない男などいない。もっと狭くて、もっとカーテンが分厚くて、もっと長旅ならいいのにと思うだろう。

オリヴァーはいま、それ以上を望んでいた。

体の触れている部分を意識しないわけにはいかない。ラドゲート・ヒルをガタゴト走る馬車が揺れるたびに、触れあう場所は変化した。インナー・テンプルまでは短い道のりだが、激しい雨が降っているせいで、御者も慎重に操縦している――いつもよりは。辻馬車の御者の考える〝慎重〟は、ふつうの人の〝殺人的な不注意〟に相当する。

オリヴァーは必死で頭を働かせ、話を戻した。「ドーラ大おばさまって？」

「レディ・エクストンよ。結婚する前の名前はレディ・ドーラ・フェアファックス」クララが言う。「あなたのお父さまに窃盗を起訴してもらったんですって。犯人が狡猾で、難しい訴訟だったそうよ。お父さまは切れ者だけれど、癪に障る人だとも言っていたわ」

オリヴァーは胸を突き刺すような悲しみに襲われた。だが同時に、思わず笑い声をあげるところだった。母が送ってきた手紙のことを思いだしたのだ。

〝あなたがくれた手紙をお父さまに隠しておくことはできない。でもお父さまは、自分のことは心配するなとおっしゃっているわ。バーナードが何を望んでいるのかはわからないけれど、あの子も忍耐を学ぶ必要がありそうね。お父さまは、自分が死の床についているとしても、相手がどんなに若くて健康だろうと、老練な弁護士にかなう相手はいないとおっしゃっているから〟

「今度父に会ったときに伝えておくよ」オリヴァーは応じた。トビーの件が片づき次第、リッチモンドへ出発しよう。グラムリーの裁判がはじまる前に少しだけ話をして意見を聞いたとき以来会っていない。父がいなくなったらどうなってしまうのだろう。相談できる相手が誰もいなくなる。

「まだロンドンにいる理由は？」

「そうね」クララが人差し指を顎に当てた。「あなたが魅力的だから？　違うわ。トビー・コッピーがまだ見つかっていないからに決まっているじゃない。あなたがわたしの助けを心から必要としているのは明らかだし」

彼女の妄言を聞いて、オリヴァーは——おそらく生まれてはじめて——言葉を失った。

だがそれも、一瞬のことだった。

「愛されすぎて退屈しきっているんだろうが、理性まで鈍らせたらいけないよ。ぼくのいる世界は、きみが生きている空想の世界とは違うんだ。ぼくは法の範囲内で、警察と協力して仕事をしなければならない。真夜中過ぎにようやく、トビーの居どころがわかったんだ。ぼくがある計画を提案して、警察がそれを実行する準備をした。きみの出る幕はない」

もうひとりの自分が異議を唱えたものの、オリヴァーは無視した。

車内の空気が張り詰めた。

だがクララはすこぶるおだやかに返した。「じゃああなたは、トビーがどんな見た目か知っているのね？」

「詳細な人相書がある」

「わたしはあの子を見たことがある」クララが言う。「話をしたことも何度かあるわ。お金を渡したのよ。トビーはあなたとわたしのどっちを信用すると思う？」

「信用される必要などない。ぼくたちは――」

「旦那、インナー・テンプル・レーンでいいんですよね？」御者が叫んだ。「着きましたよ、旦那――と奥さん」

オリヴァーはクララの背中に手を添え、急きたてるようにして門を通り抜けた。インナー・テンプル・レーンに立ち並ぶ建物がだいぶ雨風をさえぎってくれたとはいえ、ウッドリー・ビルディングに着いた頃にはびしょ濡れになっていた。彼女を連れて急いで階段を上がり、事務所に入ると、事務員のティルズリーが手持ちぶさたな様子で、しし鼻の先に定規をのせてバランスを取っていた。

ティルズリーが定規を落とし、口をぽかんと開けた。青と黄色のあざだらけの顔がますますまぬけ面に見える。

「石炭を持ってこい」オリヴァーは命じた。「暖炉に火を入れないと、肺炎になってしまう。早くしろ！　レディが死にでもしたら、いらぬ注意を引くことになるのはわかるだろ」

ティルズリーはあわててスツールから立ち上がった。「はい、サー。ミスター・ラドフォード、雨が降っていたので、勝手ながらミスター・ウェストコットの執務室に火をおこしておきました。もうじきおふたりがお帰りになると思って」

クララはティルズリーのそばへ行ってその顔をしげしげと見た。「まあ、フェンウィックの仕業ね？」

「お気遣いありがとうございます、マダム。ぼくもやり返したんですよ。向こうが優勢だったのは、ずるい手を使ったからなんです」

「ミセス・ファクソン、事務員のティルズリーを紹介するよ」オリヴァーは言った。「先日きみが訪ねてきたときは、あいにく手がふさがっていてね。見かけよりもずっと有能なんだ」

ティルズリーは思いがけず褒められて赤くなり、あざだらけの顔がまだらになった。オリヴァーはめったに褒め言葉を口にしないのだ。

「火が入れてあるのなら、紅茶を用意してくれ」

「はい、サー」

オリヴァーはウェストコットの執務室のドアを開けると、クララを押し入れた。

外は大荒れのうえに、黒っぽい羽目板張りの重厚な家具が置かれた部屋はつねに薄暗い。明るいのはクララだけだ、とオリヴァーは思った。ろうそくと炉火の光が、彼女のボンネットから頬へ、さらに首へと伝う雨のしずくに反射してきらきら光っている。

ずぶ濡れだ！

オリヴァーは彼女を暖炉のほうへ押しやった。

「ミスター・ラドフォード、暖炉のある場所くらいわかるわ」クララはそう言うと、ボンネットのリボンを引っ張った。

「それではだめだ！」オリヴァーはそばへ行って彼女の手を押しのけた。「ますます結び目が締まってしまう。別に驚かないよ。当然、きみはリボンのほどき方など知らないだろうからね」

「知ってるわ」クララが反論した。「でもリボンが濡れているし、手元が見えないからやりづらいのよ」

「顎を上げてくれ。ぼくが手元を見られるように。とんでもなく大きなつばだな。巨大なカモノハシみたいだ。側面は覆わず、前に張りだしている」

クララが顎を上げて彼を見上げた。

彼女の瞳はアクアマリンのように澄んだ水色をしている。濡れたなめらかな肌は、露に濡れたバラの花びらのようだった。

醜い帽子をかぶっていてもなお、彼女は美しい。

自制心のない男なら、我慢するのがつらくてクララを見ていられないかもしれない。

オリヴァーはリボンをほどく作業に集中した。手元はしっかりしているが、心臓が激しく鼓動していた。

水浸しのリボンを顎の下からはずした。「ほら、できた。いますぐ暖炉にくべるよう勧めたいところだが、あいにく代わりの帽子がなくてね」びしょ濡れの帽子を彼女の頭から取り上げると、近くのテーブルに放った。「しかし……」振り返って彼女を見たとたんに、言葉を失った。

琥珀《こはく》色の髪が光を受けて輝いていた。

帽子をかぶっていないクララを見るのははじめてだ。

感情を切り離そうとしたが、もうひとりの自分がしがみついてきて、しばしのあいだ『オデュッセイア』の世界に迷い込んだ気がした。彼女は生身の人間とは思えないほど美しい。カリュプソー、キルケー、アプロディーテー。男を魅惑する神話の女神ではないだろうか。

だがここは神話の世界ではないし、オリヴァーは理性的な人間だ。魅惑されるはずがない。女神など存在しないのだから。

クララは今度はケープの留め具に手こずっていた。

オリヴァーは手伝いに行った。「ほどき方を知っていると言ったのは本当かもしれないが、この目で見ないと信じられない。こんな簡単なことも自分でできないなんて」留め具に手を伸ばした。

クララが彼の手を払いのけた。「自分でできる――」

「全然できていないじゃないか」オリヴァーはふたたび手を伸ばした。

クララがさっと体を引いた。「放っておいて」

「きみにはできない――」

「わたしに何ができて何ができないかなんて、あなたにはわからないわ。ばかにしないで」

「ばかになんてしていない」

「いつもばかにする」クララがきつい口調で言った。「いろんな形で」

「ぼくはただ、単純な事実を指摘しているだけだ。きみはそれを受け入れられないんだろう」

「あなたなら受け入れられるの？　わたしの人生を生きられる？　きっと二〇分で音をあげるでしょうね」

「贅沢《ぜいたく》な暮らしをして、絶えずちやほやされる人生がそんなに大変なのかい？」

「あなたには耐えられない。一時間もしたら退屈で死んでしまうわ」

オリヴァーは思わずあとずさりした。彼女の声が緊張していて、目になんらかの感情――苦悩か？――がよぎったのに気づいたからだ。「そうかもしれない。だが――」

「あなたが空想の世界と呼ぶ場所で、わたしがどんなふうに暮らしているか、あなたには想像もつかないでしょうね」クララが張り詰めた口調で言葉を継ぐ。「自分を守ろうとする人たちに囲まれて、過保護にされる暮らしがどんなものか、わからないでしょう。守るというのは、あれをしてはいけない、これをしてはいけないと言われることなのよ。女の子らしくないからって。そんなことをするのはおかしいって。兄たちが学校に入ってあたらしい友だちを作って、自分には絶対に――本の中でしか経験できない冒険をするのを、指をくわえて見ているしかないときの気持ちがわかる？　本を読みすぎたら、物を知りすぎたら、叱られるのよ。頭が悪いふりをするよう、意見を差し控えるよう教えられるの。男性を驚かせて追い払ってしまわないように。女性は自分の意見を持たないことになっていて、つねに男性の意見に従わなければならないからって」足を踏み鳴らした。「あなたはわたしのことを何ひとつわかっていない。何ひとつ！　なんにも！」

それから、突然泣きだした。ただ涙を流したというのではなく、積年の鬱積した深い悲しみが込み上げたように泣きじゃくった。

オリヴァーは手を伸ばしかけたが、思いとどまった。「泣くな」拳を握りしめた。「泣くんじゃない」

「あなたのせいよ！　あなたが最低だから！」

「きみは感情的になっている」オリヴァーは激しい鼓動をよそに、おだやかに言った。「頭からバケツの水をかぶせられたくないなら、泣きやんでくれ」

クララがふたたび足を踏み鳴らした。「すでにず――ずぶ濡れよ！　ば――ばかね！」

「最高だな。自分の思いどおりにならないからって、理性をかなぐり捨てて泣きわめき、足を踏み鳴らすとは」

「そうね、わたしは理性を失っている。あなたは傲慢で、うぬぼれ屋で、礼儀知らずで――」

「ますます最高だ」オリヴァーは言った。激しい感情――不適切な感情が込み上げてくるのを感じながら。「つまらないことでかっとなって」

「つまらないことですって！」

クラがくるりと背を向け、テーブルの上に置いてあった不格好な帽子を手に取った。

「もう帰るのか？　ぼくたちは――」

「偉そうな頑固者！」クララが帽子でオリヴァーの腕を叩いた。「鼻持ちならない――」続いて胸を。

「やめておいたほうがいい」オリヴァーは言った。「ぼくのほうはいまのところ理性を保っているが、このままだとそれも難しくなる」

彼女のせいだ。彼女は情熱的な女神だ。青い瞳がきらめき、髪は炎のごとく輝き、頬が紅潮している。

クララが帽子を投げ捨て、オリヴァーの上着の襟をつかんだ。「わたしが男性ならよかったのに。あなたを叩きのめすことができるから。拳で顔を殴って、鼻を折って、それから――」

「いいかげんにしてくれ。頭がおかしくなりそうだ」オリヴァーは両手で彼女の肩をつかむと、唇を重ねた。

5

「法廷弁護士……一、顧客に対する義務を考えるに当たって、行動の是非、顧客、行動の仕方について熟考する」

『法律家《ジュリスト》』第三巻（一八三二年）

男性がなれなれしくしてきた場合、レディが何をすべきかクララは知っていた。抵抗し、全力で名誉を守らなければならない。

そんな掟《おきて》を作るのは、オリヴァー・〝レイヴン〟・ラドフォードにキスをされたことがない人だ。

彼の唇が押し当てられた瞬間、なじみのない激しい感情に襲われ、頭に刻み込まれていたはずのレディの掟が吹き飛んだ。

クララは彼を押しのけなかった。必死でしがみつき、経験が少ないなりに夢中でキスを返した。

未経験と言ってもいいかもしれない。

これまでにキスと呼んでいたものと今回のキスでは、兵隊ごっことワーテルローの戦いくらい違いがある。

襟を放し、彼の首に両腕を回して抱きついた。

オリヴァーが喉の奥から声をもらした。クララの肩をなでおろして二の腕をつかむ。体を引こうとする気配を感じて、クララがなおもしがみつくと、彼の手が腰に回され、きつく抱きしめられた。キスは激しさを増していき、クララの稚拙なキスの記憶はかき消され、これが最初のキスとして刻み込まれた。なじみのない感情はやがて歓びと切望に変化した。

不思議な感覚——きっとレディにふさわしくない。

クララはその感覚に飛び込んだ。子どもの頃、泳ぎを禁じられていた湖に飛び込んだときのように。彼女と同じくらい乱れているオリヴァーの呼吸に合わせてたゆたい、彼の大きな体が発する熱に、力強い両手のぬくもりに包まれて泳いだ。安全でもあり危険でもある海の中で。遠くの水平線にまた別の島があって、そこへ向かって急速に流されていくのを感じた。

危険だわ。

安全など望んでいない。これまでずっと守られすぎていたのだから。

こんな危険を求めていた。オリヴァーの腕の中で、たくましい体に押しつぶされたい。何も考えず、ただ彼を——彼のすべてを、この瞬間を感じていたかった。毛織とリネンの感触。ケープと彼の上着がこすれあう音。暖炉の煙と、湿った毛織とリネンと、男性の——この男性のにおいが入りまじった香り。彼の中に潜り込んでしまいたかった。その熱や深いキスや感覚が体じゅうを駆けめぐり、クララはこれ以上の何かをもどかしく求めていた。

少しずつ手を動かし、オリヴァーの髪に指を絡めた。鴉の羽のように黒く美しい豊かな髪に。

レイヴン。

彼のうめき声が聞こえ、クララはさらに抱き寄せられた。

不意に、彼の体がこわばるのを感じた。

そのあとで、クララにも聞こえた。静まり返った部屋に、ノックの音が雷鳴のごとく響き渡った。その音を頭の片隅に押しやろうとしたけれど、無理だった。オリヴァーは体を引いたものの、クララを放そうとしなかった。

ふたたびノックの音がした。どんどん強くなっていく。

ティルズリーが閉められたドア越しに大声で呼びかけた。

「紅茶の用意ができました。お邪魔したのでなければいいのですが——会話のってことです」

オリヴァーが顔を上げ、そのときはじめてクララに気づいたかのようにじっと見た。それから、さりげなく彼女から離れた。一方、クララは立ち尽くしたままだった。世界がひっくり返り、これまで生きてきた人生が木っ端みじんになって、子どもが放りだしたおもちゃのように散らばった。

内心うろたえているのに、叫びも、よろめきも、目を泳がすことさえしなかったのは、長年の訓練の賜物《たまもの》だ。

はじめてのキスだった。これまでキスと思っていたものは、そうではなかった。欲望もはじめて知った。これまでは、いけないことをしているという感覚に酔っていただけだった。そしてそれは、本当にいけないことではなかった。

自分は世慣れた女だと思っていた。だが実際は、ただのおぼこ娘だった。

震えをこらえて立ち、迫り来る嵐のようなグレーの瞳を見つめた。長年の訓練のおかげで、心臓が早鐘を打っていても落ちつき払っていた。〝わたしはひどい過ちを犯した〟でも〝それがどうしたというの?〟

「入ってくれ、ティルズリー」オリヴァーが言った。「何も待つ必要はない」

ドアが少しだけ開いた。

「お許しください、サー」隙間の向こうから声が聞こえた。「ミスター・ウェストコットかミスター・ラドフォードがお客さまと一緒にいるときに部屋に飛び込んではいけないということは承知しています。ただ、状況によっては許される場合もあると言われています。つまり、用件の緊急度を考慮しなければなりません。たとえば、訴状の段階と絞首刑の段階では緊急度が異なります。おふた方がご親切にも教えてくださいました。絞首台でロープを首に巻かれて待っている人のところへ国王の恩赦状を持っていくのでもないかぎり、そんなに急ぐ必要はないのだと」

オリヴァーが唇をかんだ。「いい子なんだが、しゃべりすぎる」

オリヴァーはしっかりとした足取りで――クララはいまにも膝が抜けそうだというのに

――歩いていき、ドアを大きく開けた。

真っ赤な顔をしたティルズリーが部屋に入ってきた。敷居で軽くつまずいたものの、大きなティートレーはどうにか落とさずにすんだ。

それを暖炉の近くのテーブルにそっと置くと、暖炉に石炭をくべ、火かき棒で手際よく火をかきたてた。クララにもオリヴァーにも一度も目を向けなかった。

そして、ご用がありましたらなんなりとお申しつけください、おそばに控えていますから、と言ったあと、退出してドアを閉めた。

一瞬、沈黙が流れた。ろうそくと暖炉の明かりが、本が詰め込まれた棚や壁、テーブルや椅子をぼんやりと照らし、オリヴァーの顔に影を落としている。クララは考えていた。〝これからどうするの？　ふたりはどうなるの？〟

「どうやらヒステリーはおさまったみたいだな」オリヴァーが言った。「長年のあいだに蓄積された不満が、ときどき爆発するんだろう。誰の目にも明らかだ。キスをしたことを謝るつもりはないよ。言い訳もしない。事実は単純かつ明確だ。きみは激情に駆られていた。激情に駆られたレディ・クララ・フェアファックスは、じつに刺激的だった。ぼくは男だから、男なら当然生じる衝動に屈した」驚いているクララの目を見つめる。「それから、二度としないという約束はできない。きみがまた困らせるようなことをしたら、ぼくはああせざるを得ない。ぼくは自制心のあるほうだが、自動人形ではないから、ぜんまい仕掛けのようには動けない」

「第一に」クララは口を開いた。声がかすれて震えた。

オリヴァーが片手を上げてさえぎった。「これからケープの留め具をはずすから、ぼくを怒鳴りつけたり、傷つけたり、議論を吹っかけたりしたくなっても全力で我慢してくれ」

〝あなたを困らせたりしていない〟クララはそう言おうとしたのだが、それは嘘だった。クララは最初からオリヴァーを困らせていた。この事件を解決して、ちゃんとした生活を送ろうと努力している少女を助けるのだと、自分に都合よく考えていた。けれども、クララは必要とされていない。ただ誰かに必要とされたかっただけだ。彼につきまとうことしかできない。母に禁止されるまで、兄たちにつきまとっていたように。

〝あの子の好きなようにさせておくから、こんなことになるの〟ヴォクソールで喧嘩してから数日後、歯が欠けたのがばれたとき、母は怒って父に言った。〝兄たちに甘やかされた結果がこれよ。このままだと傷だらけになって、レディらしいふるまいも覚えられないわ。それで、文学かぶれのじゃじゃ馬に成長したら、年頃になっても誰ももらってくれないわね〟

クララは歯が欠けた理由を、誰にも話さなかった。

自分のしたことを後悔していなかったし、歯が欠けたことも気にしていなかった。少なくとも、人を助けるために行動を起こしたのだと思っていた。

そしてそれは、彼女がした唯一の善行だった。以来、何かの役に立つことはほとんどさせてもらえなかった。

必要とされたいと願うのを、悪いことだと思いたくはない。クララは二二歳で、自分の人生はからっぽの大きなあぶくのようなものだと悟った。彼女は必死だった。

まだ膝に力が入らなくて、腰をおろしたくてしかたがなかったけれど、顎を上げて言った。

「お願いするわ。あなたの邪魔はしないようにする。でも、約束はできないわ。あなたが黙って仕事をしてくれないかぎり」

オリヴァーの唇の端がわずかにつり上がった。

少し前に重なりあっていた唇。

クララは吐息をこらえた。

オリヴァーが近づいてきた。留め具をはずすと、ケープをクララの肩から滑り落として、椅子にかけた。

「第一に？」オリヴァーがきいた。

「もういいわ」クララはあたらしい戦略を考える必要があった。だが先ほどのキスのせいでまだ頭がぼうっとしていて、名案が浮かばない。このまま追い返されずにすむ方法を早く見つけないと。

オリヴァーの発言の中から手がかりを探そうとしても、頭が働かなかった。あんなキスをしたあとにこんなふうに話ができるのは、彼だけだ。

クララはできるだけしっかりとした足取りで、ティートレーの置いてあるテーブルに向かって歩きはじめた。「紅茶の淹《い》れ方ならわかるわ」

「靴がびしょ濡れだ」オリヴァーが言う。「脱いだほうがいい」

クララはハーフブーツを見おろした。それぞれに十数個の小さなひも穴がついていて、リボンが通してある。穴は扱いやすい前や外側ではなく、内側に並んでいた。

クララはオリヴァーを見上げた。「脱ぎ方は知っているけれど、実際にやってみるとなると曲芸師でもないと無理ね」彼の目の前でストッキングをはいた足をさらすなんて、考えただけで恥ずかしい。「紅茶をいただきながら、足を炉格子にのせて乾かすことにするわ。風邪をひくことはないけれど、あなたはわたしが少し濡れただけで死んでしまうと思っているんでしょう。ヒステリーに悩まされているのはわたしだけじゃないみたいね。わたしは貴族の娘だし、いろいろな面で役に立たないかもしれないとはいえ、か弱くはないのよ」

クララは椅子に座ってトレーにのっているものを見た。上質の紅茶だ。茶菓子やサンドイッチの代わりに、切り分けられた焼き立てのパンとバターがきれいに並んでいる。さりげなくにおいをかぐと、ミルクも新鮮だとわかった。

オリヴァーも椅子に腰かけた。「ここで小間使と落ちあうんじゃなかったのか?」

「ミスター・ウェストコットに出くわして、激情に駆られて情事がはじまったのかもしれないわね。だったら面白いのに。髪が乱れて、服のボタンをかけ違えたデイヴィスが現れたりしたら」

彼が微笑むのを見て、クララは胸が締めつけられた。

すぐに消えてしまうはかない笑顔だったけれど、一瞬だけ、別人のような彼がそこにいた。

クララは心をかき乱されながらも、目隠ししてもできる女主人としての仕事をこなした。

オリヴァーは紅茶に砂糖をひとつ入れてミルクは加えず、パンにバターを塗り、半分以上をぺろりと食べてしまった。

クララはオリヴァーが物を食べるところなど想像したこともなかった。彼もおなかがすくのだ。いくら人間らしくなくても。子どもの頃、ヴォクソールで会ったときはそんなふうではなかったのに。

それから、さっき触れられたとき。キスをされたときも。

情熱的に。

それとも、情熱的に思えただけ？　答えは知りようもない。

クララは情熱を求めていた。彼女にふさわしいはずの男性をはねつけてきたのは、互いへの情熱を感じられないからだった。情熱がどういうものか、まだわからない。それらしきものを経験しただけだ。

紅茶を口にしたものの、ふつうに物を食べることはできそうになかったので、残りもオリヴァーに勧めると、彼は全部平らげた。どういうわけか、それを見たクララは胸がきゅんとした。

「腹ぺこだったみたいだ」オリヴァーが言った。「犯罪者のダニエル・プライアーと長い夜を過ごしたあとだからな。そいつは最後の最後まで口を割らなかった。絞首刑よりもさらに、フリームを恐れていたんだ。密告したら、やつに――というよりも、やつの手下の刺客に何をされるかわからないって。だが、裁判官はプライアーを絞首刑にしたがっていた。だから、取引して、それ以上時間をかけずにプライアーを説得できたんだ。この状況では、時間はあまりないが、警察は準備ができている。明日の朝、夜が明けたらすぐに出向いて、トビー・コッピーを連れ戻し、運がよければ犯罪者を大勢捕まえることができる」

オリヴァーがそこでひと息ついた。これからクララが参加できない理由を並べたてるのだろう、と彼女は思った。

〝第一に……〟

彼は言った。「きみも一緒に来てもかまわないよ。ぼくの言うとおりに行動すると、ちゃんと約束するのなら」

これで、愚かな間違いは七つになった。

五つめ。辻馬車の御者に引き返すよう言わずに、クララを事務所に連れてきたこと。

六つめ。彼女にキスをしたこと。何があった？　どうしてだ？　いまでもよくわからない。いや、欲望をかきたてられたというのがさもしい真実だ。自制心を働かせることがどうしてもできなかった。

そのせいで、七つめの間違いを犯してしまった。

クララの顔が青ざめたのを見て、気絶するのではないかと思い、オリヴァーはあわてて椅子から立ち上がりかけた。

だがそのあと血の気が戻り、いつもよりほんのりと赤みが差した。口が開き、欠けた歯がちらりと見えたかと思うと、また閉じられた。

キスに慣れていない甘美な唇。

もうひとりの自分が歯がみした。

あのとき、ティルズリーがドアをノックしなければ……。

仮定の話をしても無意味だ。

ティルズリーが間一髪のところで邪魔をした。それだけのことだ。

「その……」声がうわずっているのに気づくと、クララはひと息入れて顎を上げた。それから、いつもの口調で続けた。「あなたの言うとおりに行動すると約束しなければならないというのは――」

「そのとおりの意味だ」オリヴァーはさえぎった。「名誉をかけて約束できないのなら――」

「あなたが誰かに殺されたとしたら」クララが言う。「そのときは、どうやってあなたの言うとおりにすればいいのかしら？」

「屁理屈を言ってもぼくには勝てないよ。ぼくは屁理屈で生計を立てているし、働く前から言っていたんだ。顧客と同じようにしてもらう。ぼくの指示に厳密に従わないのなら、邪魔したり疑ったり、非協力的な態度を取るようなら、結果は保証できない」

「わかった、約束するわ」クララが請けあった。「でも――」

「でもはなしだ。きみを連れていくと言った自分が信じられない。言わなければよかったと心底思うよ。しかしいまさら撤回はできない。きみがぼくの頭をおかしくしたせいで、あんなことを言ってしまった。ぼくが約束を破ったら、きみはまた泣くだろう。もうたくさんだ」

それは本心とは言えなかった。

オリヴァーは女性に泣かれるのに慣れていた。彼のもとに来る女性はたいてい困っている。困っている女性は泣く。おびただしい涙を流す。

彼を悩ませたのは、クララの涙よりもはるかに厄介なものだ。

絶望と怒りに駆られたクララの言葉に、心を乱されたのだ。それを無視することも、頭の隅に押しやることもできなかった。彼女の言葉が鋭利な刃物のごとく、オリヴァーの頭の真ん中に突き刺さった。彼女の思惑どおり。

利発で、勇敢で、生き生きとしていた少女を思いだした。そしていま、かごの中に閉じ込められたようなレディの生活を知った。彼女のように知的な女性は、窒息してしまうのだと理解した。

そのせいだ。だから、七つめの間違いを犯したのだ。

「お願い」クララが言う。「あなたの言うとおりにすると約束するから」

〝お願い〟いい響きだ。その言葉に今度は心を突き刺された。

「わかった」オリヴァーは言った。「第一に、小間使は連れてくるな。女性はひとりでじゅうぶんだ。ふたりも連れていくなど考えられない」

クララが反論しようと口を開いた。だが深呼吸したあとで、両手を組みあわせてうなずいた。

「第二に――」

　そのとき、ドアの向こうで声がして、オリヴァーは言葉を切った。

「いったいどういうことだ？」ウェストコットの声だ。「ぼくの執務室だぞ」

「はい、サー、ですが――」

「どけよ」

　クララが両手を組みあわせたまま、ドアのほうを見た。エチケットに反する行為を目にした人のように、ほんのかすかに眉を上げている。

　ドアが開いて、ウェストコットが飛び込んできた。デイヴィスを引き連れている。「なあ、ラドフォード、もうたくさんだ。あいつがドアの前に――ぼくのドアの前に立ちふさがって――」

「ミセス・ファクソン、ミスター・ウェストコットのことは覚えているだろうね」オリヴァーはウェストコットの言葉をさえぎった。

　クララが威厳たっぷりにうなずいた。髪をおろしていて、ドレスはしわだらけだが、それがオリヴァーではなく暴風雨のせいだと、濡れた服が説明してくれる。彼女はまばたきひとつせず、うしろめたい様子を見せなかった。オリヴァーが前後の見境もなくキスをして、もう少しで取り返しがつかなくなるところだったとは、そのできごとからまだ完全に立ち直ってはいないとは、ウェストコットもよもや思わないだろう。

「心配しはじめたところだったのよ、デイヴィス」クララが言う。「あなたのほうが先に着いていると思ったのに」

ウェストコットはデイヴィスに答える隙を与えなかった。まるで彼女が顧客であるかのように、完全に弁護士の口調で代弁した。「ミス・デイヴィスは本来ならとっくに到着しているはずだったが、閉廷してオールド・ベイリーが混雑したため、よくあるように御者は迂回《うかい》した。しかし、フリート監獄付近で事故が発生して、馬車が大破し、負傷者が出た」

「何も見えなかったんです」デイヴィスが説明する。「雨が降っていて、窓も汚れていたので。事故があったのだと御者が教えてくれました。人が集まってきて、しばらく立ち往生したんです」

「きみも遠回りしたのか？」オリヴァーはウェストコットにきいた。「ずいぶん遅かったじゃないか」

「喫茶店で雨が弱まるのを待っていたんだよ」ウェストコットが答える。「いくらかましになったところで、きみが親切にも送り届けてくれた傘を差して歩いてきた。門の前でミス・デイヴィスと出くわしたんだ」

「これで全員申し開きはすんだわね」クララが締めくくった。

「お嬢さま、そろそろお帰りにならないと」デイヴィスが言う。「レディ・エクストンがお待ちになっています」

「お嬢さま——ミセス・ファクソンは、まだ帰れない」オリヴァーは宣言した。「やらなければならないことがあるんだ。トビー・コッピーを連れ戻すには、彼女の助けが必要だ」

デイヴィスが目を丸くして口を開いた。それから、ふたたび閉じて引き結んだ。

使用人ではないウェストコットは遠慮しなかった。「正気か？　レディ——」

「ミセス・ファクソンはこの計画に欠かせない人物だ」オリヴァーはドアを見やった。彼の知るかぎりでは、ティルズリーに盗み聞きする癖はない。しかし、何かは聞こえただろう。それで、見張りをしようと思いたつかもしれない。

オリヴァーはドアを閉めに行った。それから、低い声で続けた。「この件は事務員には知らせないでおこう。関わる人数は少なければ少ないほどいい」デイヴィスに言う。「ご主人さまに危害がおよばないようにすると約束する。ぼくも彼女も直接関与するわけではないんだ。これは警察の領分だし、彼らも素人に計画を台なしにされたくはないだろう。だが、お嬢さまがトビーを確認するために近くにいてくれれば、仕事がずっとやりやすくなる。トビーが帰るのをしぶっても、彼女に説得してもらえる」

「大丈夫よ、デイヴィス」クララが請けあう。「警棒を持った警察官が守ってくれるんだから」

「承知いたしました。お嬢さまがそうおっしゃるのなら」

「ぼくに言わせてもらうと、レディ——お嬢さまは参加するべきではない」ウェストコットが口をはさんだ。「万一のことがあったら——」

「予期せぬ事態が起きるかもしれないのは承知のうえです」クララがさえぎった。「武器を持っていくので安心してください。それでもだめなときは、ミスター・ラドフォードがべらべらまくしたてて悪党を死に追いやってくれるでしょう」

オリヴァーが独裁的な性格なのは幸いだった。それに続く——あるいは、続くはずだった数多くの論争は打ちきられた。

小間使は同行を禁じられて憤慨したし、彼も本意ではないのだが、女性をもうひとり加えるなど論外だった——それも、女主人を守るためなら誤ったことも平気でする召使いとあっては。状況はすでに手に余るほど複雑なのだから。

その後一時間にわたって、オリヴァーは約束を取り消すよう何度も自分に言い聞かせた。それでどうなるというのだ？　せいぜいクララに嫌われるか、叩かれるくらいだ。

彼は理性的な人間だ。論理を重んじている。自分がした約束は理性を欠いていて、撤回するべきだとわかっていた。一度、二度、三度そうしようとした——だがそのたびにクララが張り詰めた声で語った言葉を思いだし、彼が言うべき分別ある言葉は喉につかえた。

その代わりにオリヴァーは、クララの服装や出発時間についてデイヴィスに伝え、近所の目や、使用人たちの目を避ける方法を提案した。レディは自分自身を傷つける可能性がある武器を携帯するべきではない——これを聞いたクララは、突き刺すようなまなざしで彼を見た——が、ステッキや傘なら昼夜を問わず、おだやかでない地域で役に立つかもしれないと話した。「彼女が言ったとおり、最悪の場合には、相手が降参するまでぼくがしゃべり倒す」

クララがそう言ったとき、オリヴァーは笑いをこらえるのに必死だった。

ウェストコットもいつもはオリヴァーをだしにして冗談を言うのだが、先ほどは笑わなかった。クララと小間使がいとま乞いをしたときも、にこりともしなかった。

ウェストコットはオリヴァーのあとについて共用の部屋に入った。「気でも違ったのか？ ウォーフォード侯爵の娘を手入れには連れていけない」

「連れていくと言っただろ。約束を破ることはできない」

「できるだろ！ いったい何があったんだ？ 彼女に無理強いされたのか？ だってきみは――」

「ばかなことを言うな。彼女がどうやってぼくに無理強いできるというんだ？ 濡れた帽子でか？」

オリヴァーは自分の部屋へ行って濡れた服を脱ぎはじめた。

「きみが目的のためならなんでも、誰であれ利用するのは知っている」ウェストコットが言う。「だがこれはきみの試合じゃないだろ？ ギャングのボスと手下たちを捕まえるのは、きみの仕事ではない。そのために警察があるんだ。犯罪を防ぐために！」

「ぼくはただ、ブリジットの愚かな弟を連れ戻しに行くだけだ」オリヴァーは言った。「あとは警察にまかせる」

沈黙が流れた。そのあいだに、オリヴァーは手早く着替えた。

ウェストコットが口を開いた。「彼女に何かあったら、きみはウォーフォード侯爵につぶされるぞ」

「その前に、三人の兄たちが黙っていないだろうね」

「何も殺されると言ったわけじゃない。きみにしてみれば、それよりもはるかに悪い結果が待ち受けている。こんなばかげたまねをして、もしものことがあったら——たとえば、新聞記者にかぎつけられただけでも、きみはもう終わりだ。弁護士としてのキャリアは断たれるだろう。英国を離れなければならなくなる可能性もある」

そのとおりだ。オリヴァーのもうひとりの自分が髪をかきむしった。

「彼女に危害はおよばない。誰にも知られることはない。そう確信していなければ、一時的心神喪失を主張して、彼女にお引き取り願っていただろう」

「どうしてそうしなかったのかきいているんだ」

「どうしてだと思う?」

「いいから教えろよ」

オリヴァーは上着を羽織った。「なぜなら、彼女があの青い大きな目でぼくを見上げて、〝お願い〟と言ったからだ」

「ラドフォード」

オリヴァーは帽子と手袋を身につけた。

「どこへ行くんだ?」ウェストコットが詰問した。「これ以上何かやらかす気か?」

オリヴァーはドアへ向かった。「リッチモンドに行ってくる。誰かに殺される前に、最後にもう一度父に会っておきたいのでね」

　そして、外に出た。

その日の夜
リッチモンド　イタケー・ハウス

　オリヴァーなら弁舌で悪党を殺せるとレディ・クララに言われたと、父に話して聞かせた。最近彼は、問題を隠して、必要とあらば虚勢を張らなければならなかった。だがこの話は父も面白がってくれて、一緒に笑うことができた。

　父は調子が悪く、やつれた顔に苦痛がはっきり見て取れたが、本人はけっして口にしない。書斎で、川を見渡せる位置にあるソファになかば横になっていた。

　しかしいまは暗くて何も見えない。息子が来ると、痛みやそれに伴う沈みがちな気分が紛れるのだと、オリヴァーは知っていた。だから彼はいつものように一生懸命、ほとんど何もかも話したが、いくつか細かいことは省略した――クララにキスをしたこととか。父の質問の仕方で、脳の機能はまったく衰えていないのがわかった。

「もちろん、レディ・クララに手伝ってもらうべきだ」父が言った。「鞭を持ってシヴァーを追いかけたんだろう?」

　そのできごとと、トビーが行方不明になったことのつながりに、クララは気づいていない。

彼女が最初に事務所を訪れたとき、話題にのぼらなかった。だがオリヴァーはブリジットと話をしたときにそのできごとを知り、クララの人柄がよく理解できた。それを機に、ブリジットはクララを崇拝し、信用するようになり、今回の不合理な捜索につながった。

「彼女は勇敢なんだ」

「わたしは女性を甘やかすべきだとは思わない」父が言った。「お前の母親がたびたび言うように、女性は子どもじゃないんだ。そう思い込まされないかぎり」

父は女性についてまだ言いたいことがある様子だった。だからオリヴァーは、一、二時間で帰る予定だったにもかかわらず、父が寝入るまで話につきあった。そして、父が横たわっているソファのそばにある椅子に座ったまま、眠りに落ちた。

本人にとっては不幸だが、オリヴァーにとっては幸運なことに、父は眠りが浅かった。オリヴァーを起こしてくれたのは父だった――杖《つえ》で向こうずねをコツンと叩かれた。「起きろ！どうした？　待ち合わせに遅れるぞ！」

数分後、オリヴァーは馬に乗ってロンドンへ向かっていた。ウッドリー・ビルディングに到着したときには、夜が明けはじめていた。まだ時間はたっぷりある。そう自分に言い聞かせながら階段を駆け上がり、私室に入った。

肘掛け椅子でウェストコットが居眠りをしていた。

オリヴァーが部屋に入っていくと、目を覚ました。

「父上はお元気だったか？」

「この先のどのときよりも元気だったよ」オリヴァーは答えた。「とにかく、心は元気だった。ぼくはうっかり寝てしまったんだ。思った以上に疲れているようだ」

「あいにく、さらに疲れさせる知らせがあるんだ」ウェストコットは暖炉へと歩いていき、炉棚の上に置かれた決闘中のカエルの置き物のあいだに立てかけてあった手紙を手に取った。

オリヴァーは手紙を受け取ると、急いで目を通した。

モルヴァン公爵夫人が流産ののちに死亡した。

オリヴァーはただちに公爵家へ向かうことを求められていた。

6

「どうして貸し馬車をきれいにしなくてはならないのか？　われわれの先祖は汚いと感じても放っておいた。どうして〝進みつづける〟ことを熱望して、時速一〇キロ近くで走らなくてはならないのか？　先祖は時速六キロほどで石の上をガタゴト行くのに満足していたというのに」

『貸し馬車屋』（一八三五年一月）チャールズ・ディケンズ著

ケンジントン

火曜日の朝

クララはドーラ大おばの居間をそわそわと歩きまわっていた。「信じたわたしがばかだったわ。彼は本気じゃなかった。わたしをなだめるためだけにああ言ったの。わたしを置いていってしまったのよ！」

クララは、上流階級の若いレディなら夜のパーティーから帰宅する時間に起きた。昨夜は子どものように早寝し、今朝は早起きして学校教師のような服を着た――それが全部無駄になった。

堅苦しい服の身頃にピンで留めた、堅苦しい小さな時計をふたたび確認した。「おかしいと気づくべきだった。彼は親切すぎた――いつもよりは、ということだけれど。別にかまわないわ。警察と落ちあう場所はわかっているんだから、ひとりで行けばいい」

窓辺に立っていたデイヴィスが外を見た。「ミスター・ラドフォードは正しい情報を教えてくれたのでしょうか？」

クララは足を止めた。「このうえ嘘をついていたというの？」

「なんとも言えません、お嬢さま」デイヴィスが言う。「その通りになじみがないので。嘘ではないかもしれません。いずれにせよ、従僕をお連れになったほうがいいですよ」

「そんなの無理よ！」

「ミスター・ラドフォードがいらっしゃらなくても出かけるおつもりなら、誰かを連れていくのが賢明です」デイヴィスが言う。「突然お嬢さまが現場に現れたらどうなるかお考えになってみてください。警察に逮捕されることになるかもしれませんよ。ミスター・ラドフォードならやりかねません。その場合、弁護士を呼びに行かせられる使用人がおそばにいたほうがいいでしょう」

「逮捕されるですって？」クララは反論した。「ウォーフォード侯爵の娘が逮捕されるはずないわ。たとえ血のついたナイフを手に、ミスター・ラドフォードの死体を見おろしていたとしてもね。あの物知り屋さんが何を言おうと、わたしを逮捕する勇気がある人はいないわ。だって、お父さまが……」その先を考えたら、言葉を失った。このことを知られたら、父は――たいしたことはない。母の反応と比べたら、楽しいパーティーのようなものだ。母は心臓発作を起こして、クララはこの先一生、罪悪感を抱えて生きていくことになるだろう。

「そのとおりですね、お嬢さま」デイヴィスがクララの考えとは言わないまでも、表情を読み取って言った。「何はともあれ、いらっしゃいましたよ」

クララは窓に駆け寄った。貸し馬車――かつては名家の誇りだったのを払いさげられた古めかしい馬車が、屋敷の前をゆっくりと走っている。

全盛期――おそらく、曾《そう》祖母の時代には鮮やかな黄色だったのが、まだらの辛子色に変色している。窓は比較的きれいであたらしそうとはいえ、小さい。消えかけた紋章は、羽を半分むしられたガチョウが腐ったキャベツ畑に熊手で突き刺されているように見えた。車輪は黒ずんだ緑色で、一本だけ黒ずんだ赤色のがまじっている。御者台にのっている一見、ぼろきれの山のようなものは御者に違いない。

オリヴァーの姿は見えないが、あの中に乗っているはずだ。だが彼は降りてこないどころか、馬車を止めることも、手を振ることさえしなかった。屋敷の前に貸し馬車が停車したら、近所の使用人の目について、噂の種になるだろう。馬車は屋敷の前を徐行したあと――それが合図だ――通りを走りつづけた。

クララは屋敷をそっと抜けだすと、人目につかない場所まで静かに歩いた。それから、スカートの裾を持ち上げ、待ち合わせ場所へ向かって駆けだした。

「走らなくてもよかったのに」オリヴァーが言った。「時間はたっぷりあるんだから」

彼の向かいの席に座ったクララは、ようやく息を整えて口を開いた。「わたしを連れていくのは結局やめにしたんだと思ったわ。五時半の約束だったのに、六時を過ぎてしまったから」

「ぼくの経験から言うと、女性はつねに遅刻する。法廷に出席するときでさえ」オリヴァーが言う。「だから、早めの時間を伝えることにしているんだ。きみは誇りに思うべきだよ。三〇分しか遅れないと判断されたんだから」

クララはあっけにとられ、彼を見つめた。そのあとで怒りが込み上げた。「誇りに思えですって？　自分がどれだけ人を見下していて、鼻持ちならない人間かわかってる？」

「重々承知しているよ。みんなからしょっちゅう言われるおかげで」

「あと三〇分は眠れたかもしれないのに」

「いらいらして八つ当たりしそうか？」

「あなたにだけね」

レディはつねに礼儀正しい。相手を叱責するときでさえ、極力上品にそうする。クララはいらだちや焦りといった数々の無作法な感情を隠すコツを身につけていた。何があろうと、落ちついた態度を装うことができた。自分は子どもではないのだから、ささいなことでかっとなってはいけないと自分に言い聞かせて。貴族の娘なのだから、どんなに気に障る相手であろうと、男性ごときに癇癪を起こすものではない。クララは膝の上で両手を組みあわせ、おだやかに彼を眺めた。そのときはじめて、おかしなことに気づいた。

「それは変装なの？　それとも、服を着たまま眠ってしまったの？」

オリヴァーが着ている服を見おろした。いつものように黒ずくめだが、いつもと違ってしわだらけになっている。

「服を着たまま寝たんだよ」オリヴァーが答えた。「リッチモンドへ行っていたんだ。じゅうぶん間に合うよう馬で戻ってきたんだが、そのあと思いがけず時間を取られてしまった。着替える暇はないと判断して、そのままふたたび西へ向かってきみを迎えに来た」

「馬で？」クララはきき返した。「馬に乗ってきたの？　リッチモンドから？」

「ああ、ぼくは馬にも乗れるんだよ、マイ・レディ」

「貸し馬車に乗るか歩くかしかしないと思っていた」クララは言った。「あなたって見るからに……都会っ子だもの。ロンドンっ子。田舎にいるところなんて想像できないわ。リッチモンドって……青々としているでしょう」

「青々としていて美しい場所だ。とびきりの絶景を両親は享受している。最後にもう一度会っておきたかったんだ。今日、きみか誰かに殺されるかもしれないから」

「あなたの両親」クララはつぶやいた。

「ぼくにも両親がいるんだよ」オリヴァーが言った。「きみはぼくがアテナのように、ゼウスの額から大人の姿で生まれたと思っていたみたいだね。だがぼくはただの人間で、みんなと同じように生まれてきたんだ。ふつうの親が男女ひとりずついて、まあ一応、健在で、リッチモンドの田舎に住んでいる」

「もちろん、そうよね。お父さまは引退なさったと、大おばから聞いたわ」クララは少しためらってからきいた。「一応健在と言ったわね。ご病気でないといいのだけれど」

「父は晩婚だったんだ」オリヴァーが言った。「いま八〇歳で……体が衰えている」ほんのわずかな変化で、気のせいかもしれないものの、クララは彼の声に悲しみを感じ取った。胸が締めつけられ、彼の手を取りたい衝動に駆られたが、思いとどまった。彼のすべてを知っているわけではないけれど、同情や、ましてや憐れみと取れる行為を示されて、喜ぶ人でないのはたしかだ。

「それで、あなたが命を危険にさらそうとしていることを知らせれば、元気づけられると思ったのね」クララは努めて陽気な口調を装った。

オリヴァーがふっと笑った。「そうだよ。父にはもうそういったことができないから。父の時代はボウ・ストリート・ランナーズと夜警が秩序を守り、悪党を逮捕していた。ロンドンはいまより小さかったが、おだやかな街ではなかったそうだ。父が法律の道を選んだのは、軍隊や教会よりも知性を生かせると思ったからだ。でもそれだけじゃない。父は紳士だからランナーや夜警にはなれないが、彼らのために、あるいは彼らに逆らって行動する仕事が、次善の選択だと考えたんだ」

オリヴァーは彼の父親の時代から弁護士の業務がどのように変化したかについて、クララに話して聞かせた。原告や被告が自分で弁護する代わりに、法廷弁護士が代理を務める裁判がますます多くなっている。

一八二九年に成立した法律によるロンドン警視庁の設置の背景にある政治的要因を解明している最中に、オリヴァーが言った。「眠くならないかい？　ぼくが学者ぶって退屈な話をしているのに、きみはあくびひとつしない。しかも、三〇分も睡眠時間を奪われたというのに」

「わたしを眠らせたかったの？」クララは尋ねた。「お楽しみはこれからなのに、わたしが居眠りすると思った？　残念ね。久しぶりにわくわくしているわ」

「きみの毎日はそんなに退屈なのか」

退屈が問題なのではない。希望が見えなくて、息が苦しくなるのだ。

クララは窓の外に目をやった。「別の世界を目にするまでは気づかなかった。とくに不満はなかったの。あの日、卑劣な少年がブリジットを連れ去ろうとしているのを見かけるまでは」

あれは、クララの誕生日の翌日のできごとだった。

まるで道標を通り過ぎたあとに、思いがけず十字路に差しかかったかのようだった。表通り――言ってみれば国道をひとつの方向に向かって何も考えずに歩いてきた。だがあのできごとをきっかけに立ち止まり、違う道に目を向けたのだ。

口に出すまで自分でも気づかなかった。いまでもじゅうぶんに理解しているかどうかわからない。ただはっきりしているのは、世の中に対する見方が変化したことだ。

「その卑劣な少年を今日、捕まえるんだ」オリヴァーが言った。「恨まれたまま野放しにしておくには危険な相手だ。そのために、押さえておかなければならない点がいくつかある。昨日はほかに人がいたから話しあえなかったが」

「話し合いなんてしなかったわね」クララは指摘した。「わたしは何をすべきかあなたに命じられるばかりで、黙っていなければならなかったから。ミスター・ウェストコットが異議を唱えても、あなたは取りあわなかった」

「待ち合わせ場所に到着するまで、ぼくの短所について説教するつもりかい？　きみがこの話をちゃんと聞いてくれないと、ぼくは死や、不名誉や、最悪なのは、輝かしいものになるはずだった弁護士としてのキャリアの終わりを覚悟しなければならない」

クララは前を向き、座席に座り直すと、腕組みをしてオリヴァーの目を見た。「これはこれは、芝居がかっているわね」

ドルリー・レーンから分かれた曲がりくねった脇道は、似たような家がひしめきあっている。荒廃の程度に差はあれど、どれも心を惹かれるようなものではない。隠れ家は一階が店になっているものの、看板もなく陰気だった。朝のまぶしい光がどうにか通りを明るくしようとしているが、店の窓の向こうまでは届かない。汚れた窓ガラスの奥に潜むものは、家具であれ陶磁器であれ古着であれ棺であれ、見分けがつかなかった。隣にある陶磁器の店の窓はいくらかきれいで、読める看板が掲げてある。その店と道の西端の近くにある質屋以外は、どこも匿名で営業している様子だった。おそらくこの地域の住人は、彼らが何者かも、店の二階の光を通さない窓の向こうで何が行われているのかも知っているのだろう。

クララが身頃にピンで留めた時計を確認した。

「警察はもうすぐ来る」オリヴァーは言った。

道は狭いとはいえ、貸し馬車の御者なら細心の注意を払えば通り抜けられる。だがこの馬車の御者は——じつは巡査部長なのだが、その手前で動きが取れなくなったふりをしていた。道の反対端は大きな荷馬車がふさいでいる。

ストークスたちが早く到着してくれないと、二台の馬車が道の両端をふさいでいることに気づかれて、不審に思われる。

オリヴァーは彼らの気配に気づいた。馬車の小さな窓越しに、ひとりの警察官が道にそっと入ってくるのが見えた。ほかの警察官は逃げ道をふさぐために、家の裏手や庭の出口に移動しているだろう——そうであることを願った。

馬車に座ってただ見ているのは苦痛だった。一緒に行きたい。彼らの先頭に立ちたかった。だがそれは弁護士のすべきことではない。オリヴァーの居場所は法廷だ。

一方、クララの居場所は舞踏室や応接間であり、そこで燦然《さんぜん》と輝くことができる。弁護士ならそれと同じくらい法廷で輝きたいと思うほどに。オリヴァーは彼女の気持ち——窮屈な気持ちを理解できた。それでもやはり、彼女はこの世界──オリヴァーの世界にはけっして向いていないのを知っていた。最良のときでさえ、美しくない世界だ。

「来た」オリヴァーは言った。「誰もへまをしないことを祈ろう」

クララが身を乗りだして小さな窓の外を見た。彼が指示したとおり、学校教師風の服装をしている。地味なボンネットをかぶり、さらに地味なくすんだダークブルーのドレスを着ていた。糊《のり》のきいた襟付きで袖が細く、ボタンがきっちりと並んでいる。リボンやひだ飾り、レースといった装飾はいっさい施されていない。時計さえも簡素で実用的だった。

指示どおりの格好をしているのだから、オリヴァーは自分を責めるしかなかった。彼女の体つきから目をそらせるものも、すばらしい曲線を隠すものも何もないのは、彼のせいだ。

クララは新緑のようなにおいがして、オリヴァーは父の屋敷から見える心癒《いや》される景色を思いだした。彼女自身の香りもして、リッチモンドの美しい景色とみだらな思考がせめぎあった。

クララの顔がすぐ近くにある。キスの味がよみがえり、もうひとりの自分が愚かな考えを抱いた。彼はその役立たずを頭の片隅に押しやると、わずかに体を引いて、彼女の香り、なめらかな肌、やわらかい唇から離れた。

「トビーを無事に連れ戻せることを祈りましょう」クララが言った。「あらまあ、どうなっているの？」

窓から猿のようにすばしこい少年が出てきて、家の前におり立った。

た。

「くそっ」オリヴァーは言った。「気づかれた」

またひとり少年が逃げだした。そのあとすぐ、隣の建物からふたりの少年が飛びだしてきた。

「逃げられてしまうわ！」クララが叫んだ。「追いかける？」

「落ちつけ」オリヴァーはそう言いながらも、計画が失敗したのではないかと思っていた。

「あいつらは逃げ慣れていて、足が速い。だから道をふさいで、その外側に大勢を配置したんだ。ひとりかふたりは逃げきれるかもしれないが、全員ではない」

少年たちが続々と姿を現し、あたりが騒がしくなった。火事になった倉庫から逃げだすネズミのように、家の正面をはいおり、ドアから飛びだしてくる。だが巡査に行く手をふさがれ、貸し馬車の横を無理やり通ることも、その上を乗り越えることもできなかった。彼らは反対方向に逃げだした。近所のドアを叩いて助けを求める者も、待ち受ける警察官を強行突破しようとする者もいた。不意に、乱闘の音や悪態、脅す声にまじって、ひときわ大きな歓声があがった。さらにもうひとつ。興奮した少年たちの声が通りに響き渡った。

「何かしら？」クララが尋ねた。

「さあ」

オリヴァーはもっとよく見ようと窓を引きおろした。「うしろにさがって」クララに言う。

「姿を見られないように。ぼくたちは……」騒ぎの原因を目にして、言葉を失った。

扉を開けて馬車から降りた。「ここで待っていて」

「ミスター・ラドフォード」

オリヴァーは彼女を無視して通りを走りだし、みんなと同じように上を見上げた。その視線の先に、屋根を走って逃げていく少年――シヴァーの姿があった。

ほかの少年たちは逃げるのをやめ、シヴァーに声援を送っている。いつものように帽子を斜めにかぶったシヴァーが、隣の建物の屋根に飛び移った。傾斜のきつい屋根で、二度滑り落ちかけたが、なんとかロープのようなものをつかんではい上がった。

隠れ家の屋根の上に、警察官がひとり現れた。家の中で問題が発生したに違いない。本来なら、こういった事態を防ぐために、真っ先に屋根に上がるはずだ。

「どこにも逃げ場はないぞ、シヴァー」警官が大声で呼びかけた。「あきらめろ！」

オリヴァーは急いでシヴァーよりも少し先の位置に移動した。

「逃げろ、シヴァー！」ひとりの少年が叫んだ。「お前の力を見せつけてやれ！」

「捕まるなよ！」

「行け、シヴァー！」次々と叫びだした。

シヴァーはロープにつかまりながら屋根をのぼりはじめた。そして、ぼろぼろの煙突にしがみつき、屋根のてっぺんに到達した。あのロープはあらかじめ煙突に結びつけてあったに違いない、とオリヴァーは考えた。逃走経路として。だがフリームは、その危険な経路をいままで使わなかったのだ。

いまでは、通りじゅうの人々が目を覚ましていた。窓から身を乗りだして見物している。

通りの反対側の住人が解説した。

「足場を得たぞ！」

「あれでは持たない」

「そっちへ行った！」

「いや、戻ってきた！」

「無茶だ！　どこへ行く気だ？」

オリヴァーはシヴァーより少し先の位置を保ちながら、通りの向こう側へ渡った。

シヴァーが頂上をまたいで、屋根の反対側を滑りおりはじめた。手を滑らせてロープを放し、煙突の下のほうの角をつかんでぶらさがると、必死でバランスを取り戻そうとした。

警官は手前の屋根をはい上がろうとしている。

「追いつかれるぞ、シヴァー！　逃げろ！」

シヴァーは慎重に屋根を滑りおりた。一メートルほど下方に隣の建物の屋根がある。そこに飛びおりて走りだしたかと思うと、空中の数センチ手前で急停止した。

次の建物は少し離れていた。互いに別の方向に傾いているため、建物の上部にだいぶ開きができているのだ。しかも向こうの屋根のほうが高い位置にあり、三メートルの距離を上方に向かって飛び越える必要があった。

「あきらめろ！」オリヴァーは叫んだ。「羽でも生えてなきゃ無理だ」

「あんたは生えてんのか、レイヴン？」シヴァーが叫び返す。「飛んできて捕まえてみろよ」笑い声をあげた。

「行け！」下にいる少年たちがあおりたてた。「お前ならできる、シヴァー！」

「頑張れ！」彼らは唱和した。「飛べ、シヴァー、飛べ！」

シヴァーはさらに帽子を傾けた。「朝飯前だぜ！」助走をするためにうしろへさがった。しかし、警官が屋根の頂上からこちら側におりてくるところだった。「動くな！」警官が叫ぶ。

「やだね」シヴァーは叫び返した。

「ばかなまねはよせ！」オリヴァーは呼びかけた。「脚の長さも足りないぞ！」

「まあ、見てな。飛んでやるぞ、レイヴン！　見てろよ！」

シヴァーが笑いながら一歩うしろにさがった。そして、間一髪で警官に捕まるというところで跳躍し、屋根の縁をつかんでぶらさがった。そのあいだ静まり返っていた少年たちが、どっと喝采した。シヴァーは長いあいだ両脚をばたばた動かして体を引き上げようとしていた。それから歯を食いしばり、片脚を屋根に向かって蹴上げた。その拍子に両手が滑り、血も凍るような悲鳴をあげながら落ちていき、敷石にぶつかった。

悲鳴が聞こえた。突然静まり返ったかと思うと、騒がしくなり、そのあとまた静かになった。クララは窓の外をのぞいた。するとちょうど、警官を従えたオリヴァーが建物の角を曲がったのが見えた。ほかの警察官は少年たちを引き連れて道の端へ移動している。クララは馬車の中で待機し、トビーを見かけたら声をかけることになっていた。けれども、トビーの姿は見当たらない。

クララはボンネットのつばを傾けて顔を隠すと、扉を開けて馬車から飛びおりた。風呂に入っていない少年たちの体臭が鼻を突き、吐き気がした。だがぐずぐずしている時間はない。何か不測の事態が起きたのだ。少年たちの表情からすると、恐ろしいことに違いない。彼らは犯罪によって鍛えられていると、オリヴァーは言っていた。しかし、警察官に抵抗しながらも、心ここにあらずという様子だった。

「何があったの？」クララは近くにいた巡査に尋ねた。「さっきの騒ぎは？」

「シヴァーだよ！」小さな男の子が叫んだ。「屋根から落ちたんだ」

「ドスン！」誰かが笑いながら言ったが、無理をして笑っているのがはっきりとわかった。

クララはぞっとした。

「この中にいますか、マダム？」巡査が尋ねた。

クララは首を横に振った。「トビーはどこ？」少年たちにきいた。

「誰だそいつ？」

「知らない」

「シヴァーと一緒に屋根から落ちた」

「ビリングズゲートに牡蠣《かき》を買いに行った」

笑い声があがり、でたらめな答えが次々と返ってきた。

クララは隠れ家に向かって歩きはじめた。

「マダム、そっちは危険ですよ」巡査が注意した。「まだ誰かいるかもしれません。いろんな隠れ場所があるんです」

そんな場所があるのなら、シヴァーは屋根から飛びおりたりはしなかっただろう、とクララは考えた。

デイヴィスの傘を握りしめ、戸口へと急ぐ。ドアは開いていた。警官が行く手に立ちはだかろうとしたが、クララは祖母をまねて女王のような態度を示し、傘を持った手を振って追い払った。

そのとき、ひとりの少年が急いで逃げだし、その警官は追いかけざるを得なくなった。

クララは急いで家の中に入った。あまりの悪臭にひるみそうになる。埃と腐敗のにおいが立ち込めていて、息が詰まった。目をしばたたき、口から呼吸するようにして、狭い階段を上がりはじめた。

貧民学校よりはるかに劣悪な環境だった。ほとんど前が見えないものの、そのことに感謝すべきかもしれない。階段がきしむと、家全体がミシミシと音をたてるように思えたが、人の気配はなかった。

二階はふたつの部屋のドアが開けっぱなしになっていた。どちらの部屋にも狼狽《ろうばい》の痕跡が見て取れた。毛布や服が散乱していて、陶器は割れ、コーヒーポットや椅子がひっくり返っている。暖炉の火は消えかけていて、一、二個の石炭がまだかすかに光を発していた。

少年たちは夜明けの少し前に帰ってきたのだと、クララは知っていた。彼らは午前中に眠り、午後に出かけてスリを働いたり、洗濯物を盗んだりする。そして、夜になると押し込み強盗をするか、抵抗しなさそうな人を狙って暴行するなど、暗闇に乗じた犯罪を行うのだと、オリヴァーが教えてくれた。早朝は彼らを逮捕するのにうってつけの時間だ。その頃には眠りについているだろうし、目を覚ましてもふらふらしていて反応が鈍くなる――と、期待していたのだが、この状況を見るかぎりでは、それほどふらついてはいなかったようだ。

「トビー！」クララは大声で呼んだ。「わたしよ。ブリジットの学校のお友だち」

返事はなかった。ろうそくと一本のわらを見つけると、わらを弱々しく燃えている石炭に押しつけ、その火でろうそくをともした。

部屋の隅や、ぼろぼろのカーテンの陰をのぞき込んで、トビーの名前を呼んだ。もうひとつの部屋も同様に調べた。

どこにも見当たらない。

沈んだ気持ちで薄暗い廊下に出ると、がたつく階段を上がって三階へ行った。一番手前の部屋は二階の部屋より狭く、金属や木製のものが入ったかごが押し込まれていた。服やシーツがロープにかかっている。盗んだ品だ。警察にとっては証拠品の宝庫となるだろう。

「トビー！」

どこかで物音がした。ハトかもしれない。ネズミの鳴き声とか。

ろうそくを掲げ、ふたつめの部屋に入った。

「トビー?」

泣き声が聞こえた。それから、言葉も。何を言っているかはわからない。

「トビー、わたしよ。ブリジットのお友だち。覚えているわよね」

うめき声。咳《せき》の音。

クララは音のするほうへ近づいていった。悪臭のする上掛けの山のほうへ。

その山が動いた。

「トビー?」

「助けて。動けないんだ。具合が悪くて」

クララはひざまずいて上掛けを引きはがした。少年が震えながら丸くなって寝ていた。

「トビー」

「置き去りにされたんだ」トビーがかすれた声で言った。「おれは死ぬの?」

年下の少年たちはシヴァーの死を悼んで泣いた。年かさの少年のひとりは、悪知恵を働かせてわめきだした。「これは殺人だ! まぬけな警察どもが獲物を殺したんだ!」

いやはや、こんなときに暴動が起きるとは。

ほかの少年たちも騒ぎはじめた。それに窓から見物していた近所の人々も加わって、警察官の頭上にごみを投げ落とした。レンガまでは降ってこなかったが。いずれにせよ、警察は罵倒に慣れていて、暴動を鎮圧したことも何度かあった。

サム・ストークスが姿を現した。フリームを連れていない。またしても逃げられたのだ。ストークスは無表情だった。失望も動揺も不満も、なんの感情も表れていない。いつものごとく冷静にさりげなく、争いに加わった。

オリヴァーはあとは警察にまかせて、通りを引き返しはじめた。すぐに馬車の開けっぱなしの扉が目に留まり、彼は走りだした。

「彼女はどこだ？」怒鳴るようにきいた。

巡査部長が親指を隠れ家のほうへ向けた。「あの中です、サー。引き止めることはできませんでした。腕ずくでなければ」

「傘しか持っていない女性に手こずるとはな！」

オリヴァーは返事を待たずに家の中に飛び込んだ。

「クララ！　ここは危険だ！　クララ！」

激しい鼓動を感じながら、急いで階段を上がった。こういった古い建物は造りが雑だ。いつ崩壊してもおかしくない。先週も四名が建物の下敷きになって死亡したばかりだった。

いや、それはないだろう。フリームは手下の少年たちのことは危険にさらすかもしれないが――代わりはいくらでもいる――盗んだ品を崩れそうな建物に置いておくはずがない。

だが、ネズミや害虫がはびこっている。熱病を発生させる病原菌も。壁が湿っていた。白カビや、さらに悪いものににおいがする。

それに、隠れ場所に人殺しが潜んでいる可能性もある。

動揺して想像力を発揮しているのは、もうひとりの自分だ。オリヴァーはそいつを押しのけて、階段を駆け上がった。

「待っていろと言ったのに」オリヴァーはつぶやいた。「懲らしめてやるからな、お嬢さま。家で求婚者に囲まれながら刺繍をしていたほうがよかったと思わせてやる」

手前の開いたドアへ向かったとき、上階で物音がした。足音だ。床がきしんでいる。ペチコートの衣擦《きぬ》れの音も聞こえた。

オリヴァーは上を見上げた。クララがぐらぐらする手すりに近づいてくる。

「手すりに寄りかかるな！」オリヴァーは叫んだ。「触るなよ！」

彼女が一歩うしろにさがった。「ようやく来たのね」

クララが見たところ無傷でそこにいた。そして、オリヴァーに安堵のため息をつく暇も与えずに言った。「急いで、ミスター・ラドフォード。トビーが倒れていて、わたしひとりでは動かせないのよ」

オリヴァーは力を込めて悪態をついてから、階段を駆け上がって部屋に入った。

少年のそばにひざまずくと、額に手を当てて熱をはかったあと、脈を調べた。

床がミシミシ音をたて、彼女が近づいてきたのがわかった。

「離れていろ」オリヴァーはきつい口調で言った。「ただの風邪だと思うが、断定はできない。一度くらい役に立つことをしてくれ。できるだけきれいなシーツか毛布を持ってくるんだ。選び放題だろう」周囲を見まわす。「物干しロープもたくさん盗んだようだし」

　クララは今回は反論しなかった。しばらく経って、腕いっぱいにシーツを抱えて戻ってきた。オリヴァーは汚れた上掛けを取り除き、比較的きれいなシーツでくるんでから、トビーを抱いて立ち上がった。驚くほど軽い。

「先に行ってくれ」オリヴァーは彼女に言った。「階段に尖《とが》ったものがないか気をつけて見てくれ。薬ができたと言っても、破傷風は命に関わる」


　オリヴァーはトビーを抱えてそっと階段をおりながら、クララに叱責を浴びせつづけた――クララは馬車で待機することになっていた。彼の言うとおりに行動すると約束した。それなのに、約束を破った。しかし、驚くことではない。実際、まったく驚いていない。信用した自分がばかだったのだ。だまされた自分が信じられない。貴族はみな、他人に対する配慮がない。クララが危険を冒すのはかまわない。次回は関わりたくないが。とはいえ、オリヴァーのキャリアを危険にさらす権利は彼女にない。もしトビー・コッピーに気を取られているあいだに、クララが誰かに殺されていたら、レイヴン・ラドフォードの評判は失墜していた。外モンゴルでの開業を許されたら御の字だった。

　一階の手前の踊り場にたどりついたところで、階段を上がってきた警察と出くわした。オリヴァーは叱責を中断して、盗んだ品が置いてある場所を教えた。

「フリームの痕跡はあったか？」ひとりの警官がきいた。「ハッシャーの姿も見えない」

　オリヴァーが隠れ場所になっていそうなところを指摘した。

クララの知るかぎりでは、オリヴァーは周囲をほとんど見ていなかった。それなのに、いつの間にか部屋の様子を観察していたようだ。彼女が気づかなかったことをいくつも覚えていた。でもあのときクララは、トビーのことしか考えていなかったのだ。

「まだ何人か近くにいる可能性はあるが、フリームは見つからないだろう」オリヴァーが言う。「フリームもここにいたのだとしたら、シヴァーを囮《おとり》にしてさっさと逃げだしたんだ」

そのとき、クララはようやく自分が危険を冒したことに気づき、オリヴァーが癇癪を起こした理由を理解した。警察が来たからといって、この家から全員逃げだすとはかぎらなかったのだ。ひとりを屋根に上がらせ、ほかの人がここに隠れていたかもしれない。フリームが、ハッシャーという名の男がここにいてもおかしくなかった。逃げだした少年たちを警察が追っているあいだ、ロープにかかっている服やシーツの陰に隠れて、逃げ道を考えることができたのだ。

そして、クララが捕まっていたら、格好の人質になっただろう。

その後を想像すると、恐ろしい場面が次々と脳裏に浮かび、クララは血の気が引いて思わず手すりをつかんだ。

「いまだけは気絶しないでくれ」オリヴァーが注意する。「それから、汚い手すりに触るな。ささくれに引っかけるぞ。よく考えろ。感染症にかかって死んでしまうかもしれないんだぞ。いちいち言われないとわからないのか？」

クララはふたたび頭に血がのぼるのを感じ、デイヴィスの傘でオリヴァーを叩きたい衝動に駆られた。

けれども、自分に言い聞かせた。叩くのは、彼が病気の子どもを抱えていないときにしよう。

怒りのせいで、気絶するのを忘れた。

ジェイコブ・フリームはもう少しで警察に捕まるところだった。

彼は少年たちが盗んだ品の中でも上等のものを調べるため、隠れ家に遅れて現れた。そして、新入りのひとりが病気にかかったことを知り、その少年の正体にそのときはじめて気づいた。フリームは腹を立て、シヴァーを起こすと、公私混同した罰として小突きまわした。その合間に、病気になった少年を手っ取り早く追いだす方法について話しあっていたため、通りの不審な動きに気づけなかった。気づいたときには、警察が階段を上がってきていて、庭にも押し寄せ、逃げ道はすべてふさがれていた。

フリームは表向きは逃がすために、シヴァーを屋根に上がらせた。だが実際は、囮にするためだった。警察がシヴァーに気を取られている隙に、フリームは彼しか知らない隠し扉を通り抜けて隣の建物に忍び込んだ。

ほとぼりが冷めるまで、その陶磁器の店に隠れていた。

外はあまり見られなかったが、音は聞こえた。

トビーを呼ぶ女の声。上流階級の発音だった。

レイヴンが〝クララ〟と叫んでいた。

フリームは偶然の一致を信じなかった。何も信じていない。しかし、二たす二のような足し算はできた。トビーを呼んでいた背の高い貴族の女と、トビーの姉に絡んだシヴァーを鞭で打った背の高い貴族の女は、レイヴンが叫んでいた〝クララ〟と同一人物に違いない。まともな考えではない。貴族には手を出すなと、いまは亡きシヴァーに言ったのは、ほかでもないフリームだった。だが、シヴァーはいかんせん頭が足りなかった。切れ者なら、勝ち目を計算できる。未来の利益と現在のリスクを比較して評価できる。

どのみち、フリームはリスクの高い仕事をしている。それに、レイヴン・ラドフォードを始末さえできれば、自分で手を下さなくてもかまわない。シヴァーは死んだが、まだハッシャーがいる。レイヴンをどうにかして殺してくれるだろう。

フリームはにやりとした。

シヴァーの〝大女〟をレイヴンを始末する道具にできたら、ますます面白くなるだろう。

7

「法廷弁護士……二、弁護士業の基礎となる原理を考慮する。人は間違いを犯しやすいものだから、自然界と倫理的な世界の両方で、真実を発見するには細心の注意が必要とされる」

『ジュリスト』第三巻（一八三二年）

オリヴァーはトビーを巡査に引き渡し、スミスフィールドにある聖バーソロミュー病院へ連れていくよう指示した。ほかの病院だと特定の日しか患者を受け入れないが、聖バーソロミュー病院なら問題なく収容してくれるだろう。巡査は許可されていない人物の見舞いは受けつけないと請けあった。

オリヴァーが自分で世話をしてもよかったのだが、クララから目を離せなかったし、彼女をトビー・コッピーから遠ざけたかった。だからわざわざ、ケンジントンとは反対方向にある病院を指定したのだ。

そういったことをクララに話して聞かせたあと、ドルリー・レーンで待たせていた貸し馬車にふたたび乗り込んだ——今度は本物の御者が御者台に座っている。

「わたしが危険なまねをしたことはわかっているわ」馬車が走りだすと、クララが言った。

「でも、あの子を放っておくなんてできなかった。病気で、おびえているのに」

オリヴァーは美しい顔を見つめた。女性は子どもではないと父が言ったことを思いだした。正確には、そう言ったのは母だが。

もうひとりの自分と少しのあいだ激しく戦ってから、オリヴァーは口にした。「きみは勇気ある行動を取った」

クララは膝の上で両手をかたく組みあわせ、ずっと窓の外を見ていた。

ぱっとこちらを向くと、その顔は真っ白で引きつっていた。

オリヴァーは動揺を押し殺した。

「いまさら具合が悪くなったのか？　これまでその機会はいくらでもあったのに。いまよりもっともな理由があったはずだ」顔を近づけて彼女の服をかぐと、貧民街のにおいがした。

「それとも、ぼくのせいか？」

「そうよ」クララが答えた。「あなたが褒め言葉に聞こえるようなことを言ったから。このわたしに」

「それより力を込めて、見事に愚かなことをしたとも言える。だがそれはすでに、あれこれ言葉を変えて言ったから、言い飽きただけだ」

「勇気なんてなかった。気分が悪くて、おびえていたの」

「それでもやってのけた」

「相手が見ず知らずの他人だったら、助けなかったかもしれない」クララが言う。「でもあの子は、わたしが目をかけている勤勉な少女の弟だった。直接会って、話をしたこともあった。わたしの兄弟が問題を起こしたらどうするだろうと想像したの。実際、しょっちゅう問題を起こしていたわ。そのときは、兄弟の誰かが助けに行っていた」少しためらってから続けた。「わたしも助けられたことがあるの」

オリヴァーはバーナードに飛びかかった少女を思いだした。

「だが、きみは女性だ。育ちから見ても、あれはまさに勇敢な行為だ。被告側の弁護士としてならそう言う。検察官としてなら、向こう見ずな愚かさや一時的心神喪失を示す明白な証拠を提示できるが。ぼくでさえ、ああいう場所に入るのは躊躇する。ぼくたちはあの子たちとは違うんだよ、レディ・クララ、きみもぼくも」

「ぼくたち」クララが繰り返した。

「ああ、こう見えても、ぼくは紳士として育てられたんだ。正直に言うと、中に入ったとたんに朝食を戻しそうになった。ダニエル・プライアーの言うとおり、あんな場所でフリームが暮らしているとは信じられなかった。少年たちがフリームのすみかを知っているはずがない。売春宿や賭博場のような場所に自分の部屋を持っている可能性もある。しかしあそこが、少年たちを住まわせて、盗品を買ってくれる店のそばに商品を保管しておくための場所だというのなら理解できる」

「角にあった質屋のこと？」

「その可能性は高い」

クララは黙り込んで、ふたたび窓の外に目を向けた。窓はきれいだった。窓だけでなく、車内を掃除しておくよう、オリヴァーが取りはからったのだ。

朝の光を浴びて、彼女の顔は真珠のように輝いていたものの、まだ青白かった。オリヴァーは視線をさげて、ずらりと並んだ堅苦しい金属のボタンの下でかたく組まれた手を見た。手袋が汚れている。

クララは勇敢だった。ほかの貴婦人だったらどうなっていたかわからない。もう危機は脱したとはいえ、自分の見たものやしたことを思い返していまさら気分が悪くなり、青ざめているのだろう。

彼女は頑固だから、痛い目に遭って教訓を得るしかないのだと、オリヴァーは自分に言い聞かせた。それでもやはり、慰めの言葉をかけてやりたかった。だが、教訓を台なしにするようなことを言う前に、馬車が速度を落とした。彼は窓の外に目をやった。

「ベッドフォード・ストリートだ。ここで降りて馬車を乗り換える。ぼくが現場にいたことは秘密でもなんでもないし、特別なことでもない。しかし、きみの正体は誰も知らないし、このまま知られたくない」

ふたりは馬車を降りて、別の馬車に乗り込んだ。次に通りかかった貸し馬車屋で、ふたたび乗り換えた。御者はオリヴァーの指示に従って回り道をした。ようやく最後の馬車に落ちつくと、ほとんどまっすぐ西へ向かった。

そのあいだ、ふたりともひと言も口をきかなかった。

クララは物思いにふけっていた。オリヴァーも考えなければならないことがたくさんあった。頭の隅に押しやっていた問題だ。今朝ウェストコットにも言ったように、同時にふたつの場所へ行くことはできないし、ロンドン警視庁との約束を破るわけには――自分が扇動した手入れをすっぽかすわけにはいかないからだ。バーナードに対応するのは、クララを彼女にふさわしい世界に送り返してからでも遅くない。

仕事から脱線するのはこれが最後だ。オリヴァーは自分の本分に戻り、彼女もそうする。ふたりが会うことは二度とない。

反論するもうひとりの自分と意見を戦わせていると、不意にクララが口を開いた。「トビーは元気になるわよね？」

「ああ、もちろんだ」オリヴァーは請けあった。「心配な症状は出ていなかった。いくらかでもまともな家があればそこに帰して療養させたんだが」

「病気の貧しい子どもを受け入れてくれる場所を探すのは難しいのよね？」クララが言う。「面倒を見てくれる家族がいなければ、親切な人に引き取ってもらうか、救貧院へ行くしかない。グラムリーが経営していたような貧民施設とか」二本の指をこめかみに当てた。「ひどい世の中ね。わたしの理解を超えているわ、ミスター・ラドフォード」

「当然だ」オリヴァーはこめかみに当てられた彼女の手を取って握りしめ、慰めたい衝動に駆られた。しかし、柄に合わないし、彼の役目でもない。つまり、愚かなことだから思いとどまった。

「シヴァーが屋根から落ちたと聞いたわ」クララが言う。「だからあなたは、どこかへ走っていったのね」

「まだ生きている可能性があった。傷を負っても、命は助かった事例をいくつか知っているから。だがシヴァーは首の骨を折っていた。もう二度とブリジットを――ほかの誰のことも困らせることはない。絞首刑を免れたな。死人に口なし。フリームには好都合だ」

「フリームがけしかけたんだと思う？」クララがきいた。「シヴァーが屋根を走るよう仕向けたのかしら？」

「ああ、簡単だっただろう。シヴァーは目立ちたがり屋だから」

張り詰めた沈黙が流れたあと、クララが言った。「あなたは立派ね」ぞんざいに手を振る。「貧困や絶望を目の当たりにしても、平静を保っていられるなんて」

「信じてもらえないかもしれないが、ぼくは貧民窟にしょっちゅう行くわけではない。ときどき警察の代理をするから、情報屋を使ってはいるが、前にも言ったように、ぼくが扱う事件のほとんどが退屈なものなんだ。訴訟事件摘要書を受け取って、証拠や関連する法律を調べるだけだ。グラムリーの訴訟は例外だよ」

クララがオリヴァーの目を見た。

「じゃあ、今回ギャングの手入れに関わったのは、わたしのためなのね」

「きみがしつこかったからだ」オリヴァーは言った。「それに、ぼくが引き受けなかったら、きみはひとりで探そうとしただろう」

理由はそれだけではない。それが本当の理由ですらなかった。ミリナーズ・ソサエティの庭でクララと会ったときオリヴァーは……彼女に魅了されたのだと、ほかの男なら説明するかもしれない。だがそれほど単純な話ではない。

あの干からびた庭で、オーガンジーやレースに包まれ、小枝が火矢のごとく突きでた帽子をかぶって歩くクララを見た。

彼女がひらひらした服を着て歩きながら、裁判でのオリヴァーの戦略を的確に要約するのを聞いて驚いた。グラムリーの弁護人が、手遅れになるまで理解できなかった戦略だ。

「まさか」クララが否定した。「そこまで無謀なことはしないわ。誰か別の人にしつこくつきまとったでしょう」

そいつが誰であれ、窓から投げだされるべきだ、ともうひとりの自分が考えた。

理性のあるほうのオリヴァーは言った。「ぼくにとってもフリームを排除するチャンスだった。やつがいなくなっても、世界どころか、ひとつの地域だって変わらない。すぐに別のギャングのボスが跡を継ぐだろう。ああいう輩《やから》はいなくならない。とはいえ、フリームはぼくを殺そうと躍起になっている厄介な相手だ。ぼくを好敵手と思わずに恨んでいる。だがそれが犯罪者の考え方なんだよ、レディ・クララ。ちっぽけなやつらだ。視野が狭く偏っている」

クララが彼から目をそらした。「わたしみたいね。貧民学校をこの目で見るまで、自分が狭い世界で生きていることにも気づかなかった。今日はさらに勉強になったわ」

「そんな勉強をする必要はない」

「ふつうはそうね。でも、トビーを受け入れてくれる場所をどこから探せばいいかもわからないなんて」

オリヴァーは彼女の話を理解するのが一瞬遅れた。というのも、論理的な会話をしていると思って安心していたからだ。まるで……友人と話しているみたいだった。ウェストコットと――見栄えをはるかによくしたウェストコットと話しているような感じだ。しかし、彼女は友人ではない。じつに聡明で頑固な女性だ。意固地な女性。

「一、一時的心神喪失ではなかった」オリヴァーは言った。「神よ、同輩よ、陪審よ、どうか重大な誤りを訂正させてください。問題の女性は一時的に心神喪失状態だったわけではありません。慢性疾患です」

クララが視線を戻し、いぶかしげに彼を見た。「どうしたの、急に?」

「きみがトビー・コッピーの住居を探す必要はない」オリヴァーは言った。「これ以上関わるな。トビーの一キロメートル以内に近づいてはいけない」

「見習いの仕事を探してあげると、ブリジットに約束したのよ」クララはあきらめなかった。「いったい何がいけないの? トビーが回復したら、ミリナーズ・ソサエティの近くであの子を泊めてくれるところがないか、校長にきいてみる。仕事の相談にも乗ってくれると思うわ」

オリヴァーは彼女の澄んだ青い瞳をのぞき込んだ。肩をつかんで揺さぶりたい衝動を抑え込み、あらゆる表現でばか呼ばわりしようと口を開いた。

〝我慢しろ〟言葉をのみ込み、自分に言い聞かせた。クララは世間知らずなのだからしかたがない。

とはいえ、忍耐は彼の美徳のひとつではない。わずかな忍耐力をかき集め、余計なことを言わないようにするのは、並大抵の苦労ではなかった。「だめだ」

クララが眉をひそめた。

「それはやめておいたほうがいい」オリヴァーは言った。「コッピー家の問題に校長を巻き込むべきではない。ブリジットの学校での立場が複雑になる。ほかの生徒たちはブリジットがひいきされていると思うだろう。ブリジットがやりにくくなるだけだ。ただでさえ困難な人生なのに。きみは彼らがどういう人間か、あそこがどういう世界かわかっていない。自分で認めている以上にずっと。彼らはきみのようには考えない。同じくらいの年齢だったときのきみとも、まったく違う考え方をする。きみはもう関わるな。二度と」

「約束したのよ」クララが言い張った。

「それなら、良識のある方法で約束を守ればいい」オリヴァーは言った。「トビーの仕事なら、ウェストコットが見つけてくれる」

驚くべきことに、彼女は眉根を寄せても、ますます美しく見えるだけだった。

「それは思いつかなかったわ」クララが言う。「思ったより疲れているのね。あまり眠れなかったし」

クララが男を迎え入れたことのないベッドで寝つけないまま横たわっている姿が脳裏に浮かんだ。問題を解決するのが得意なオリヴァーは、彼女を眠りに導く方法をたやすく思いついたが、その考えを頭から追い払った。

「じゃあ、こういうふうに考えてごらん」オリヴァーは言った。「いま自分が置かれている状況を、理性的に考えるんだ。理性のある人間なら、ほとぼりが冷めるまで、あのあたりには近づかないほうがいいとわかるだろう。きみがどんな顔をしていたかみんなが忘れるまで、姿を見せてはいけない理由を理解できるはずだ」

「新鮮だわ」クララが言う。「わたしのことを簡単に忘れられるような人だと言ったのは、あなたがはじめてよ」

オリヴァーのもうひとりの自分は、彼女を忘れられないとわかっていた。絶対に忘れられない。

ケンジントンの屋敷に着くまで、残された時間はあとどれくらいだろうか？

オリヴァーは言った。「あの少年たちならすぐに忘れるだろう。刺激的な毎日を送っているんだ。飢え死にしたり、殴られたり、刑務所に入れられたり、縛り首にされたりしないようにするだけで精いっぱいだ。酒も浴びるほど飲むし。一カ月もすれば、きみを見ても大勢いる貴族のブロンドの女性と見分けがつかなくなるだろう」

「一カ月でいいのね」

「半年か、一生近づかないほうが賢明だ。だが、そう言っても無駄だろう」

「あなたは大げさなのよ」クララが言った。「前から思っていたの。きっと法廷で芝居がかったふるまいをしなければならないせいね」

「なんだと!」

「理性的に考えてごらんなさい。第一に、オールマックスや宮廷であの子たちに出くわすとは思えない。第二に、全員とは言わないまでも、彼らのほとんどが終身流刑にされてノーフォーク島に送られる。第三に、彼らが知っているのは、わたしがブリジット・コッピーの弟を探していたレディということだけ。何も特別なことではないでしょう? 貴婦人たちがミリナーズ・ソサエティを支援していることは、みんな知っているわ。自分は徳が高くて役に立っていると感じるために慈善活動に精を出していることや、裕福で甘やかされていて大勢の紳士に思いを寄せられているせいで退屈しきっていることも」

彼女の言うとおりだ。反論のしようもない。

「一理あるね」オリヴァーは言った。

「そうでしょう?」クララが身を乗りだして、彼の顔をのぞき込む。彼女のかすかな香りが彼の鼻孔をくすぐった。「認めるのは悔しい? 悔しいみたいね。でもわたしは最高の気分だわ」椅子に座り直すと、手袋をはめた手で顔を扇《あお》いだ。

「しかし」

「いつも〝しかし〟が続くのね」

「問題は、彼らのほうがきみに見分けられると知っていることだ」

クララは女王のごとく手を振ってオリヴァーの意見をはねつけた。手袋が汚れていても、威厳は少しも損なわれていない。「ばかげているわ。レディに貧民の区別がつかないことは、周知の事実よ。ぼろを着ているとみんな同じに見えるの。においがするまで近づいて、わざわざ見ようとする人もいないし。人殺しや泥棒が何をしようと関心を持たないわ。自分たちに手を出さずに、仲間内でやってくれているかぎりは」

オリヴァーは目をすがめて彼女を見た。「そろそろ終わりかな?」

「まだまだよ。法廷のようなむさくるしい場所へ絶対に行かないこともみんなわかっている。レディは証人席に立つには育ちがよすぎるの。被告人席に立つのと似たようなものよ。だって、いずれにせよ評判がめちゃくちゃになってしまうんだから」

クララは完璧な顎をつんと上げ、挑むように彼を見つめた。

オリヴァーのもうひとりの自分は、苦しいほどの衝動に駆られていた。状況を悪化させるだけのことをしたがっている。

「なるほど」オリヴァーは言った。「きみの好きなようにすればいい。ぼくは子守をしている暇はないんだ。文書による名誉棄損の訴訟を抱えているし、死の床についている父親を訪ねて、ヘレフォードシャーで行われる葬儀に出席し、頭のおかしないとこの大変な問題を解決しなければならないんだ。心から同情するが、あとはレディ・エクストンにおまかせするよ」

そして、クララはクララの、オリヴァーはオリヴァーの道を行く。

あと少しで、ロンドンを横断したこの旅も終わる。

オリヴァーは窓の外を見た。彼女を見ていると悲しくて落ちつかない気分になり、感情を切り離すのがひどく難しかったからだ。そのあいだにも馬車はどんどん進んだ。

「もうすぐハイド・パーク・コーナーに着くな」おだやかな口調で言った。

クララは自分の舌を引っこ抜きたかった。自分を引っぱたいてやりたかった。けれども、どちらもできない。舌を引っこ抜くのは実際にやってみるとなると難しそうだし、自分を引っぱたいたらはしたないうえに正気を失ったと思われるだろうから。

「何があったの？」クララはきいた。「わたしの愚痴を聞いていないで、話してくれればよかったのに。どなたが亡くなったの？」

オリヴァーはすぐには答えなかった。窓の外を見たあと、膝の上に置いた両手を見おろした。それから、眉根を寄せて言った。「若い女性だ。すまなかった。うかつに口に出すべきことではないのに」

若い女性。

クララは禁じられていたのに池でスケートをしたら、氷が割れて凍えるような水の中に足を突っ込んだときと同じ気持ちになった。

クララはその感情を無視した。言葉では表せないほどばかげている。彼は男性――女性を惹きつける男性だ。鼻持ちならない性格に目をつぶれば。女性は男性の欠点に目をつぶらなければならない。そうでなければ誰も結婚できず、人類は死に絶えるだろう。

当然、オリヴァーの周りにはクララのほかにも若い女性がいる。自分しかいないと思っていたの？　大勢の愚かな男性がまるで世界にクララしかいないかのようにふるまうからって？　オリヴァーがみんなと同じように、ほかの女性たちをあきらめて――あるいはあきらめたふりをして、クララだけを崇拝すると思った？

本当にばかばかしい。クララは今年もっとも人気のある女性というだけで、それも主にドレスのおかげだと自覚していた。

彼はファッションに左右されない。自分で判断する。

クララの周りにいる紳士たちとはまるで違う。

「こんな大変だった朝に」クララは言った。「そんなに心配事を抱えていたら、言葉のひとつひとつに気をつけていられないわ。あなたが大切な人を亡くしたときに、わたしは得意になって演説してしまった。止めてくれればよかったのに」

「第一に、きみの話は面白いし、ためになった」オリヴァーが応じる。「女性が弁護士になれるとしたら、きみは訓練次第でなかなかの弁護士になれるかもしれない。第二に……その女性のことをよく知らないんだ」

クララは凍えていた心が解けていくのを感じた。

「だが彼女は若くして」オリヴァーが言葉を継ぐ。「亡くなってしまった。愚かないとこに跡継ぎをもうけるため何度も妊娠させられたせいだ。バーナードを覚えているかい？　きみの歯を欠けさせた男だ」

クララはうなずいた。忘れられるはずがない。自由な生活に終止符が打たれたのはバーナードのせいだと、彼女は思っていた。あの事件のせいで、彼女の人生は完全に間違った方向へ向かった。

「幸い、あれで感染症を患ったんだよ。しかし生き延びて、つい最近モルヴァン公爵になった。いまは悲しみのせいか失望のせいか、調子を崩している。とにかく、みんな心配していて、昨日ぼくが呼ばれたんだ」

「ああ」

「ヘレフォードシャーへ行くのね」クララはふたたび凍える池に沈んだ。

「いつまでいるの？」どうしてそんなことをきくの？　なんの関係があるの？　二度と会えない相手なのに。

「わからない」オリヴァーが答えた。「だが、トビー・コッピーの件をおろそかにはしないから、心配しなくていいよ。リッチモンドからウェストコットに手紙を書いて、勤め口を探させる。知性が足りなくても問題はない。そのほうがやりやすい仕事もある。弁護士もそのひとつかもしれないが、読み書きはできなければならない――一応。一方で、肉体労働に向かない少年も大勢いる。うちのティルズリーもそのひとりだ。お情けで雇っているようなものだが、その理由は、第一に、賃金が安くてすむし、まだ若くて悪い癖もついていないから、きちんと訓練すれば――」

「ミスター・ラドフォード」

彼の涼しげなグレーの目がクララの目を見つめた。「レディ・クララ」

クララはごくりとつばをのみ込んだ。「二度と会うことはないんでしょうね」

「会う確率は非常に低い」

〝待って〟クララはそう言いたかった。〝あなたと永遠に別れるなんてできそうにない〟

代わりにこう口にした。「じゃあ、ブリジットの弟を連れ戻す手助けをしてくれたことに、改めてお礼を言わせてもらうわ」

「その必要はない」オリヴァーが言った。「不本意ながら引き受けたんだ」

「わたしにとっては不本意ではなかったわ。大変で、痛ましくて、ぞっとするほど衝撃的な体験だったけれど、それがわたしのしたかったことなの。話に聞いたり本で読んだりするだけじゃなくて、実際に経験した。わたしはその場にいた。その一部だった。世界を見て、これまで本当にはわかっていなかったことをいくつか理解した。そのおかげで、成長できたと思うわ」

「甘いな」オリヴァーが言う。「きみはきっと悪夢にうなされるだろう。今日着ていたものは全部燃やしたほうがいい。ぼくはリッチモンドに着くまでずっと、そのあともしばらく、きみを馬車の座席に縛りつけておかなかったことで自分を責めるだろう。その手袋を見てみろ！」

クララは視線を落とした。少しのあいだに驚くほど汚れている。彼女は手袋を脱いだ。

「下手な変装をして事務所に最初に来たときだって、汚れてはいなかった」オリヴァーが言う。「こんなことで成長なんかできない」

「できるわ」クララは反論した。「トビーもきっと」

「ああ、トビーね。きみはあの子の姉とした約束を守ろうと躍起になっていた。しかし、きみの約束に対する考え方には一貫性がない。ぼくとの約束はどうなった？〝お願い〟と言ったよな。同情を誘うような口調で。ぼくとしたことが、同情に駆られるとは――きみが大きな青い目に涙を浮かべて――」

「大きな青い――」

「いや、ぼくも人並に頭が鈍かったようだ。きみは〝お願い〟と言って、ぼくの言うとおりにすると約束した。それをぼくは信じた」

「まあ、ミスター・ラドフォード」クララは彼のほうへ身を乗りだした。

「やめてくれ」オリヴァーが言葉を継ぐ。「きみは一時の感情に駆られやすい。そのせいで歯が欠けるはめになった。今日の記念品が汚れた手袋ですめば御の字だ。ぼくのせいだ。もしきみが破傷風にでもかかっていたら、それはぼくが次々と間違いを重ねたせいだ。ぼくの計算によると全部で七つ。いや、八つだ。八つめは、きみの約束を信じたことだ。いや、九つだな。九つめは――」

「やめて」クララはさえぎった。「もういいから」両手を伸ばして彼の上着をつかんだ。考える前に、オリヴァーが何か言う前に、クララは彼を引き寄せてキスをした。唇に。激しく。必死に。淑女らしくない態度で。

一〇個目の間違い――クララが膝にのっている。いつの間にかそこにいたが、どちらの仕業でもオリヴァーはかまわなかった。言いたいことが言えなくて、何も考えたくなくて、彼女に怒りをぶつけてしまった。

永遠の別れを告げることなどできそうになかった。

ケンジントンに近づくにつれて、焦りが募った。

時間が足りなかった。どこでもいいから行き先を変更したかった。だが理性のあるほうの自分は、何をすべきかも、そうすべき理由もすべて承知していた。

それなのにいま、クララは腕の中にいて、オリヴァーにキスをしている。なんの疑いも、ためらいもなく。彼の後頭部をしっかりとつかんでいる。彼の帽子を払いのけ、逃がすまいとするかのように押さえつけていた。そして、この前彼から学んだことをひけらかすようなキスをしている。彼のレッスンがどんなに危険なものだったかを知らしめるように。

この前オリヴァーは、淡い期待を抱いたにすぎなかった。驚きと、かすかな衝撃とためらい、そしてクララの無垢《むく》な唇を味わった。

だが今日は、大打撃を食らった。やわらかい唇の感触に心まで震え、全身が熱くなる。頭が真っ白になり、まともに考えられなくなった。考える代わりに、ただ感じた。押しつけられる甘い唇、体の熱、膝にのせられた丸いヒップの重み。

オリヴァーはクララの体に腕を回してきつく抱き寄せた。腕の中にしっくりとおさまり、まるでずっと前からいたかのように、そこが彼女の居場所だという気がした。

オリヴァーと同じように、クララも貧民街のにおいがしたが、気にならなかった。彼女の本当の香り――ハーブと肌のにおいがまじりあった香りが打ち勝って、彼の鼻孔に広がり、いつもは明晰な頭がぼうっとした。さっきまでいた醜い世界の痕跡が薄れていき、彼女のぬくもりや香り、味で満たされた。

クララが唇を離し、首に顔をうずめて息を吸い込んだ。ドレスのかたい襟からのぞく肌にオリヴァーが唇を押し当てると、彼女ははっと息をのんだあと、吐息をもらした。それから顔を上げて、頭のてっぺんにキスをし、髪に指を絡めた。彼はぞくぞくした。頭を傾けてクララを見上げ、この世のものとは思えない顔をのぞき込むと、彼女はオリヴァーの目を片手で覆って、ふたたび唇を重ねた。

さらに激しいキスがはじまった。あまりの激しさに、オリヴァーはクララが処女《おとめ》であるのを忘れた。舌を使って彼女の唇を開かせる。舌と舌が絡みあうと、彼女が彼の肩をつかんだ。永遠に放さないと言わんばかりにきつく。

オリヴァーはクララのまっすぐな背筋をなでおろした。彼の指示どおり、堅苦しくて人を寄せつけないドレスを着ている。その下の何層にも重なった下着が、彼の手袋をはめた手と素肌のあいだに立ちはだかっていた。もやのかかった頭でも、それ以上近づけないのはわかっている。だが彼女はいま、この腕の中にいる。

手を滑らしてクララのウエストをつかんだ。それから、ふたたび上へなでつけて、胸のふくらみを包み込んだ。無意識のうちに、本能的に、習慣的にしたことだ。堅苦しいボタンに親指を置くと、ボタン穴の向こうに押し込んだ。

その手に彼女が手を重ねた。唇が離れた。

オリヴァーは精いっぱいじっとしていた。鼓動が激しく打ち、息遣いが荒くなっているのに突然気づいた。ボタンをひとつはずしたくらいでこれほど興奮するとは、信じられない。

クララも息が乱れていた。オリヴァーの手の下で、胸を弾ませている。彼の手を押しのけるどころか、手を重ねたまま胸に押し当てていた。

オリヴァーは彼女を見上げた。頬が紅潮し、唇は腫れ、目が輝いている。斜めにずれた帽子の下で、淡い金色の髪がほどけて眉にかかっていた。

彼は理性も分別も取り戻したくなかった。いましていることをやめたくなかったから。もう少し。もっと。このおんぼろの貸し馬車の中で、口には出せないようなことをクララに、クララとしたかった。

だが、強いて理性を取り戻した。

手をそっと持ち上げ、ボタンをはめ直した。

オリヴァーの望みに反して、クララもわれに返った。しとやかな物腰で彼の膝からおりて、自分の席に戻った。そして帽子をまっすぐにし、ドレスの前をなでつけると、両手を組みあわせて窓の外に視線を向けた。

彼女が言った。「どうやらヒステリーはおさまったみたいね。長年のあいだに蓄積された不満がときどき爆発するんでしょう。誰の目にも明らかだわ」

「ヒステリーだと！」

「キスしたことを謝るつもりはないわ」クララが言葉を継ぐ。「言い訳もしない。事実は単純かつ明確だわ。あなたはわたしにくどくどと説教しつづけた。わたしはうんざりして、愚にもつかない話をする男性を黙らせたいという女なら当然生じる衝動に屈したの」視線を戻して彼を見つめ、顎をつんと上げた。目が光り輝き、頬がピンクに染まっている。「それから、二度としないという約束はできない。わたしは長年のあいだに反抗心が鬱積しているみたいだし、あなたはそれを解放するコツを知っている。あなたって本当に癪に障る人ね」

「傘でぼくを叩けばよかったんだ」オリヴァーは言った。

「次はそうするかも。あら、忘れてた、次はないんだったわね。助かるわ。じゃあ、ここでお別れね」

馬車が停車した。

オリヴァーはまだ〝ヒステリー〟がおさまっていなかった。窓の外に目をやると、ケンジントン・ハイ・ストリートが見えた。もう着いてしまった。

「ためになる経験をさせてくれてありがとう」クララが言う。「手紙をくれてもいいけれど、たぶんあなたは書かないでしょうね」

「それは……」賢明ではない。愚かな行為だ。早く関係を断てば——完全に断てば、それだけ早く立ち直れる。

御者が扉を開けた。

クララが馬車から降りて歩きはじめたあとも、オリヴァーは自分を取り戻せていなかった。立ち上がってあとを追おうとしたところで正気に返った。クララを追いかけることはできない。レディ・エクストンの家まで送っていくことはできない。もう明るくなってきたし、人の目に留まる可能性は高い。

扉が閉められた。

オリヴァーは座席に座り直すと、クララが角を曲がるまで窓越しに見送った。

それから馬車を出すよう御者に合図したが、もはやどこへ向かっているのかわからなかった。両手を見おろし、その手にも自分にもあきれた。床に視線を向けると、手袋が落ちていた。クララが両手を伸ばして彼の上着をつかんだときに落としたに違いない。

オリヴァーは手袋を拾うと、頬に押し当ててから胸ポケットに押し込んだ。

8

「法廷弁護士……よって、弁護士は個人的な意見を嫌う誠実さと勇気をつねに持ち、尊い義務を忠実に果たすことによって生まれる公共の結果についてしか考えない」

『ジュリスト』第三巻（一八三二年）

九月二二日火曜日
ケンジントン　エクストン・ハウス

レディは知っていなければならない。

紳士がとりわけ心の問題に関して鈍感なことは、誰もが知っている。自分が主導権を握っていると思いたがることも。だからレディは、直接的にならないよう気持ちを伝える方法を知っていなければならない。

男性の喉元をつかんでキスをする以上に直接的な方法はあるだろうか。クララはさらに、オリヴァーに手紙を書くようほのめかした。でも逃げ道は用意したし、彼は抜け穴を見つける専門家だ。

レディの細やかな心遣いも、オリヴァーのような男性が相手では無駄になってしまうのかもしれない。オリヴァーのような男性なんてほかに知らないけれど。

クララはペンを手に、白紙の便箋が置かれた書き物机に向かっていた。未婚のレディは家族や、少なくとも家族の親しい友人以外の男性に手紙を書かない。男性も未婚のレディに手紙を書いてはいけないことになっている。

けれどもオリヴァーには、フェンウィックを介して伝言を送るだけの頭があった。〝どこそこで何時何分に集合〟というような短いメッセージは、たとえ秘密の伝言でも手紙とは呼べないけれど。クララは手紙を書くよう彼をけしかけたはずだ。それなのに、一週間経っても音沙汰がない。まだ移動中ということはあり得ない。モルヴァン公爵の屋敷には一日あれば――ぶらぶらと旅をしたとしても二日で着くだろう。彼がぶらぶらしているところなど想像できないが。

オリヴァーがヘレフォードシャーのどこへ向かったか、クララは知っていた。グリナー城。ドーラ大おばの執事によると、先代の第五代モルヴァン公爵が世紀の変わり目に建設に着手したものだそうだ。英国の上流階級の屋敷を図解した『ジョーンズ・ヴューズ』の第二巻に載っていた。

知り合いでその城を訪ねたことがある人はいないと、大おばは言っていた。前公爵と最後にロンドンで会ったのがいつだったか思いだせないとも。〝ラドフォード家がロンドンに来るのは、花嫁を探すときだけだったと思うわ。それでも結局、ほかの場所で見つけることのほうが多かったけれど。公爵は家族を意のままに従わせていて、ロンドンを嫌っていた。あの家族の誰かがタウンハウスに最後に住むどころか、立ち寄ったのがいつだったかさえ覚えていないわ。ずっと外国人に貸しているのよ〟

オリヴァーのようなロンドンっ子が、中世風の城で楽しく田舎暮らしができるとは思えなかった。髪をかきむしっているに違いない。それなら想像できる。超然としてはいられなくなって、激情に駆られているところなら……だって、そんなふうにキスをされたから……そして、クララの望みは……。

何を望んでいるのか、クララはもはやわからなかった。このところあまり眠れなくて、頭がぼうっとしている。考えるのがつらかった。クララはペンを置き、インク壺《つぼ》に蓋をすると、便箋を押しやった。

しばらく経って、部屋に来たデイヴィスに言った。「夕食の席に着くのはやめておくわ。調子がよくないの」

突然くずおれ、椅子から転げ落ちそうになったところをデイヴィスに支えられた。

「具合が悪いわ」ろれつが回らない。「頭が……」

「わかりました、お嬢さま。顔色もよくありませんよ。ベッドへ行きましょう」

九月二四日木曜日

ヘレフォードシャー　グリナー城

モルヴァン公爵バーナードは酔っていた。またしても。

公爵夫人の葬儀の前日、オリヴァーが到着したとき、バーナードは酔っ払っていた。オリヴァーはなんとか酔いを醒《さ》まさせて、葬儀に出席させた。だがそれは間違いだった。しらふのバーナードは攻撃的だった。

義理の兄弟たちだけでなく、牧師や墓掘り人までもがその被害に遭った。バーナードは詩《し》篇《へん》が読まれるときはぶつぶつ文句を言っていて、コリント書になると居眠りしはじめた。妻の遺体が墓まで運ばれるあいだは大声で泣きじゃくり、牧師が〝労苦《レイバー》から解き放たれて〟と言った瞬間に噴きだした（laborには出産の苦しみという意味もある）。

ラドフォード家の親戚は長居しなかった。彼らはいつものことだが反目しあっていて、城でさえも一緒に過ごすには狭すぎた。

モルヴァンはウスターシャーにある本家のラドフォード・ホールのほかにも、いくつも屋敷を所有している。しかし、バーナードの父親は中世風の城を建てたがった。小塔がついたあれだ。三〇年かけて建設し、設備を整えた。この事業にかまけていたうえに、あいかわらず親戚のあいだで揉《も》め事が絶えなかったため、ほかの仕事に使う時間はなかった。とくにこの五年間は、領地やその他の法的な事柄は混乱状態に陥っていて、ふつうの事務弁護士なら精神科病院送りになるところだったろう。だがオリヴァーは第一に事務弁護士ではないし、第二に謎を解くのが好きだから、困難な仕事ほどやる気が出た。

一方、城は立派だった。壮麗で現代的な設備が施されており、どの方向を見ても美しい景色が望める。クララならどう反応するだろうと、オリヴァーは気づいたら想像していた。茶化すかもしれないが、気に入ってくれるだろう。とはいえ、ウスターシャーの歴史あるラドフォード・ホールのほうが彼女の好みに合うに違いない。

クララのことを考えないようにするのは至難の業だった。特大の脳でも処理しきれないほど多くの問題を抱えているというのに。

親戚が帰ったあと、オリヴァーはバーナードと向きあうことにした。

バーナードは図書室にいた。といってもけっして本を読むためではなく、暖炉のそばのソファに寝そべっていた。グラスとデカンタが手元に置いてある。ワインのしみがついたスポーツ雑誌が足元に転がっていた。

前よりもさらに太って、大きな体がソファを占領している。オリヴァーが近づいていくと、大儀そうに見上げた。

「ぼくに爵位を継がせたいのか?」オリヴァーは言った。

オリヴァー流の前口上も、バーナードには通じなかった。

バーナードは目をしばたたいた。「レイヴンじゃないか。親愛なるいとこよ。ぼくが悲しみに打ちのめされていなければ、この家から追いだしてやるのに。使用人たちは何をやっているんだ? ぼくが言い忘れたのか?」

「ばかを言うな、きみがぼくを呼んだんだ」オリヴァーは思いださせた。「代理人と土地差配人を解雇したんだってな」

「ぼくを煩わせるからだ」

領地経営のことで。つまり、バーナードの責務のために。

バーナードは愚かな乱暴者だ。オリヴァーはこのいとこが好きではない。しかし、公爵領はひとりの問題ではないから、そういった感情を抜きにして当たらなければならなかった。領地は英国のあちこちに広がっていて、そこに住むすべての人々の生活がかかっている。その大半が裕福とはほど遠く、ささやかな暮らしを維持するために一生懸命働いている。

バーナードにとって、彼らは存在しないも同然だった。自分の安楽な人生にのみ心を砕いている。領地経営に失敗したら、収入も減るし、あらゆる面倒が降りかかってくると言い聞かせようとしても、バーナードは〝それなら、お前が管理すればいい〟と言うだけだった。

オリヴァーはそうしてもかまわないと思った。名誉棄損の訴訟は、裁判になるとしても開廷まで一カ月はかかるだろう。いとこの代わりに仕事をすれば、そのあいだ忙しくなる。クララに手紙を書くべきかどうかあれこれ悩む無駄な時間も減るだろう。

「飲んでいるときのきみは憎めないな——あくまでも、しらふのときと比較してのことだが」オリヴァーは言った。「だから、きみと同居しなければならない人々のために、酒をやめろとは言わない。だが、ぜひともぼくに爵位を継がせたいというのでなければ、量を少なくともいまの半分に減らしたほうがいい」

近づいて、バーナードの目をのぞき込んだ。オリヴァーと違って、グレーではなくハシバミ色だ。白目の部分は白くなかった。つねに充血しているせいで昼間でも見きわめるのは難しいが、黄ばんでいるのがわかった。

「黄疸《おうだん》は健康が危険にさらされていることを示す症状だと、医者は言っている」オリヴァーは言葉を継いだ。「証拠に基づけば、ぼくも同意せざるを得ないが、全体的に見ると、医者は保守的で迷信深い。時代遅れの理論を崇拝している。臨床経験と明らかに矛盾するときでさえ」

「英語で話してくれないか？」バーナードが言う。「お前は昔からおしゃべりだった。もったいぶった言葉を使って。ラテン語やらギリシア語やら。こうして起きていられるのが不思議なくらいだ。まずは座れよ。首が痛くなる」

オリヴァーはいとことまっすぐ向きあう位置に椅子を移動させてから腰かけた。「酒を控えないと早死にするぞ。その前に性的不能になる。つまり――」

「お前の言いたいことはわかってるよ」バーナードが笑った。「役立たずの一物。それで困ってるんだな、レイヴン？　だからそんなにうるさく言うんだろ」

「いい、きみの一物の話をしているんだぞ、ばか」オリヴァーは反撃した。「つまりこういうことだ。きみは再婚を望んでいる。そうだろ？　跡取り息子をもうけるために」

「生きてる子をな」バーナードがうなるように言った。きつく目を閉じ、顔をしわくちゃにしながら震えている。「妻は……女の子をふたり産んだが、どっちも長生きしなかった。ほかの子は生まれる前に死んでしまった。そのあと、妻が病気になった。こんなことになるとは思わなかった。ばかな女だ。どうしてこんなに寂しいんだろう」

「それは、彼女がきみにはもったいないくらいすばらしい女性だったからだ。これからだってそうだ。いいか、跡取りを望んでいる公爵に年頃の娘を売り飛ばす親は大勢いる。たとえそれがいぼだらけで、梅毒性の認知症を患った公爵だとしても」

バーナードが身を乗りだそうとした。だが太った腹が邪魔をして、脅すどころか滑稽な仕草になった。「ぼくは梅毒になどかかっていない、このかぎ鼻のげす野郎！」

「それならよかった。きみの未来の花嫁のためにも」オリヴァーは言った。「それに、きみが受けた教育が完全に無駄だったわけではないこともわかってうれしいよ。もったいぶった話し方が理解できたようだから」

「ぼくがこれほど落ち込んでいなければ、顔面にパンチを見舞ってやるのに」バーナードがふたたびソファに寝そべった。

「ぼくが言いたいのは、きみがどんな病気にかかっていようといまいと、次の花嫁がどんなに若くて魅力的だろうと、きみがいまの調子で酒やアヘンチンキに頼っているかぎり、どんな子ども生まれてこないということだ」

「妻を亡くしたばかりだというのに。ついこのあいだお前が出席したあれは、葬儀だぞ」

「悲嘆に暮れているからって、ぼくを侮辱するのはやめてくれ」オリヴァーは言った。「きみは子どもの頃から節度がなかった。葬儀の日まで、六年のあいだ、しらふでいたところを見たことがないとみんな言っていた」

バーナードがグラスに酒のお代わりを注いだ。そして、グラスの縁越しにオリヴァーをしばらく見つめたあと、一気に飲み干した。

「これはこれは、気のきいた返事だな」オリヴァーは立ち上がった。「とにかく、言いたいことは言ったから」

「まだ話は終わってないぞ！」

「物事は思いどおりにはいかない」オリヴァーは指摘した。「お互いにな。ぼくはこれからあたらしい土地差配人に会わなければならないんだ」

代わりの人材を見つけるのは容易ではなかった。前任者は完全に本人のせいというわけではないが、問題をごちゃごちゃにして辞めていった。オリヴァーのように難問を解くことに喜びを感じる候補者は少ない。

「見つかったのか？　前のと同じくらいばかなやつか？」

「ああ、だが給料の額は上がったぞ」オリヴァーは報告した。「それと、代理人のダーズリーを再雇用した。五〇キロ以内で一番有能な男だったから」

バーナードが目をしばたたいた。ダーズリーが誰か思いだせないのだろう。

「どうか弱い頭を些事《さじ》で悩ませないでくれ」オリヴァーは言った。「きみがいなくても、ぼくたちだけでどうにかやっていくから」部屋を出ようとして、ドアの一歩手前で立ち止まった。「ところで、ぼくがすべてを仕切るのなら、公爵閣下、花嫁探しもまかせるかい？　きみの健康状態を考えると、急いだほうがいい」

「はは、抜かりがないな。そうだな、お前にまかせるよ。いいやつだな、レイヴン」

オリヴァーは部屋を出た。強い意志と図太い神経を持つ女性なら、愚かないとこの性根を叩き直してくれるかもしれない。クララに相談……。

〝手紙をくれてもいいけれど、たぶんあなたは書かないでしょうね〟

ああ、書かないほうがいい。書いたら間違いは一一個になる。

それから少し経って、オリヴァーがあたらしい土地差配人のサンボーンと話し込んでいると、手紙が届いた。

筆跡はウェストコットのもので、速達で届いていなければ、脇に置いておいただろう。ウェストコットは仕事の話で煩わせるためだけに、速達の手紙を送ってきたりはしない。ウェストコットの手紙のほかに、もう一枚便箋が入っていた。ウェストコットの手紙は短かった。〝同封した手紙は今日レディ・クララの小間使から届いたものだ。どうか至急読んでほしい〟どちらの手紙も日付は昨日だ。

デイヴィスの手紙にはこう書いてあった。

〝拝啓　ウェストコットさま

気分が優れなくて床についたお嬢さまが今朝早くにお目覚めになって、ひどい頭痛がするとおっしゃいました。それから熱が出て、関節と筋肉の痛みに苦しんでいらっしゃいます。レディ・エクストンのかかりつけの医者は単なる発熱と診断して、次の往診のときに熱がさがっていなければ瀉血《しゃけつ》すると言いました。これは賢明な処置ではないとわたしは確信していますが、お嬢さまがどこへ行っていたかドクター・マーラーは知りませんし、わたしのような者の話に耳を傾けるはずがありません。たとえ打ち明けたとしても、ドクター・マーラーがいつも診ているのは、病気だと思い込んでいるにすぎない貴族ばかりです。発疹《ほっしん》チフスのことなど知ろうとなさいませんし、もしわたしが厚かましくも意見を述べたとしても、信じてもらえないでしょう。医者というものは、他人の意見に耳を貸さないものです。たとえ信じてもらえたとしても、病状を悪化させるだけではないかと心配しているのです。レディ・エクストンは聡明な方ですが、医者はなんでも知っていると信じておいでです。ですから、かわいそうなお嬢さまは時間を追うごとにどんどんお悪くなっていって、助けてあげられる人が誰もおそばにないのです。わたしたちがこのような苦境に陥ったのは、ミスター・ラドフォードのせいですと、本人にお伝えください。お嬢さまに危害がおよばないようにすると約束なさったのに、お嬢さまは重い病気を患ってしまわれました。万一お亡くなりになるようなことがあれば、必ず報いを受けてもらいます。そのあとで、喜んで絞首台にのぼります〟

オリヴァーはぞっとした。

発疹チフス。

まさか。トビー・コッピーが発疹チフスにかかっていたとして、オリヴァーなら症状に気づいたはずだ。あのおぞましい場所で、ほかに接触した相手はいない。

だが呼吸をしたり、何かに触れたりしただけで感染する場合もある。

「急用ができた」オリヴァーはサンボーンに言った。文書保管室を飛びだして執事を探しだすと、駅馬車を呼んで、彼の荷造りをさせるよう命じた。

バーナードはまだソファにいた。

「ロンドンに戻らなければならなくなった」オリヴァーは説明した。「緊急の要件だ」

「だめだ」バーナードが言う。「お前はここにいなければならない。こっちも緊急事態だ。ぼくが悲嘆に暮れていて、心を病んでいるんだから」

「もっと大事な用だ」

「全部引き受けると言っただろ、げす野郎！」

「ああ、だがあとにしてくれ」

「行くな！　全部ほったらかして、逃げだすのか――」

「バーナード、こんなことをしている時間はないんだ」オリヴァーはさえぎった。「もう駅馬車を呼んだ。しっかりしろよ。ぼくはどうしてもロンドンに行かなければならないんだ」

バーナードがしかつめらしい顔をして、オリヴァーをじっと見た。「レイヴンが動揺しているなんて。親父《おやじ》さんのことか？」

「そっちはまだ大丈夫だ」オリヴァーはこわばった口調で言った。

「じゃあ、女だな」バーナードがにやりとした。「なんとまあ、レイヴンにも恋人ができたか。驚いたな」

「なあ、今週はもうじゅうぶん飲んだろ。風呂に入ったほうがいい。もう三〇だろ。大人になれよ！」

バーナードはグラスにお代わりを注いだ。「まあ、そんなにがみがみ言うんなら、帰れよ。ロンドンへ帰れ。そして地獄に落ちやがれ。だが旅行用四輪軽馬車《チャリオット》に乗っていけ。ハリスに操縦させろ。そのほうが早く着く」グラスを飲み干すと、さらに酒を注ごうとしたものの、デカンタはからだった。「おい！」ドアのそばに立っていた従僕に怒鳴った。「酒を持ってこい！」

オリヴァーは部屋を出た。

馬を交換し、ハリスに軽食をとらせるとき以外は走りつづけ、オリヴァーは金曜の午後、ケンジントンに到着した。レディ・エクストンの屋敷の門番は、オリヴァーの頭のてっぺんからつま先までうさんくさそうにじろじろ眺めた。オリヴァーのもうひとりの自分は門番を殴り倒そうとした。それを押しのけて、冷静に状況を観察するのがいつもより難しかった。

実際、彼はむさくるしかった。髭《ひげ》も剃《そ》っていないし、服はしわくちゃだ。両親の家に少しだけ寄ったときに顔を洗っただけだ。着替えてもいない。使用人たちは首になりたくなければ、オリヴァーのような身なりをした男を特別許可もなく通すはずがない。

結局、屋敷にどうにか入り込めたのは、モルヴァン公爵家から来たと言ったからだ。もうひとりの自分はいとこの爵位を利用することに眉をひそめながらも、クララに会いたくて身もだえしてもいた。オリヴァーは感情的な自分を精いっぱい無視した。

門番が従僕を呼び寄せた。従僕は時間をかけてオリヴァーの名刺を確かめたあと、癪に障るほどのろのろと歩きはじめた。

オリヴァーは自制心を発揮し、従僕を殴り倒してその上を踏みつけていきたい衝動をこらえた。そして、落ちつくよう自分に言い聞かせ、控えの間で待つあいだ、狭い部屋を歩きまわるだけで我慢した。従僕が戻ってきて、レディ・エクストンはご不在ですとでも言おうものなら、そのときこそ殴り倒してやろう。

うんざりするほど長い時間待たされたあと、従僕が戻ってきてオリヴァーを応接間に案内した。レディ・エクストンの青白い顔と気もそぞろな様子を見て、デイヴィスが話を誇張したわけではなかったのだと、オリヴァーは悟った。

「いますぐレディ・クララに会わせてください」オリヴァーは懇願した。

「とんでもない」レディ・エクストンが言う。「ドクター・マーラーを呼びに行かせたところなの。彼に診てもらえばクララは元気になるわ」

「ドクター・マーラーが発疹チフスの治療をしたことがあるとは思えません」

「発疹チフスですって！　あの子が？　おかしなことを言わないで」

「論理的に言い分を述べることもできますが、一刻を争う状況です」オリヴァーは言った。「たとえその医者に治療経験があったとしても、彼女を死にいたらしめかねません――よかれと思って。膨大な医療知識をもってしても。瀉血しようとしているんですよ。時代遅れの医者たちの中でも無知蒙昧《むちもうまい》な輩だって、それがこの状況で愚かな処置であることくらいは知っています」

役立たずの医者を絞め殺してやりたかった。一分一秒が大事なときに一日無駄にしたというだけでも最悪なのに、そのあいだにもクララが無知や偏見にさらされていると思うと耐えられなかった。

「それで、あなたも医師になるための訓練を受けたというのね、ミスター・ラドフォード？」

「発疹チフスにかかったことがあります」オリヴァーは言った。昔、グラムリーのと似たような訴訟を父が担当していて、ふたりでヨークシャーの悪名高い学校を訪れた。そのとき、その学校の生徒か、空気中の病原菌から感染したのだ。感染経路は明らかにされていないが、伝染病だと思われている。

最初に父が発症し、オリヴァーが看病をした。ふたりともほかに誰も信用できなかったからだ。幸い、旅の前にこの病気について勉強していた。おびただしい数の論文や報告書、講義があって、学説や治療法は矛盾している。だがその中のひとつかふたつは、その他のものよりも論理的に思われ、事例証拠や有用な統計も提示していた。それで、父を死にいたらしめる可能性がもっとも低そうなその治療法を応用したのだ。

「言い争っている時間はありません、マイ・レディ」オリヴァーは言った。「一分一秒が大事なんです」すでに手遅れかもしれない。最初の段階で処置することが重要なのだ。「彼女の部屋を教えてください」

「ミスター・ラドフォード、あなたは刑事裁判所では有名人かもしれないけれど、医者ではないのよ」レディ・エクストンが言う。「あの子に近づかないで。こんなことになったのもきっと、あなたのせいなんでしょう」声を潜めて続けた。「あの子は先週、あなたと一緒にいた。そのあとずっと様子がおかしかったんだから」

クララに死の危険が迫っているのは、オリヴァーのせいだ。だが非難を受けるのも、自分を責めるのも、時間を無駄にするだけだ。

足早に廊下へ出て叫んだ。「デイヴィス！」

体格のいいふたりの従僕がやってきた。

「お前たちは呼んでいない」オリヴァーは言った。「デイヴィス！　どこにいるんだ？」

小間使が階段の上から叫んだ。「遅かったですね」

オリヴァーがそちらへ向かうと、従僕のひとりが追ってきた。

「トム！」デイヴィスが怒鳴る。「さがりなさい。さもないと、あとでお仕置きするわよ」

トムは足を止めた。

「デイヴィス！」レディ・エクストンの声が背後から聞こえた。非常に威厳のある声で、何が自分のためになるかわかっている使用人なら怖気《おじけ》づくか、少なくともそのふりをするだろう。

デイヴィス――忠実なブルドッグは一歩も引かなかった。「奥さま、わたしはお嬢さまのためにこの方をお呼びしたのです。この方なら何をすべきかご存じだと思って。お言葉ですが、奥さま、あの医者はこの病気のことを全然わかっていません。まだ手遅れになっていないことを願うばかりです」

レディ・エクストンがはっと息をのんだ。

デイヴィスがオリヴァーに合図をした。「何をぐずぐずなさっているんですか？　お嬢さまを助けてください。さもないと、予定よりずっと早くあの世へ送りだして差し上げますよ、サー」

「デイヴィス、あなたの今日の態度についてウォーフォード卿に報告しますからね」レディ・エクストンが言った。

「はい、奥さま、覚悟しております。ミスター・ラドフォード、急いでください」

オリヴァーは階段を駆け上がった。

廊下が騒がしくて、クララは頭がうずいた。といっても、ずっと前から痛むのだ。その痛みが全身に広がって、胃もしくしくする。

額に冷たい手が置かれるのを感じた。

デイヴィスの手ではない。

まさか、もう医者が戻ってきたの？　瀉血すると言っていた。あらがう力が残っていると は思えない。とても寒い……。

身震いして目を開けた。

「よくも病気にかかってくれたな」かすれた低い声。

医者ではない。

目を凝らそうとすると、ふたたび頭がうずいた。部屋が明るすぎる。彼の頭のあたりがまばゆく光っている。でもこの声は。クララはこの声を知っていた。じゃあ、夢なのね。

「よくなってくれないと、ぼくはデイヴィスに殺されて、デイヴィスは絞首刑になる。忠実な小間使をそんな目に遭わせたくないだろ、お嬢さま、熱を出したくらいで」

「レイヴン」クララはささやいた。やっぱり夢を見ているのね。そう思って目を閉じた。

ほどなくして、ドクター・マーラーがやってきた。レディ・エクストンには医者を追い返す度胸がなかったため、オリヴァーが応対しなければならなかった。

オリヴァーは説得を試みたが、医者は聞く耳を持たず、弁護士に質問――彼いわく〝尋問〟されることを嫌った。

だがオリヴァーはいつも、扱いにくい裁判官や犯罪者を相手にしている。証人が叫びだすまでしつこく質問する。ここが病室であることを指摘すると、医者は部屋を飛びだした。オリヴァーも廊下に出て、さらに質問した――発疹チフスの治療経験はどのくらいあるのか？上流階級でもよくある病気なのか？　リチャード・ミラーの講義の原稿を読んだことはあるか？

「お嬢さまがそんな忌まわしい病気にかかるはずがない」マーラーは怒鳴った。「ミラーはグラスゴーの流行病《はやりやまい》について論じたのだ。発疹チフスなど下層階級の病気だ。アイルランドの」

「発疹チフスは伝染病で、病原菌は空気中に浮遊しているか、服やら何やらに付着する可能性がある」オリヴァーは言った。「慈善活動のために、たとえば、教室や、狭苦しくて風通しの悪い家を訪れたときに感染するかもしれない。この病気にかかったことがないのなら――あなたの両親のためにも――この病気を乗り越えたことのある同業者に引き継いだほうがいい。ところで、ぼくもそのひとりだから、危険はないんだ」

医者はそれでも納得しなかったが、アイルランドで流行している卑しい病気にかかるかもしれないと言われて、心配になったようだ。徐々に威勢がしぼんでいった。

わかりました、とマーラーは言った。病院で働いていて、罹患《りかん》したことのある医師を探しに行く。その間、クララの小間使に指示を残していくから、厳密に従うように、と。

マーラーはかんかんに怒って帰っていった。これほど気持ちをかき乱されたのは生まれてはじめてだったに違いない。レイヴン・ラドフォードと口論した人にはよくあることだと教えてやっても、慰めにはならなかっただろう。

「今度は誰を怒らせたの？」ベッドのほうからクララの声が聞こえてきた。ろれつの回っていない弱々しい声で、彼女がそこにいると知らなければ別人の声だと思ったかもしれない。「ここは法廷なの？　わたし、誰かを殺してしまった？　でも、あなたじゃないわよね。お願いだから体を切らせないで」

オリヴァーは枕元へ行った。青白くやつれた顔が見えた。

「お願いだから体を切らせないで」クララが繰り返した。

オリヴァーはごくりとつばをのみ込んだ。「まさか。もちろん、誰にも切らせたりしない。ヒルも使わない。きみがぼくを困らせなければ」

彼女の顔にかすかな笑みが浮かんだ。だがその声は疲れきっていて、体力の衰えが感じられた。

オリヴァーは振り返ってデイヴィスを見た。幸い、その顔は青ざめるどころか、興奮のあまり赤らんでいた。このうえ小間使にまで倒れられたら、どうすればいいかわからない。

「数日前の夜、お嬢さまが具合が悪いとおっしゃったとき、わたしは心配になって」デイヴィスが言う。「冷たい水と酢を含ませたスポンジで体を洗って差し上げたんです。それがよくないと言う人もいるのは知っていますけど、火照っていたので」

「それでよかったんだ」オリヴァーは言った。「それを続けよう」

「お嬢さまを守ろうと努力したんです。シラミがついているかもしれないから、先日の……冒険から帰ってきたときに、体をごしごし洗って差し上げました。サー、お嬢さまはあれを冒険と呼んでいたんですよ」目に涙が浮かんだ。「それで、わたしが叱って、寄生虫がつかなかったのは奇跡ですと申し上げると、お笑いになって、シラミの詩だかなんだかの話をされたんです」

ロバート・バーンズ（スコットランドの詩人。『シラミに寄せて～』という詩がある）か。シラミと聞いて、笑って詩を持ちだすとはクララらしい。

事務所で再会した日、オリヴァーを〝教授〟と呼んだあとに彼女がたてた笑い声を思いだした。まるで彼女自身が太陽であるかのように、その笑顔が部屋を明るくしたことを。

「髪を剃るといいという話をどこかで読んだんですけど」デイヴィスが言葉を継ぐ。「そんなことはできなかったんです、サー、わたしの美しいお嬢さまに」顔が引きつった。

「その必要はなかった」オリヴァーは言った。「きみが異物を残らずこすり落としてくれただろうから。病原菌は、その前にすでに体内に入り込んでいたんだ」

「お嬢さまが九歳のときからお世話をさせていただいているんです。本当に手のかかるお方です。また元気にして差し上げなければいけません」

「必ず治る」〝と信じている〟心の中でつけ加えた。「まず、部屋をきれいにしよう。窓を開けて、新鮮な空気を入れるんだ。寒くなるといけないから、暖炉の火をおこさないと」

火がつくと、マーラーがくれた指示書をくべた。

忠実な小間使がいなければ途方に暮れていたかもしれない、とオリヴァーは思った。他人を威圧したり、場を仕切ったりするのは得意で、陪審を操るのはお手のものだ。しかし、戦いには時間や精神力が必要で、いまはどちらも不足している。この戦いには全力で立ち向かわなければならない。そのためには、デイヴィスの助けが不可欠だった。

ほかの使用人たちは全員、デイヴィスを恐れていた。彼女に命令されると、〝それは許されていません〟とか〝奥さまはお気に召さないでしょう〟とか答える勇気のある者も、上級の使用人に許可を求めに行く者さえいなかった。デイヴィスはただちに力持ちの女中ふたりを選んで窓を開けさせ、できるかぎり部屋を片づけさせた。

だがクララの身のまわりの世話は、デイヴィスが一手に引き受けた。オリヴァーを肘で押しのけ、スポンジでクララの顔や首を拭き、スプーンを使って少しでも栄養をとらせようとした。その合間にアヘンチンキを慎重に数滴与えた。

その匙《さじ》加減が絶妙だったに違いない。クララは意識を完全に失うことはなく、食事もいくらかとっている様子だった。

寝ずの看病になるのはわかっていたので、オリヴァーは少しのあいだデイヴィスにまかせることにして、レディ・エクストンと和解するために部屋を出た。

レディ・エクストンはかつては亡き夫の書斎だったものの、すっかり模様替えした部屋の中をそわそわと歩きまわっていた。

「本当に発疹チフスなのよね？」オリヴァーが入ってくるなり言った。「ドクター・マーラーはあり得ないと言っていたけれど、大急ぎで帰ってしまったの。自分はあなたのお気に召さないようだし、最初に診たときクララが失礼な態度を取ったから、ほかの医者を呼びに行くって」

「分別のある判断です」オリヴァーは言った。

「瀉血をしようとしたら、バイロン卿は熱病ではなく、瀉血をした医者に殺されたんだとクララに言われたんですって。〝汚いメスで触らないで、何に使われたかわかったものじゃないから〟って」レディ・エクストンが唇を震わせた。「亡くなったあの子の祖母にそっくり──病気にかかっているときでさえ傲慢で、わがままなの。とても心配しているのに、笑いをこらえるのに苦労したわ」

忌まわしい状況に直面した女性によくあるように、レディ・エクストンはすっかり動揺し、おしゃべりになっている。三〇分は無駄になるだろうと、オリヴァーは見越していた。いつもの彼の辛辣なやり口は、いまのレディ・エクストンには通用しないに違いない。むしろ逆効果だ。

クララのために、オリヴァーはレディ・エクストンをうまくあしらう方法を必死に考えた。彼は法廷弁護士だ。ありとあらゆる角度から事件を弁護できる。レディ・エクストンをあしらうには、臆病でのみ込みの悪い裁判官を相手にするときのように、あまり厳しくない言葉を使う必要がある。

レディ・エクストンがひと息ついた隙に言った。「瀉血を拒否したから、命が助かったのだと思います。賢明にも奥さまが味方なさったおかげですね。ご心配でしょう。こんなときに、小汚い格好で無理やり上がり込んでしまったことをお詫びします。ところで、お座りになったほうがいいですよ。これ以上お疲れにならないように」

レディ・エクストンはいくらか落ちつきを取り戻して椅子に腰かけると、オリヴァーにも座るよう勧めた。背筋をまっすぐ伸ばし、膝の上で両手を重ねた。動揺が見て取れるのは、ほんのかすかな手の震えだけだった。

「レディ・クララのご病気が発疹チフスだと断言はできません。経験豊富な医師でも断定できないときはあります。しかし、すべての症状が現れていますし、軽い病気と考えて彼女の健康を脅かしたくないのです」

レディ・エクストンが深々と息を吸い込んだ。

「ところで、デイヴィスはお嬢さまが発症なさったときに、ぼくがその場にいたらしていたであろうことをすべてやってくれていました」オリヴァーは言った。「レディ・クララは強い女性です。身も心も。楽観視できる根拠があります。しかし、今後三週間は——」

「三週間ですって!」

「峠を越したと確信できるまで三週間かかるのです」

レディ・エクストンは事態をのみ込むと、自制心を働かせた——男のように、あるいは男よりも上手に。「つまり」一瞬の間を置いてから言った。「三週間経つまではいつ命を落としてもおかしくないということね」

「ぼくが死なせません」

レディ・エクストンが目をそらして書き物机を見た。「あの子の両親に手紙を書かないと。レディ・ウォーフォードが興奮して乗り込んでくるだろうから、いままで知らせずにいたのよ」

「レディ・クララは安静にしていなければなりません」オリヴァーは言った。「何よりも休息が必要です。つきっきりの看病が。もっとも必要ないのが、家族がどやどやと押しかけてくることです。そうなることはおわかりでしょう。それに、感染のリスクを最小限に抑えるためにできるだけのことをしましたが、体の弱い人でもかからないと請けあうことはできません」

それから、クララの義理の姉、レディ・ロングモアが身ごもっている可能性があること、さらに、レディ・ロングモアの姉妹のクリーヴドン公爵夫人が妊娠中だということを指摘した。おなかの中の子どもを危険にさらすわけにはいかないと。

レディ・エクストンは愚かな女性ではなかった。証拠――オリヴァーがヨークシャーでの個人的な経験から引きだしたさまざまな例、および彼と彼の父親自身の証拠を提示されると、女性ひとりきりの陪審は理性的な評決に達した。

「わかりました」レディ・エクストンは口を開いた。「いずれにせよ、手紙は書かないと。音沙汰がないと不審に思われるでしょうから。いつもどおりに書くわ。嘘はつくけれど」椅子から立ち上がった。「それから、あなたには、サー、来客用の寝室を用意させるわ。あなたがここにいる理由についても嘘を考えなければならないわね」

オリヴァーも同時に立ち上がった。「ぼくは弁護士です。仕事で来ているに決まっているじゃないですか」

「さまざまな治療法が考案されているが、発疹チフスはある段階に達すると、進行を食い止めることはできない（数少ない例外はある）」

『グラスゴーおよびその周辺で流行している伝染病、発疹チフスに関する臨床講義』（一八三三年）

リチャード・ミラー著

9

着替えやら何やらを送るようウェストコット宛に伝言を送ったあと、オリヴァーはクララの部屋に戻った。デイヴィスがベッドのそばに腰かけて編み物をしていた。

ギリシア風の現代的なベッドで、胸をあらわにした女性が柱を支えている。これでもじゅうぶんだが、クララのベッドなら、脚を女神の神殿を守る女人像柱《カリアティード》にするべきだ。ギリシア風のものは炉棚にもあった。精巧な壺形時計が中央に鎮座していて、台座に立つキューピッドが、壺の周りを回転する輪に記された時間を指し示している。その両脇にギリシア風のふつうの壺が置かれていて、さらに隣に神話のおなじみの登場人物が並んでいた。

空気を循環させるため、青いカーテンを開け放してあったので、部屋に入ったとたんに乱れた寝具が目についた。熱に浮かされているときにクララがはねのけたに違いない。それで、寝巻姿のクララの上半身が見えた。レースではなく、控えめなひだ飾りがついた乙女にふさわしいシンプルな寝巻で、彼女の美しさがかえって際立つ。病気で青ざめていてもなお、室内の女神や妖精《ニンフ》よりも美しかった。

ひとつ明らかになったことがある。彼女のスタイルは下着によって作り上げられたものではなかった。下着は体を包み込んでいたにすぎない。

こんなときにクララの体つきについて考えるべきではないと、自分に言い聞かせるような愚かなまねはしなかった。第一に、観察眼が鋭いから。第二に、男だから。

それに言うまでもなく、いまの彼女にとって脅威なのは、オリヴァーではなくて伝染病だ。寝具を見るかぎり、先ほどまではやすめなかったようだが、いまはくつろいで眠っているように見えた。

オリヴァーは枕元へ行き、クララの手首をそっとつかんだ。彼女がまばたきしながら目を開けた。

「まさか、あなたじゃないわよね」

「もちろんぼくだ」オリヴァーは言った。「脈はしっかりしている」

「あなたがわたしの手を握っている」クララが微笑んだ。

オリヴァーはクララの手を放した。本当はその手をずっと握りしめて、意志の力で彼女をこの世に引き止めていたかった。正直に言うと、放すのが怖かった。彼女が永遠に去ってしまいそうで。

　だがそんなのは非論理的で迷信にとらわれた考えだ。冷静でいなければならない。感情を切り離さなければパニックに陥り、判断の誤りにつながる。

「気分はどうだい？」オリヴァーはきいた。

「夢を見ているみたい」

「アヘンチンキのせいだな」この段階で最適な薬とは言えないが、これが痛みを緩和できる唯一の比較的安全な方法だった。

「そうなの？」クララが言う。「いまはそれほど気分は悪くないの。わたし、ひどい態度を取った？」

「最悪だった」オリヴァーは答えた。「耐えられなかったから部屋を飛びだして、もっと看病しやすい子を探そうと誓ったんだ」

「あなたが看病してくれたの？」

「誰もやりたがらなかったからね。とくに医者が」

　かすかな笑い声が聞こえた。

「おなかがすいているかい？」

　クララは首を横に振ろうとして、痛そうに顔をしかめた。「いいえ」

「だし汁《ブロス》を持ってこさせよう」重い消化不良も、発疹チフスの症状のひとつだ。食欲がないのは予想していたが、何か口に入れないと、衰弱して命を落としてしまう。

「わたしが手配します」デイヴィスが編み物を脇に置いて立ち上がり、部屋を出ていった。

オリヴァーは少しためらったあと、小間使が座っていた椅子に腰かけた。「栄養をとらなければ。ぼくの言うとおりにして、元気になってくれないと、ぼくは面目を失って、それから――」

「わかってるわ。あなたのキャリアが断たれてしまうのよね。あなたって本当にすてきな人ね」

「よく言われる」

「まさか。生まれてから一度も言われたことがないでしょう。賭けてもいいわ」

「直接的にそう言われたことはないかもしれないが」オリヴァーは言った。「ああ、思いだしたよ。〝ほんの少しのあいだなら我慢できる〟と言われたんだ」

「それでも、あなたに会いたかった。どうしてかしら」

クララにそう言われたとき、オリヴァーは感情を切り離すことができなかった。もうひとりの自分が口をはさんだ。「ぼくもだ」ぶっきらぼうに言った。

「それは当然よね。わたしは愛すべき人だから」

「まさか。きみはじつにはた迷惑な人だ。お節介だし。だがぼくは冷酷な犯罪者やまぬけな裁判官に慣れているから、きみといるとオールド・ベイリーにいるみたいで落ちつくんだよ」

彼女がいつもの笑顔に近い笑みを浮かべた。

そのときまで、オリヴァーは心に重しがのっていたことに気づかなかった。その重しが少し軽くなったものの、クララが回復し、いつもの調子を取り戻して、彼の頭をおかしくさせるほど突っかかることができるようになるまでは、完全には取れないのだと理解した。

「そんなふうに言うのはあなただけよ」クララが言う。「鴉に関する本を読んだの。とても賢いのね。こっちが見ていないときでも向こうは見ているんですって。鴉を観察するには、あおむけに寝るのが一番だと書いてあったわ」

「なるほど。きみはお世辞も言えるんだな」

「まっすぐこっちに来ることはなくて、おびき寄せても、捕まえることは不可能に近いそうよ」まぶたがさがった。「疲れたわ、レイヴン」

「しゃべりすぎだ」オリヴァーは注意した。「ブロスをひと口飲む力さえも残っていないだろう」

クララが目を閉じた。「そうね。わたしって賢いわね」

デイヴィスが戻ってくるまで、彼は眠るクララの枕元に座っていた。

それから、部屋の隅に移動し、庭を眺めながら、クララをなだめてブロスを飲ませようとする小間使の声に耳を澄ました。「少しだけでも飲んでください、お嬢さま。さあ。もうひと口。そうです。あと少し。飲めますよ。お嬢さまはきっとよくなります」

オリヴァーはどっと疲れが押し寄せるのを感じた。心配と空腹と睡眠不足に押しつぶされそうだった。近くにあった椅子にくずおれると、たちまち眠りに落ちた。

デイヴィスに起こされた。

どれくらいのあいだ眠っていたのだろうか。あれから数時間は経ったに違いない。窓の外は暗くなっている。光が患者に苦痛を与えるため、ろうそくは一本しかともされていなかった。

「しばらくは調子がよかったんです」デイヴィスが小声で言う。「でもそのあと、胃がひどく痛むとおっしゃって。アヘンチンキを使うのはやめておきました。痛みをやわらげて眠らせる効果はありますが、腸痙攣《けいれん》を引き起こすので」

オリヴァーは枕元へ行った。

クララの額に手を当てると、熱かった。クララが片手を上げ、彼の手に重ねて押さえつけた。手も熱い。熱が上がっているのだ。

彼女が何か言ったが、聞き取れなかった。

「頭がどうした?」オリヴァーはかがみ込むと、耳をクララの口に近づけた。力のこもらない、弱々しい声が聞こえた。

「切り落として」

「背中は痛むか?」オリヴァーはきいた。

「それも取って」

「脚は？」

「それも」

オリヴァーは自分が発疹チフスにかかったときの苦痛を、ぼんやりとしか覚えていなかった。だが父の苦しみようははっきりと記憶している。楽な姿勢を探すのは不可能だった。どう動いてもひどい痛みを伴った。

とはいえ、ジョージ・ラドフォードは苦痛を隠しきることはできなかったものの、けっして泣き言を言わなかった。張り詰めた青白い顔を、きつく引き結ばれた口や目元に刻まれた深いしわを、オリヴァーはまざまざと覚えていた。父を見守っていたときの自分の気持ちも思いだした。父を失うことを恐れて、心がうつろで冷えきっていた。

「睡眠をとらせないと」オリヴァーはデイヴィスに言った。「きみもだ。ずっと起きていたんだろう。彼女が倒れた瞬間からずっと。たまにまどろむくらいで」

「お嬢さまがこんなに苦しんでいるときに、眠ってなどいられません」デイヴィスが応じた。

「きみが疲れ果てて動けなくなったら、元も子もない。ぼくはじゅうぶんやすんだ。ぼくにまかせてくれ。前にも看病したことがあって、冷静に対処できるから。ウェストコットから荷物は届いたかな？」

すぐ近くの部屋に置いてあると聞いて、オリヴァーはひどく驚いた。身分の低い独身男性がふつうあてがわれる、上の階にある独房のような部屋に追いやられると思っていたのだ。ところが、レディ・エクストンはクララの隣の隣の部屋を用意してくれた。レディ・エクストンが起こした難しい訴訟でオリヴァーの父親が勝ったから、優遇してくれたに違いない。あれは〝きわめてよくできたパズル〟だったと、父は言っていた。つまり、並みの弁護士では勝てなかったということだ。

自分の謝罪がレディ・エクストンの心をつかんだとは、オリヴァーは一瞬たりとも思わなかった。ウエストコットいわく、オリヴァーの謝罪は謝罪と呼べるようなものではない。それに、人に取り入る技術など身につけようともしなかった。

いい部屋を与えられたのは、彼なりに礼儀正しく話したこととはなんの関係もない。従僕に腕ずくで追いだされなかったのは、父のおかげだ。

だがいまは、父のことを考える余裕はなかった。愛情深く優秀な看護人である母にまかせるしかない。それに最後に会ったとき、父は若干元気になった様子だった。少なくとも、オリヴァーはそう感じた。ケンジントンへ行く理由を簡単に説明しただけでまたすぐに出ていったので、父が元気になったと勘違いしただけかもしれない。

考えるな。家族のことはあとで考えればいい。

いまは、クララを死の淵《ふち》から連れ戻すのが先決だ。

「荷物から薬箱を持ってくるよう誰かに頼んでくれるかな」オリヴァーはデイヴィスに頼んだ。「それが終わったら寝てくれ。眠れるときに眠っておいたほうがいい。あとでまた忙しくなるだろうから」

デイヴィスは枕元に立ち、クララの額をなでてから部屋を出ていった。

ドアが閉まる前に、デイヴィスが誰かにささやく声が聞こえた。数分も経たないうちに、従僕のウィリアムが薬箱を持って現れた。

「ぼくは廊下に控えています、サー。ご用がありましたらなんなりとお申しつけください。夜が明けたらトムと交代します。誰かがつねにおそばに控えているよう、ミス・デイヴィスに言われています」

オリヴァーはウィリアムに礼を言ってから、父の教えで旅行のときは必ず持ち歩いている薬箱を受け取った。暖炉の火で淹れられる旅行用のティーメーカーを準備し、柳の樹皮のお茶を煎じた。時間を正確にはかるために、珍しく懐中時計を使った。

枕元に戻ると、クララは目を閉じていたが、呼吸の調子と上掛けの上をせわしなく動く手から、起きているのがわかった。

「おいしいごちそうを持ってきたよ」オリヴァーは言った。

クララが半分目を開けた。「何もおいしくない」

「なるほど。不機嫌な段階に入ったか」

「帰ったほうがいいわ」

「いつもなら、きみの意見を聞くと耳が痛くなるんだが」オリヴァーは言った。「じつに愉快だからね。だが、いまのはいただけないな。つまらないから却下する。せっかくぼくがこの繊細な手で柳の樹皮のお茶を淹れたんだ。飲んでくれないと。きみが元気になるまで、ぼくは絶対に帰らないよ。それにきみだって元気にならないと、ぼくを追い返す力が出ないだろう」

クララが顔をそむけた。

「クララ」

クララは視線を戻すと、青い目で挑むようにオリヴァーをにらんだ。「レディ・クララでしょう。もしくは、マイ・レディか、ユア・レディシップと呼ばないと、ミスター・ラドフォード」

オリヴァーは笑いをこらえた。そして、チャリング・クロスで再会した日のことを思いだした。滑稽な帽子。フランス人シェフが無我夢中で考えたケーキのようなドレスを着ていた。傲慢な態度で、彼に巡査を呼ぶよう促した。

あのクララに帰ってきてほしい。

「敬意を払ってもらいたいのなら、貴族らしく勇敢に薬をのんでくれないと」オリヴァーは言った。「ギロチンへ向かうフランスの貴族を見習うんだ。二重顎を上げて歩いていく姿を想像してごらん」

クララが唇を震わせた。

「ぼくはフランス人でもなんでもないいとこの顎を思い浮かべたんだがね。ところで、ギルレイが描いたウェールズ公の風刺画を見たことはあるかい？『消化におびえる酒色にふけた人』という題名の。きみの祖母上の時代に描かれたものだ。額入りの版画が父の書斎に飾ってあるんだ。皇太子が椅子の背にもたれかかって、フォークで歯をほじっている。腹がふくれていてズボンにおさまりきらず、ボタンが半分しか留まっていない。ベストも伸びきってボタンはひとつしか留められなくて、大きく開いている。背後に中身があふれそうなおまるがあって、そのうしろのテーブルにお菓子が山と盛られていて、足元に空き瓶が転がっている。この前いとこに会ったとき、その絵を思いだしたんだ」

「いとこって、人でなしのバーナードのこと?」クララの意識が少しはっきりしたように思えた。

「きみが薬をのむまで、いとこの笑い話はお預けだ」オリヴァーは言った。

クララが顎を上げた。しわくちゃのナイトキャップをかぶった頭を枕にのせたままでも、尊大な貴族の雰囲気はまだ残っていた。

「わかったわ。わたしはあなたにうんざりしているのに、あなたは帰ろうとしない。わたしに毒を盛ってもいいわよ。変化が生まれるわ」

オリヴァーはベッド脇のテーブルにお茶を置いた。そのあとで、ためらいが生じた。

何をすべきかわかっているし、正しいやり方も知っている。父に食事をとらせるために、体を起こすのを手伝った経験が何度もある。できるだけ痛みを与えずにできる自信がある。

だが、クララは父ではない。

彼女は傷つきやすい若い女性で、寝巻しか身につけていない。オリヴァーは柄にもなく突然気恥ずかしさを覚えた。

むしろ、突然正気を失った、というほうが近い。

クララは病気なのだ。オリヴァーはデイヴィス以外は全員追い払って、自ら彼女の世話を引き受けた。ほかの誰も信用できないから――よかれと思って彼女を殺してしまいかねないから、自分が医師にも看護人にもなると決めた。このあとも、体に触れなければならないときが何度もあるだろう。

寝巻姿の女性をはじめて見たわけでもあるまいし。クララに触れたことだってあるのだ。彼女をこの腕に抱いて、膝の上に……。

手紙を書くべきだった。突然クララにからかうように言われて、頭が働かなくなった。いまさら書いても手遅れだ。恋文であれなんであれ。

オリヴァーはクララの肩の下に両腕を滑り込ませて抱き起こすと、背後に枕をそっと差し込んだ。彼女は叫び声もあげず、うめき声をもらすことさえなかったが、口を引き結んだのが見て取れた。

クララを抱きしめて、すべてうまくいくと言ってやりたかった。自分が面倒を見ると。必ず治してみせると。

その代わりに、こう言った。「もう少しだけ体を起こせるかい？　それとも、ぼくが頭を支えていようか？　喉に詰まらせるといけないから。殺人の嫌疑をかけられたら、大法官になる計画が台なしだ」

クララが弱々しく微笑んだ。

「もうひとつ枕をちょうだい」深々と息を吸い込んでから吐きだした。「さっきより気分がいいわ……頭を上げると」

オリヴァーは枕をもうひとつクララの背後に差し込んだ。

彼女が落ちつくのを待って、ティーカップとスプーンを手に取った。

「さあ」クララが言った。「あなたのいとこの話を聞かせて」

オリヴァーは人でなしのいとこの半生について語りはじめた。


クララはおびえていた。

彼女の身に何が起こったのか、誰もはっきり教えてくれなかった。それだけでも不安になる。オリヴァーと医者が口論しているのが聞こえたが、頭が朦朧《もうろう》として苦しく、理解できなかった。覚えているのは、ドクター・マーラーの声が怒っていたのと、オリヴァーの声が冷静だったことだけで、オリヴァーが医者を怒らせたのは間違いない。

それでも、自分が重病にかかっているのは理解していた。誰も見舞いに来ないし、ドーラ大おばさえ様子を見に来ない。何よりも驚いたのは、オリヴァーがヘレフォードシャーからわざわざ看病しに来たことだ。

ほかの人たちに会いたいわけではなかった。ドーラ大おばの心配そうな表情を見たくなかった。自分の予想外のことが起きると取り乱す、母の姿も見たくない。母に看病してもらったことはないし。どうすればいいか見当もつかないだろう。

デイヴィスが来る前は、子守たちが世話をしてくれていた。

とはいえ、もう何年も病気にかかっていなかった。

それなのに突然、伝染病か何か、重い病気を患った。コレラではないはずだ。それならいま頃死んでいる。そうでしょう？　あれからどのくらい時間が経ったの？

どうでもいいことだ。

そして、オリヴァーが来て、ここにいて、人でなしのバーナードの話をしている。クララは笑っていた――心の中で。声を出して笑うには力がいる。笑うと衰弱し、衰弱すると不安に襲われた。それにいまは、痛みと高熱を緩和してくれるというお茶を飲むだけでひと仕事だった。

けれども、オリヴァーの青春時代の話を聞いていると、恐怖は薄れた。話の内容のおかげだけではない。かすかにかすれた低い声に惹きつけられた。これまでにない感情をかきたてられる。胸の奥が震えるのは、寒さのせいではなかった。

オリヴァーは話しながら、スプーンを使ってクララにお茶を飲ませた。クララは自分で飲みたかったけれど無理だった。赤ん坊のように何もできず、頭を上げているだけで精いっぱいだ。無力な自分は嫌いだ――とくに、彼と一緒にいるときは。でも、世話をしてくれるのが彼でよかったと思っていた。レイヴン。ぶっきらぼうで、手厳しい。でも楽しくて、クララと違ってなんでも言いたいことを言う。どこでも、誰といても。

一方、クララは何かを言ったりしたりする前に、それがレディの掟に反していないかどうかじっくり考えなければならない。オリヴァーといるとき以外は。

オリヴァーは彼女が知るほかの誰とも似ていない。彼のように、クララの心を刺激した男性はいなかった。クリーヴドンといるときでさえ、ここまで知性や機知を働かせる必要はなかった。

クララをこんな気持ちにさせたのも、オリヴァーだけ。

オリヴァーは何も努力する必要がなかった。クララは彼を見るだけでよかった。彼はクララに触れるだけでよかった。ただ話をするだけで。

バーナードの物語はオリヴァーがイートン校に入学した日から、いやがらせとともにはじまった。その後まもなく、オリヴァーは同級生にレイヴンというあだ名をつけられ、じつはその名前を気に入っていたが、表には出さなかった。クララは具合が悪くて頭が混乱していたけれど、オリヴァーの魅力的とは言えない性格と、自分はなんでも知っているというような口ぶりのせいで、学校生活が困難だったであろうことは容易に理解できた。

「あなたはいじめられても平気なの？」クララはきいた。

「いまのいとこみたいになっていたほうがよかったかい？」オリヴァーが言った。「誰かにいじめられたのも、ぼくがこんなふうだからだとわかっている。それに、あの頃の経験が法廷で役に立っている」

といっても、ばかにされたり、殴り倒されたりする話ばかりではなかった。天才とは呼べないバーナードや、教師やほかの生徒たちの笑い話も聞かせてくれた。

オリヴァーが話しているあいだに、クララはいつの間にかお茶を飲み終えていた。熱や痛みが少し引いて、前より気分がよくなった。オリヴァーが枕をそっと抜き取ると、クララは言った。「話すのをやめないで。ずっと話していて」

彼の声を聞きながら眠りについた。

その後数日間、オリヴァーとデイヴィスはクララにできるだけ栄養をとらせ、痛みと熱を取り除くことに力を注いだ。柳の樹皮のお茶に加えて、センナの煎じ汁とショウガ茶を主な薬として使った。ブロスやオートミール粥、ミルク酒など、クララがのみ込めそうな栄養物を用意した。この病気のすべての段階で体力が奪われるため、それを補うことが重要だった。家じゅうの者がクララの闘病を支えた。女中はおいしい食事をたくさんのせてきれいに飾りつけたトレーを持って、行ったり来たりした。料理人は腕を振るい、簡単にのみ込めてできるだけ食欲をそそる料理を作った。家政婦は新鮮な食材を求めて自ら市場に出かけた。レディ・エクストンは季節はずれの果物や野菜を友人たちの温室からひそかに手に入れた。クララが食べられそうなものならなんでも。

毎日女中がやってきて、デイヴィスと一緒にシーツを交換し、部屋の空気を入れ換えた。だが清拭《せいしき》や着替えは依然としてデイヴィスの役目だった。

次第に、オリヴァーとデイヴィスの日課が決まった。昼間はデイヴィスがつきそい、夜はオリヴァーと交代した。

クララが眠っているあいだ、オリヴァーは注意力が散漫にならないよう忙しく働いた。一本のろうそくの明かりがクララの視界に入らないようにしながら、彼女の様子をうかがえる位置に書き物机を移動させた。クララの目は光に対して非常に敏感になっていた。

木曜日、オリヴァーがエクストン・ハウスに滞在して七日目の夜、彼は書き物机に着いて名誉棄損の訴訟に関するメモを作成していた。部屋は静かで、彼がペンを走らせる音と、炉棚の上の時計が針を刻む音、窓の向こうで木の葉がカサカサ鳴るかすかな音だけが聞こえた。

「シーズン、シーズン」不意に、クララのささやくような声が聞こえてきた。「終わった。どうしてなの、クララ？　あの子でさえ。そうね、お母さま、わたしより上ね」

オリヴァーはペンを置いて枕元へ行った。クララは首を左右に振りながら、見えない何かを両手で押しやっていた。

「クララ」

クララがオリヴァーに視線を向けた。「やらなければならないの。ハリーに彼を殺させないで。わからない？」

「クララ、起きろ」

「アラビアで変人になるわ。テントで暮らすの」

オリヴァーは彼女の両手をそっとつかんで、ベッドの上におろした。「クララ、夢を見ているんだね」

「あの少年。見てなさい。ヘッドロック――わからない。いや、いや、いや。ポーツマスはあっち」ほかにも、わけのわからないことをつぶやいた。

夢を見ているのではない。せん妄状態に陥っているのだ。

長い夜だった。クララの熱は危険なほど高いように思えた。じっとしていないので、顔や首や手をスポンジで拭くのは難しかった。冷たい飲み物などをのみ込ませるのはさらに難しい。ときおり静かになって、正気に返ったように見えるときもあった。だがふつうの会話をしている途中に、またわけのわからないことを言いはじめた。ベッドを馬車だと思い込み、操縦しようとしたときもあった。夜明けが近づくと落ちついて眠りについた。

部屋に来たデイヴィスに、オリヴァーは昨夜のできごとを深刻に聞こえないよう簡単に話した。一部の患者と同様に昼夜が逆転しているため、日中は眠っているだろうと思ったが、万一昼間も興奮した場合に備えて、デイヴィスにも心の準備をしておいてほしかった。

オリヴァーは自分にあてがわれた部屋へ行った。せん妄状態に陥ったからといって死ぬとはかぎらないと自分に言い聞かせた。いい兆候とは言えないし、熱が高すぎるのも心配だが、必ずしも命に関わるというわけではない。それでもやはり、疲れきっているのに、寝入るのにいつもよりはるかに時間がかかった。

ふたたび夜が来ると、デイヴィスから予想どおりの報告を受けた。クララは日中はほとんど眠っていて、何度か目を覚ましたものの、ブロスを飲むとまた眠り込んだ。

宵のうちは比較的落ちついていた。だがその後、クララは興奮して体を起こすと、怒りに満ちた低い声で誰かをののしりはじめた。

「ひどい人。嘘をついて……どうしてわたしはいつも。あなたは——どうして? 不公平だわ。いや、いや、ずるい」

「クララ、ぼくだよ」

クララが彼をにらんだ。「あら、あなたも。みんなそう言うの。なんてことをするの? どうしてそんなことを、クララ?」

「きみはクララだ」オリヴァーは辛抱強く言った。「ぼくはレイヴン」

クララが彼をじっと見た。そこに誰を、何を見ているのかわからないが。

「横になって」オリヴァーは言った。「やすんだほうがいい」

「アストリーのサーカスに行きたい。旗を持って馬の背に立ってぐるぐる回ってどんどん速くなって頭が吹き飛ぶの」

「明日、晴れたら行こう。そのためにもやすんでおかないと」オリヴァーが寝かせようとすると、クララはさっと体を引いた。

「わかったよ」オリヴァーは言った。「起きているのなら、ついでに冷たくておいしい飲み物を飲んだら?」

窓辺へ行き、そこで冷やしていたピッチャーからグラスにレモネードを注いだ。

「レイヴン?」

振り返ると、クララは横になって天蓋を見上げていた。

オリヴァーはレモネードを持っていった。

クララが彼を見て言った。「あなたなの」

「そう願うよ」

「レイヴン」クララが微笑んだ。

オリヴァーはいつの間にか止めていた息を吐きだした。


同じような状態が続いた。クララは昼間は眠り、夜になると目を覚ました。そして、しばらくすると、意識が朦朧としはじめた。その間、うわごとを言いはしたものの、おだやかだった。毎晩そんなふうだったが、日曜日、わけのわからないことをぶつぶつ言ったあと、興奮しだした。

それまではオリヴァーが話しかけるとクララは落ちついたのに、この夜はさらに興奮させるだけで、激しく身もだえした。それから突然体を起こすと、身振り手振りをまじえながらそこにいない人物に説教しはじめた。とはいえ、ほとんど意味不明だった。

「そんなことをしてほしかったんじゃない！　あなたは変わったわ。いったいどうしちゃったの？　嫉妬なんかするはずないじゃない。わからない？　ひどい冗談ね。でもあなたは――彼はわたしにとって大事な人なの。ええ、ブランデーを。とにかく自由にして、わたしは――やめてくれないと、お母さま、わたしは――わたしは――ああ、どうすればいいかわからない！」

「クララ」

彼の声は耳に入らない様子だった。クララは誰かを怒鳴りつけ、自分は逃げると脅し、誰にも絶対に見つけられないと言い張った。そのあと、大笑いした。「でも小間使がいないと無理ね！　そうよね！　わたしはブーツのひもの通し方もストッキングのはき方も知らないんだから。やめて！　あっちへ行って！」

クララはばたばたと体を動かし、体力を消耗して、これまで行ってきた治療が水の泡となった。

「クララ、やめろ」オリヴァーは彼女の手を取ろうとした。そうして落ちつかせられることもあった。

「いや！」クララが彼の手を振り払おうとする。オリヴァーはできるかぎりやさしくつかんだままでいた。押さえつけていないと、彼女が正気を失って自分を傷つける恐れがある。拘束するのが一番だが、抵抗があった。

「クララ、頼むから落ちついてくれ。ぼくだよ。きみのレイヴンだ。ほら」

「行かなきゃ。ボートに乗るの。早く、ハリーが来る前に。急いで、デイヴィス。どうしたの？」

クララが前後に体を揺らしはじめた。オリヴァーが肩に触れて止めようとすると、彼女は体を引いた。

オリヴァーはベッドの上にのった。「横になって」やさしく言った。「横になってやすむといい。大丈夫だ。誰もきみを苦しめたりしない」

「あの子！」クララが叫んだ。「あの子が見殺しにされる！」

「心配ないよ、マイ・レディ」オリヴァーは言った。「トビーなら大丈夫だ。きみも」

「あの子のせいじゃない。少し鈍いだけ。ハリーもそう。でもハリーは見かけほどばかじゃないのよ。ずる賢くて……わからない？　彼らはあなたとは違うの！　どうして間違えてしまったの？　ああ、あの子を探さないと！」

クララは彼を押しやってベッドからおりようとした。自分がどれだけ衰弱しているかわかっていないのだ。オリヴァーは傷つけてしまうのではないかと恐れつつ、彼女を押さえつけようとした。だが彼女は暴れつづけ、横になろうとしなかった。

オリヴァーはクララを安心させるため、トビーは彼女よりもさらに手厚く看護されているから大丈夫だと、おだやかな口調で話した。何しろ、トビーにはレイヴン・ラドフォードなどではなく、ちゃんとした看護人や医師がついているからと、冗談を言った。クララは動くのをやめて耳を澄ましている様子だったが、そのあとまたベッドから出ようとした。オリヴァーに道をふさがれると、反対側からおりようとした。

オリヴァーはどうにかウエストをつかんだものの、クララはもがきつづけた。

オリヴァーは彼女を押さえつけて馬乗りになった。それでも逃れようとしたので、上にのしかかった。

クララがはっと息をのみ、枕に倒れ込んだ。目を見開いている。

オリヴァーはあたたかくてやわらかい体を強く意識した。

ようやく頭を働かせた。

不本意ながら、声がかすれた。「静かに。もしいま誰かが来てこんなところを見られたら、ぼくたちは終わりだ。ぼくはキャリアを断たれ、目指していた大法官どころか、頭のおかしな裁判官にすらなれないだろう」

「レイヴン」クララが言った。

「そうだ。ちくしょう、ようやく正気に戻ったか？」

「わたしたち、恋人同士なの？」

一瞬、沈黙が流れた。

「ずいぶん錯乱しているみたいだな」オリヴァーは体を離して、両肘を突いた。

「ああ」クララが言った。「忘れてた。わたし、病気なのよね」

「そうだ。また熱が上がっている。柳の樹皮のお茶を淹れないといけないのに、一分たりともきみをひとりにしておけない」

クララが目をしばたたいた。涙をこらえたように見えた。ごくりとつばをのみ込んで言った。「おとなしくするよう努力する」

オリヴァーは機転をきかせた。「あの部屋の名前は覚えてる？」

「あの部屋って？」

「鏡やら絡みあう蛇やら木やらがある部屋」

クララは眉根を寄せ、少し考えてから答えた。「ヘプタ……」そこで言葉に詰まり、唇をかむと、欠けた歯がのぞいた。

オリヴァーは胸が締めつけられた。起き上がってベッドからおり、体が震えているのに気づかれないことを願った。「忘れてくれ」そっけない口調で言う。「きみはまだ小さかった。覚えているはずがない」

青い瞳がきらりと光った。「覚えてるわ！」

「いや、無理だ。長い言葉だから、女のちっぽけな脳では記憶できない。教えるのも大変だった。犬でも〝つけ〟や〝取ってこい〟を覚えられるんだからと、自分に言い聞かせて辛抱したんだ。猿でもオルガンに合わせて踊れるようになるんだから、女の子も言葉を覚えられるはずだとね」

クララが目を細めてにらんだ。「教授」

「そんな言葉じゃなかった」

「ヘプタプロプ――ああ、もう！」

「まあせいぜい、そのかぎりなく小さな脳を働かせてみてくれ」オリヴァーは言った。「ぼくはお茶を淹れてくる」

クララはいろいろな言い方を試した。ぶつぶつつぶやいていたが、正気を失っているようには聞こえなかったし、興奮することもなかった。

お茶ができあがる頃に、クララが笑いながら口にした。「ヘプタプラジエソプトロン！」

「正解」

「ヘプタプラジエソプトロン。ヘプタプラジエソプトロン。ヘプタプラジエソプトロン。ほら見なさい、教授！」

「レイヴン教授と呼びなさい」オリヴァーはクララの傲慢な口調をまねた。「あるいはサーか、天才《ジーニアス》でもいい」

「〝世界一癪に障る人〟はどう？」

「きみにはまったくそういうところはないと言うんだね」

「そうは言わないわ。でも、わたしのそういうところが好きなんでしょう、サー・ジーニアス。知の巨人、偉大な神レイヴンは、わたしのことを面白がってはるかなる高みから見おろしているの。違うとは言わせないわ。唇が震えているわよ。鴉のような丸い目がきらきら輝いている。どうしてふつうに笑えないの？」

「ぼくはふつうじゃないからだ」オリヴァーは応じた。「ふつうの人よりはるかに優れている」

カップにお茶を注いでベッドまで運んだ。

クララの体を起こして枕で支えた。その間、クララはそれほど痛みを感じていないように見えた。造作なくお茶を飲み、ふたたび横になると、しばらくして眠りについた。熱がさがったようだ。せん妄もおさまった。当面は。

翌日の夜、クララは比較的落ちついていたが、ときどき意識が朦朧とするようで、わけのわからないことをぶつぶつ言った。

そして、真夜中近くになると興奮しはじめ、馬車を要求し、ベッドからおりようとした。オリヴァーが肩をつかんで押し戻すと、おとなしく従った。だが上掛けを直していると、彼を押しのけようとした。

「こら、どうした。やすまないと。暴れないで」

クララがぱっと体を起こした。「馬車の操り方なら知っているわ。わたしを引き止めることはできないわよ。ポーツマスとエジプトとアラビアに行くんだから」

クララはなんとしてもベッドから出ようとした。オリヴァーが馬乗りになろうとすると、蹴りを食らった。クララが体力を消耗するのを恐れて体を離し、話しかけたが、無駄だった。ふたたびできるだけそっと押し倒すと、彼女は荒い呼吸をしながらしばらく静かに横たわっていた。しかしそのあと転がりはじめ、ベッドの端から落ちそうになったところでオリヴァーがつかまえた。クララは激しく抵抗した。「放して！」大声でわめく。「放して！」

「クララ、頼む。きみのためなんだ。お願いだから、クララ、戻ってきてくれ」

オリヴァーは彼女を傷つけないよう気をつけながら、必死で押さえつけようとした。不意に拳が飛んできて、彼の目を直撃した。

10

「人はつねに鴉を見ているわけではないが、鴉はつねに人を見ている。道なき荒野で、あなたが歩く隣をこっそりと、何キロにもわたってついてくる。だがその鴉を見つけても、あなたには無関心のように見える」

『英国百科事典』（一八三六年）チャールズ・F・パーティントン著

クララは女にしては力が強かった。ありったけの力を込めたに違いない。そのあと、枕に頭を沈めて眠りについた。疲れきってしまったのだろう。とはいえ、顔は前ほど熱くなかった。

しばらくは心配ないように見えたので、オリヴァーは廊下に出てウィリアムを呼んだ。

「お嬢さまに思いきり殴られた。使用人を起こして、冷やすための生肉を持ってこさせてくれ。両目が使えるようにしたいから」

ウィリアムは笑いをこらえ、わずかに頰を引きつらせた。オリヴァーでなければ気づかなかっただろう。

「女性の力を甘く見ないほうがいい」オリヴァーは言った。「彼女たちは卑怯《ひきょう》なんだ。いきなり殴ってくる」

「肝に銘じておきます、サー」ふたたび頬が引きつった。

「最悪の時期は脱したと思う」

ウィリアムはようやく抑制を解いて破顔した。「それを聞いて安心しました、サー。生肉をすぐに持ってまいります」

オリヴァーは寝ずの看病に戻った。目がずきずき痛みはじめたが、彼も微笑んでいた。


クララが目を覚ましたとき、デイヴィスがそばにいた。いまが何時か、クララは見当もつかなかった。昼間なの？　別に何時でもかまわないけれど。疲れていたものの、久しぶりに空腹を感じた。そして、はじめてデイヴィスに促されることなくブロスを飲み終えた。デイヴィスに支えてもらったとはいえ、自分でカップを持った。けれどもくたびれてしまって、ふたたび寝入って長い時間眠った。

次に起きたときは夜だった。オリヴァーが寝ずの番についている。彼の姿を見る前に、ペンを走らせる音が聞こえた。頭を持ち上げると、机にかがみ込んですらすら書き物をしている彼が目に入った。

クララは肘を突いてそっと体を起こし、オリヴァーを観察した。トビーを救出した日を別にすれば、彼はつねにきちんとした格好をしていた。最近もそうだったかどうかは記憶にない。昨日とおとといの区別もつかず、どれが夢で、どれが現実にあったことかもわからなかった。

でも、これは夢ではない。正装をしていないオリヴァーがはっきり見えた。上着を脱いで椅子の背にかけ、ベストとシャツ姿で、黒いズボンに包まれた長い脚を華奢《きゃしゃ》な机の下に投げだして仕事をしている。

部屋を照らしているのは、机の上のろうそくと炉火の光だけだ。それでも肩や、上質のリネンのシャツに覆われた二の腕の輪郭が浮き彫りになっている。ネクタイをゆるめて、いつもは隠れている喉をあらわにしていた。顎に無精髭が生えている。癖のある黒い髪がはねていて、何度も頭をかきむしったのであろうことが見て取れた。

その真剣な表情と、ろうそくの明かりに陰影をつけられたはっきりした目鼻立ちを見ていると、胸が締めつけられた。

気づかないうちに物音をたてていたに違いない。オリヴァーが顔を上げてクララを見た。

「今夜は平穏な夜になると思っていたんだが」オリヴァーが言う。「そううまくはいかなかったか」

愚かかもしれないが、クララは彼にこういう物言いをされるとうれしかった。兄たちの皮肉っぽい冗談に似ている――男性の愛情表現だ。けれども、オリヴァーに言われると、兄に言われたときとはまた違う気持ちになった。

クララは吐息をのみ込んだ。病気で何もできないのが悔しかった。男性を誘惑する方法も知らない。でも、そもそも病気にかかっていなければ、彼はここにはいなかった。とにかく、寝巻姿とはいえ、いまの自分が男性を惹きつける魅力に欠けているのは自覚していた。

オリヴァーが筆先を拭いてからペンを置いた。インク壺に蓋をし、書類を重ねると、立ち上がって枕元に来た。薄暗かったけれど、近くで見ると、彼の左目がおかしいことに気づいた。あざかしら？

「ドアにぶつかったの？」クララはきいた。

「いや、マイ・レディ」オリヴァーがかがみ込んでクララに顔を近づけた。やはりあざができている。光のいたずらではなかった。彼はクララの肩に腕を回して体を起こすと、背後に枕をふたつ滑り込ませた。

「あなたほど観察眼は鋭くないけれど、目に怪我をしたのはわかるわ」

「ああ。きみの拳にぶつけたんだ」

クララはあざのできた目を見つめながら考えたが、何も思いだせなかった。「わたしが殴ったの？　きっとそれだけの理由があったんでしょうね」

「いや、ぼくは自分のことに夢中――というか、きみのためだ。きみがアラビアだのポーツマスだのに行こうとして、床に転がり落ちたり、窓から飛びだしたりしないようにするので精いっぱいだった」

部屋の中を見まわしても、記憶は呼び覚まされなかった。

「きみはせん妄状態に陥っていたんだ」オリヴァーが言った。

「まあ」クララは自分がほかに何をしたか、何を言ったか想像したくなかった。頭の中は彼のことばかりで、それが表に出てしまった可能性は高い。「じゃあ、生肉のにおいをかいだのは、夢ではなかったのね」

沈黙が流れ、クララが落ちつかない気分になった頃、オリヴァーが言った。「誰に殴り合いの仕方を習ったんだ？」

「ハリーよ。ほかにいないでしょう？　ハリーが面白がって教えてくれたの。でもそれはわたしが小さい頃の話だし、自分がそんなことをしたなんて信じられないわ。病気なのよ！　ひとりで起き上がることもできないのに」

「ジャクソンの拳闘クラブでもお目にかかれないようなパンチだった」オリヴァーが言う。「それも、きみが横たわって、静かになったと思った矢先に飛んできたんだ。だまされたよ。犯人は間違いなくきみだから、言い逃れはできないぞ。ぼくにはこの屋敷に滞在するようになってから一歩も外に出ていないことを証言してくれる証人がいる。さらに、昨夜ぼくがこの部屋に来た時点ではぼくの目になんの異常もなくて、その後生肉を持ってくるよう頼むためにドアを開けるまでずっと部屋にいたことを、ドアの前にいた従僕が証言してくれる。きみを無罪と評決する陪審員はこの世にひとりもいないだろう――きみがその大きな青い目をぱちぱちさせて惑わさないかぎり」

クララは顎をつんと上げた。「もしわたしがあなたを殴ったのだとしたら、自業自得でしょう」

「ぼくはきみが自分を傷つけるのを止めようとしていたんだぞ、恩知らずだな」

「すねないで」クララは言った。「こっちに来て。キスで治してあげる」

オリヴァーがかすかに目を見開いた。意識して見ていなければ、気づかなかっただろう。驚いたのは彼だけではない。クララも自分の言ったことに驚いていた。まだ錯乱しているの？　顔が熱くなったのは、けっして熱のせいではない。

オリヴァーはたちまちいつもの冷静さを取り戻して、ベッドから一歩離れた。「せん妄状態がまだ続いているようだな」

「きっとアヘンチンキのせいね」クララは言った。

「ぼくがつきそっているあいだは、一滴ものませていない」

「じゃあ、正気なのね。こっちに来て」

「キスはだめだ」

そうよね、とクララは思った。病気の女性とキスをしたいはずがない。いまクララが息を吹きかければ、突進してくるサイをも立ち止まらせることができるだろう。

「わかったわ」クララはわざとらしくため息をついた。「わたしの作品を鑑賞したかっただけよ」

オリヴァーがベッドの支柱をしばらく眺めたあとで言った。「キスがいやなわけじゃない。たとえ相手がきみだって。前にも言ったように、ぼくも男だから」

「知ってたわ」太い首、たくましい肩、広い胸……逆三角形の体。上着を身につけていないから、いつもよりはっきり見て取れる。それから、引きしまった腰……長い長い脚。

こんなことを考えられるのだから、病気が快方に向かっているに違いない。それとも、ものすごく悪化したのかしら？　脳をやられてしまったのかもしれない。

「しかし」オリヴァーがクララに視線を戻して続けた。「きみはまだ病気が治っていないし、完全に正気を取り戻したとも言えない。ぼくは礼儀知らずかもしれないが、それでも無力な女性につけ入るようなまねはしない」

「わたしは無力じゃないわ」クララは反論した。「一発お見舞いしたでしょう」

彼の唇が震えた。「健康が回復した証と受け取っておくよ」

「そのほうがいいわ。かなり前からあなたを殴りたい衝動に駆られているから。そろそろ発散しないと」

「ほかの人から聞いたが、その症状は簡単には治らないそうだよ」

「何人の女性に殴られたことがあるの？」熱い感情が胸をよぎった。熱のせいではない。嫉妬のせいだ。

「あちこちで」オリヴァーが答えた。「物を投げられることのほうが多い」

彼に物を投げていいのはレディ・クララ・フェアファックスだけだ、と彼女は思った。

「それはいいわね」クララは言った。「そのほうが手を痛めずにすむし」

オリヴァーがふたたび近づいてきた。「手が痛むのかい？」

実際、少し痛かった。最近痛みが日常的なものになっていたため、重視していなかっただけだ。クララはその手を上掛けの下に滑り込ませた。「まさか。今度殴るときは、前より元気になっていてもっと強く殴れるでしょうから、注意しただけよ。でも武器を使うほうが賢明だわ」

「手を見せて」オリヴァーが言った。

クララはじっと動かなかった。

「力ずくで見たくないんだ」

もっと元気で、見た目や自分が放つ香りに自信があるときなら、クララは喜んでそうさせただろう。

実際はそうではないので、隠していた手を差しだした。

オリヴァーがその手を取って一本一本調べた。「ここは痛む？」

「いいえ」クララは痛みとはまったく違う感覚に襲われた。意識が彼に触れられている部分に集中する。

「ここは？」

クララは徐々に心がとろけていくのを感じた。オリヴァーはすべての骨や筋肉を調べた。手のひらも手首も全部。彼の手はあたたかくて力強い。病気のにおいはしなかった。彼自身の香りがする。男らしい——最近お風呂に入った男性の香り。彼を引き寄せて、同じように体じゅうをまさぐってほしいと求めそうになるのを、レディとして受けたしつけをすべて思いだし、プライドをかき集めてこらえた。

「指の節にうっすらとあざができている」オリヴァーがクララの手を上掛けの上にそっと置いた。明朝磁器の花瓶を扱うような手つきで。「氷を持ってこさせよう。ゆうべ、生肉と一緒に頼めばよかった」

「ゆうべはわからなかったはずよ」クララは言った。「あなたのあざみたいにすぐに目立ちはしなかったでしょうから」

「きみが怪我をしたとは思わなかった。そのあとすぐ眠ってしまったから。すやすやと」

「それに、下手に起こして、反対の目も殴られるのが怖かったんでしょう」

「指のためにきみを起こすわけにはいかなかっただろう。それ以上に大変な状態だったんだから。そう言えば……」

彼が言葉を失ったので、クララは不安になった。

「よくなったわ。わかるの。もとの自分に戻ってきた気がする。完全に治ったとは言えないけど――」

「発疹の話だ」オリヴァーが言った。

「ええ?」クララは自分の顔に触れた。「発疹が出ている?」当然だ。

「顔ではない」オリヴァーが自分の胸から下を指し示した。「通常、胴体に出るんだ。赤い小さな発疹が」親指と人差し指をわずかに離して、小さな丸を作った。

ますますひどいわ、とクララは思った。赤い発疹。くさい息。この二四時間以内に、デイヴィスが清拭してくれたことを願うばかりだ。髪の状態を考えるとぞっとした。ナイトキャップをかぶっていてよかった。

「デイヴィスに確認してもらおう」オリヴァーが言った。「ふつうは数日もすれば消えるが、かかないほうがいい。感染する危険があるから」

「氷」クララは言った。「氷を頼んでくれるんでしょう。わたしの指のために」氷を発疹にも当てればおさまるだろう。

自分は虚栄心の強い女ではないと思っていた。けれども、どうやらそれは間違っていたようだ。いま病気が治ってきちんとした格好ができるのなら、大切にしているものを――キャブリオレだって差しだせる。

「そうだった」オリヴァーがはっとした様子を見せた。「ブロスかオートミール粥も一緒に持ってこさせようか」

「もっとちゃんとした食事をとりたいわ」クララは言った。「生肉はどうしたの?」

発疹は水曜日に出た。それにもかかわらず、クララの食欲は徐々にではあるが確実に回復していった。心も。

金曜日、ドクター・マーラーが屋敷によこすと約束した同業者がようやく現れた。彼はレディ・クララは快方に向かっていると断言し、発疹チフスという考えを笑い飛ばした。もしそうなら、この時点でこれほどよくなっているはずがないと言って。そして、回復期の看護に関する指示書を置いていった。オリヴァーはそれを暖炉にくべた。

土曜日に発疹は消えた。

クララはよくなっている。

彼女が倒れてから三週間が経つ次の火曜日には、それ以上望めないくらい急速に回復しているだろう。すでに一日のうち何時間かは、ベッドから出て椅子に座って過ごしている。体力が戻ってきていた。なんでもほとんど助けを借りずにできるようになった。

まもなく、完全に助けを必要としなくなる。つまり、オリヴァーがここにいる理由がなくなる。

実際、すでにほとんど残っていない。

オリヴァーはどうすべきかよく考えて、つらい決断をした。

月曜日、クララが寝室の窓辺の椅子に腰かけて『フォックスイズ・モーニング・スペクタクル』紙を読んでいるあいだ、デイヴィスはふだんの仕事をこなしていた。

デイヴィスが腕いっぱいにリネンを抱えて化粧室から出てくると、クララは言った。「はしかって?」

「なんとおっしゃいましたか、お嬢さま?」

クララは新聞を読み上げた。「W侯爵の長女、レディ・C・Fはロンドンに残って父方の親戚の家に滞在している。重いはしかにかかり、長患いしているものの、回復しつつある」

顔を上げて言った。「子どもの頃はしかにかかったわよね?」

「はい、お嬢さま。ですが、レディ・エクストンがお客さまにそうおっしゃったのです。訪問客の足が遠のくように。そうすれば、ご家族があわててロンドンにお戻りになることもない、かかったことがあるかどうかどなたも覚えていらっしゃらないからと」

たしかにそうだ、とクララは思った。子どもの頃あらゆる病気が子ども部屋に蔓延《まんえん》したが、全員がすべての病気にかかったわけではない。子どもの看病をするのは子守で、勤めが長続きしないことが多かったから――フェアファックスの子どもたちは小さな野人だった――誰が何にかかったか誰もはっきり覚えていないのだ。

「はしかは大人になってからかかるほうが厄介だと言います」デイヴィスが言う。「とくに若い男性にとって危険だそうです。お兄さま方に」ひと息ついてから続ける。「お嬢さまのご病気が噂になることをレディ・エクストンは心配していらっしゃいました。はしかにするよう、ミスター・ラドフォードが勧めたのだと思います」

「あまり格好はよくないけれど」クララは言った。「あれよりは……」教えてもらったかどうか記憶にないが、病名を思いだそうとした。「わたしはなんの病気だったの？」

「ミスター・ラドフォードの診断によると、発疹チフスです」

「なんてこと」

「本当に」

「でも生き延びたのね」

「そのようです」

彼のおかげだわ。発疹チフスだなんて！「はしかで問題ないわ」クララは冷静に言った。「それならお母さまも心不全を起こさないでしょうし」

「はい、お嬢さま。ミスター・ラドフォードにまかせておけば心配ありません」

クララは思わず見やったが、デイヴィスは汚れたリネンを持って部屋から出ていってしまった。

それから三〇分ほど経った頃、ノワロ三姉妹がはしかを恐れずに――クリーヴドン公爵夫人にいたっては出産間近だというのに訪ねてきてくれた。

クララは本当のことは話さなかったけれど、彼女たちが快気祝いとして持ってきてくれた服を試着した。

一〇月一三日火曜日

「いとま乞いをしに来た」オリヴァーは言った。

不安を隠しながらクララの看病をした日々がようやく終わり、昨日はほとんど一日じゅう寝ていた。途中で、彼の患者に来客があったことになんとなく気づいた――いや、クララはもう自分の患者ではない。

訪問客たちは女性だった。完璧な英語を話していたが、オリヴァーは鋭い耳でパリ出身者の英語だと聞き分けられた。

訪問客が誰か推論するのに、頭を使う必要はなかった。かの有名なメゾン・ノワロの経営者たちだ。彼女たちがしゃべりながら――ときおり三人同時に――廊下を通ったので、クララの寝室のドアが閉まるまでの数分間、声を聞くことができたのだ。

そしてつい先ほど、オリヴァーもクララの寝室のドアを閉めた。それが適切かどうかについては考えなかった――これまでずっと考える必要がなかったからだ。

クララは読んでいた本を置くと、膝の上で手を重ねた。

看病をしているうちに、彼女の寝巻姿に見慣れた。少し元気になってしばらくのあいだベッドから出られるようになってからは、寝巻の上に飾りのないショールを羽織っていた。だがいまは、女たちがモーニングドレスと呼んでいる凝った部屋着を身につけている。刺繍が施された綿モスリンのドレスで、袖は肘までゆったりしていて、前腕の部分が細くなっている。ウエストの部分もぴったりしていて、大量のレースやリボンで飾られている。ウエストにピンクのサッシュを巻いて蝶結びにしてあり、女性らしい体つきを強調していた。正常な視力を持つ男なら、指摘されなくてもわかることなのに。

そして、乙女らしいナイトキャップの代わりに、ピンクで縁取られたレースのキャップをかぶっている。ピンクのレースの垂れ飾りが二本ぶらさがり、これまた胸を指し示して強調していた。

そこにあるボタンをはずしたことがない人のために。

遠い昔のできごとのように思えた。

クララがふたたび彼女が見なすところのきちんとした服装ができるようになったことで、ふたりのあいだにある壁が高くなった。

理性のある人間なら、こうなることはわかっていたはずだ。理性のある人間なら、何もかも元どおりになると覚悟していた。クララは病気だった。それだけのことだ。別人になったわけではなかった。だから、理性のあるオリヴァーは別れを告げに来たのだ。

「昨日、わたしの義理の姉とその姉妹たちがあなたを怖がらせなかったかしら？」クララがきいた。

「女性は怖くない」オリヴァーは言った。「たとえフランス育ちの女性でも」

「もちろん、そうよね。ばかなことをきいたわ。そろそろ帰る頃合よね。わたしの世話は終わったから、次はヘレフォードシャーへ行って、人でなしのいとこの面倒を見ないとね」

オリヴァーは部屋の奥へ歩いていった。「暖炉のそばに座ったほうがいい。重い病気をしたあとは、寒さに弱くなる。さあ立って、ぼくが椅子を運ぶよ」

クララが衣擦れの音をさせながら立ち上がった。「あなたっていつもそうね。相手を従わせないと気がすまないのは、きっと公爵の血が流れているせいね」

オリヴァーは椅子を運んで暖炉の近くに置いた。それから、クララが暑くなりすぎないよう、ついたてを引きずって適当な位置に移動させた。

「きみだって独裁者だよ。ぼくが支配しなければ、きみに支配されてしまう」

「もちろんわたしは独裁者よ」クララが言った。「公爵夫人になるよう育てられたんだから」

その言葉に打ちのめされて、オリヴァーは動揺した。一瞬、動きを止めて心を落ちつかせた。

張り詰めた沈黙が流れ、暖炉の火がパチパチ燃える音が響き渡った。クララがレースをひらめかせ、衣擦れの音をさせながら歩いてきて、椅子に腰かけた。

「公爵じゃないとお母さまが満足しないの」

オリヴァーは少しも驚かなかった。落胆もしなかった。同じことをずっと自分に言い聞かせていたのだから、落胆するはずがない。自分はクララにふさわしくない。最初からそうだった。彼は勘違いするような男ではなかった。彼女の正体がわかった瞬間――彼女が場違いなウッドリー・ビルディングに現れた日から、この事実を受け入れていた。ふたりは住む世界が違う。彼女は月に住んでいるも同然だ。

「人でなしのバーナードと結婚するべきかもしれないわね」オリヴァーが感情を切り離して理性的な台詞《せりふ》を考えだす前に、クララが言った。「どうやらわたしみたいな人を切実に必要としているようだから。わたしは独裁者だから、彼を更生させるのもそれほど難しくないと思うわ。わたしの経験から言うと、バーナードみたいな男性は扱いやすいのよ」

オリヴァーは彼女を見つめた。一瞬、声を失った。

「バーナードか」ようやく口に出した。

「そうよ」クララが言う。「だって、公爵でしょう?」

クララは心臓が胸を突き破らんばかりに激しく鼓動していた。落ちつきを保てたのは、二年間にわたる訓練の賜物だ。

「まだ錯乱しているのか?」オリヴァーがきいた。

「それどころか、客観的に物事を見ているわ。わたしは死の淵を――」

「ぼくがそばにいて、きみが死にかけたことは一度もなかった」オリヴァーが鋭い口調で言った。

「でも、もしあなたがそばにいなければ、わたしの人生は終わっていたでしょう。ドクター・マーラーのおかげで。あまり賢くない少年を彼の姉のために救ったほかに、ほとんどなんの役にも立てない生涯だったわね。時間を無駄遣いしていたことに気づいたの」

「きみはまだ二二だ!」

「もう結婚適齢期は過ぎたわ」クララは反論した。「わたしと同じ年にデビューした子たちは、ほとんどみんな結婚してしまった。子どもを産んだ人もいる。わたしが望んでいたのは――まあ、それはどうでもいいわ、愚かな望みだから。わたしは一生結婚しないつもりだったの。でも、それも愚かな考えね。変わり者の未婚女性として生きるのはわたしらしくない。テント暮らしなんてなおさらだわ」

「誰もテントで暮らせとは言っていないだろ! こんなのばかげている」

「わたしはただ、レディには選択肢がないと言っているの。貴族の妻になるためだけに育てられたのに、わたしはそれをずっと先延ばしにしていた。それが今年の流行だからといってわたしに求婚する紳士と結婚したくなかったのよ。あなたのいとこは流行を気にするような人ではないみたいだし。息子をもうけてくれる妻が欲しいだけなのよね」

オリヴァーの顔から血の気が引いて、目の周りの消えかけていた青あざがくっきりした。彼が衝撃のあまりまともに考えられなくなっていることを、クララは願った。そうでなければ、魂胆を見抜かれてしまう。

「それに、お母さまの希望どおり公爵夫人になれば、変化に富んだ人生を送れるわ。あなたの話を聞くかぎり、モルヴァン公爵が相手なら、相当機転や創意工夫を働かせなければならないでしょうから。家をうまく切り盛りできるわたしみたいな女性を必要としているのは明らかだわ。領地経営はあなたがするにしても、それは財産の問題や法的な事柄についてでしょう」クララはほっそりした手をひらひらと振った。「代理人や土地差配人絡みの」

「ぼくもささやかながら力になれると知って光栄だ」

「でもやっぱり、家事を取り仕切る女性がいないと。わたしは公爵家を監督すべく厳しくしつけられたの。ほら、クリーヴドンと結婚する予定だった――」

「ぼくのいとこはクリーヴドンとは違う！」オリヴァーが言う。「バーナードはげす野郎だ！昔会ったことがあるだろ？　あれでもましなほうだ。うんざりする」

「貧民だってそうでしょう。でもあなたは彼らのために、正義を求めて世話を引き受けている」

「それでもぼくは彼らと一緒に暮らす必要はない！」

「公爵は大きな屋敷をいくつも持っている。年じゅう一緒でなければ、耐えられるでしょう」

「耐えられるはずがない！　どうしてそんなことができるんだ、クララ？」

クララは暖炉のほうへ視線をそらした。「お母さまにずっと言われてきたことだから」

彼が両手を握りしめたあと、また開くのを横目で見た。

「ぼくがきみの看病をしたのは、きみが人でなしのいとこのために人生を棒に振るのを見るためじゃない」オリヴァーが言った。

クララは彼に視線を戻した。顔色はもとに戻っていて、いつもどおり冷静で超然としているように見えるけれど、拳を握らせたのと同じ気持ちが目にかすかに表れていた。

「お母さまはわたしを公爵と結婚させたいのよ」クララは言い張った。「そうしないと、意地悪なレディ・バーサムに一生悔しい思いをさせられるから。それがわたしの義務なの。問題は、わたしがクリーヴドンと別れてしまって、年寄りでない公爵はあまり残っていないってこと」

「くそっ、クララ、公爵と結婚する必要なんかない」

「でも、お母さまは――」

「知ったことか」オリヴァーが言う。「ばかだな、きみにはぼくが必要だろ」

張り詰めた沈黙が流れ、石炭のはぜる静かな音が大砲の音のごとく響き渡った。

胸を高鳴らせ、手に汗をかきながら、クララはかすかに眉を上げた。「そうなの？」落ちつき払った口調で言った。

オリヴァーは口にしたあとで、自分が何を言ったかに気づいた。いまの精神状態がよく表れている。頭がおかしくなったのかもしれない。

腕組みをし、窓辺へ行って外を見た。頭が混乱していて、何も目に入らない。

「こんなのばかげている」窓ガラスに向かって吐きだした。

「本当に」クララが言う。「どうしてわたしにあなたが必要なのか、さっぱりわからないわ。いらいらするためとか？」

オリヴァーは彼女を振り返った。「バーナードとは結婚させない」

クララは背筋を伸ばし、顎を上げて、公爵夫人のような風格を漂わせていた。

「するわよ。もっといい相手が現れないかぎり。誰かとは結婚しなければならないのだから」

〝ぼくと！〟もうひとりの自分が叫んだ。〝ぼくと結婚すればいい！〟

先ほど似たようなことを言ったが、明言はしていない。

オリヴァーは彼女をにらんだ。それから、怒った足取りで炉辺へ歩いていった。炉棚の上の装飾品の中に、月桂樹《げっけいじゅ》に変身する途中の水の精《ナイアス》、ダフネの彫刻がある。それを数センチ左に動かした。炉棚に片手を置き、しばらくじっとしていた。

法廷で何度も取ったことのあるポーズだ。陪審席の横木に片手を置き、うつむいて話す準備をする。問題は、今回は両者の側に立っていることだ。彼は理性的な自分の代理を務めなければならない。相手方の弁護士はもうひとりの自分、別名向こう見ずで愚かな夢想家だ。

「どう言い抜けようか考えているんでしょう」クララが口を開いた。「それくらいわかるわ」

彼女は鋭すぎる。あの日も、ジェイコブ・フリームとシヴァーに殺されかけたというのに、短いあいだに彼らの見た目や着ていたもの、彼女めがけて走ってきた馬車の細かい特徴など、多くのことに目を留めていた。

「激情に駆られてあんなことを言ってしまった」オリヴァーは言い訳をした。「きみがバーナードと結婚するというのは吐き気を催すほど愚かな考えだから、一時的に心神喪失状態に陥ってしまった」バーナードが息子を欲しがっているとクララが言ったとき、いとこが子作りしている場面が脳裏に浮かんだ。クララと。その瞬間、頭が爆発したかのような衝撃を受けた。

「きみが病気になったことで、思いがけず親しくなった。ふつうの状況ではあり得なかっただろう。否定はしないよ……好意を抱いていることを」

〝愛だろ!〟もうひとりの自分が怒鳴った。〝彼女を愛してるんだろ、この強情な気取り屋め！〟

「もし……好意がなければ、混乱しているきみにつけ込んだだろう。感謝の気持ちを……もつと強い感情と取り違えさせて」オリヴァーは続けた。「きみの多額の持参金に注目し、どうにかしてきみの評判を傷つけた。きみの両親が反対できないようにするために。きみの家族には嫌われるだろうが、どうせみんなに嫌われているんだ。それでぼくは、これまでに会った女性の中で脳にもっとも近いものを持つ美しい妻を手に入れられる。きみの七光りでぼくは出世するだろうし、成功をおさめるまで、きみの持参金で快適な生活を送れる」

〝それに、きみはぼくを幸せにしてくれる。朝食の席の向かいにきみがいたら最高だ。きみの声を聞きながら眠りにつき、朝一番にきみの声を聞くのも〟

「しかし」クララが言った。「いつも〝しかし〟が続くのよね」

「頭を使ってごらん」オリヴァーは炉棚を離れ、彼女からも遠ざかった。「ぼくたちはお互いにふさわしい相手ではない。アパートメントで暮らして弁護士の妻をやるのも最初は物珍しいかもしれないが、すぐにいやになるだろう。きみはそういう生活をする教育は受けていないんだし、階級も違う。言うまでもないが、ぼくは一緒に暮らして楽しい相手ではない。ウェストコットにきいてみるといい。近いうちにウェストコットがぼくを射殺して、正当殺人という評決が下されるだろう」

「わたしだって射殺できるわ。わたしのほうが楽しんでできると思うし」クララがそう言ったあと、はねつけるように手を振った。「どうでもいいわね。あなたの言うとおりよ。わたしがばかだった」

「きみは病気だったんだ。当然――」

「忌まわしい病気にかかっているあいだずっと、わたしの世話をする勇気と度胸があって――わたしの命に対していっさいの責任を負うことができて――自分の知力と機知と忍耐力と思いやりだけを頼みに……」彼女の声が震えた。

「クララ」

クララが片手を上げた。「まだ続きがあるの。これはわたしの終わりの言葉よ。最後まで言わせて」目に涙が浮かんだが、まばたきしてこらえて先を続けた。「そんな男性なら、それ以上望むことはないと思ったの。そういう男性と一緒になれば、女は幸せになれるって。公爵でなくても、大きな家をたくさん持っていなくても。尊敬できて、愛することができて、その仕事を支えることに誇りを持てる相手――だって、助けが必要でしょう。愛想はもちろん、気配りも足りないんだから。今年の流行の美女とか、きちんとしたレディとしてではなくて、わたし自身を見てくれる人がいいの。友人として、伴侶として見てくれる人。どうしてミスター・ウェストコットよりもわたしのほうがあなたに耐えられないのかわからないけど、あなたはそう思っているみたいだし、あなたは議論のプロよね。それで、わたしが公爵と結婚しなければ幸せになれないと考えている。だったら、弁護士の助言に従うことにするわ。バーナードと結婚します」

「だめだ――」

「わたしは本気よ。ただの脅しじゃないわ。よく考えたの。わたしならおおいに彼の役に立てるわ。とんでもない人だってことはさんざん聞かせてもらったから、もうわかっている。

あなただってとんでもない人だけれど、ちっとも怖くない。それどころか、楽しませてもらっているわ。彼はまた違うタイプだけど、楽しませてくれると思う。彼がどんなふうに変わるか期待していて。それでは、お怪我はありませんか、サー？　泣きも気絶もしないとはすばらしい。ごきげんよう、ミスター・ラドフォード、わたしの命を救ってくれてありがとう」

女性というものはみな、論理的な思考をつかさどる知能を持たないため、程度の差こそあれ正気でないのだと、オリヴァーは自分に言い聞かせた。バーナードを更生させられる女性がいるとしたらそれはクララで、ふたりが結婚すると想像しただけで――自殺したくなるとは言わないまでも――身の毛がよだつとしても、それは感情論だと。

国王の姉妹たちも長引いた独身生活から抜けだすために、太った老人と結婚したではないか。その中の少なくともひと組は、幸せな結婚生活を送っているという噂だ。

「どういたしまして」オリヴァーは言った。「ごきげんよう、レディ・クララ」

オリヴァーは部屋を出た。ドアを閉めたとたん、反対側に何かがぶつかって砕ける音がした。彼はそのまま歩きつづけた。

11

「〝バー（bar）〟という言葉はさらに、法廷で高等弁護士や弁護士が弁護をするために立つ場所、起訴された被告人が連れてこられる場所などを表すのにも使われ、それゆえに、〝バー〟に呼びだされる弁護士は〝バリスター（barrister）〟と呼ばれるようになった」

『法律辞典』（一八三五年）トマス＝エドリン・トムリンズ著

クララはキューピッドをにらみつけた。

時計をドアに投げつけたあと、取れてしまったキューピッドも投げたい衝動に駆られたが、そんなことをしたら甘やかされた子どもみたいだ。

実際、甘やかされた子どもだ。

けれども、理性的な女性でもある。そして、理性的な女性ならオリヴァーが正しいと理解できる。

いまとなっては母も、喜んでとは言わないまでも、爵位とある程度の財産を持っている紳士なら誰でも認めるだろう。

でも、いまは爵位がなく、有力者たちとの関係次第で今後何年も――あるいは一生もらえないかもしれない男性に、クララは夢中になってしまった。賃貸のタウンハウスどころか、アパートメントに住んでいる。彼の父親は財産家のようだけれど、爵位は持っていない。さらに悪いのは、離婚した女性と結婚した。

不義をはじめとする不幸な結婚は社交界ではよくある話だが、レディはじっと耐えるか、何も言わずに去るのがよしとされていて、犠牲の大きい訴訟で揉め事を喧伝《けんでん》するのは許されない。

階級に関して言うと、母は息子ハリーと仕立屋のソフィー・ノワロの結婚を認めた。とはいえ、紳士はほかのことと同様に、結婚でもレディよりある程度の自由が与えられる。実際、父も母もハリーがバレエダンサーと結婚しなかったことに大喜びしていた。それに、ソフィー・ノワロはレディとして育てられ、おまけに圧倒的な魅力の持ち主なので、母はソフィーに愛情を抱くようになったと言ってもいい。

母がまったく魅力的でないオリヴァーを受け入れるなどあり得ない。それに、母が認めない相手を父が認めるはずがない――父がアラビアでテント暮らしをしたいというなら話は別だが。

オリヴァーの巧みな弁舌をもってしても、両親を説得したり、脅したり、なだめすかしたりして認めさせることはできないだろう。

それに、つまるところ、クララは彼の妻にふさわしくない。贅沢で、浅薄で、浮ついている。たったひとつの善行で別人になれたわけではないし、それほどたいした善行でもない。クララがいなくても、オリヴァーはトビー・コッピーを助けられただろうし、その後の面倒も避けられた。

問題は、クララが自分ではない誰かになりたがっていることだ。

いつもそうだった。兄たちと一緒にいたかったのは、男の子の生活のほうが面白いから。男の子のおもちゃのほうが楽しいし、本も興味深い。遊びも刺激的だ。

オリヴァーはクララの知るどの男性よりも楽しくて、興味深く、刺激的だから、もちろん欲しくなる。けれども彼はおもちゃでも本でも遊びでもなく、男性だ。仕事を生きがいにしている。輝かしい未来が待ち受けていて——誰かに殺されないかぎり、クララはその未来になじまない。彼に好かれていて、求められているかもしれない。だがふたりきりの世界ではないし、世間は身分の差がありすぎる組み合わせを嫌う。その差がもっと小さくて、簡単に埋められるようだったら、この一三年のあいだにオリヴァーとときどき出くわしていただろう。

クララはオリヴァーのいる世界になじめないだろうし、彼女のいる世界が彼を受け入れないのは確実だ。現実的で論理的な考え方をする彼が、その点を見過ごすはずがない。

クララは勘違いしていたのだ。

そういうことだ。長患いしたせいで、神経が高ぶっているのだろう。自分で思っているよりも思考力が低下しているのかもしれない。

思いきり泣いて――たぶん何度も――時間が経てば、立ち直れるだろう。オリヴァーを忘れられるだろう。そうしたら、モルヴァン公爵と結婚してもいい。先ほど挙げた数々の理由で。何がいけないの？　祖母は親の決めた相手と結婚した。恋愛結婚ではなかった。けれども自分の望みどおりの夫に仕立て上げて、深い愛情を抱くようになった。

時計を見ると、二分が過ぎていた。

クララは深呼吸をした。もう一度。そして時計から目をそむけた。ノワロ姉妹がここにいてくれたらいいのに。彼女たちの心と体の万能薬であるブランデーを飲みながら、話を聞いてもらいたかった。

ドアがぱっと開いた。

オリヴァーが部屋に飛び込んでくると、ドアを叩きつけるように閉めた。

「バーナードとは結婚させない」

オリヴァーは感情を切り離すことができなかった。階段の前までは歩いたのだが、もうひとりの自分を締めだすことも、荒ぶる感情を抑え込むこともできなかった。

自分はばかだ。大ばか者だ。結局は負ける可能性が非常に高い。だがこれが裁判だとしたら、誰も弁護を引き受けないような勝つ見込みのない裁判だとしたら、それでも戦ってできるかぎりのことをするだろう。

戦う前に逃げだしたくない。

ドアのそばの床に、磁器の破片が散らばっていた。しかし、そこにいるクララを見て、彼女がその磁器を投げた犯人だと考える人はいないだろう。

クララはまたしても目に見えないベールをつけていた。一部の隙もない高貴なレディが、礼儀正しい無表情でオリヴァーを見ている。公爵夫人が主催したパーティーで酔客を見るようなまなざしで。追いだすよう従僕にさりげなく合図をする前に。

とはいえ彼は、裁判官や陪審からもっと威圧的な目つきで見られることもある。

「きみが不幸になる」オリヴァーは言った。「バーナードのことは嫌いだが、きみを幸せにできると思えるなら、ふたりを祝福する」本気だが、その言葉を口にするだけで息が詰まりそうだった。「だが、あいつはきみを幸せにできない。自分以外の人間を思いやることができないんだ。きみは人生を棒に振ることになる」

言葉を切り、思案しながら鼓動を落ちつかせて呼吸をしようとした。

「誰かのために人生を棒に振りたいなら、クララ、相手はこのぼくにしてくれ。誰かを更生させたいのなら、このぼくを」

クララの表情は少しも変わらなかった。

「ちくしょう、クララ――ぼくと結婚しろ!」

クララが顔をしかめた。「それが求婚の言葉? こんなに無粋なのははじめてだわ。ほかの殿方たちはみんな知恵をしぼって――あるだけの――美しい言葉を考えてくれたわ。みんなひざまずいてわたしの承諾を請うた。わたしの返事に未来の幸福がかかっていると、自分がそのような至福に値しないのは重々承知していると言って。みんな――」

「ぼくはほかの紳士たちとは違う」

「ふん」

オリヴァーが近づいていっても、クララはあとずさりしなかった。だから両手で彼女の肩をつかんだ。「いいから、ぼくと結婚しろ」

「袖がつぶれてしまうわ！」

「知ったことか！」

「あなたはこの部屋に入ってはいけないのよ。もう――」

オリヴァーは身をかがめてキスをした。ここに来てからずっとこうしたかったが、正気を保てと何度も自分に言い聞かせていた。この数週間のあいだに積もり積もった切望と不安、後悔を込めてキスをした。

クララも怒ったように、情熱的に応えた。オリヴァーは心がほどけていくのを感じた。これでよかったのだ。彼女はぼくにふさわしい。

クララが唇を離して彼をにらんだ。「一度キスしたくらいでわたしの心を奪えると思っているのなら――あんなふうに冷たく拒絶したあとで――」

「ぼくは冷たい男だ」オリヴァーは言った。「鼻持ちならない男でもある。おまけにしつこいんだよ、マイ・レディ。一度のキスでだめなら――」

クララの頭のうしろをつかんで、もう一度キスをした。彼女を征服するつもりで。彼女の唇はすぐに服従した。彼女の唇は……やわらかくて、ほかの誰とも違う味がする。甘くて自然で、神話に出てくるニンフやナイアス、木の精《ドリュアス》を思わせる。

クララが両手で彼の腕をつかんだ。彼女もとろけそうなのだ。

オリヴァーは体を引いた。「結婚しろ、クララ」

クララの目がゆっくりと開いた。「考えてみるわ」声が少し震えていた。

「考えるな」オリヴァーはふたたびキスをした。心の奥底に鍵をかけてしまい込んであったありったけの感情を込めて。心の金庫は、クララの唇の感触や味や、香りや、彼女のすべてを前にしては無力だった。彼女が鍵を開け、彼が長いあいだ忘れていた、あるいは存在さえ知らなかった感情を解き放った。


クララはキスの経験があると思っていた。大人のキスの。

それは間違っていた。またしても。

オリヴァーの唇がクララの唇を奪い、支配し、すべてを求めた。クララは指図されるのに我慢ならないけれど、そんなことは関係なかった。何もかもどうでもいい。頭が働かなくなり、膝の力が抜けていく。彼女は言いたかった。〝待って〟

われに返るどころか、自分を見つめる時間すらなかった。オリヴァーが洪水のごとくクララをクララを激しいキスへと押し流した。

周りが見えなくなり、閃光《せんこう》が走った——心の中で。情熱や活気やわき上がる喜びが光を放った。

もう少しで限界を超えそうだった。彼が支えていてくれなかったら、とろけて水たまりになっていただろう。

だがクララはかろうじて立ったまま、感覚の渦に巻き込まれながら自分を見つめようとしていた。顔じゅうにキスをされる。鼻に、頬に、耳に、耳の裏に。オリヴァーの手になでられると、体が熱く、敏感になってぞくぞくした。彼の両腕をつかんで必死にしがみつきながら、頭で考えることができたのはただひとつ――。

〝ああ、神様、なんてこと〟

もちろん、前にもオリヴァーにキスされたし、クララもそれに応えていくつかのことを学んだ。けれども、まだ知らないことはたくさんあったのだ。体じゅうに触れられ、クララはバイオリンの絃のように震えた。昨夜、指を調べられたときに望んだことだった。同じように体の隅々までまさぐってほしいという願いがかなった。実際に体験してみると、想像をはるかに超えるものだった。

オリヴァーが両手でクララの頭を包み込み、うしろに傾けて唇を重ねた。深いキス。みだらで、うしろめたい。彼の舌が口の中をまさぐり、彼女を理解し、奪い、彼の味で満たした。クララは興奮し、感情の嵐に見舞われた。

唇を重ねたまま、オリヴァーが歩きだした。クララはダンスをするかのように、彼のリードに従ってあとずさりした。ワルツを踊っているみたい。でももっと情熱的で親密だ。体をぴったりと寄せあい、彼の脚が押しつけられて……膝がクララの脚のあいだに割って入った。片手で胸のふくらみを包み込まれる。

ベッドに背中が当たったかと思うと、いきなりウエストをつかまれて持ち上げられ、ベッドに座らされた。オリヴァーが脚のあいだに体を割り込ませてきたので、クララははっとした。こんなのみだらで、不適切で……最高だわ。

ふたたびキスをされ、彼の首に抱きついて熱烈に応えた。彼の手が伸びてきて、両方の胸を揉まれると、思わず背中をそらした。この感覚……服が邪魔に思えてしかたがなかった。

オリヴァーがクララを抱き上げ、ベッドに寝かせると自分ものってきた。クララは本能的に肘を突いてじりじりとあとずさりしながら、近づいてくる彼を、彼女にまたがる彼を見守った。心臓が早鐘を打っている。

オリヴァーに押し倒される夢を見たことがある。そのときの心地よい重みと、ぬくもりと、大きな体に包まれている安心感を思いだした。

枕に頭が当たり、病気のときのように半身を起こした姿勢になった。だがいまは力がみなぎり、これまでにないくらい生き生きとしている。

オリヴァーがクララのキャップを留めていたピンを抜いて、ベッド脇のテーブルに放った。クララは胸が高鳴り、息が荒くなった。彼がキャップを取って、喉元で結ばれたリボンをほどく。喉のくぼみに親指が触れた。

オリヴァーがつぶやくように言う。「寝巻姿のきみを見ると、ここに舌を入れたくなるんだ」喉のくぼみに唇を押し当ててから、舌を使った。クララは全身がぞくぞくし、みぞおちが震えるのを感じた。思わずのけぞると、首じゅうを愛撫《あいぶ》され、歓びのあまり死んでしまうのではないかと思った。これはとても、とてもいけないこと。

〝そうよ、これこそわたしが求めていたもの。わたしが探していたものだわ〟

オリヴァーは唇にキスをしながら、スカートとペチコートをめくり、手を膝に置いた。それから、指で腿をなで上げ、ストッキングの端に到達した。

顔を上げてクララを見ながら、素肌に指を滑らせ、上へ上へと……。

クララは息をのんだ。

オリヴァーが彼女の開かれた唇に舌をはわせた。

激しいキスがはじまった。深くて長い、むさぼるようなキス。そこに情熱があるような気がした。愛が。

荒れ狂う美しい世界にクララが身をゆだねていると、不意に彼が顔を上げた。

それから、震える息を吐きだした。

「もうじゅうぶんだろ」くぐもった声で言った。

クララが目を開き、青い目で不満げにオリヴァーを見上げた。

「いいえ、まだよ」

遠い昔、彼女は同じ口調でこう言った。〝ボートに乗りたいの〟

「もうじゅうぶんだ」オリヴァーは言った。

「まだよ」

オリヴァーはひどく興奮していて、欲求不満で頭がおかしくなりそうなくらいいらだっていた。もうひとりの自分が途中でやめた彼を憎み、彼のモラルを嫌悪した。理性があるほうの彼は、自分が窮地に陥っていることを自覚していた。それにもかかわらず、クララのすねた顔や声に思わず笑いそうになった。

「きみの大おば上の家できみを誘惑するわけにはいかない」オリヴァーは言った。「くそっ、モラルの問題だ」

「まあ」クララの唇にゆっくりと笑みが浮かんだ。

「そうだ。結婚するまではだめだ」

〝いったいどうしたらそこまでたどりつけるかはわからないが〟

オリヴァーは体を起こして彼女から離れた。法廷の外でも芝居じみた仕草ができるような男だったら、髪をかきむしっていただろう。

やりすぎだった。

クララの魅力を甘く見ていた。

魅惑的なカリュプソーも、レディ・クララ・フェアファックスと比べればどうということはない。

クララが枕に頭をのせて横たわった。淡い金色の髪がほどけ、唇が赤く腫れている。やさしいまなざしをしていた。そこに潜む感情を読み取るのは難儀だった。

愛か欲望か好意か歓びか愉悦か。

いずれにせよ、殴られることも、物を投げられることもなかった。

「じゃあ、わたしたち結婚するのね？」クララがきいた。

「ああ」オリヴァーは答えた。「バーナードと結婚するという愚かな考えにきみが固執しないのなら」

クララが両肘を突いて体を起こした。「あなたと一緒になったほうが楽しそう。でもあなたは公爵じゃないのよね。少し面倒なことになりそうね」

〝とうてい無理な話だ。一個目の間違いだ〟

「少しね」彼は言った。

ロンドンの喧騒から離れた大きな屋敷は静まり返っていた。不意に、階下から群衆が暴動を起こしているような音が聞こえてきた。

オリヴァーは自分の不注意さを呪った。クララの手を取ってベッドから滑りおりた。

「どうしたの？」クララがきいた。

「誰か来る」キャップをつかんで彼女の頭にかぶせた。「ぼくとしたことが、うっかりしていた」

階段を上がる足音と声が聞こえてきた。女性がふたり。いや、三人。

デイヴィス。レディ・エクストン。

もうひとり、聞き覚えのない声がひときわ大きく聞こえる。「落ちつけですって？　こんなときに落ちついていられませんか？これが自分の娘だったら、おばさまは落ちついていられますか？　何を隠しているんだろうと、いぶかしく思うでしょう？　おばさまから手紙をもらってから、一睡もできなかったのよ。あの子はどこ、ドーラおばさま？　かわいそうなわたしの子はどこにいるの？」

オリヴァーはクララを見た。彼女が青い目を見開いて見返した。

「まったくもう」クララは急いでキャップをかぶり直してピンで留めた。

レディ・ウォーフォードはしとやかな女性ではなかった。

大声でまくしたてながら、全速力で部屋に飛び込んできた。レディ・エクストンとデイヴィスがあとを追ってきた。

「はしかだなんて、まったく！　何を隠しているの、おばさま？　わたしのクララは九歳のときにはしかにかかっているんですからね。はっきり覚えているわ。だって、あれはあの子の歯が欠けたすぐあと――」

レディ・ウォーフォードはオリヴァーに気づくと、言葉を失った。眼鏡を持ち上げ、顎を上げて、自分より頭ひとつ以上背の高い相手を見下すという高度な技を披露した。

頭のてっぺんからつま先まで見て彼を品定めしてから、クララに目を向けた。

「こちらはお医者さん？」レディ・ウォーフォードが言う。「あなたの寝室に男性がいる理由がほかに思いつかないのだけれど」

「違うわ、お母さま」クララが紹介した。「ミスター・ラドフォードよ」

「ラドフォード？」レディ・ウォーフォードがきき返す。

「そう」レディ・エクストンが口をはさんだ。「モルヴァン公爵のいとこよ」

レディ・ウォーフォードが頭の中で名家の辞書をめくって、彼がどのページに載っているか調べているのがわかった。

虚《むな》しい期待を抱かせる理由はなかった。「ラドフォードの法律家の家系ですよ」オリヴァーは言った。「法廷弁護士です、マイ・レディ」

レディ・ウォーフォードは彼に冷やかな一瞥を投げたあと、娘のほうを向いた。「訴訟を起こすつもりなの、クララ？」鋭い口調できいた。

「いいえ、お母さま」クララが答えた。「ミスター・ラドフォードはごく一般的な求婚者よ。つまり、わたしに結婚を申し込んだの。それで、彼を苦しみから解放してあげることにしたのよ」

レディ・ウォーフォードの冷やかな表情の温度が一度上がった。「そうよ、クララ、殿方の愛情をもてあそんではいけないわ」

「そうね、お母さま。求婚を受けたの。本気よ」

「自分が何を言っているのかわからないのね。まだ病気が完全には治っていないんだわ。そうでなければ、お父さまの許可なく求婚を受けてはいけないということを忘れるはずないもの」レディ・ウォーフォードがオリヴァーに言った。「ウォーフォード卿はわたしと一緒にロンドンに来ています。常識的なやり方で申し込んでちょうだい」

時間の無駄でしかない、とオリヴァーは思った。

それでも、ありがとうございます、必ずそうします、とクララの母親に言ったあと、じつに礼儀正しくいとま乞いをした。彼を知る人がそれを見たら、具合でも悪いのかと思っただろう。

オリヴァーは通常の形式に従った。ウォーフォード侯爵に手紙を書いて会う約束を求めた。侯爵は即座に応じた。むろん、野卑な弁護士を一刻も早く追い払いたいからだ。オリヴァーは約束の時間どおりに訪問し、予定どおり侯爵の書斎に通され、予定どおり断られた。何もかも彼の予想したとおりだった。

その日は風が強く、じめじめした寒い日で、彼の気分にぴったりだった。

セント・ジェームズ・ストリートを引き返し、ペルメル街を通って、チャリング・クロスに着いた。ここでクララに会った日が遠い昔に思える。あの日と同じように、ぐずぐずせずにストランド街に入った。そして、セント・クレメント・デーンズを通り過ぎ、自分の世界へ、弁護士が群がるインナー・テンプルへ向かった。

テンプル・バーを通過したとき、新聞を売り歩く少年が目に留まった。

オリヴァーの頭にふたつの考えが浮かび、結びついた。

オリヴァーは足を速め、とうとう駆けだしてインナー・テンプル・レーンに入った。そして、ウッドリー・ビルディングに飛び込んで階段を一段飛ばしで駆け上がり、自分の部屋へ向かった。

その後しばらくして、気でも違ったのかという表情でウェストコットがオリヴァーをじっと見た。

「やろう」オリヴァーは言った。

一〇月二一日水曜日
ウェストコットの執務室

「正気の沙汰ではない」ウォーフォード卿が書類を振りながら言った。「きみはわたしの娘を婚約不履行で訴えると言うのかね?」

ウォーフォード卿がウェストコットからの手紙を受け取ったのは、この前の木曜日のことだった。侯爵の事務弁護士のミスター・アルコックスは金曜日に返事を出した。ウェストコットは同日にこれに答え、ミスター・ラドフォードは継続期間の予測できない名誉棄損の訴訟を抱えているため、目下のところ面会の約束を取ることはできないと説明した。ウェストコットは、自分の顧客の都合でウォーフォード卿に待つよう言うはめになるなど夢にも思っていなかった。

ウォーフォード卿は誰の都合にも合わせない。彼の都合を待つ人が大勢いるのに、なぜ自分が待たなければならないのか？

ウェストコットは法廷でアルコックスの大勢いる事務員のひとりを見かけた。裁判が終わるまでずっとそこにいた。だから、閉廷して数分も経たないうちにアルコックスの伝言を受け取っても驚かなかった。一時間以内にウォーフォード卿がウェストコットの事務所を訪れるとのことだった。

時間はたっぷりあったが、オリヴァーはあえて着替えなかった。かつらとたれ襟とローブを身につけたままでいた。

彼は弁護士で、外見や態度が陪審や裁判官に与える効果をよくわかっていた。法廷用の衣装は、第一に、オリヴァーの職業の重みと法律の力をウォーフォード卿に思い起こさせること、第二に、侯爵を待たせるのがいやで法廷から急いで戻ってきたという印象を与えることができると知っていた。

「ミスター・ウェストコット、ばかげた行為だときみもわかっているはずだ」アルコックスが言う。「婚約不履行で女性が起訴されることは稀《まれ》だし、それも相当な理由があってのことだ。たとえ裁判になったとしても、わずかな賠償金をもらうくらいが関の山だ」

「金額に関わらず、賠償金などいらない」オリヴァーは言った。「約束どおり、レディ・クララと結婚したいだけだ」

「真偽の疑わしい契約に法的な強制力はない」アルコックスがウェストコットに向かって答

えた。「レディ・クララは契約する権限を持たない。きみが論証できることなど何もない。もしきみの顧客——だか同僚だか知らないが、彼がこのばかげた訴訟を本気で起こすと言うのなら、笑いものになるだけだ」

「的外れの法的な論争で時間を無駄にするのはよそう」ウォーフォード卿が言う。「ミスター・ラドフォードは仕事の評判を落とすことにしかならない訴訟を起こすような愚か者でないのは明白だ。それに、彼が主張するとおり、わたしの娘を本当に大事に思っているのなら、娘の名を汚したくはないだろう。娘や娘の家族がゴシップ紙に取り上げられ、印刷所の窓に風刺画が飾られるのを望まないはずだ。問題は、彼が何を望んでいるかだ。つまり、ミスター・ラドフォードの要求はなんなのか？」

ウェストコットが机の前へ行き、一枚の書類を探し当てた。

「顧客の要求は——ちょっと待ってください」書類にざっと目を通したあと、それを置いて別のを取り上げた。「こっちでした。ミスター・ラドフォードは公正な裁判を求めています」

ウォーフォード卿がはねつけるように手を振った。「わたしを侮辱するな。これが裁判にならないことに疑問の余地はない」

「裁判はこの事務所で行います、閣下」ウェストコットが言う。「陪審はレディ・クララのご両親、ウォーフォード卿ご夫妻がお務めになります。ミスター・ラドフォードは自分で弁護をします。その際、彼は次のことを試みます。自身が問われている罪を知ること。証人を喚問すること。相手方の質疑、あるいは異議に応答すること。自らを弁護する簡潔な演説を行うこと」

ウォーフォード卿はしばらくオリヴァーをじっと眺めてからきいた。「それがきみの要求か？」

「公正な裁判」オリヴァーは答えた。「殺人者や反逆者、偽造者にさえ認められている権利です。ぼくは自分の将来をおふた方の手に託します」

「評決が気に入らない場合は？」ウォーフォード卿が尋ねる。「手を引くのか？」

「結果に従うとお約束します」ウェストコットが代わりに答えた。

「上訴はしません」オリヴァーは言った。「世間で自分の主張を訴えることも。他言はしない。つまり、泣き言は言いません」クララの両親を説得できないのなら、結婚生活で生じる数々の難問に対処することなどできない。ふたりを味方にできないのなら、彼はクララにふさわしくない。

ウォーフォード卿が窓辺へ行き、教会の墓地を見おろした。永遠に思えるような一瞬が過ぎたあと口を開いた。「ミスター・ラドフォード、わたしはデュー・デリジェンスとして、きみの仕事や人柄について調べさせてもらった。どうやら並はずれて才気煥発な紳士のようだ。きみの法廷での仕事ぶりは絶賛されている。人となりについては……話が異なるようだが。クララは……まあ、娘の意見は無視することにしよう。女性は頭ではなく、心で考えるものだ」振り返って続けた。「ミスター・ウェストコット、裁判に同意する。わたしは先入観にとらわれないことを信条としているからな。だが、相手方を擁護するつもりはない」

「感謝します、閣下」ウェストコットが言った。

「とにかく、面白くなるのは間違いない」ウォーフォード卿がオリヴァーを見て言った。

「次もその格好をするべきだな、サー。きみの思惑どおりの印象を与えているぞ」

詳細を詰めるのはアルコックスにまかせて、ウォーフォード卿は事務所をあとにした。

12

「海上をさまよい、多くの苦悩に耐えた」

『ホメーロスのオデュッセイア』ウィリアム・クーパー訳

その日のその後
ウォーフォード・ハウスの小客間

「あの人はよくもそんなことを」母は激高した。「ウォーフォード、あなたもあなたよ」

「きっとかつらのせいだ」父が言った。それから、妻が癇癪を起こしそうなときにいつもするように、約束があると言って出ていった。

幸い、父がレイヴン・ラドフォードと裁判をすることにしたという知らせを持って帰ってきたとき、ちょうどドーラ大おばが訪れていた。大おばが大笑いしている横では、さすがの母も悲劇を演じられなかった。

「ほら見なさい、クララ」涙をぬぐうレディ・エクストンを横目で見ながら、母が言った。

「笑いものになるだけよ。風刺画家が大活躍するでしょうね」

「きっとそうね。裁判を本当にやれば」ドーラ大おばが言う。「わたしだったらやめておくわ。彼をすぐに受け入れる。あんな婿はほかに見つからないわよ」

「そうでなければ困るわ」母が訴える。「弁護士だなんて！　それに彼の父親は離婚した女性と結婚した変わり者よ。ナイト爵を授けられなかったのも無理はないわね。クララが生まれた日から計画的に育てていれば、彼よりはましな相手を選んだでしょうに」

「娘の命を救ってもらったのに、爵位くらいでごたごた言うの？」ドーラ大おばがきいた。「彼の人柄はじゅうぶん保証されたでしょう？」

「人柄の問題じゃないのよ」クララは言った。「お母さまにとっては、周りの人にどう思われるかが重要なの」

母が、なんて恩知らずな子なのと言わんばかりの表情でクララを見た。

クララは内心ひるんだ。母の気持ちもわからなくはない。ロンドンでもっとも美しく、もっとも求婚者の多い娘の母親であるレディ・ウォーフォードは、妬《ねた》み嫉《そね》み恨みといった悪感情の的となっている。それが結局、娘が弁護士と結婚するとなれば、社交界の人々はおおいに喜ぶだろう。一生嘲笑されるわけではないにしろ、しばらくは続くだろうから、そのあいだ母は大きな屈辱を受けるはめになる。

だが、レディ・エクストンは違う見方をした。「まさか、レディ・バーサムなんかの言うことを気にしているんじゃないでしょうね。あなたはウォーフォード侯爵夫人なのよ。人の意見を聞く必要はないでしょう。ましてや、噂話をするしか能のない程度の低い女性の言うことなんて」

それもまた、クララの人生を窮屈にしているもののひとつだ——会話と呼ばれる延々と続くくだらない噂話。

「社交界を軽んじる贅沢が許されていいわね、おばさま」母が反論する。「でもわたしたちはそういうわけにはいかないの。憐れみを受けるのも、笑いものになるのもわたしはごめんだわ」

ドーラ大おばが立ち上がった。「フランシス、あなたには失望したわ。ミスター・ラドフォードは健康でたくましく、聡明で大望を持った青年で、あなたの娘のために屈辱を受ける覚悟もある。それなのに、友人にどう思われるかのほうが大事だなんて！　笑うべきか泣くべきかわからないわ。クララ、玄関まで見送ってちょうだい」

「うちの娘を連れていかないでね、おばさま」母が注意する。「はっきり言わせてもらうと、悪影響を受けるだけだから」

「なんですって！　もう知りません！」ドーラ大おばは足早に部屋を出ていき、クララはあとを追った。

「あなたのために、ミスター・ラドフォードが裁判に勝つことを祈っているわ」大おばが廊下を歩きながら言った。「説得を続けてもよかったんだけれど、世間にどう思われるかが肝心みたいだから、何を言っても無駄だと思ったの。同情を装った嘲笑の的になるほど恐ろしいことはないし、説き伏せるのは無理だわ。フランシスにとっては毒を飲むほうがましでしょうね」

大げさとも言えない。

「大おばさまは最善を尽くしてくださったわ」クララは言った。「あとはミスター・ラドフォードにまかせるしかないわね。彼はもっと難しい訴訟に取り組んだこともあるんだから」

つねに勝つわけではないけれど。

クララの不安を感じ取ったらしく、大おばが言った。「心配することないわよ。あなたの命を救うことができたのなら、あなたの両親を説得することだってできるわ」

「そのほうが難しいかもしれないわ」クララは悲観した。「それに、うまくいかなかったらどうすればいいの?」

「もちろん、そのときはわくわくするような捨て身の行動を取ればいいのよ」

一〇月二三日金曜日

ウェストコットの執務室

オリヴァーはかつらをかぶり、法廷用の衣装を着ていた。当事者だが、自分で弁護をするのだ。

はじめてその姿を見たわけではないにもかかわらず、クララは感銘を受けた。上品で威圧感がある。かつらやレースやローブを身につけているのに、どういうわけかなおさら男らしく見えた。

彼を見つめていると、黒い雲のあいだからひと筋の光が差し込んだような気がした。けれどもそれは一瞬のことだった。オリヴァーの衣装も母の称賛を得ることはできなかった。彼が弁護士であるのを改めて思い知らされるだけで、母にしてみれば、それは重罪だった。母の社会的名声、すなわち母の人生を謀殺しようとしているのだから。

とはいえ、本当に厄介なのは父のほうだ。母のように叱ったり怒鳴り散らしたりする代わりに、黙り込んで物思いにふけっている。幸先《さいさき》が悪い。

クララの両親は、この母いわく〝茶番劇〟の参加者を増やしたくなかったので、アルコックスが起訴状を読み上げた。父が最初に考えたものよりはるかに長くなっている。父は、ミスター・ラドフォードが階級と財産の点のみで結婚相手としてふさわしくないと訴えるつもりだった。

だが母の見解では、それではまったくもって不じゅうぶんだった。母がまとめたリストは、最終的にアルコックスが作成したものより二倍長く、三倍不可解だった。

アルコックスが要約し、わかりやすく書き換えたミスター・ラドフォードの罪状は全部で一〇個ある。

一　若いレディに、彼女が生まれ育った環境に近い様式や方法で養うことができないにもかかわらず熱心に求婚した。

二　社会的地位が低いため、レディ・クララが現在正当に属している社交界から締めだされることになる。

三　離婚の醜聞によって名を汚された家族の一員になることで、レディ・クララの評判も落ちる。

四　仕事においても社会階級においても、レディ・クララの夫としてふさわしい地位への出世をあと押ししてもらえるような縁故がない。

五　有名な犯罪者を含む最下層の人々の弁護や起訴をしているため、必要なコネを作れそうにない。

六　前記の下層の人々のあいだで不倶戴天《ふぐたいてん》の敵を作っているため、レディ・クララが身の危険にさらされることになる。

七　項目六により、ミスター・ラドフォードの夭折《ようせつ》の可能性が高まり、項目二、三により、レディ・クララは友人たちの保護もなくひとりで生きることになる（ミスター・ラドフォードにはこれといった友人がいない）。

八　ミスター・ラドフォードの手厚い看病によってレディ・クララの命が助かったと言われているが、そもそも彼がレディ・クララを深刻な病気につながるような状況に追い込まなければ、助けられる必要はなかったことを指摘しておかなければならない。

九　項目八に関連して、信頼感につけ込んで純粋な娘の愛情を得たと言える。

一〇　レディ・クララが不適切な行動を取るのを止めることができなかった。自ら進んで危険に身をさらしたのだとレディ・クララは主張しているが、同様に主張しても無駄である。頑固な若い女性を制御できない紳士は、夫としての責任を果たす能力がない。

この半分以上がまったくもってばかげているとクララは思い、母を揺さぶりたい衝動に駆られた。オリヴァーはまるで凶悪犯罪に問われたかのように、まじめに聞いていた。

裁判官役のアルコックスが尋ねた。「起訴事実を認めますか、ミスター・ラドフォード？」

オリヴァーが真意の読み取れないまなざしでクララを見た。

「無罪を主張します」

「ばかばかしい」母が父に向かって言う。「どうしてあなたは――」

「そうだな、お前」父がさえぎった。「これは非公式の裁判だから、形式的なことは省略しよう。ミスター・ラドフォード、続けてくれ」

オリヴァーは話す準備をする際いつもするように、ウェストコットの机に片手を置いてうつむき、頭の中を整理した。

このときはじめて起訴状の内容をすべて知った。どうやらレディ・ウォーフォードは、ぎりぎりまで項目を追加したり変更したりしたようだ。

別にかまわない、とオリヴァーは思った。こうなることは承知していた。自分が大きな賭けをしているのはわかっている。だがほかに選択肢はなかった。

顔を上げてクララと一瞬だけ目を合わせてから、陪審であるクララの両親のほうを向いた。今日だけは取り乱すわけにはいかないから、クララをあまり見すぎないほうがいい。

彼女はこの日のために、黄色の外出着を身につけていた。慎み深いと言えるのは襟が高い点だけだ。ルダンゴト（下に着ているものが見えるように前が開いた婦人服）の前を大きなシルクのボタンで、一番上は組みひもで留めていて、そのひもから小さなシルクの松かさがふたつぶらさがっている。前の開いた部分と、巨大な袖の上に垂れた短いケープの縁に、波形刺繡《スカラップ》が施されていた。それに比べると帽子はシンプルで、飾りは六個の蝶結びと、てっぺんから生えた数本の短めの小枝だけだ。つばの内側にもひだ飾りや小さな花がついていた。

彼女が慣れている様式や方法で養うのは大変だが、面白いものが見られるだろう、とオリヴァーは思った。

仏頂面の両親が結婚を認めてくれればの話だが。

オリヴァーは言った。「罪状が一〇個もあるとは重罪ですね。男も女も、子どもも、たったひとつの罪で死刑に処せられます。しかし、結婚というものは、とくに上流階級のあいだでは、単なる下層階級の殺人よりもはるかに深刻な問題であることを念頭に置かなければなりません」

「異議あり」ウォーフォード卿が言う。「われわれは社会の不平等に関する皮肉や講義を聞くためにここへ来たわけではない」

「しかし、閣下が問われたぼくの罪は、社会的、経済的不平等によるものです」オリヴァーは反論した。「とにかく、ひとつめから見ていきましょう。項目一、収入の不足について。この起訴を取りさげるよう陪審に求めます。ぼくの計算によると、レディ・クララの花婿候補のうち少なくとも三名が——婚約者同然だった紳士も含めて、ぼくよりも収入が低かった。当該紳士について言えば、借金で首が回らなくなっていました」

「それとこれとは違うわ」レディ・ウォーフォードが口をはさんだ。

「考慮する価値のある問題です。当該紳士を認めざるを得なかったのは、彼が衆人環視の中でレディ・クララの評判を傷つけた、要するに、醜聞を引き起こしたからです。この場合、項目三も削除できますね？ ぼくの母の醜聞は昔——三〇年近くも前の話です。一方、レディ・クララの事件は、ほんの数カ月前に起きたことだ。これで少なくとも、おあいこと考えられます」

「ウォーフォード、異議を申したてるわ。あの求婚者と比べたりしないわよね。クララをたぶらかした財産目当ての——」

「彼はいいところを突いている」ウォーフォード卿が言う。「彼の言うことが気に入らなくても、公平な発言の機会を与えると約束したんだ。公正を期して言うならば、項目一と三は取りさげることを検討しなければならない。求婚者の中には、手当が少ない者も借金をしている者もいた」

「でも断ったでしょう！」

「それは関係ない。われわれはクララに〝熱心に求婚した〟罪で起訴したんだから。法律というものは細かい点が大事なんだよ、お前」

「それを言うなら、あのいけ好かない男性との〝醜聞〟は、彼が結婚を申し込んでから一日も続かなかったわよ」

「そして、お前を悩ませている離婚は、国王ジョージ三世がご存命だった頃の話だ」

「ウォーフォード、彼の主張を本気で受け入れたりはしないわよね」

「むろん、本気だ」ウォーフォード卿は言った。「それに、醜聞の項目に対するミスター・ラドフォードの反応は、それほど頭を働かせなくても予想できた。彼の話を最後まで聞こうじゃないか。ひとつには、そのほうが裁判を迅速に進められるし、もうひとつには、いずれにせよ項目一〇が問題になるからだ」

見込みがありそうに聞こえるが、ウォーフォード卿が抜け目のない政治家であるのをオリヴァーは知っていた。侯爵は娘のためにオリヴァーに公平な発言の機会を与えた。しかし一方で、妻とうまくやっていかなければならないのだ。とはいえ、もっとも重要なのは、侯爵が娘の将来について理にかなった憂慮の念を抱いている点で、それを払拭するのは大仕事だろう。

まだ簡単な問題しか片づけていない。残りの項目はじつに厄介で、感情的なもうひとりの自分が身もだえしていた。

オリヴァーはひと息入れて、感情を完全に切り離し、適切な距離を置いて事態を見られるようにした。

「項目二に移ります」

　クララが膝の上で両手を軽く組みあわせ、口を閉じていられたのは、レディとしての長年の訓練の賜物だった。

　やり取りを重ねるごとに、両親のオリヴァーに対する反感がますます強まっていくのが感じ取れた。母は誰かに反論されると腹を立てる。地位のない相手ならなおさらだ。だが母は憤りを隠して、冷ややかな印象を与えようと努力していた。父のひょうきんな態度も信用ならない。父はよく相手を出し抜くためにユーモアを使うのだ。

「項目二、四、五を順番に取り上げます」オリヴァーが続ける。「階級と社会的地位に関連する項目です。第一に、階級について。ぼくの父は現公爵の推定相続人です。ぼくより格の低い男でも社交界に出入りし、宮廷に参内しています」

　人でなしのいとこの身分を利用するのは、オリヴァーにとってどれほど不本意なことか知っているクララは、胸が締めつけられた。

「あなたが入れる宮廷《コート》は、刑事裁判所《コート》だけでしょう」母が言う。「国王陛下はあなたの存在すら知らないわ」

「じつは、マイ・レディ、ぼくの名前は陛下に知られているのです」オリヴァーが反論した。

「国王の裁判を担当したことが一度ならずありますし、条件付き恩赦状として国王の恩赦を求めたこともあります。上流階級の顧客が六名いて、全員がぼくのために便宜をはかってもいいとおっしゃってくださっています。要するに、ぼくには有力な縁故があります。ぼくがこれまでそれを利用しなかったのは単に、自分の実績に基づいて成功したいという、もしかしたら見当違いの望みを抱いていたからにすぎません。しかし、レディ・クララと結婚できた暁には、彼女のためにあらゆる手段を使って——」

「わたしのためにそんな恐ろしい犠牲を払わなくていいのよ」クララは思わず声をあげた。「わたしが社交界から追放されるという訴えがどんなにばかげているか、あなたが一番よくわかっているはずよ。本当に、お母さま、そんなことを言いだすなんてあきれてしまうわ。わたしがミスター・ラドフォードと結婚するほど大胆だからって、わたしを締めだす女主人はいないわ。それどころか、招待状が山ほど届くでしょう」

「クララ、考えが甘いわ。あなたは空想の世界で生きているのよ」

「いいえ、社交界の話をしているのよ、お母さま」クララは言った。「わたしだってお母さまと同じように、友人たちにどう思われるかよくわかっているわ。そうね、噂にはなるでしょう。ミスター・ラドフォードのどこがそんなによかったのだろうと。わたしは大勢の紳士に求愛されていたのに、どうして求愛しなかった彼を選んだのだろうとみんな不思議に思って、レディたちはあの孤独を好むレイヴン・ラドフォードをひざまずかせた方法を知りたがるでしょうね」

オリヴァーの唇がほんのわずかに震えていることに、クララだけが気づいた。

「レイヴン・ラドフォードですって！」母が小ばかにする。「犯罪者とつきあっているだけでも恥ずべきことなのに、そんな下品なあだ名――」

「それくらいにしておけ」父がさえぎった。「静粛を求める。クララ、裁判の邪魔をするな」

「わたし？　お母さまはどうなの？」

「フランシスはときどき思ったことを口に出す必要があるんだよ。我慢していたら自傷しかねない」

「ウォーフォード！」

「とはいえ、お前にも黙っているよう命じただろう？　わたしは妻を制御できる男だからな」

「彼の味方につくのね、ウォーフォード！」

「わたしはクララの味方だ。娘の幸福だけを考えている」

「それなら、わたしを証人に立ててちょうだい、ミスター・ラドフォード」クララは言った。

「わたしが幸福かどうかが焦点だというのなら、どうしてあなたがこんなばかげた訴えに反論しなければならないの？」

「ぼくはきみの助けを借りずに反論できる」オリヴァーが答えた。

「わたしのせいであなたがこんな目に遭うなんて」

「きみのせいじゃない」

「わたしがあなたにしつこくつきまとったから」

「ぼくは弁護士だ。問題を抱えた人たちにつきまとわれるのはしょっちゅうだし、仕事があるのはありがたい」

「でも、わたしは足手まといにしかならなかったわ」

「そうじゃなかったときもある」オリヴァーが言った。「ときどき役に立ってくれた。それに少なくとも、楽しかった。きみを忘れるべきときに、追いかける気になったくらいには。じつは、それについて証人を召喚したんだ」ウェストコットに声をかける。「最初の証人を呼んできてくれないか」

ウェストコットがドアのところへ行き、おそらく事務員に何やらささやいた。しばらく経って、金色と紅藤色を使ったまばゆいばかりの仕着せをまとい、肘を突きだして抵抗するフェンウィックを、ティルズリーが引っ張ってきた。

裁判が予定どおりに進まないことを、オリヴァーは覚悟しておくべきだった。

フェンウィックは〝証言台〟——ウェストコットの机の前に敷かれた敷物の上に立つと、二シリングという恐ろしいほど多額の報酬につられて、オリヴァーの秘密の伝言をレディ・クララに伝えたと証言した。

だがそのとき、クララが立ち上がって反対尋問を行い、最初に彼女がフェンウィックを雇い——二シリングを支払って！——当該少年が〝急にいなくなったやつを見つけられるかもしれない唯一の男〟と明言したミスター・ラドフォードのところへ案内させたのは事実かと問いただした。

その後、フェンウィックは退場した——物音からすると、ティルズリーと取っ組み合いをしながら。

すると、ウォーフォード卿がやけに静かな口調で、いまの話に関する詳しい説明を求めた。オリヴァーが黙っているよう合図したのを無視して、クララは証言台に立ち、数々の犯罪と非行を白状した——すなわち、不都合な詳細は省略しつつ、病気にかかるにいたった一部始終を話して聞かせた。

クララの両親は心労のため一気に老け込み、オリヴァーの感情的な自分は壁に頭を叩きつけた。

彼は言った。「尋問中にきかれた以上のことを話すべきでないのは常識だろ?」

クララが言い返す。「あなたがすべての責めを負うなんて、まずい戦略だと思わない?」

「まずい戦略だと!」

「そうよ。それじゃあ、あなたがわたしをそそのかした悪人にしか思えないじゃない。先に近づいたのはわたしよね、ミスター・ラドフォード。わたしがありったけの女の武器を利用して——」

「たいした武器じゃない」オリヴァーは微笑を浮かべてしまう前に——それどころか笑い声をあげてしまう前に、そしてクララがこれ以上事態を悪化させる前に——これ以上悪い事態があるかどうかはわからないが——話をさえぎった。「陪審に保証します。ぼくは弁護士として必然的に、また訓練と経験によって、女の武器には屈しません」

「それはそうね、とてもいらいらさせられたわ」クララが言う。「でもわたしはしつこい――」

「そこは〝辛抱強い〟と言おうじゃないか」

「いまさらわたしにやさしくしないで」

「ぼくはご両親にいい印象を与えたいだけだ」

「そんなのあなたらしくないし、つまらない青二才に見えるわ。あなたの健康のためにもやめたほうがいいわよ」

オリヴァーは叫びたかった。〝愛している、愛している、愛している!〟

「いずれにせよ、あなたにやさしくされると、むしろ見下されている感じがするの」クララが言った。

「それはそうかもしれないな。ありがとう、マイ・レディ。もうおりていいよ」

「まだ話は終わっていないわ」

「もうじゅうぶんだよ」オリヴァーは言った。「次の項目は……どれだ?」クララのせいで、ほとんど何もかも忘れてしまった。

「六だ」ウォーフォード卿が促した。「不倶戴天の敵。下層階級の人間について」閉められたドアに目をやる。「先ほどの少年がいい例だろう?」

「元非行少年ですが、現在はメゾン・ノワロで働いています」オリヴァーは答えた。

「だからあんな衣装を着ていたんだな」

「ウォーフォード、こんな茶番をいつまで続けるの？」レディ・ウォーフォードが口をはさんだ。「彼は面白がって、クララの一番悪いところを引きだしているのよ」

面白がっている？　自分の未来を。人生を。クララの人生を？　彼女の一番悪いところを引きだしているだと？

視界に赤いもやがかかった。オリヴァーはまばたきして振り払おうとした。

「何かを引きだしているのは間違いない」ウォーフォード卿が言った。

「彼女の独立心です」オリヴァーは何も考えずに、鋭い口調で主張した。「彼女の知性。勇気。彼女は二二歳と二カ月だ。誰かが励ましてやるべきです。本当の自分になれるよう」

一同がはっと息をのむ音が聞こえた――オリヴァー自身のも含めて。クララの両親は硬直している。ウエストコットが喉を切る仕草をした――〝やめろ〟。

オリヴァーは崖っぷちに立たされた。

〝裁判官をうるさがらせても、相手方の弁護士を怒らせても、けっして陪審を非難してはいけない〟

オリヴァーは引きさがろうとした。

ウエストコットの合図に従おうとした。

そうするべきだ。

13

「レディが、人格、能力ともに備わっていてあらゆる点で自分にふさわしい紳士と結婚する場合、彼の財産が意にそぐわなかったとしても、不釣り合いな結婚とは言えない」

『結婚に関する論評』（一八三四年）ジョン・ウィザースプーン著

いまならまだ、引き返して流れを変えられる。

だが、オリヴァーの内なる自分が、ヴォクソールでバーナードに飛びかかったクララの姿を記憶から引っ張りだした。そして九月の雨の日に、この執務室で彼女が行った怒れる演説を再現した。

勇敢で利発な女性が息が詰まりそうになっている。鼻持ちならないレイヴン・ラドフォードがいなければ、死ぬまでずっと抑えつけられ、このうえなく贅沢で金のかかる窮屈な生活を強いられるだろう。

「レディ・クララが周りに求められているとおりのことに関心があるのなら、ぼくのところには来なかったでしょう」オリヴァーは言った。「もし彼女が甘やかされた安全な暮らしがしたいと思っているのなら、ぼくのところには来なかった。貧しい子どもたちを自分には関係のないことだと考えるのなら、ぼくのところに来て、彼らを助けたいから手を貸してほしいとしつこく頼んだりしなかった。彼女がぼくのところに来たのは、手を貸してくれる人がほかに誰もいないとわかっていたからです。彼女はみんなを助けようとしたわけじゃない。ロンドンに大勢いる不幸な人々を全員救おうとしたわけじゃなかった。あるひとりの少女と、その弟に目を向けた。それだけのことです。だが彼女はあなた方のところへは行かなかった。なぜなら、彼女の役目は、慈善事業を運営し、資金を提供することだと言われるのがわかっていたからです。手袋を汚して、窃盗団の巣窟から病気の少年を救出するのは彼女の仕事ではないと」ひと息ついてから続ける。「命懸けで少年を助けるのは、たしかに彼女の仕事ではなかった。しかしそれが、危険を冒してまで彼女がやりたかったことなんです」

　オリヴァーは侯爵の顔を見た。表情が曇り、口元がこわばっている。臆病者ならここで委縮するだろう。だがオリヴァーは子どもの頃から何度も脅しを受けてきて、そのたびに勝ち目がなくても戦ってきたのだ。

「お願いがあります、ウォーフォード卿」オリヴァーは言った。「自分のしたことを後悔しているか、レディ・クララに尋ねてみてくださいませんか？」

　侯爵が席を立ちかけたのを見て、オリヴァーは思った。〝いま出ていかれたら、ぼくたちの負けだ〟

　しかし、侯爵は青ざめているクララに目を留めると、ふたたび腰をおろした。深々と深呼吸をしてから口を開いた。「後悔しているか、クララ?」

クララの目に涙が浮かんだが、こぼれ落ちはしなかった。唇がかすかに震えていたものの、彼女は頭を振ると、努めて落ちついた口調で言った。「もしやり直せるとしても、もう一度同じことをするわ。久しぶりに自分のしたことに心から満足できたの――いとこのグラディスを助けるのも結構楽しかったけれど」眉根にしわを寄せる。「あと、人前でクリーヴドンを振って失態を演じたときも気分がよかったわ」

「なんてこと、クララ」レディ・ウォーフォードが嘆いた。

「結婚してくれ、クララ」オリヴァーは言った。「好きなだけ失態を演じてかまわないから。見世物を行うのがぼくの仕事だから、それは奨励しないと。結婚してくれ、クララ。きみに苦労させるだろう。いまのところ、きみにふさわしいしゃれた生活をさせてあげられる余裕が――」

「平気よ」クララがさえぎった。「だって、ノワロ三姉妹に出会うまでの二一年と九カ月、わたしはおしゃれではなかったもの」

「それならやってみなさい」レディ・ウォーフォードが言う。「想像がつくわ。アパートメントに住んで、使用人はふたりだけ――それすら雇う余裕がないかもしれないけれど。あなたが一時間で――それも節約する気分になったときに使うお金よりも少ない年収で暮らしていかなければならないのよ」

「論点は金ではない」ウォーフォード卿が口を開いた。「クララの自由と、たいてい善意から困ったことになる性質について無駄話を――」

「困ったことって！」クララが叫んだ。「子ども扱いしないで、お父さま」

「お前はわたしの子どもだ。これからもずっと。いちいち突っかかるのはやめておくれ。ミスター・ラドフォードにどうしてもききたいことがあるんだ」

ウォーフォード卿が厳しいまなざしでオリヴァーを見た。「熱が冷めたらどうなるんだ、きみ？　一時ののぼせではないなどとは言わせないぞ。よほどの炯眼《けいがん》でないと、この病気は自覚できないからな。一年後、二年後、わたしの娘はどうなっているんだ、ミスター・ラドフォード？　弁護士の妻になり、友人たちと離れて、なんの心構えもないまま、まったく知らなかった階級で暮らしている娘は？　娘は誰と話せばいい？　毎日何をして過ごすんだ？この子にどんな人生を送らせるつもりだ？」

クララが口を開こうとしたが、母親に先を越された。

「わたしもききたいことがあるわ、ミスター・ラドフォード。若いレディを自分の世界に招き入れたとして、どんな配慮《リガード》をしてくれるの？　あなたは非行少年やあらゆる悪党の相手で忙しいんでしょう？　おまけに犯罪者に狙われているのよね？」

「どんな配慮」オリヴァーはつぶやいた。内なる自分を脇に押しやり、自問自答した。それから微笑んだ。「おおいに尊重《リガード》しなければならないでしょうね。レディ・クララはその勇気と独自のやり方で、ぼくの階級でも自分の人生を生きることが十二分にできるでしょうから」

クララの顔が輝き、唇に笑みが浮かんだ。太陽の光がどんよりとした灰色の空とすすだらけの窓をどうにかして突き抜けたかのごとく、部屋が明るくなった。

要するに、あれがすべてだ。のぼせだろうとなんだろうと、あの笑顔を見られるなら、青い目を輝かせるためなら、なんだってできる。あの笑顔のありがたみを忘れることはないだろう。慣れることさえできそうになかった。

ウォーフォード卿がクララを見たあと、妻に視線を向けた。「もうじゅうぶんだろう。項目六から一〇まで検討する必要はない」

「お父さま！」

「その価値もないわね」レディ・ウォーフォードが言った。

「お父さま！」

「大事なことはひとつだけだ」ウォーフォード卿が言葉を継いだ。「彼はお前にふさわしい。どうやらお前も彼にふさわしいようだ」

「ウォーフォード！」

ウォーフォード卿が妻に言った。「わたしだってクララの選択に大喜びしているわけではない。社会的な観点から見れば彼には地位がないし、そのことに不満を持っていないらしい。だがクララを理解しているようだ。おそらくわたしたちよりも」

「理解しているからって、使用人たちの給料は払えません」レディ・ウォーフォードが涙ながらに訴える。「誰がこの子の面倒を見るの？　この子はどうなるの？　わたしの美しい娘が――アパートメントに住むなんて！」

侯爵が妻の手を取った。「クララとミスター・ラドフォードはふたりでその苦労を味わいたいと言っているんだ。相性が抜群なことがわかっただけでもいいじゃないか。ふたりのやり取りを聞いていれば、それは間違いない。ふたりが強い愛情で結ばれているのは誰の目にも明らかだ。ミスター・ラドフォードはわたしが選んだ男ではないが、それはわたしの娘を悲しませる理由にはならない」

「まるでわたしが娘を悲しませたいみたいな言い草ね！」レディ・ウォーフォードが叫んだ。「でも、この子は自分の本心がわかっていないのよ」

「もう二二歳――となんだ？　二カ月か――だぞ。聡明な子だ。信じてやろうじゃないか」ウォーフォード卿がオリヴァーのほうを向いた。「きみの父上を訪問しよう。それから、われわれの事務弁護士たちを戦わせて、どうなるか見てみようじゃないか」

一〇月二四日土曜日
クリーヴドン公爵夫人の私室

ノワロ三姉妹――クリーヴドン公爵夫人ことマルセリーヌと、ロングモア伯爵夫人ことソフィー、リズバーン侯爵夫人ことレオニーは、完全なる無表情でクララを見つめた。

クララはレイヴン・ラドフォードと婚約するまでの経緯について、両親に伝えたときよりも少しばかり詳しく話して聞かせたところだった。

「あなたたちに一刻も早く知らせたかったの」言葉を失っている三人に向かって言った。「妹たちにもまだ話していないのよ。お母さまが怒って泣きながら話すでしょうけど」

三姉妹は謎めいた表情を浮かべて顔を見合わせた。

彼女たちは、クララが高価な服を買いつづけることができるだけでなく、メゾン・ノワロの格が上がるような結婚をすることを期待していたのだ。

張り詰めた沈黙が流れたあと、マルセリーヌが言った。「でも、とてもロマンティックな話よね」

「とびきり頭のいい男性でよかったわね」ソフィーが言う。「そうでないとあなたはすっかり退屈してしまうでしょうから。だんだん衰弱して死んでしまうわ」

「彼は才気煥発なうえに野心があって、欲しいものを手に入れる力がある」レオニーが言う。「必ず成功するわ」

「でもそれより大事なのは」マルセリーヌが黒い瞳を輝かせながら姉妹の顔を見た。

「ドレス！」三姉妹が声をそろえて言った。

そして、それぞれが専門分野について夢中になって話しはじめた――マルセリーヌはドレスについてうっとりと、ソフィーはヘッドドレスについて幸せそうに、レオニーは婚礼用コルセットについて詩的に語った。

貴族と結婚した三姉妹は、事業を譲渡することにして手を引きはじめていたのだが、クララの結婚式は例外だった。クララは愛弟子《まなでし》で、上客だし、何より彼女の結婚をずっと楽しみにしていたのだ。

「あまり贅沢なものにはしたくないの」クララは言った。「ほら、わたしは新進の弁護士と結婚するわけだから」オリヴァーにメゾン・ノワロのドレス、しかもイブニングドレスを一枚でも買う余裕があるのか、クララにはわからなかった。

「だからこそ、豪華なウェディングドレスにするのよ」とソフィー。「あなたが高価なものを身につけていれば、夫の株も上がるわ。ほとんどの男性がそれをわかっているし、着飾った妻を見たいものよ」

「いずれにせよ、ウォーフォード卿が買ってくださるわ」レオニーが言った。「愛するお父さまにみじめな思いをさせたくないでしょう。花婿に満足していないと思われてしまうわ」

「満足していないわ。言ったでしょう」

ソフィーははねつけるように手を振った。「お父さまの本音はどうでもいいの。肝心なのは、どう見えるかよ。ご両親の本当のお気持ちがどうであれ、娘の結婚を喜んでいないなんて思われたくはないでしょう。わたしが『フォックスイズ・モーニング・スペクタクル』に、ロンドンじゅうの親たちが妬んで歯ぎしりするような記事を書くと約束するわ。母親たちが〝こんなすてきな人をどうして逃したの？〟と娘を叱りつけるようなね」

ソフィーは厄介な状況を前向きな話に変える天才だ。

それから三姉妹は、新婚女性の外出着、モーニングドレス、ディナードレス、オペラ用ドレス、その上や下に着る衣服について、奇抜な意見を出しあった。クララは止めようとしたものの、すぐにあきらめた。結局いつも、彼女たちが正しいのだ。

三姉妹が成功したのは、社交界を知り抜いているからだ。費用がかさむだろうが、父は仕立屋の請求書のような小さなことでうるさく言ったりしない。重要なのは、彼女たちの言うとおり、豪華で上品な服をそろえることによってオリヴァーの株を上げ、悪意のある噂を静めることだ。

それ以外のことがうまくいくかどうかは、クララとオリヴァー次第だ。

一〇月二六日月曜日

ウッドリー・ビルディング

「どこに住むかは考えてあるんだろうな」ウェストコットが言った。

オリヴァーは最近、実際的なことについて考える時間がなかった。仕事もかろうじてこなしている状態だ。クララをめぐる争いで頭がいっぱいだったのだ。

レイヴン・ラドフォードの裁判が終わるやいなや、彼は馬でリッチモンドへ行き、両親に報告した。父を怒らせるのではないかと心配で、前もって裁判の話はしなかった。腐敗した貴族たちに対して自己弁護する必要はないと言われそうだった。だがいま父は、上機嫌で息子の話を聞いていた。母も喜んでいると言ってくれたが、少し不安そうに見えた。

まもなくふた組の両親が顔を合わせることになるものの、階級差を超えて親しくなるはずだと、オリヴァーは勝利感を支えに自分に言い聞かせた。父は紳士だし、母は家柄のよい女性だ。やかまし屋でもふたりの礼儀作法に粗を見つけることはできない。父はわざと無礼で無愛想な態度を取ることもあるが、そういう貴族も大勢いるし、高齢者ならなおさらだ。

父の年齢と健康状態を考慮すれば、リッチモンドで結婚式を挙げることに反対はされないだろう。ついでに言えば、この時期に新婚旅行へ行くのは賢明ではない。仕事の状況を考えれば問題外だ。

しばらくのあいだ、オリヴァーとクララはイタケー・ハウスの二階に住むことになった。父は体力が衰えて、書斎で過ごすか、ときおり庭をゆっくりと散歩するだけなので、二階はほとんど使われていなかったのだ。

そのときは、何もかもうまくいくように思えた。

だがいま、ウォーフォード卿の承諾を得てから丸三日も経たないうちに、現実感がじわじわとわいてきた。ロンドンに忍び寄り、どんな狭い隙間にも染み込む冷たい霧のように。霧はウェストコットの執務室にも入り込み、暖炉の煙とまじりあって、不快な黄色い煙霧に変化した。

ウェストコットは炉辺に座っていた。オリヴァーは新たに届いたバーナードの手紙を手に窓辺に立ち、教会の墓地を見おろした。霧が墓石を取り巻いている。

「クララの両親は当然、上流階級の住む場所――つまり、高級住宅地で彼女が暮らすことを望んでいるだろうが」いくら多額とはいえ、持参金をそんなことに使うのはくだらないと思ったのだ。

「いまのところ、公爵家のタウンハウスは空いているんだろ」ウェストコットが言う。「この先も当分のあいだは」

モルヴァン・ハウスは一年前まで人に貸していたのだが、契約の更新はされなかった。例によって、バーナードはあたらしい賃借人を探す手配を怠っていた。

「バーナードの再婚相手が文句を言うかもしれない」バーナードの手紙には、いつもの艱難《かんなん》辛苦《しんく》のほかに、最近アッシュパートン近辺で開かれたディナーパーティーで出会ったという若い女性のことが三枚にわたってつづられていた。バーナードの下手なアプローチにうんざりすることも逃げだすこともなかったらしく、いとこはその女性に求愛するつもりでいた。

〝尻が安産型で、兄弟は男だけの男系家族だ。息子が大勢生まれるから、お前が公爵位を継ぐチャンスはなくなるぞ、レイヴン、はっはっは〟

その女性が誰だろうと、オリヴァーは同情しなかった。バーナードは自分を装うことができない。あまり賢くないし、クジラのような体形はごまかしようがない。夕食の席でブタのように食べ物をむさぼる姿や、いつもよりさらにまぬけな食後の酔っ払った姿を見ても耐えられるというのなら、度を超えて慈悲深いか、何がなんでも公爵夫人になりたいかのどちらかだ。

重要なのは、いずれにせよ、バーナードは喜んで受け入れる。バーナードの再婚相手がクララではないということだ。

「本当にその女性と結婚すると思うか？」ウェストコットがきいた。

「身近なところにいて、若くて美人で、家柄もいい」オリヴァーは答えた。「もし本人がその気でなかったり、彼女の両親が反対していたりしたら、バーナードは自慢などせずに、その女性の容姿や家族の悪口を書いただろう。結婚すると思う――年が明ける前に」

「だが公爵はロンドンに住みたがらないし、子育てするならグリナー城に住みつづけるだろう」

「その女性がバーナードを説得してロンドンに住むことになる可能性もある。いずれにせよ、いとこに頼み事をしたくないんだ。たとえレディ・クララのためでも」

クララは結婚後、ラドフォードの名字を名乗ることになるが、称号や優先権は維持し、引き続きレディ・クララと呼ばれる。いまの彼女――貴族の妻となるべく育てられたレディのままだ。

ありとあらゆる点でかけ離れているふたりの人生をどうすれば組みあわせられるのか、見当もつかなかった。

ソフィーは約束どおり、匿名で寄稿している『フォックスズ・モーニング・スペクタクル』でクララの婚約を褒め称《たた》えた。誰もがそうだが、レディ・ウォーフォードもこの新聞の愛読者で、その匿名記者が義理の娘であることを知っている数少ないひとりだ。知的でも文学に通じているわけでもないけれど、社交界の考え方は理解していて、この危機をソフィーが見事に救ったと確信した。屈辱的な婚約を勝利に変えたのだ。ソフィーのおかげで、若い未婚女性はクララを羨み、彼女たちの母親はクララの母親を羨んだ――その将来の義理の息子にすばらしい長所が隠されているのだろうと思った。

レディ・ウォーフォードは義理の娘に対する愛情を自覚しただけでなく、その教えを取り入れた。クララの婚約をまるで自分の大手柄のように自慢しはじめたのだ。

しまいには、国王と王妃の前でも大喜びしているふりをした。そして、両陛下がオリヴァーに一目置いているのを知って、表には出さなかったものの衝撃を受けた。とはいえ、元海軍少将の国王はときおり、オリヴァーをマストの桁端に吊《つ》るしたいという願望をあらわにした。

「切れ者だが」国王陛下は言った。「癇に障る男でもある」

「レディ・クララなら大丈夫よ」王妃陛下が保証する。

「それは間違いない。彼女のような妻を持てて、オリヴァーは果報者だ。必ず出世するだろう」

〝その前に誰かに殺されなければ〟と国王は思ったが、言うまでもないことなので口には出さなかった。

王室の賛同を得たことで胸を熱くしたレディ・ウォーフォードは、意気揚々とレディ・バーサムに戦いを挑んだ。最大の攻撃として、友人を結婚式に招待できないことに対して大喜びで弁解をした。「内輪の式にするつもりなの。ほら、ミスター・ジョージ・ラドフォードのお加減が優れないでしょう。あまり大勢の中にいると疲れてしまうから、身内しか呼ばないつもりなのよ……あと、ウォーフォードの立場の関係で、大臣を何人か……そうそう、両陛下がご都合がつかなくてあいにく出席できないからって、王室から代表者を送ってくださるのよ」

三日も経たないうちに、ふたりの婚約はロンドンじゅうの噂になり、四日目には、オリヴァーはインナー・テンプルからの行き帰りに記者たちに追われるようになった。新婚夫婦に必要なあれこれを売りつけようとして押しかける行商人たちを、ティルズリーが喧嘩腰に追い払った。家庭用品、〝お手頃価格〟のタウンハウス、使用人派遣業などを案内するパンフレットや名刺を山のようにもらったおかげで、ウェストコットは石炭を節約できた。

下層階級にいるレイヴン・ラドフォードの知り合いたちのあいだでも大ニュースになり、このできごとが犯罪業界にどう影響するかについて論じあったり、賭けたりした。オリヴァーが弁護士をやめて紳士になり、妻の莫大《ばくだい》な持参金――推定一万から五〇万ポンドで、最低額から最高額まであらゆる金額に賭けられた――で生活すると確信している者もいれば、オリヴァーが〝なんとかして生計を立てようと努力しているだけの犯罪者〟を苦しめる仕事を廃業する前に、亡き者にしてかつらをはぎ取ってやろうと言う者もいた。

賭けや議論をする者たちの中に、ジェイコブ・フリームの姿はなかった。あらゆる角度から見て、シヴァーが転落死してからまもなく、フリームは高熱に襲われた。

これは致命的だった。競争相手や野心のある仲間は、彼が抵抗できないあいだに墓場に送り込もうとした。

だがフリームが病に倒れたあとも、彼を支えつづけた手下がふたりいた。ハッシャーとスクワレルだ。スクワレルは新人の少年で、前歯が大きく頬がふくれていて、動きがすばやいため、シヴァーが栗鼠《スクワレル》というあだ名をつけた。ふたりはフリームの逃亡を手伝った――ボートで。病気の人間を移動させるには最悪の方法だが、敵に見つかる可能性のある道路を行くよりは安全だった。

彼らは川沿いのこのうえなくむさくるしい地域にあるあばら家に避難した。フリームを知る者なら、こんな場所に彼がいるはずがないと考えるだろう。ジェイコブ・フリームは贅沢な暮らしをしていることで知られている。馬と馬車を所有し、ロンドン暗黒街の上層とつきあい、コヴェント・ガーデンの上等の売春宿にある豪華な部屋に住んでいた。要するに、彼の住む世界では名士だったのだ。

川沿いで暮らす犯罪者たちのあいだでは、フリームは何者でもない。もっともたちの悪いやつでもわざわざフリームの喉をかき切るようなまねはしないし、そもそも病気で死にかけている男に近寄りたがらない。それに、万一誰かが好奇心をかきたてられて無謀にも近づいてきた場合に備えて、ハッシャーが見張っていた。

その後、フリームは病状がどんどん悪化して、死の淵をさまよった。しかし、土壇場で死神が心変わりした。フリームは生き延びたものの、あばら家にいて、ほかに行く当てもなく、生計の手段も失っていた。手下たちは逃げだしてほかのギャングに加わった。フリームが死んだか、死んだも同然と見なして、競争相手がフリームの仕事を引き継いだ。

そして現在……。

「やつがどうしたって？」目の前に水っぽいスープの入った欠けたボウルを置いたスクワレルに、フリームが怒鳴るようにきいた。

スクワレルとハッシャーは、仲間内でしか理解されない英語を話している。次のやり取りは、一般にもわかるように言い換えたものである。

スクワレルが言う。「レイヴンが嫁さんをもらったんだと。ジャックスで耳にしたんだ」

ハッシャーがうなずく。「おれも聞いた」

ジャックスとは、コヴェント・ガーデンにあるいかがわしい喫茶店だ。

「ジャックスに行けばいろんなことが耳に入るが」フリームは懐疑的だ。「まったくのデマって可能性もある」

「賭けの対象になってたぜ」スクワレルが言う。「相手がシヴァーを叩いたあの大女だから。あいつが屋根から落ちた日に家へ来た女だ。あの女は大金持ちで、ガチョウの卵くらいでっかいダイヤモンドをつけてるんだとよ。オリヴァーは城に住んで、オールド・ベイリーを辞めて紳士になるんだってさ」

「なんだと？」フリームは憤った。「あいつに貴族と気ままに過ごして、国王とおしゃべりして、ダイヤモンドのネクタイピンをつけるような生活などさせないぞ。おれにあんな仕打ちをしておいて、出世するなんて許せない」

ハッシャーが言う。「シヴァーだってひどい目に遭わされた。レイヴンがいなければ――」

「シヴァーは自業自得だ。愚かなやつだった。あんなめそめそした野郎を連れてきて――あいつの名前はなんだっけ？」

「トビー」スクワレルが答えた。「トビー・コッピー」

「あいつのせいだ」フリームは言った。「おれが病気になったのも、落ちぶれたのも、トビー・コッピー坊ちゃんのせいだ。それとたれ込んだ姉、ベティーだかビディーだか――」

「ブリジットだ」スクワレルがさえぎった。

「その女が大騒ぎしたせいで、貴族が首を突っ込んできたんだ。だがそもそも、レイヴンがいなければこんなことにはならなかっただろ？　なのに、やつはサッシュやらベルベットのローブやら王冠やら何やら身につけて、王子や王女とつきあうだと？　はっ！」

フリームは笑みを浮かべた。それを見た手下たちは震え上がり、敵は武器に手を伸ばすか、逃げだすような笑みを。

「まあ、そんなに王冠《クラウン》をかぶりたいならかぶればいいさ」フリームは言った。「おれがこの手で頭を殴《クラウン》ってやる」

スクワレルとハッシャーも顔を見合わせて笑みを浮かべた。

14

「結婚を擁護する作家は、たいてい高尚で崇高なものとして描写するが、そのような実例は千にひとつしか存在しない。ゆえに、思慮深い男性の動機とはなり得ない」

『結婚に関する論評』（一八三四年）ジョン・ウィザースプーン著

一八三五年一一月二〇日
リッチモンド　イタケー・ハウス

王女二名、王族の公爵二名とその妻、大臣二名とその妻、引退間近のフランス系の仕立屋三名とその夫——席次順に公爵、侯爵、伯爵、そして花婿付添人のウェストコット、大勢のフェアファックス家の人々がイタケー・ハウスの応接間に集合した。

オリヴァーは全員の名前も顔も知っていたし、求められれば一週間後でも一年後でも彼らについて説明できるだろうが、いまこの瞬間は、まだらの色に囲まれたぼんやりした顔の海にしか見えなかった。

目がかすんでいるのは、昨夜、前述の公爵と侯爵と伯爵が前祝いをしてくれたせいではない。仕事を片づけ、バーナードから執拗《しつよう》に送られてくる手紙に対処するために何週間もずっと働き詰めだったため、すでに疲れきっていた。彼らがしかるべく独身最後《バチェラー》のパーティーを開いてくれたおかげで、オリヴァーは二時間しか眠れなかった。彼らもまたオリヴァーの暗殺を企てていたか、少なくとも結婚式をすっぽかさせようとしたのだろうと、オリヴァーは考えた。

しかし、目がかすんだのは、それとはなんの関係もない。

応接間の入り口にいる女性を見たからだ。

クララ。

花嫁――彼の花嫁が、父親と腕を組んで立っている。

花嫁はとても美しく、オリヴァーの内なる自分がうれし泣きした。それで、その涙がいくらかもれだして、一瞬、目がかすんだのかもしれない。だが彼はまばたきして涙をこらえた。

彼女が――まばゆいばかりに美しい、俗世界に金色の光を降り注ぐ太陽の女神が、目の前にいる。

オリヴァーは厄介なほうの自分に頭を乗っ取られ、詩人になりさがったが、どうすることもできなかった。

あと少しで、クララは法律上、彼のものになる。

身も心も。

ばならない。

しかしいまは、初夜のことを考えている場合ではない。理性的に、厳粛にふるまわなければならない。

オリヴァーは法的証拠を見るような目つきでウェディングドレスを眺めた。

ノワロ三姉妹は、ブラッセルレースと、真珠をちりばめたシルクの刺繍飾りを使った、奇想天外なアイシングケーキのようなドレスを仕立てた。頭のてっぺんで編んだ髪からレースの花束が突きでていて、ひもに通した真珠が頭に巻きつけられ、額に垂れている。さらにレースの垂れ飾りが二本ついていて、頭から、豪華な刺繍が施されたスカートのレースのひだ飾りまで続いていた。ひだ飾りのあちこちにバラ飾りが施され、パフスリーブにもついていて、そこから伸びた長いレースが手袋の縁に垂れかかっている。レースと刺繍で飾られた両端の長いサッシュが腰に巻いてある。体にぴったりした身頃の襟ぐりのひだの中心にもバラ飾りが留められ、レースの縁取りに視線が引き寄せられ、そこから真珠のネックレスをつけたなめらかな喉元に目がいった。

もっと眠っておけばよかった、とオリヴァーは思った。あれを全部——さらに何層もの下着も——一日足らずで脱がせるには、ありったけの知恵を働かせる必要がある。

なめらかな肌の隅々まで唇をはわせたい。

だがいまはそんなことを考えてはならない。初夜まであと何時間もある。儀式などすっ飛ばしてしまいたかった。

しかし、誰よりもまずオリヴァーが、式を理性的にやり遂げなければならない。彼が許しがたいほどの失態を演じることを、世界じゅうの人が期待しているに違いない。牧師に問われたとき、きっと誰かがこの結婚に異議を申したてるだろう。彼は抗弁するだけでなく、異議を唱えた者たちを速やかに取消不能の形で起訴しなければならない。永遠とも思えるほど長かったが、クララが隣に立つまでわずかな時間しか経っていなかった。

オリヴァーは微笑んだ。微笑まずにはいられない。あれほどの騒ぎやドラマや絶望や恐れを乗り越えて、とうとう彼女が自分のものになるのだ。

クララが彼を一瞥し、ちらりと笑みを浮かべた。一瞬だけ欠けた歯が見えた。だがそのあと、自分がここにいる理由を思いだしたらしく、厳粛な表情をした。

オリヴァーも厳粛な態度を示した。ようやく事の重大さに気づいたのだ。この非凡な女性がしようとしていることに。クララの人生を彼の人生に結びつけるのだ。

永遠に。

「まだ逃げだす時間はある」オリヴァーはささやいた。

クララは信じられないという表情で彼を見上げた。「このドレスで?」

牧師が咳払いをした。

ふたりは牧師と向きあった。オリヴァーは胸が高鳴っていた。

「みなさん」牧師の言葉がはじまった。

その日の夜

新郎を死なせてしまうかもしれない、とクララは思った。

このウェディングドレスが簡単に脱ぎ着できるような代物でないのは明らかだ。おびただしい数の留め具や締め具を前にしたら、オリヴァーは頭がおかしくなってしまうだろう。

それでもあれは、ウェディングドレスが起こした奇跡だ。『フォックスイズ・モーニング・スペクタクル』の婚礼特集号で、ソフィーが言葉を尽くしても表現できない。ウェディングドレスを着たクララを見た瞬間、オリヴァーの目に涙が浮かんだのだ。おかしくて涙が出たのかもしれないけれど。

とにかく、このドレスを脱ぐのはひと仕事で、デイヴィスと一緒に化粧室に引き上げなければならなかった。一時間もかからなかったが、クララはそのあいだずっと不安と期待に心をかき乱されていた。

初夜に何をするかクララは漠然としか知らなかったけれど、昨夜、母が説明してくれた。だが大泣きしていたうえに、少し恥ずかしがってもいたため、それほど詳しくは教えてもらえなかった。

クララはかすかに震えながら、ろうそくをともした薄暗い寝室に入っていった。

そして、ベッドの上に体を投げだし、礼服をほとんど着たままぐっすり眠っている新郎を発見した。

身なりにあまり気を使わないハリーでさえ、従者が仕えていたのに。

オリヴァーにはいないのだ。紳士服は婦人服ほど複雑でないとはいえ、体にぴったりした上等の上着をひとりで脱ぐのは大変だ。

それでも、彼は上着を脱いで、ネクタイと、シャツの袖と前開きについていたひだ飾りもはずしていた。上着は椅子に投げだされ、その上にネクタイがのっている。ダイヤモンドのネクタイピンが、ベッド脇のテーブルに置かれた小皿の上できらめいている。靴は脱いで放りだしたのか蹴るように脱いだのか、椅子の近くで片方が横倒しになり、もう片方がひっくり返っていた。

ベストのボタンをはずしたところで力尽きたようだ。

枕に頭をのせ、横向きに寝ている。黒い髪はくしゃくしゃだ。一方の腕を顔の上に投げだし、もう一方は枕の下にはさんでいる。クララはオリヴァーの肩からたくましい胴体、ズボンに包まれた長い脚まで視線をはわせた。どういうわけか、長靴下をはいた足を見て胸がきゅんとした。少しずつ近づいていった。

眠っているときのオリヴァーの顔は、少年のようにあどけない。まぶたを閉じると、すべてを見通すような目が隠れるからに違いない。やわらかな光に照らされた彼は……無防備に見えた。

これでオリヴァーを殺さずにすんだ。

かわいそうに、疲れきっているのだ。この一カ月、ふたりは忙しい合間を縫って会っていたが、つねに人目があった。まるで誰もが、よこしまなレイヴン・ラドフォードがクララの貞操を奪ったあとで捨ててしまうのではないかと、恐れているかのようだった。

クララの両親は自分たちが仲直りするので忙しかったため、オリヴァーは放っておかれた。それでも、クララと一緒に過ごす時間はあまりなかった。

堂々としていて明るく、人当たりのいいアン・ラドフォードはたちまち母の心をつかんだ。ミセス・ラドフォードの育ちのよさ、エレガントなドレス、さらに高級住宅地にある立派な屋敷の効果で、遠い昔の離婚の醜聞は忘れ去られた。

両家の事務弁護士たちの激しい論争が終結すると、ジョージ・ラドフォードと父は有意義な議論に多くの時間を費やした。弁護士と政治家は好敵手ができて喜んでいた。

それでも、人づきあいはジョージ・ラドフォードを疲れさせるので、オリヴァーが父親のために気を配っているのをクララは知っていた。さらに彼の助けを必要としている顧客がいるし、人でなしのバーナードの世話もしなければならなかった。

そして結婚式の日を迎え、昨夜は、花嫁は何も知らないほうがいいと母が言っていた男性だけのパーティーが開かれた。今日の披露宴は永遠にも思えるほど延々と続いた。

「眠ったほうがいいわ」クララはつぶやいた。「あなたを悩殺するために苦労したのが水の泡だけれど」

クララは、ノワロ三姉妹が、おそらくフランス流に〝隠しすぎない〟ように仕立てた官能的なネグリジェを着ていた。いつものシンプルで実用的な寝巻と違って、オリヴァーのシャツのようになめらかな上質のリネンで作られている。はしたないほど深い襟ぐりはレースで縁取られ、袖と裾をレースとシルクのリボンが飾り、身頃に蔓《つる》状のシルクの刺繍が施されていた。

クララは少しも眠くなかったので、何か読む物を探しに行った。

オリヴァーの両親はしばらく前から主寝室を使っていなかった。内装は豪華だが、書き物机の戸棚に並んでいる本は少し物足りなかった。小説や詩の類が一冊もないから、オリヴァーの蔵書に違いない。クララはため息をつき、ぼろぼろになったジョン・ウェイドの『大都市の警察と犯罪に関する論文』を取りだした。最初に事務所を訪ねたとき、オリヴァーに読むよう言われた本だ。

これならきっと眠気を誘うだろう。題名を読んだだけであくびが出る『大都市の警察と犯罪に関する論文――とくに少年犯罪、売春、虚言、賭博、文書偽造、引ったくり、押し込み強盗、盗品の故買、硬貨の偽造、詐欺・詐取、食品への不純物の添加などについて』。

これでようやく題名の半分だ。

ベッドの反対側に回り、脇テーブルに本を置いてからベッドに上がった。

膝の上に本を置く。

物音がうるさかったのだろう。オリヴァーが寝返りを打ってあおむけになり、両腕を上へ投げだした。ベストの前がはだけていて、透き通るほど薄いシャツ越しに黒い胸毛が見える。

それは腹部へと続いていて、その先はズボンで隠れていた。

クララは顔が熱くなり、心臓がバクバク音をたてた。

本をテーブルに戻した。

オリヴァーの腕を見つめた。リネンの下の筋肉の輪郭が、ろうそくの光でくっきりと浮かび上がっている。薄いシャツは鎖骨に張りつき、喉元が開いていて、くぼみがあらわになっていた。クララはそこに触れられたことを思いだした――指や、唇や、舌で。

あれはほんのはじまりにすぎなかった。それから……彼の指がクララの腿をなで上げ……もう少しで……。

そこでオリヴァーはやめてしまった。

ああいう行為がまだほかにもあるのだろう。母はそれを夫婦の愛情表現と呼んでいた。

クララは逃げだしたくもあったが、彼に――彼女の夫に惹きつけられる気持ちのほうが強かった。

わたしの夫。

永遠に。

突然、恐怖が緊張に取って代わった。

なんてことをしてしまったの？

クララはわき上がる激しい恐怖に目を閉じて、結婚式のことを思いだそうとしたが、その幸福な記憶は夢のようにはかなかった。

幸福。オリヴァーはクララを幸せにしてくれる。そのままの彼でいい。彼もありのままのクララを見てくれる。それから……オリヴァーの見た目や仕草が好きだ。声の響きも。チャリング・クロスで彼を見上げたあの瞬間から、どきどきさせられっぱなしだ。彼に見られたり、話しかけられたり、近くに座ったりするだけで、世界がよりよいものに思える。

それに、息苦しさが消えた。

だから、こんな取り返しのつかないことをしたのだ。

クララはふたたび目を開けた。

ろうそくと暖炉の明かりを浴びて、オリヴァーの髪が黒いシルクのように光っている。クララはかがみ込んで、なめらかな巻き毛にそっと指を滑らせた。それから、肩の線をなぞり、太い二の腕に手を置いた。あたたかい。繊細な手つきで、まるで彼がたくましい青年ではなくて壊れやすい磁器であるかのように、薄いリネンで覆われた胸をなでおろし……その下へ……。

顔が燃えるように熱くなり、それ以上進めなくなった。

オリヴァーの顔に視線を戻した。高い頬骨。尊大な鼻。あの日、チャリング・クロスでクララを見おろした顔。

顔じゅうにキスされたことをふと思いだし、そのときの感覚がよみがえった。クララは身をかがめ、彼がしてくれたことをまねて、顔に羽のように軽いキスを浴びせた。額に、こめかみに、眉山に。鼻に、頬骨のてっぺんに、えら骨に――そのそばにある唇にも触れずにははいられなかった。

不意にオリヴァーの手が伸びてきて、クララの後頭部をつかんだ。燃えるような激しいキスがはじまる。


クララの気配を感じて、オリヴァーは眠りから覚めた。目を開けようとしたところで、髪にそっと触れられるのを感じた。

クララがどうするつもりか知りたくて、じっとしていた。だが鼓動は静められず、屋敷の反対側まで聞こえそうな激しい心音が鳴り響いていた。しかし、彼女は体を引くことも手を止めることもなかった。オリヴァーは眠っているふりをして安らかな呼吸を続けた。

彼女に触れられているあいだ、手出しをせずにいるのは至難の業だった。それから、バラの花びらで顔をかすめられるような、うぶなやさしいキスがはじまった。そして唇が触れあった瞬間、五感が満たされた——彼女の香り、ぬくもり、呼吸や衣擦れの音。彼女がどこまでやるか興味はあったが、もはやじっと眠っているふりをすることはできなかった。

クララの頭をつかんでキスに応えた。深く、やさしく、むさぼるように——彼女が相手だといつも、さまざまな感情がわいてくる。激情にあちこちへ突き動かされ、客観性や理性は吹き飛んでしまう。クララがそばにいるときに、超然とした態度を保つのは不可能だ。

オリヴァーはクララと出会ってからずっと抑え込んでいた思いの丈を込めてキスをした。彼女と一緒にいるときに感じる喜び。抑えきれなかった欲望。手の届かない相手だという屈辱。彼女が死の淵をさまよったときの恐怖。彼女の父親に拒絶されたときの絶望。

あらゆる激しい感情をこのキスに込める一方、自分の感情とは思えないほど深い愛情によってやさしくなった。

クララの唇は太陽の味がする。その声も、笑顔も、目の輝きも、太陽の光を思い起こさせた。

彼女はあどけないのに、熟練している。まるでダンスのように——生まれたときからずっとふたりで踊っていたかのように、オリヴァーに合わせて舌を巧みに動かした。

オリヴァーはクララを引き寄せて腕を回した。そして、唇を合わせたまま寝返りを打って彼女の上になった。

クララがついに法的にオリヴァーのものになった。一刻も早く彼女を高みへ連れていったあと、肉体的にも自分のものにするのが彼の望みだ。

だがクララにとってははじめての経験だ。時間をかけてできるだけすばらしい体験にしてやらないと、オリヴァーや夫婦の営みに対して誤った認識を抱かせてしまうし、もともと苦難だらけに見えるふたりの未来がますます厳しいものになるだろう。

だから、ひどく興奮していて、待ちきれなかったにもかかわらず、唇を離して言った。

「それじゃあ、ぼくがもらった妻を見てみよう」

オリヴァーは体を起こすと、膝立ちになってクララを見おろした。

脚が長くてすらりとしている。肉感的な体つき。なめらかな肌。アクアマリンの目で飾られた完璧な顔。

肉感的な体つき——こんな言葉を使う機会もそれを鑑賞する機会もめったにない。よりによってレイヴン・ラドフォードが女神を手に入れられたのが、不思議でならなかった。

彼女が着ているものは、はじめてごてごてしていなかった。目が——男の目が自然と引き寄せられる場所はすべて、透き通るほど薄いリネンの切れ端で覆われているだけだ。

「免責条項を提示されたときにちゃんと見ればよかったのに」クララが赤面しながら言う。「牧師が異議がないか問うたときに」

「見たよ」オリヴァーは言った。「だが、きみはがらくたばかり身につけているから、ちゃんと見るのは難しかった。疑わしい点は好意的に解釈していたんだ」

「が、が、がらくた」クララが繰り返した。「ソフィーたちに言ったらどう思われるでしょうね」

オリヴァーは完璧な眉山に順にキスをした。「大丈夫だよ、マイ・レディ。きみでいい。きみなら弁護士の妻としてやっていける」体を引いて離れようとした。

「そんなにじらさないで」クララが両腕を上げる。「こっちに来て」

「だめだ」オリヴァーは言った。「きみにそんなことをされたら、まばたきする前に終わってしまう。そんなことになったらぼくを殺したくなるだろう」

「どうせときどき殺したくなると思うわ。ほら、来て」

オリヴァーは彼女の両腕をそっとおろした。

「キスはだめだ」

「ミスター・ラドフォード」

「オリヴァーと呼んでいいよ。レイヴンでも。その両方でもいい。ふたりきりなんだから」

「レディ・クララと呼んでいいわよ」クララが高慢な口調で言う。「マイ・レディでもユア・レディでも。ヘプタプラジエソプトロンでも」

「ありがとう、マイ・レディ」オリヴァーは言った。「それでは、奥さまはそこに横たわって、ぼくが促すまで手を出さないように――」

「じっと我慢しろと言うのね」クララが上掛けの上で手を握ったり開いたりしているのに、オリヴァーは気づいた。緊張しているのだ。見えないベールをかぶって、虚勢を張っている。

「思いつくままにしゃべっていいよ」彼は言った。

「本はある？」

「本？」

「このやり方を書いた本」とクララ。「ほら、第一に、第二に、第三にというように」

「本ならたくさんあるが」オリヴァーは答えた。「これはぼくが考案したやり方なんだ。完全な乙女に触れるのははじめてだし」

「誰がそう言った？」

オリヴァーは背筋を伸ばした。「違うのかい？　もし違うのなら、省略――」

「はじめてよ」クララがため息をついた。「こんなに時間がかかるものなら、二回目を経験するまで長生きできないかもしれないわね」

「どうかぼくにまかせて」

クララが笑った。

すると、日が差して薄暗い寝室を照らした。

オリヴァーは幸福のあまり心が舞い上がるのを感じた。しかし、めったにないことなので、それを幸福と呼ぶのかどうか確信が持てなかった。

「慣れていることからはじめよう」オリヴァーは彼女に馬乗りになると、身をかがめて鼻にキスをした。「こんなふうに」額にも。「ここも、ここも、ここも」そう言いながら、顔じゅうにそっとキスをした。

耳にキスされたあと、耳たぶを口に含まれると、クララはあえぎながら体をくねらせた。オリヴァーは耳のうしろの敏感な場所に唇をはわせ、首へとおりていった。

クララの肌の香りにうっとりする。いくらかいでも飽きることはない。頬を触れあわせると、花びらのようにやわらかくなめらかな感触だった。これにも飽き足りない。喉のくぼみにキスをすると、ネグリジェの深い襟ぐりからさらに刺激的な香りが立ちのぼった。胸元に頬ずりし、香りを胸いっぱいに吸い込んでから、唇でかすめる。欲望を脇へ押しやり、この瞬間の官能の歓びを堪能した。

クララは吐息をもらしながら、身もだえしていた。息が荒くなっていく。

オリヴァーは首から肩へと両手を滑らせ、胸のふくらみを包み込んだ。上質のリネンに覆われているが、濃いピンクの乳首が透けていて、それを強調するような刺繍が施されている。先端は彼の愛撫を受けてかたくなった。

「ああ」クララがささやく。「それは……いけない……けど……悪くないわ」

オリヴァーはリボンをゆるめて襟ぐりを引きさげ、完璧な胸をあらわにした。クララが目を見開き、顔から首まで赤くなった。

なめらかな曲線を唇でなぞりながらぬくもりと香りに酔いしれ、クララが歓びに身もだえする様子に満足した。バラ色の先端を口に含んでそっと吸うと、彼女はあえぎ、指を彼の髪に絡めて引き寄せた。

「ああ。すごい」クララの甘美な声は歓びと驚きに満ちていた。

彼女はただの人間の男にはもったいないくらい完璧で、感じやすい。

オリヴァーはいまにも心臓が止まりそうだった。

「やめないで」クララがささやく。

多くの人間がオリヴァーの殺害を試みて失敗したが、ついにクララがなし遂げるだろう。

レイヴン・ラドフォードは結婚式の夜に死ぬことになる。

クララは前にもオリヴァーにキスされた。触れられたこともある。そして、歓びと興奮を感じた。

でもこれは、あのときの感覚をはるかに超えている。あのとき彼女は未知の世界の国境につたように思えた。半分しか生きていなかったように。自分の体には秘密が隠されていたのだ。

オリヴァーのキスと愛撫に、体の隅々まで、外も中も震えた。

彼に吸われると、みぞおちが引っ張られる感じがした。いろいろな場所をまさぐられ、体じゅうがぞくぞくする。じっとしていることができなかった。思わず声が出る。全然レディらしくない小さな叫び声や、うめき声。快感の波が次から次へと押し寄せた。

心と体がこんなふうに反応できるなんて知らなかった。想像できるはずがない。肌に顔を押し当てられる感触なんて。男らしい香りに満たされ、何も考えられなくなる。世界が狭まり、そこにはオリヴァーとクララしかいなかった。慣れ親しんだ感覚とあたらしい感覚だけがあり、激しい快楽に身もだえした。

ネグリジェをウエストまで引きさげられても、もう恥ずかしくなかった。波のように押し寄せる感覚に圧倒されていた。オリヴァーの手の動きと唇の感触に、慎みはどこかへ行ってしまった。

クララはベッドの上掛けを握りしめ、オリヴァーに言われたとおりにしようとした。これに関しては、彼のほうが慣れているのだから。けれども、おなかにキスをされると、もうじっとしていられなくなった。彼に触れずにはいられなかった。

両手を上げ、なめらかで豊かな黒髪に指を通した。クララの手の下でオリヴァーが震えるのを感じた。だが彼が動きを止めたのは、ほんの一瞬のことだった。腹部にキスを浴びせたあと、ネグリジェをさらに引きさげ……体を下へずらして……またキスをして……キスをして……クララの脚を広げ……クララの膝が勝手に曲がって……彼が唇を押しつけた。

あの場所に。

クララは目を見開いた。頭上の濃い青色の天蓋に施された金の刺繍が、ろうそくと暖炉の明かりを受けてかすかに光っている。星も見えた。まるで空にいるかのように目の前で輝いている。でも違う。空は水のようで、星が反射していた。飛んでいるのではなくて、泳いでいるのだ。歓びともどかしさを感じながら、まだ見ぬ世界へどうしても行きたかった。

クララはふたたび両手をおろして目を閉じた。

熱い舌が触れた。クララは身も心も興奮し、じっとしようとしても体が震えた。舌に指が加わる。クララは上掛けをぎゅっと握りしめ、快感の波に揉まれながら流されないようしがみついていた。

感覚が研ぎ澄まされ、さらに熱く激しい波にのまれ、わけのわからない感情でいっぱいになった。クララは叫んだ——言葉にならない、本能的な叫びだ。脚が震える。オリヴァーの肩をつかんで引っ張り上げようとした。ひとつになりたかった。彼は理解し、ふたたび唇にキスをした。クララは情熱と、愛と、荒々しい切望を込めて応えた。

手が勝手にオリヴァーの肩を、背中を、腕をまさぐった。シャツをつかみ、ズボンから引きだそうとする。肌に触れたかった。彼がクララに触れたのと同じように。

「クララ」かすれた声が聞こえた。

「どうすればいいかわからない」クララは言った。「これを脱いで」

オリヴァーが含み笑いをして立ち上がった。ベストを脱いで脇に放る。ズボンからシャツを引っ張りだすのを、クララはぎこちない手つきで手伝った。

オリヴァーがシャツを頭から脱ぎ捨てた。クララは彼の胸に両の手のひらを当てた。ろうそくの明かりを浴びて金色に輝いている。かたくて、あたたかくて、まるで大理石の彫像に命が吹き込まれたかのようだった。力強さを感じる。クララに触れられて、筋肉が緊張するのがわかった。両手を滑らせ、新大陸を発見した探検家のごとく彼を探った。

クララにとって、オリヴァーの体はまさに新世界だった。

子どもの頃に男の子たちの体を目にする機会はあったし、全裸の彫像も見たことがある――ハイド・パークにあるアキレス像がもっとも有名で目につく。けれども、大人の男性の生身の体を見るのははじめてだった。この先、何が明らかにされるのか見当もつかない。同じように体じゅうをまさぐられて、頭がくらくらした。

いろいろな場所にキスをするオリヴァーをまねて、彼の首や、肩や、届くかぎりの部分に唇を押し当てた。彼の息が荒くなっていく。クララの息も。肌が燃えるように熱い。彼女も体の内側から熱くなっていた。

オリヴァーの手がおなかから脚のあいだへとおりていく。クララは恥ずかしげもなく脚を開き、自らをさらけだした。まったくあたらしい体験を、さらに求めていた。体が期待に震えた。

彼が体勢を変えようと手を離した瞬間、クララは思わず叫びそうになった。

オリヴァーが言った。「もう我慢できない、マイ・レディ」

衣擦れの音がしたものの、クララは正気を失いかけていて、なんの音だかわからなかったし、どうでもよかった。彼が手を離してどこかへ行ってしまったということしか頭になかった。

「お願い、まだやめないで」

オリヴァーがズボンがどうのとつぶやいた。彼はズボンを脱ごうとしているのだ。クララは何が行われているのかようやく理解し、見てみたかったけれど、恥ずかしさが勝った。彼の上半身と、顔に視線を据えていた。

彼がかすれた低い声で言う。「いままでのが第一と第二で、これからが第三だ」

オリヴァーが戻ってきて、クララの脚のあいだをなでた。それから中に入ってきた。クララは身もだえし、震えながら、体が服従するのを感じ――。

彼が突き入った。

「ああ！」クララは驚き、狼狽した。痛いものなの？

母がなんと言っていたか思いだせなかった。

ふたたび激しいキスをされた。胸をなでられ、揉まれると、歓びが込み上げて燃えるように熱くなる。切望がよみがえり、さっきよりも強く何かを求めていた。

オリヴァーが中に入っている。最初に感じた痛みは引いたけれど、心地よくはなかった。だが彼女の体が心地よくなろうとしていて、勝手に動く。彼のうめき声が聞こえた。

「クララ、これ以上――」

「待って、コツがつかめてきたの」

オリヴァーが笑い声ともうめき声ともつかない声をあげた。

クララは頭がくらくらし、体が本能に支配された。それでも、レディとしてできることを考えた。

お客さまに気を使わせない。

「もう大丈夫」声が震えていたけれど、威厳を保とうと努力した。「続けていいわよ、ミスター・ラドフォード」

彼がふたたび苦しそうに笑ったあと、何度もキスをした。それから腰を動かしはじめた。

クララはこれまでにない刺激を感じ、体に血がめぐり、鼓動が激しく打つのがわかった。そういった単純な身体感覚とともに、おびただしい感情に襲われた。喜び。驚き。やさしさ。強い愛情。そして、飢えと同じくらい原始的な渇望。

クララはオリヴァーの体をまさぐらずにはいられなかった。お尻まで触った。切望が羞恥心を打ち負かし、夫の形と感触を知った。キスをしたときと同じように、彼に合わせて腰を動かし、次第に学んでいった。

あまりにも激しい快感に、爆発してしまうのではないかと思った。遠くの目的地へ向かって、歓びの波にどんどん押し流されていく気がした。かろうじて見える岸に引きつけられる船のように。突然、クララは岸に着いた。震えながら、オリヴァーもまた震えているのを感じ取り、甘い感覚が体を突き抜けた。

しばらくすると、波頭から流れおりて、オリヴァーの腕の中にいた。クララは安らぎに包まれ、やっと家に帰ってきたような、無事に向こう岸にたどりついたような気分だった。

15

「リッチモンドはロンドンから約一五キロメートル離れたサリー州にある村で、間違いなく英領一上品で緑豊かな、絵のように美しい場所である」

『ロンドンのあたらしい風景』（一八三四年）サミュエル・リー発行

やがて興奮がおさまり、眠りに落ちかけていたオリヴァーは、物音にはっとした。

雨だ。

日中は日が照ったり陰ったりの繰り返しで、まるでクララと出会ってからの彼の心を表しているかのようだった。

そしていま、雨が窓に打ちつけていた。

雨の日に、窮屈な馬車に乗り込んで、クララの香りに包まれたことを思いだした。

いまはどこもかしこもクララの香りがして、それにオリヴァーのにおいと行為の残り香がまじりあっている。腕の中にいる彼女はあたたかく、やわらかくて、完璧だった。

彼の妻。ぼくの妻。

まだ実感がなかった。とにかくへとへとで、何も考えられない。

そっと腰を引いた。クララは眠っていると思ってふたたび抱き寄せようとしたとき、目が開いているのに気づいた。天蓋をじっと見上げている。

オリヴァーが柄にもなく途方に暮れていると、クララが視線を彼の顔に向けた。

「お母さまの口が重かったのも無理ないわね」くぐもった声で言う。「こんなこと説明できないわ。こんなに個人的なことを、誰かに説明するなんて」

オリヴァーはうめき声をこらえた。

彼はいい花婿になりたかった。それどころか、よりよい自分になろうと決意していた。疲れきっていまにも倒れそうだったが、クララが長い時間をかけて着替えているあいだ、起きていようとしたのだ。脱がせるのも楽しいが、小間使にまかせたほうが賢明だとわかっていた。疲労のあまり、手の込んだ花嫁衣装をだめにしてしまうのが落ちだったろう。失敗は許されない。今夜は彼女にとって完璧な夜にしなければならなかった。彼と一緒になるために彼女が捨て去ったものの大きさを考えれば。

刺激的で楽しい、できるだけ苦痛のない初体験にしてやろうと心に決めていた。清らかで、積極的で、愛情深くて、息をのむほど美しいクララを前にして自制心を働かせながら、自分に課した仕事がヘラクレスのような超人的な力を要することをさっぱり理解していなかった。

いや、ヘラクレスなどどうでもいい。オリュンポスの神々だって、同じ状況に置かれれば自分を制するのに苦労しただろう。

オリヴァーは意志の力を振りしぼって、クララの準備が整ったと確信できるまで待った。そして、すべてうまくいった。彼は死ぬ思いだったが、彼女は痛いはずの瞬間でさえ、それほど苦痛を感じていない様子だった。そしてそのあとはずっと……進んで受け入れてくれた。情熱的で……愛に満ちていた。

だがいま、オリヴァーは呼吸をするのがやっとなのに、クララは話をしたがっている。

「クララ」

「ミスター・ラドフォード」クララが微笑んだ。

その笑顔を見せられれば、どんな男も決意も覆すだろうし、脳みそがとろけてしまうだろう。

オリヴァーは言った。「少しだけ寝かせてもらえれば――三〇分でいいから、そのあとでなんでもきみの好きな話をしよう。だがいまは――」

「わかってるわ」クララがさえぎった。「死ぬほど疲れているんでしょう」

「きみのせいじゃない、誓って」

「そうだといいけれど。もし、これだけのことを乗り越えたのに、すでにわたしのことがいやになってしまったのだとしたら、あなたを殺すべきね」

「それでも、きみを有罪にする陪審員はこの世にいないだろう。きみが青い大きな目をぱちぱちさせようとさせまいと」オリヴァーは目を閉じまいと努力しながら、つぶやくように言った。「正当殺人という評決が下される。きみは無罪放免となり、また別の男を殺しても、やはり罰を逃れるだろう」

「そうね、陪審員は全員、男性だから。わたしが言いたかったのは、あれだけ忙しい日々を過ごしてきたのに、あなたが結婚式のあいだ立っていられたのが不思議だったってこと。ちょっかいを出さずに寝かせてあげるべきだとわかっていたのに……どうやら自制心が足りないみたいね。とにかく、もちろん、寝ていいわよ。ふたりとも眠ったほうがいいわ。わからないんだけれど、わたしたち一緒に寝るの？　それとも——」

「きみさえよければ、一緒に寝よう」

「ありがとう、ミスター・ラドフォード。異存はないわ。でも、またあなたに教えてもらわないとね。男性と一緒に眠るのははじめてだから」

「じゃあ、まずは」オリヴァーは上掛けを引き上げ、横向きになってクララを引き寄せた。

「スプーンみたいに重なりあって寝てみよう」

「すてきね」

オリヴァーは彼女をさらに引き寄せた。ヒップを押しつけられた下腹部は、たちまち元気を取り戻した。

「まあ！」クララが驚いた。

「気にしないで」オリヴァーは言った。「こいつは脳がほんの少ししかなくて、全力でぼくをくたくたにさせようとしている。ぼくは若くて健康で、最高に魅力的な妻がいるが、頭にずっと大きな脳が入っているから——」

「第一に」クララが笑みを含んだ声を出した。

「第一に、思いやりのある夫は、新妻に休む時間を与える」オリヴァーは言った。「第二に、こんなに疲れきっていては、下手な仕事しかできないだろう」

一瞬の間のあとで、クララが小さな声で言った。「わたしは何も知らない」

「幸い、ぼくと結婚したから、なんでも正確に教えてもらえる」

「なんでも」クララが繰り返した。

「きみが知りたいことはなんでも。きみが知らなくてもいいこともいくつか」

オリヴァーは彼女に教えるのがこれほど楽しみになるとは思ってもみなかった。

目を閉じて、クララのぬくもりとやわらかさを味わうと、まもなく眠りに落ちた。

その後

オリヴァーが最初に気づいたのは、あたたかくてやわらかい女性がぴったりとくっついているということだった。その瞬間、体は完全に覚醒し、そのあとで、まだ真っ暗で夜明け前だということを頭で理解した。

それでも頭はじゅうぶんよく働いている。

考えることがたくさんあった。決断しなければならないことが。

父は結婚式の騒ぎに立派に耐えたが、いまは安静が必要だ。問題は、オリヴァーが身分の高い相手と結婚したから、親戚が恩恵を求めて押し寄せてくるに違いないことだ。まずは衰弱しているから落としやすいと考えて、オリヴァーの父親に取り入ろうとするだろう。

オリヴァーは両親のそばにいなければならない。それで、彼とクララがどこに住むべきかという問題が生じる。彼の友人や家族が自分たちの家を使っていいと言ってくれている。クリーヴドン公爵もそのひとりだ。みんな家が余っているらしい。

だがオリヴァーは、いとこにモルヴァン・ハウスを貸してもらうのには抵抗があった。今回ばかりは、プライドにとらわれているわけではなかった。クララにとってはそれが一番かもしれないし、ついでに言えば、屋敷も空き家にしておくより誰かが住んだほうがいい。

それでも、あそこに住むとなると、莫大な経費がかかる。

彼の収入はレディ・ウォーフォードが想像していたよりもずっと多いのだが――侯爵はあらゆる点においてデュー・デリジェンスを怠らなかったため、さほど驚かなかった――宮殿のようなロンドンの屋敷に使用人を置いて維持できるほどではない。

すぐに計画を立てなければならない。親の家で暮らすのは当座しのぎの策だ。とはいえ、興奮状態の親戚に対応できるよう、近くに住む必要がある。ロンドンとリッチモンドのあいだのどこかに適当な場所があるに違いない。ケンジントンとか、ロンドンの郊外に。

新婚旅行はどうしよう？　いつまでも先延ばしにするつもりはない。クララがヨーロッパ大陸に行きたがっているのを知っていた。はっきり口に出したことはないが、誰かからパリやヴェネツィアやフィレンツェの話を聞くたびに、クララが憧れのまなざしをするのをオリヴァーは見逃さなかった。ほかの人なら気づかないだろうが、オリヴァーにとっては、店のドアに金文字で書かれた〝メゾン・ノワロ〟と同じくらい明白だった……あの店にクララは何千ポンドも費やした。彼女の父親にしてみれば小銭にすぎないだろうが。

天気のいい時期になったら……。

クララが体をすり寄せてきた。

オリヴァーは思考が吹き飛んだ。

彼女の首に鼻をすりつけ、腕をなでおろしてから胸を包み込む。クララが眠ったままうめき声をもらした。官能的なウエストの曲線から腹部へ、さらにその下まで手を滑らせると、彼女が身動きした。

「起きたの？」クララがつぶやくようにきいた。

「きみは寝ていていい」オリヴァーは言った。「ぼくがひとりでなんとかするから。きみは筋肉ひとつ動かす必要は……少しだけ動かしてくれればいいから」

クララの脚のあいだにある甘美な場所をさすった。とてもやわらかくて、ベルベットに絹糸がついているみたいだ。オリヴァーは体がかっと熱くなり、手が震えた。

「はじめてのときほど長くは持たないよ」彼は断った。

「ああ、すごい」クララが身を震わせ、うめき声が吐息に変化した。「ずっと短くなると思う」

オリヴァーは両膝を彼女の脚のあいだに滑り込ませた。まるで嵐に襲われたかのように、欲望で頭

美しい曲線を描くヒップを太腿の上にのせた。

が混乱する。手に負えないほうの自分に乗っ取られ、突き動かされていたものの、はやる気持ちを抑え込もうとした。首筋に、肩に、腕にキスをする。腿から腹部、胸へとなで上げたあと、今度はなでおろした。両手の感触と、クララが身もだえし、うめきながら、それと知らずにオリヴァーを急きたてる様子を楽しんだ。

いくら触れても触れ足りないのに、いますぐ中に入りたかった。混乱した頭で一度目のことを思いだした――純潔、理解、愛情、そして欲望。クララは女である自分を発見しつつあった。オリヴァーは女としての、妻としての彼女を発見した。

ぼくの妻。

手を脚のあいだに伸ばして確かめると、濡れて準備ができていた。さらにこすると、息をのむ音が聞こえた――軽く達したのだ。オリヴァーは中に入った。とてもきつくて、水のように彼を包み込み、彼に合わせて形を変える。動くたびに感覚が鋭くなっていく。耐えがたいほどの歓びだった。

「コツがつかめてきたようだね」息を切らしながら耳元で言った。

「ああ、わたしのレイヴン」クララがささやく。「あなたもね」

オリヴァーはくぐもった笑い声をあげたあと、ふたたび腰を動かした。突いたり、引いたり、じらすように動いたが、すぐに余裕がなくなった。ふたりでリズムを見つけた。ふたりのキスのやり方を見つけたときのように、互いを思いやり、学びあった。

自分がこれほど誰かを思いやれる人間だとは思ってもみなかった。

だが、思いやれないはずがない。クララはオリヴァーのために生まれてきて、彼は彼女のために生まれてきたのだから。まったく非論理的な考えだが、理性などどこかへ行ってしまった。ここにいるのは男と彼の新妻で、ここで大事なのは愛情や欲望、歓びを与えあうことだ。

愛しあうふたりのダンスはどんどん速くなった。オリヴァーは興奮のあまり頭がぼうっとしていて、何も考えられなかった。美しい嵐の中、ふたりで馬を駆っている気分だった。もっと速く。嵐に襲われるまで。クララがのぼり詰め、体を震わせるのを感じたと同時に、自らも雷に打たれたかのように震えた。

これが愛だ。唯一の愛。いまはそれ以外のことはどうでもいい。嵐が静まると、オリヴァーはクララを抱き寄せ、もう一度眠りについた。

「あなたの考えが聞こえる」クララは言った。

どうして目が覚めたのかわからない。遠くからかすかに聞こえてくる使用人たちが忙しく立ち働く物音のせいか、暖炉の火をかきたて、カーテンを開けるために入ってきた女中の足音のせいか。あるいは、太陽の光とか、まったく別のもののせいかもしれない。なんにせよ、眠りから引きずりだされ、自分がひとりではないことに気づいた。

「そんなはずない」オリヴァーが言う。「物理的に不可能だ」

「そうだけど、わたしの胸を触る手つきでわかるのよ。気もそぞろだから」

「きみの胸がぼくの気を散らすんだよ」

クララは彼のほうを向いた。

「これでますます気が散る。ふたつの胸が丸見えだから」オリヴァーが胸のふくらみを順になで、クララの欲望をかきたてた。「しかも、すばらしい胸が」

「よかったわね、そんな胸と結婚できて」クララは大胆な物言いをしてみたものの、たちまち真っ赤になるのがわかった。まだ自分が純潔を失ったことに慣れていない。

「そうだな。それとここも」オリヴァーがクララのおなかをなでた。「ここも」彼の手が下へ伸びてきて、クララははっと息をのんだ。

オリヴァーが手を離して言った。「やめておこう。ゆうべ、もっと時間をかければよかった。処女の体なのだから」

「わたしはもう生娘じゃないわ」クララは反論した。「既婚女性よ」

「まだはじめたばかりだ」オリヴァーが言う。「少し休まないと。そうしないと、炎症が起こって不快感を覚えることがある。きみを看病した経験はあるが、あのときのきみは衰弱していて無力だった。そんなときでさえ、ぼくを殴ったんだ。思いきり。炎症が起こったらきみが不機嫌になって、鈍器でぼくを殴る可能性がある。身体的な暴力を避けられたとしても、きみに何カ月も、あるいは二度と触れさせてもらえないかもしれない」

「炎症？　そんなこと誰も言ってなかったわ」母は具体的なことはほとんど教えてくれなかったけれど。

「慎重にやれば、知る必要のないことだ。そうだな……少なくとも午後まではやめておこう。夜まで待ったほうがいいかもしれない。暖炉の前で、ろうそくをともして夜食をとろうと考えていたんだ。それから、きみの足元にひれ伏して、つま先から上に向かってなめていく」

クララはぞくぞくした。「それがさっき考えていたこと？」

「きみ以外のことを考えなければならなかったから、計画を立てたんだ。未来の」

「いまのところは面白そうな計画だわ」

「細かいこともいろいろ考えたが、きみを驚かせたいから言わずにおこう」

オリヴァーは一瞬、明確な間を置いてから言葉を継いだ。「もっと実際的なことも考えていたんだ」

「あなたは考えすぎだと思うわ」クララは言った。「でもどうしようもないんでしょうね。脳が大きすぎるから、つねに働いていたがるのよね。ほかの人より退屈しやすいんじゃない？」

オリヴァーが肩肘を突いてクララを見た。「ああ。きみはぼくを楽しませつづけるのに忙しくなる」

「結婚の誓いの言葉にそんなのあったかしら。〝従う〟はあったわね。一番目に。でもわたしはそのあとに心の中で長い長い注釈をつけたの」

「ちっとも驚かないよ。ぼくに〝尽くす〟というのもあっただろう」

「ええ、それにも注釈が必要だった。それから、愛するとか、敬うとか、あなたを守るとか、あなただけに忠実であるとか、全部覚えているけれど、牧師はあなたを楽しませつづけろなんて言わなかったわ」

「〝尽くす〟の部分だ。細則がついていた」

「そんなのついていなかった」

「うっかり聞き逃したんだよ。きみは何度か目をつぶっていただろう」

「涙をこらえていたの」

「それはそうだ。あの時点で後悔しても遅すぎる」

「茶化さないで」クララは言った。「いろんな感情が込み上げてきて、泣きだしそうだったのよ。笑いだしたくもあったけれど、レディが自分の結婚式で、招待客の前で俗っぽい感情に浸ることは許されないの。王族もいたらなおさら。あなたがあまり気にしていないといいんだけれど。お母さまがお呼びしたがったのよ。ひけらかすために」

「わかってる」オリヴァーが言った。「きみが選んだ相手に満足したふりをしているんだから、母上も必ずしも悪い人じゃない――それほど悪い人じゃないかも」

クララは体を起こした。オリヴァーの考えていることは見当がつく。いずれは決めなければならないことがいくつかあるが、今朝はいい天気だし、結婚式の翌日だし、夫と愛を交わすことができた。二度も。

話し合いはあとまわしにしてもかまわない。

クララは威厳たっぷりに手を振った。「お母さまの話をする気分じゃないの。おなかがすいてきたし、早く何か食べさせないと怒りっぽくなるわよ」亡き祖母のまねをして、尊大に眉をつり上げる。「もちろん、あなたの計画には、妻のためのおいしい朝食も含まれているわよね、ミスター・ラドフォード？」

議論は午後、リッチモンド・パークで馬車に乗っている最中にはじまった。議論にならなくとも、ドライブはしばらく時間をつぶせる。それから近くの店で食事をする予定だった。そのあとは、約束の夜食までの長い時間を紛らすために、何かすることを見つけなければならない。

オリヴァーとの議論は頭を目いっぱい働かせる必要があるため、夜のお楽しみについて考えないようにするうってつけの方法だ。

クララのキャブリオレをオリヴァーが操った。デイヴィスや馬や馬丁と一緒に、婚家についてきたのだ。

馬車はクララが御しやすいように作られていて、座席が低すぎたにもかかわらず、オリヴァーは予想どおり精密に操縦した。彼にとってはなんでもないことだった。

オリヴァーの操縦が完璧なのは、当然、操縦技術を熱心に学んだからだ。彼はなんでも徹底的に学ぶ。人の表情だろうと、地点間の正確な距離だろうとその距離を行くのに要する時間だろうと、銀についた傷の鑑定法だろうとなんでも。レイヴン・ラドフォードは歩く百科事典だ。

クララはオリヴァーの知性にのぼせ上がっていた。もちろん、彼の体も大好きだし、その体に何ができるかほとんど知らなかったときから称賛していた。とはいえ、体の関係はまだはじまったばかりで、脳のほうがつきあいが長い。彼の頭がクララの関心を引いたのだ。たぶん、ヴォクソールではじめて会った日から。彼の知性がクララを刺激し、奮起させ、彼女の力を最大限に引きだした。

オリヴァーと知恵比べをするのは刺激的だ。意志を戦わせるのも。

「モルヴァン・ハウス？」クララはおだやかにきき返したが、本当は叫びたかった。〝頭がおかしくなったの？　わたしの愛するすばらしい頭が？〟自制心を保てたのは、レディとしての長年の訓練の賜物だ。

「空き家になっているんだ」オリヴァーが言った。

「驚かないわ」クララは彼のすばらしい頭が考えていることを読み取ろうとした。「最後の賃借人は滞在中の小国の君主だった。珍しく貧困に陥っていない国王のいとこのひとりよ。あそこに使用人を置いて維持するには公爵の収入が必要だわ。でも公爵はみんなロンドンに自分の屋敷があるから、わざわざ借りたりしないし」

「バーナードはロンドンが嫌いなんだ。それに、自分以外の誰かや何かがどうなろうと気にもしない」オリヴァーが言う。「広々とした立派な屋敷なんだ」

「あれだけ広いと、最低でも三〇人は使用人が必要よ」

「モルヴァン・ハウスを知っているのか？」

「もちろんよ。公爵の屋敷についても勉強したんだから。管理するのに何が必要かも知っているわ」

「きみにふさわしいと思ったんだ」

クララはオリヴァーを見つめた。人一倍大きな脳を持っているのに、ふつうの男みたいに鈍感なときがある。

「おお、最愛なるミスター・ラドフォード、わが人生の光よ」クララは言った。オリヴァーはクララをにらんだが、唇がかすかに引きつっていた。「なんだい、いとしい人？」

「あの日、ミスター・ウエストコットの執務室でわたしが見せ場を作ったとき、あなたもその場にいたでしょう？　お母さまが最高に神経が張り詰めている様子を、見事にまねしたときよ。わたしの熱弁はあなたの頭を通り抜けてしまったの？　開いた鎧窓《よろい》を吹き抜ける空気のように？」

「全部鮮明に覚えているよ」

「一言一句覚えているんでしょうね」クララは言った。「だからこそわからないの。あれを聞いたあとで、わたしをモルヴァン・ハウスに住まわせようなんて考えがいったいどこから生まれてくるの？」

「きみはアパートメントには住めない」

「その理由がわからないわ」本当はよくわかっていたけれど、オリヴァーがそう考えるにいたった経緯を理解したかった。

「理由なら前にきみが示してくれた」オリヴァーが言う。「きみはストッキングのはき方も知らないし、ボンネットのひもをほどくのもひと仕事――」

「デイヴィスがいるわ」クララはさえぎった。

彼の唇が目に見えて引きつった。

「何がおかしいの？」

「きみはぼくの――そのー、宝だ。きみはしゃれたキャブリオレと、それを引く立派な馬と、その両方の面倒を見てくれる馬丁と一緒にお嫁に来てくれたんだから」

キャブリオレはクララにとって、自由とある種の力の象徴だった。「わたしが持ち込んだものが気になるならそう言ってくれればよかったのに」

「全然気にしていないよ」オリヴァーが否定した。「戸外で馬車に乗るのは気分がいいし、ある程度の技術が必要で脳を刺激してくれる。それに、馬車はある程度の自立をもたらす。きみの馬車や最愛の使用人たちを置いてきてほしいなんて絶対に思わないよ。だがこれは、きみが慣れ親しんでいる生活のほんの一部にすぎない」

「その生活が嫌いなのに」クララは冷静に言った。「息が詰まりそうだった」

「おお、わが幸福の輝かしきものよ」オリヴァーが続ける。「それはよく理解している。だからといって、きみが自分でも認めているとおり、これまでずっと甘やかされて生きてきたという事実に変わりはない。きみの言いなりになる大勢の使用人がいない生活がどんなものか、きみはわかっていない。デイヴィスに洗濯をさせるつもりか？　それとも洗濯屋に持っていかせるか？　食事の準備やあと片づけや食器洗いは誰がやるんだ？」

「デイヴィスでないのはたしかね」クララは答えた。小間使はそのような卑しい仕事はけっしてしない。「でも、あなたのところに掃除に来る女性がいるでしょう」

「一応は」オリヴァーが言う。「だがいまは料理の話をしているんだ」

「レディは料理をしないの」クララはきっぱりと断言した。「厨房に近づくことを許されていないのよ。何より、使用人たちが邪魔されるのをものすごくいやがるの。でも、献立を作成したり、家政婦に指示したり、料理人にメモを渡したり、そういうことならできるわ」

「それなら、誰が奥さまのおいしい食事を作るんだい？」オリヴァーがきいた。「父は母に長い時間をかけて洗練されたおかげで、フランス人の料理人を雇っている。だが、ウェストコットとぼくは近所のレストランへ行くか、忙しかったり、天気が悪くて外に出る気になれなかったりするときは、そこから料理を取り寄せているんだ」

「とても楽しそう」クララは言った。「くつろいだ気分で打ち解けて食事ができるわ。始終そばにいる使用人たちに、じっと見られたり話を聞かれたりせずにすむもの。彼らはみんなが思いたがっているような透明人間なんかじゃないわ」

「きみはくつろいだ気分でウェストコットと打ち解けたかったんだね」オリヴァーが言う。

「知らなかった」

「既婚男性はもっと広い部屋を使わせてもらえるんでしょう」

「たとえそうだとしても、ウェストコットがどうしようもない顧客のことでぼくを困らせようとふらっと立ち寄ったりするから、手狭になるかもしれないよ。それに、デイヴィスと馬丁のコルソンの部屋も必要だろう。いまだって、もし彼が聞いていたら――」

「コルソンはあなたみたいに人間離れした鋭い感覚を持ちあわせていません」クララはさえぎった。「第一に、馬車の幌《ほろ》は上げてあるから、声がくぐもってよく聞こえないでしょう。第二に、馬や車輪の音や外の喧騒のほうがうるさいわ」

「いずれコルソンに伝わる」オリヴァーが反論する。「インナー・テンプルのアパートメントに引っ越すなんていう計画を知ったら、すぐに別の仕事を探すだろう。きみは喜んで下層におりてくるかもしれないが、コルソンは快適なウォーフォード・ハウスの勤め口を手放したいとは思わないに決まっている」

クララはねつけるように手を振った。「とにかく、無意味な議論だわ。おお、わが地平線の太陽よ。あなたの妻みたいな甘やかされた子どもがアパートメント暮らしができないのはわかりきったことよね。でもモルヴァン・ハウスは分不相応だわ。極端なのよ」

「ぼくはどっちかというときみをモルヴァン・ハウスに住まわせたい」オリヴァーが言う。「きみがバーナードと結婚せずに、バーナードと結婚しているようなものだ。きみの気質や訓練や能力を生かせる」

「あなたの世話をすることでじゅうぶん力を発揮できるわ」クララは説得にかかった。「あなたのお母さまがお父さまを洗練させたと聞いて励まされたわ。とても時間がかかって、忍耐力だけでなく狡猾さも必要になると思うけれど」

「必要なのは格別に強い意志だ。きみは持っているだろう」

「ええ、もちろん。そうでなければ、あなたと結婚していないでしょう。問題を論理的に考察しません、弁護士さん？」

「きみと一緒にいると、ときどきぼくの論理がおかしくなるんだ」オリヴァーが言う。「ふたりきりのときに何をしようかなんて考えが頭に浮かんだときはとくに」

まるで熱の蔓が全身にからみついたかのごとく、体が熱くなった。クララは落ちつきを取り戻すために、すばらしい景色を見まわした。秋の終わりなのに、まだ青々としている。多くの木が葉を落としているとはいえ、常緑樹や耐寒性の低木が公園を明るくしていた。

「あなたの魂胆はわかっているわ」クララは言った。「わたしに分別を失わせる作戦でしょう」

「効果はあったかな？」

「少しは」

「それなら、あの茂みに隠れて、こっそりいけないことをしよう」オリヴァーが言う。「だが……ちょっと待てよ」

「どうしたの？」クララはがっかりした。

「ぼくを――あるいはきみの手袋を憧れのまなざしで見るのはかまわないが、きみの周囲をかぎまわるのは許せない。茂みの近くに怪しい動きをしているやつがいる」

クララは彼を見上げ、帽子の下からはみでている黒い巻き毛に目を据えた。「恋人たち?」

「いや、ひとりだけ。ものすごく場違いなやつだ」

オリヴァーは何かの気配を感じてふと目をやった。シカか犬か、リスでも茂みを横切ったのだろうと最初は思った。だがいまは、小柄な人間だと確信している。動作が敏捷《びんしょう》なので、おそらく少年だろう。

オリヴァーが馬車をゆっくりと走らせるあいだに、少年は茂みから飛びだして、大きな木の陰に隠れた。じつにすばしこい。目を凝らして見ていなければ、気づかなかっただろう。

「場違いって?」クララがわざとらしく憧れのまなざしで見てくるので、オリヴァーは落ちつかない気分になった。

〝おお、わが人生の光よ〟まったく、楽しませてくれる。

「すばしこくて隠れるのがうまい」オリヴァーは言った。「公園にいる恋人たちをのぞき見して楽しんでいるだけか、何かのゲームをしているか、悪事を企んでいるのかもしれない。だがあの少年は……」

記憶をたどった。「前に見たことがある気がするんだ。少年なんて毎日大勢見ているが。しかし、あの服。あれはこの辺の子が着る服じゃない。それに、ひとりで行動しているようだ。中流階級以上の子はこの広い公園だろうとどこだろうと、付き添いなしで歩きまわったりしない。少なくとも、男の子なら友だち同士でつるむはずだ。少年だという確信があるわけではないが。小柄で敏捷な男かもしれない」

「この先の曲がり角を曲がれば、公園の奥に入る」クララが言う。「道が広がっているから、その子がまだつけてきたら見つけやすくなるわ。木々の隙間が大きく開いているところもあるし。ずっと隠れてはいられないでしょうから、横目で確認できるわ」

すでに横目で確認したのだが、美しい妻に目を奪われてしまいそうだった。

彼女が着ている深緑色のケープは〝すばらしいもの《メルヴェイユ》〟と呼ばれているそうだ。女性が昼も夜もよく使うケープは、紳士用の上着の襟をばかでかくしたようなもので、ベルベットの飾りがついている。ケープの袖の隙間から、ドレスの巨大な袖がわずかに見えた。ケープの隙間はテントの開口部に似ていて、そこから手を伸ばせるようになっている。

ピンクの帽子のてっぺんから小さめのハナエンジュの枝が突きでている。装飾はその枝と、ケープの襟元のひだ飾りと、あちこちについた蝶結びだけだ。いつものデコレーションケーキのような飾りと比べるとずいぶん簡素で地味だが、いつものように軽薄で女らしく見える。脱がせるのが楽しみだ。そのためにはデイヴィスを殴り倒さなければならないかもしれないが。

だが、そんなことを考えている場合ではない。

いまは尾行者について考えなければならない。

少年の服装や動きは、ロンドンに関係がある。

その理由はまだわからない。ときおり、理由がわからなくても物事が見えることがある。

この現象について論理的に説明するのは難しいし、解き明かそうとしたこともなかった。ただ心に留めるだけだ。

クララの指示に従って、オールド・ロッジにつながる道を曲がった。「この公園に詳しいんだね」

「お祖母さまが馬車を操縦したの」クララが言う。「それで、わたしをドライブに連れていってくれたのよ。リッチモンド・パークとハンプトン・コートへ行くことが多かった。どっちにも祖母の友人がいて、わたしも大好きだったの。とても大胆で……」手袋をはめたほっそりした手をケープの隙間から出して、言葉が見つからないという仕草をした。「簡単には説明できないような人たちなの。聡明であることを恐れなかった。機転がきいて、皮肉も言えた。自分の考えを自由に話した。あの時代の特権かもしれない。祖母の世代はいまよりずっと堅苦しくなかったのよ」

「女性は率直であまり従順でなかったと、父は言っている」とオリヴァー。「父はさらに古い世代だが、同じことが言えると思う」

「そうね、あなたのお父さまは少しお祖母さまに似ているわ」クララが言う。「この辺に住まない？　ご両親の近くに」アパートメントは仕事のときのために借りたままにして、

父はクララを気に入っている。ふたりの結婚に不安も抱いているとはいえ、母もだ。それでもやはり……。

「ぼくはこの時代にリッチモンドまで馬で往復しているんだ」オリヴァーは言った。

「別に馬でなくてもかまわないでしょう？」クララが尋ねる。「近くに住んだほうがいいわ。お父さまはお加減が優れないし、一緒にいられる時間はあまり残されていないかもしれないわ」

オリヴァーはクララを見た。とてつもなく軽薄な服の下にこれほどのやさしさや機知が隠されていることに、ときどき驚かされる。彼女から目をそらした。尾行者を盗み見なければならないし、理性を保つ必要がある。「ぼくにつきまとわれたら父はいやがるだろう。プライドが傷つくだけでなく、父は論理と実用性を重んじる人だから」

「それなら、論理的で実用的な妥協案を見つけましょう」クララがあきらめずに続ける。「ロンドンから完全に出ないまでも、もっとこっち寄りに住むとか」

「移動で時間がかかるのは、ロンドンから出るまでなんだ」オリヴァーは言った。「ハイド・パーク・コーナーを過ぎると、渋滞はいくらか緩和される。郵便馬車《メール・フェートン》と同時に出発しないかぎり、道はすいていることが多くて、高速で走れる。あんな短いフリート街が一番の長旅になることもあるんだ。あの辺は弁護士がうじゃうじゃしているから。テンプル・バーも障害になるし」

「それなら、マーチモント・ハウスの近くの屋敷を見てみましょう」クララが提案した。

ケンジントンの西端に、マーチモント公爵の歴史あるジャコビアン様式の大邸宅が立っている。

「モルヴァン公爵ごっこはしたくないのかい？　大勢の使用人……ああ、あそこにいる。やっぱり小男じゃなくて少年だ」もっと近くで見なければ細かい服装まではわからないが、質はよさそうだ。中古品か？「見覚えがある気がするんだが、どこかで見かけただけかもしれない」

手入れのときにフリームの隠れ家から逃げだしてきた少年のひとりかもしれないし、似たような大勢の少年のひとりにすぎない可能性もじゅうぶんある。近くで見ても、どこで見たか思いだせないかもしれない。つねに誰かが来ては去っていく。逃げだして別の地域の別のギャングに入り、寝返って、死んでいく。中にはまっとうな仕事を見つける者もいる。

オリヴァーは肩をすくめた。「別に害はないかもしれない。単にきみのドレスに驚いて、あとで友だちに報告するためにあとをつけているだけかも」

「しばらく前から尾行していた可能性もあるわ」クララが言う。「ゴシップ紙は目立たない人を雇って取材相手を尾行させているのよ。何カ月も前から狙われていたの」

それもまた論理的な推理だ。だがどうもいやな感じがする。

「やれやれ」オリヴァーは不満をこぼした。「公園できみと戯れあうことなどできそうにないな」

「そういうことはひと休みしようとあなたが言ったのよ」クララが言う。「夜まで」

「忘れてたよ。予想していたより刺激的なドライブになったな。危険には催淫性があるんだ」

「知らなかったわ」

「家に帰ったほうがいいかもしれない。頭を冷やさないと」

「あの少年のことはどうするの？」

「池に身を投げようとぼくの知ったことではない」

16

「片側に自然が作りだしたこのうえなく見事な森があり、反対側にはなだらかな岸と魅力的な芝地が円形劇場のごとく隆起したテムズ川がある。岸辺のあちこちに、絵のように美しい堂々とした飾り気のない白い家が、鬱蒼《うっそう》とした木立に割り込むようにそびえている。うっとりするような広大な谷に、銀河の星のごとく点在している。すばらしいリッチモンド……」

『サリー州小旅行』(一八二一年)トマス・キットソン・クロムウェル著

だが、オリヴァーは帰らなかった。まだ帰れない。

これは謎だ。答えどころか、手がかりすら見つからないまま帰るなど考えられない。

オリヴァーが遠回りしても、尾行者は見事に隠れ場を見つけたり、風景に溶け込んだりしながら、公園じゅうをついてきた。

ふつうの男なら馬車を降りて追いかけるか何かして、尾行者を追い詰めるかもしれない。

しかし、オリヴァーはふつうの男ではなかった。

「道に迷ったの?」クララがきいた。

オリヴァーは片方の眉をつり上げてみせた。

「わかったわ」クララが言う。「道に迷おうとして特別な努力を払っているのね」

「日が暮れたあとで、なじみのない場所だったら迷えるかもしれない」オリヴァーは応じた。

「だが日が沈みはじめているとはいえまだ明るいし、ぼくはこの公園を熟知している。そうでなければきみを頼るだろう。あの少年のために遠回りしているんだよ」

「放っておけないだろうと思っていたわ」

「ああ、これもよし悪しだ」オリヴァーは言った。「ぼくは新婚で、新妻と戯れたくてたまらない。それなのに、ロンドンの路上で暮らす悪ガキと追いかけっこをしなければならない――とにかく、路上で暮らしているのはたしかだ。ふつうの子どもにしては、すばしこくて抜け目がなさすぎる」

「馬車を降りて追いかけないのには、たしかな理由があるんでしょうね」

「ふたつある」

「第一に?」

オリヴァーはクララを見た。クララはまじめな表情で彼を見返したが、青い目が笑っていた。

オリヴァーは説明した。「もし尾行者がぼくの考えているような少年なら、ぼくが追いかけても五〇パーセント以上の確率で逃げられるだろう。ああいう少年は幼い頃から逃げ慣れている。ぼくより背が低くて地面に近い。若さと体格と重力で彼が有利だ」

「第二に？」

「ぼくの代わりに数えてくれてありがとう」

クララが笑う。気取りのない自然な笑い声で、雲間から差し込む光のようだ。彼女の戦傷である欠けた歯が見えた。

「第二に、追いかけて対決したとして、運動になる以外にぼくが得られるものはない。少年を揺さぶることも、高い窓から逆さまに吊りさげることも、警察を呼ぶと言って脅すことも、買収することも、拷問にかけることもできるが、そうしたところで、抵抗か、沈黙か、コックニー流のユーモアで返されるのが落ちだろう」

「トビーのことを尋ねた子たちみたいに」クララはそう言うと、彼らの口調をまねてみせた。驚くほど正確で、まだまだ知らない一面が隠されているのだと、オリヴァーは思い知らされた。

彼は言った。「だから、その代わりに、少年の体力を試しているんだ。相手の様子をもっとよく見られるし、そうすれば、前にどこで見かけたか記憶がよみがえるはずだ」

オリヴァーは日が暮れるまで尾行者をあちこちへ引っ張りまわしたあと、リッチモンドへ向かった。「タルボット亭へ行こう。ゆっくり食事をして、出てきたあともまだ少年がいるかどうか確かめてみよう」

「とても面白い一日になりそうね」クララは言った。「いろんな意味で」

「計画とは少し違うが」オリヴァーが続ける。「もっと遠くまで連れていくつもりだったんだ。レイヴン・ラドフォードとそのやんごとなき美しい花嫁を知っている人がいないような場所へ。だがきみは人に――とくに男に注目されるのには慣れているだろうし、個室を頼めばいい。給仕にはじろじろ見られて聞き耳を立てられるだろうが。妻や姉妹に話して聞かせるために、きみのドレスを記憶しようとするかもしれない」

夜食をとるあいだ、夫婦生活に関する教育を受ける前の、すばらしい時間の過ごし方だと、クララは思った。宿屋で食事をしながら、密偵に罠《わな》を仕かけて手がかりをつかもうとするなど、結婚生活のはじまりとしてじつに型破りだ。この先にどれほどの試練や苦難が待ち受けていようと、退屈や窮屈さを感じることはなさそうだ。

スクワレルはほかの人たちと違って、レイヴンと関わるはめになったことはなかった。それでも、ほかのみんなと同じくらい彼を憎んでいた。スクワレルが殴り殺されそうになったとき、助けてくれたのはシヴァーだった。窃盗団に引き入れて、生まれてはじめて腹いっぱい食べさせてくれたのも。

そのシヴァーが死んでしまった。手入れを仕かけたのがレイヴンであるのは、周知の事実だった。

スクワレルはこの場所も気に入らなかった。どこもかしこも木だらけで、丘は山のようだ。おまけに、だだっ広い公園まである！

だが彼はここにいなければならない。ハッシャーがスクワレルのために服を盗み、どこから金を手に入れて——誰からどうやって入手したかは不明だ——スクワレルが乗る貸し馬車の料金を支払った。

なぜなら、フリームが密偵を必要としていて、レイヴンと顔見知りでないのはスクワレルだけだからだ。

〝やつに張りついて動向を逐一報告しろ。誰にも気づかれずに捕まえる方法を見つけるんだ。やつを始末して川に沈めてやる〟フリームはそう言って笑った。大笑いした。

たしかに、フリームにとっては愉快なことかもしれないが、木々や山々のあいだをぐるぐる駆けまわる馬車を追いかけなければならないのはスクワレルだ。

スクワレルはロンドンから出たのははじめてで、まるで外国に来たような気分だった。何もかも、村でさえおかしな感じがして、ちゃんとした街とはまるで違っていた。

そしていま、レイヴンは大女と宿屋にいて、いつになったら出てくるかわからない。ふたりがあたたかい部屋で飲み食いしているあいだ、スクワレルは外に立って、凍えて腹をすかしながら、誰にも気づかれないよう用心していた。

風が強く寒い夜だったが、宿屋のぬくもりから遠ざかる必要があった。ランプの光や窓明かりに照らしだされないようにするためだ。

レイヴンが目ざといのは周知の事実だ。だがスクワレルと面識はないし、そのまま顔を合わせずにいたほうがいい。

スクワレルは厩《うまや》の囲いで待った。ここで働いている人々は忙しそうで彼には目もくれない。当てもなくうろついて噂話をしている輩もいる。スクワレルは彼らの正体を見抜けた。スリがひとりかふたり。ある種の娘が何人か。しかし、信用できるかどうかわからないので、彼らとも距離を置いていた――目にあざを作ったり、骨を折ったりしたくなければ、そういうことはとっくの昔に学んでいなければならない。

そしてようやく、レイヴンが出てきた。スクワレルはすばやく荷馬車の陰に隠れた。レイヴンが馬丁のひとりに話しかけた。スクワレルはじっとして呼吸も止めようとした。あたりは暗かったものの、レイヴンは耳ざといとも言われている。何もかも鋭いのだ。鋭すぎる。

だがフリームとハッシャーが、二度と何も見えず何も聞こえない体にしてくれるだろう。

囲いをうろついていた女が、馬車に乗り込もうとしているオリヴァーに近づいてきた。そして、なんとなく英語に聞こえる言葉で彼に何やらささやいた。クララには理解できなかった。

何を言われたにせよ、オリヴァーはその女に硬貨を与えると、すぐに出発した。

「ぼくたちの尾行者は称賛に値する」囲いから馬車を出しながら、オリヴァーが言った。「反射神経がずば抜けているし、目立たないようにする技にも長けている。だが彼女には通用しなかった」

「ロンドンだけでなくリッチモンドにも情報屋がいるなんて知らなかったわ」クララは返した。

「ミリーは前はロンドンで商売をしていたんだ」オリヴァーが言う。「いまでもたまに手伝ってもらっているんだよ。彼女が五回目の裁判にかけられたとき、流刑になるところをぼくが助けたんだ。情状酌量の条件は、オールド・ベイリーに二度と現れないことだった。ロンドンにいたら生活は変えられないだろうから、ここに引っ越させた」

「それで、生活は変えられたの？」

「馬丁と結婚した。ミリーは洗濯や繕い物を引き受けている。あの宿屋で働いているんだ。きつい仕事だが、前にやっていたことよりは楽だ。安全だし、全体的に見れば条件も悪くない。食事が出るし、部屋も与えてもらえるし、大事にしてくれる夫もいる。ミリーはそれぞれの形で夫と宿屋の役に立っている。面倒を起こしそうな客を見分けるのが得意なんだ。前職で身につけた生き残るための技術だ。あの尾行者について報告しようとしていたときに、ちょうどぼくが出てきて彼女の夫に話しかけたんだよ」

「彼女の言っていることはひと言も理解できなかった」クララは言った。「でも誘っているように聞こえたから、大胆だなって驚いたの。わたしがいるのに。見過ごすはずないでしょう」

「尾行者に怪しまれないようにあんな声音を使ったんだ」オリヴァーがふっと笑った。「ロマンティックな夜とはとうてい言えないが、追いかけっこも結構楽しかったね」

「わたしにとってはロマンティックだったわ」クララは言った。

「ええ？　リッチモンドの半分の人がきみを近くで見るためにタルボット亭に押しかけてきたのに？　宿屋の主人が自ら給仕すると言い張ったにもかかわらず、使用人たちは見え透いた口実を作っては個室にやってきた」

「ロマンティックだったのは、あの少年と追いかけっこをしたからよ」クララは説明した。

「わたしもそのゲームを楽しめるとあなたが思ってくれたから」

それと、食事のあいだにオリヴァーが考えを話してくれて、あの少年に関する推理をしたから。クララの推理にも耳を傾け、ばか呼ばわりせずに彼女の質問に答え、愛情のこもったユーモアで喜ばせてくれたから。

「きみを蚊帳《かや》の外に置くと言ったら抗議されるとわかっていたから」

「それで、彼女はなんて言ってたの？」

「あの少年に目を留めたのは、不審な行動をしていたからだそうだ。少年は暗がりに身を潜めていたが、あるとき馬車が入ってきてランタンの明かりに照らしだされた。小柄で痩せていて――発育が悪かった。彼女の知り合いの少年たちと同じように。顎に顕著な不整合が――」

「顕著な不整合？」ミリーがそんな言葉を使ったの？」

「ぼくが言い換えた」オリヴァーが言った。「彼女は少年の横顔を指で宙に描いて、ネズミの顔だと言った。それで、出っ歯だと推理したんだ。それから、頬がふくれていて、ミリーいわく〝中に木の実をため込んでいるように見える〟。ロンドンの昔なじみの少年たちよりいい服を着ていたが、そこの出に違いないと言っていた。ぼくが出てきたときに少年が急いで荷馬車の陰に隠れたのを見て、論理的な結論に達したと」

「あの少年が誰にせよ、寒い夜にこんなに長いあいだ尾行を続けるなんて、遊びでしているわけではないでしょうね。報酬のためか、そうするしかなかったのか」

「自分の目で見てみたい」オリヴァーが言った。「人相書に思い当たる節はなかった。会ったことのない少年も大勢いるが、どうして見覚えのある気がするのか不思議だ」

「すれ違っただけとか。気に留める必要もない相手だったかもしれないわ」

オリヴァーが肩をすくめた。「その可能性もある。家までつけてきたら、声をかけてみるよ。その頃には凍えて疲れきっているだろう。腹もすかしているはずだ。食べ物を持参していないかぎり。もし持参していたとしても、寒さと疲労だけでもじゅうぶん動きが遅くなっているだろう」

だが、宿屋を出発してから数分も経たないうちに、オリヴァーが告げた。「姿が見えなくなった」

彼に〝本当に？〟などと尋ねるのは愚かなことだ。クララは応じた。「あなたがあの少年を尋問するのをとても楽しみにしていたのに。わたしも手伝えたわ」

「あきらめるのはまだ早い、おお、わが人生の全領土の女王よ」オリヴァーが言った。「尾行者は明日にでも戻ってくるさ。今夜は代わりにきみを尋問するよ――徹底的に」

その夜

オリヴァーはクララに待たされていた。

クララは熱い風呂にゆっくりと浸《つ》かりたいと言った。彼は本を読んでいればいいと。指導せずとも、クララは夫婦の営みにおける技能を伸ばしている。オリヴァーの頭の中に住んでいる自制心に欠けた自分が期待に震えていた。

オリヴァーは興奮しすぎている内なる自分を追い払い、自らものんびりと風呂に入った。

急ぐ理由などない。この先一生、夜をともにするのだから。

この時間を利用して計画を立てられる。いまいましい尾行者に関する計画ではない。今夜はもうできることはないし、考えても頭脳の無駄遣いにしかならない。頬のふくれたネズミ男を頭の中の戸棚に押し込んで鍵をかけた。妻のことを考えるほうがはるかに好ましい。風呂から上がると、ガウンを羽織り、スリッパをはいた。それ以外は何も身につけなかった。

クララは好きなだけ着込んでくるかもしれない。だがそれも脱がせる楽しみがある。

オリヴァーは待ち合わせ場所である居間へ行き、彼女の服をどんなふうに脱がせるのが一番いいか、興を添えるためにほかに何ができるか考えた。

ようやく夜食が運ばれてきた。クララが注文した軽食だ。冷肉やペストリー、果物、チーズなどが用意されている。無表情の従僕がそれらを炉辺の小さなテーブルに並べた。すべてをきちんと並べ終えると、静かに出ていった。

オリヴァーは立ち上がり、椅子をクッション付きの椅子と取り換えた。それから、クッションを集めてきてそばに置いた。これは自分でやりたかった。それどころか、たいていのことは自分でやるほうが好きだ。

こういうところも少し変えていかなければならないのだろう。

何よりも、ふたりの結婚生活では使用人の数を増やさなければならない。費用のことは気にしていなかった。第一に、クララのためだから。第二に、それくらいの資力はあるから。公爵家のように大勢の使用人は抱えられなくとも、何人か雇うくらいの余裕はある。それよりも、使用人を隷属させること自体がいやだった。

だが、父は順応できた。息子だってできるはずだ。進んで洗練された生活を送ろう。ある程度は。

クララが居間に入ってきた。その瞬間、オリヴァーは息をのんだ。

ふつうのガウンとは似ても似つかないクリーム色の薄っぺらい代物を羽織っている。その下にさらに奇抜なネグリジェを着ているに違いない。フランス人の仕立屋のおかげだ。ガウンは首や前開きの部分にひだ飾りやレースがついていて――前開きはリボンで結びつけられている――体を完全に覆ってはいるものの、生地が薄くて、見事な曲線が際立つよう巧妙に仕立てられていた。

「それはずるい」オリヴァーはクララを指さしながら言った。

「気に入らない？」

「どうかな。くるりと回ってみて。ゆっくりと」

うしろを向いた彼女を見て、オリヴァーはうめき声をのみ込んだ。二度も。

クララは彼に向き直ると、なまめかしく二回、まばたきしてから言った。「どう？」

「最高だ。じゃあ、脱いでみようか」


クララはネグリジェとガウンを着るのにとても苦労した。つまり、デイヴィスがノワロ三姉妹に対する文句をぶつぶつ言いながら、いくつものリボンを結んだり、留め金を留めたりした。

けれども、オリヴァーがそれを脱がすのにそれほど時間はかからなかった。けっして急いでいるようには見えないのに、器用な手で軽々と脱がせてしまったのだ。クララはまたたく間に丸裸にされた。そして、彼が膝を突き……さらに身をかがめて……舌と両手を使ってクララの素肌をじらすように愛撫した。脚が震え、膝の力が抜けた彼女に、オリヴァーがかすれた声で言った。「奥さまは腰をおろしたいんじゃないかな」

クララは横になりたかったけれど、一番近くにあった椅子にくずおれると、あえぎながら言った。「なんてこと」

オリヴァーがふたたび攻めてくる。クララは骨抜きになり、椅子から徐々に滑り落ちていった。彼が近くの床に置いてあったクッションを引き寄せてくれて、彼女はその上に座り込んだ。

頭がぼうっとし、くぐもった声で言った。「もうだめかもしれない。ああ！」

「ぼくは体できみを崇《あが》めると誓ったんだ」オリヴァーが言う。「みんなの前で」

彼の舌。みだらな舌。彼の手。巧みな手。

クララは全身がぞくぞくした。なでられ、キスをされ、吸われて、歓びのあまり叫びだしそうだった。淑女らしさや上っ面の上品さをかなぐり捨てて、みだらな女になった。

オリヴァーが欲しくて死にそうになった頃に、ようやく彼が中に入ってきた。そして、いままでは完全に正しくて自然だと思えるようになったやり方で腰を動かしはじめ、身も心もひとつになった。クララがずっと待ち望んでいたことだ。自分が何を求めているのかぼんやりとしかわかっていなかったけれど、いま手に入れたのだと知っていた。

〝この身をもって汝《なんじ》を崇める〟昨日、オリヴァーはたしかにそう言った。つい昨日のことだとは思えなかった。

これが永遠に続くのだ。そのあとは何も考えられなくなった。その後、覚えたての絶頂を迎え、彼の腕の中で甘く心地よい余韻に浸りながら眠りに落ちた。

女中が目覚めのコーヒーを運んできて、夜食のあと片づけをした。オリヴァーはいつもどおり、下へおりて朝食をとるつもりだった。

ところがそのあとすぐ、今度は従僕が朝食を運んできた。それを暖炉の前のテーブルに置くと、火をかき起こしてから出ていった。

昨夜に着ていたのよりは慎み深い部屋着に着替えたクララが、化粧室から出てきて言った。「あなたのお母さまは本当にやさしい方ね」頰が赤くなる。「ふたりきりの時間を持たせてくれるなんて」

「これは賢明でない」オリヴァーは言った。「ふたりきりの時間が増えるほど、ぼくが時も場所もわきまえずにみだらなことをしてしまう可能性が高くなる」

ふたりは炎症を起こす心配などすっかり忘れてしまい、明け方まで愛しあったのだ。

「そんなことになったら着替える時間がなくなって、外に出て少年と楽しい追いかけっこをすることができなくなってしまうわ。あの子にとってはそれほど楽しくないでしょうけれど」

悩ましい気持ちが表に出ていたらしい。オリヴァーの顔を見たクララが笑いながら言った。「あなた、愛しあう時間ならたっぷりあるわよ。でも、あの少年に尾行を断念させたくないでしょう？　まだ謎を解いていないのに」

そういうわけで、ふたりで朝食をとったあと、クララは長い過程を経て馬車用のドレスを身につけた。従者がいないにもかかわらず——すぐに雇うべきだとは思っている——着替えにクララの四分の一しか時間がかからなかったオリヴァーは、余った時間にふたりの将来の住居について考えをめぐらした。ふさわしい家具を備えつけるのにいくらかかるだろうか。

子どものことも考えなければならない。当然生まれてくるだろうから、計算に含める必要がある。

人生がはるかに複雑になっていく。

ふたりは昼過ぎに階下へおりていった。

階段の下で彼らを迎えた執事が、ミスター・ウェストコットが書斎で待っていると告げた。

「呼んでいないのに」オリヴァーは意気消沈した。急ぎの仕事がないかぎり、ウェストコットが結婚式の翌々日にふたたびリッチモンドを訪れるなどあり得ない。オリヴァーはまだ仕事を再開する気分になれなかった。だが、そんなことは言っていられない。彼には養わなければならない妻がいるのだ。彼女が慣れている生活に少しでも近い暮らしをさせてやらなければならない。

「あいつめ」ふたりで書斎へ向かいながら、オリヴァーは言った。「前も言ったが、しょっちゅうふらっと訪ねてくるんだ。書類がどうだの、顧客がどうしてもぼくを必要としているだの、一番間の悪いときに」

「重要な用件でなければここには来ていないはずよ」

「そこが問題だ。重要な用件なら、なんであればぼくは対応しなければならない。だが、弁護士と結婚したがったのはきみだからな。結局、ぼくたちの謎はあとまわしにしなければならないようだ」

数分後

父はいつものごとく、暖炉のそばのソファになかば横になっていた。母も定位置である父の隣に座っている。暖炉の向かいにある椅子に腰かけていたウェストコットは、クララが入っていくと立ち上がった。

全員怒っているように見えた。

様子がおかしい。不吉な予感がした。

父が目の前にあるテーブルにのっていた、見慣れた印章が押してある分厚い手紙を手に取った。「ウェストコットが持ってきてくれた。グリナー城からの速達だ」

バーナードか。今度はなんだ？

「父上と話しあって決めたとおり、バーナードの代理人と秘書に、書簡は全部ぼく宛に送るよう言ってあるのに」オリヴァーは言った。彼とウェストコットで簡単に処理できる仕事上の事柄で、引退した父を煩わすなどとんでもない話だ。最近では父に直接手紙を書くのはバーナードだけだが、頻繁に送られてくるわけではなかった。長くて退屈で自慢たらしい手紙は、親愛なるレイヴンのために取ってあるのだ。

「これはウェストコットに届いたが、宛名はわたしでなければならなかった」父が言う。

「お前のいとこは——あいつは——」そこで言葉を切り、手紙をにらんだ。

「今度は何をしたんだ？」オリヴァーはきいた。

「読んでみろ」父が手紙をテーブルに放った。

オリヴァーは手紙を見た。心がずっしりと重くなった。

冗長な法的文章に印章……。

「死んだ」父が言った。「死亡、死亡、死亡」

17

「公爵、ラテン語でドゥクス、ア・ドゥケンドは、軍隊の指導者を意味し、かつては戦時に軍隊の大将か指揮官、あるいは辺境司令官を務め、平時は地方を統治する貴族だった。現在は貴族階級の最高位である」

『デブレット貴族名鑑』(一八三一年)

混乱した頭で、オリヴァーはウェストコットが話しているのに気づいた。謝罪している……クララに。

「驚かせてしまって申し訳ございません。どうかお座りください」

「座りなさい」母が言う。「顔が真っ白よ」

オリヴァーは恐ろしい手紙から視線を上げて妻を見た。また見えないベールをかぶっているようだが、顔から血の気が引いている。かすかに震える唇や手に、苦悩が見て取れた。

「とても……驚いてしまって、それだけよ」クララが口を開く。「気絶したりはしないから」

「ぼくはするかもしれない」オリヴァーは言った。「座れよ、クララ、ウェストコットが炉ていい気分だろう」

クララは苦悩に満ちた表情でオリヴァーをちらりと見たあと、椅子に腰かけた。そして、落ちつきを取り戻して言った。「ごめんなさい。まだ信じられなくて。何があったか手紙に書いてあるの？」

オリヴァーもまだ信じられなかった。頭が混乱して、考えることができない。手紙をじっと見つめて、ぼやけたインクが文字に変わるのを待った。それから、目を通しはじめた。

「父上が口頭で伝えたのよりはるかに長い」

「弁護士が書いたからだ」父が言う。「お前の妻のために要約したほうがいいな。わたしは話す気になれない。腹が立ってしかたがない」

「休んでください、あなた」母が声をかけた。

本当に休んだほうがいい、とオリヴァーは思った。父はひどく震えていて、怒りが衝撃を上まわっているように見えた。いずれにせよ、激しい感情は体を弱らせる。

オリヴァーでさえ、こん棒で頭を殴られたような衝撃を感じていた。

もちろん、バーナードが早逝する可能性はつねにあった。とくに最近は、ほかの相続人たちが不慮の死を遂げたため、そのことが頭の隅に引っかかっていた。とはいえ、真剣に考えていたわけではなかった。

バーナードは間違いなく太りすぎの大酒飲みだった。肝臓に悪いし、ほかにもさまざまな健康問題を引き起こすとオリヴァーは忠告していた。だが不摂生の結果が若いうちに現れることはめったにない。英国にはバーナードのような男は大勢いるし、長生きする。前国王も大食家で、酒やアヘンチンキを浴びるほど飲んでいたが、六〇代まで生きた。バーナードはまだ三〇歳だ。

合点がいかない。しかし、こうして紙を何枚も費やした法律文書に書いてあるのだから、納得できる理由があるはずだ。

オリヴァーは手紙をざっと一読して要点を押さえたあと、もう一度読んで複雑な文章を妻のために簡潔にまとめた。

「バーナードは狩りをしていた。求愛中の女性も連れて大勢で。そして森から出て、険しい川岸に近づいたようだ。激しい雨が降ったあとで、川は増水していた。さらに悪いことに、買ったばかりの狩猟馬に乗っていた――その女性を感心させるために買ったに違いない。あたらしい馬。地面が滑りやすくなっていた。バーナードはまた酒を飲んでいた。慎重な言い回しから読み取れるのはこれだけだ」

オリヴァーは次のページに移り、眉間にしわを寄せた。「なぜなら、バーナードはひとり離れた場所にいたため、目撃者がいないからだ。川を飛び越えようとして馬がひるんだのか、馬は勇気があったものの、バーナードが重すぎて地面が濡れていたためジャンプに失敗したのか、確かめるすべはない。いずれにせよ、馬の外傷と、泥にまみれていたことから考えると、馬が川の縁で足を滑らせたのは明らかだ。頭に傷を負って川の中で倒れているバーナードを、狩りの仲間が発見した。その外傷が死因となったのか、頭を打って気絶し、助けが来る前に溺死したかのどちらかだ。検視した医者は前者だと言っている」

「むろんそう言うだろう」父が口をはさんだ。「死者は公爵だ。狩りに参加した人々が過失や罪に問われないような説明を選ぶだろう。誰もいとこを救うことはできなかった、すなわち、彼らがもっと早く発見していようと、川からすぐに引き上げていようと、死んでいたことにしたがる」

「ぼくが遺体を調べたほうがいい」オリヴァーは宣言した。「医者に話を聞いてみる」

「そうだな」父が言う。「一刻も早く」

ふたりの妻は〝どうして?〟と尋ねるような愚か者ではなかった。

全体的に見ると、バーナードの正確な死因などささいなことだ。死んでしまったことに変わりはない。

だがオリヴァー親子は不明な点は解明しないと気がすまない。謎を解くことで心が落ちつくのだ。

「完全な事故ならまだ許せる」父が続ける。「しかし、あいつの愚かさと傲慢さが招いたことだ。絶対に馬に乗るべきではなかった。どんな馬だろうと、なんのためだろうと、泥酔しているときには。一番調子のいいときでさえ聡明とは言えないのだから、当然あいつは自分の腕を過信して、体重を少なく見積もりすぎた。馬を不具にすることも、たまたま居合わせた人を巻き添えにすることもなかったのがせめてもの救いだ」

「何があったにせよ、とても残念だわ」クララがはっきりした声で冷静に言った。

「その女性と再婚して幸せになることを願っていたのに。その女性が彼を変えてくれることを」

一同の視線がクララに向けられた。オリヴァーは喉が締めつけられ、目がむずむずするのに気づいて驚いた。悲しんでいるのか？　バーナードの死を？

いや、まさか。ショックを受けただけだ。いまの生活を――とくにキャリアを失うことに対する悲しみなら理にかなっている。クララもそれを理解してくれているのが、表情に表れていた。多くのものを手に入れるのに、仕事を失うことを嘆くなど身勝手だとわかっている。しかし、オリヴァーは人間だし、利己的でないふつうの人間でも、自分の計画をねじ曲げられたら腹を立てる。

それから、父のためにも悲しんでいた。父をバーナードや親戚たちから、公爵家の問題や責務から守りたかったのに。

それでもなお、複雑で愚かなことに、喜んでもいた。これでクララにふさわしい当然の生活をさせてやれる。

クララが言葉を継ぐ。「あなたの話を聞いて、バーナードは変われるかもしれないと思うようになったの。それに、あんな贈り物もくれたし」

彼女が言っていることを、オリヴァーはほとんど理解できなかった。感情を抑え込むだけで手いっぱいだった。

「小さなことかもしれないけれど、センスがあるか、少なくともセンスのある人に結婚祝いを選ばせる心遣いができる人だとわたしは思ったわ。気前のいい、美しい贈り物よ。『オデュッセイア』に出てくるティーセットとコーヒーセット。あなたたちにだけ通じる冗談だと、あなたは言ったわね。あなたが子どもの頃、ホメーロスから引用して彼を挑発したから」

オリヴァーはわれに返り、結婚祝いを思いだした。あれをもらったときは、贅沢な贈り物に驚き、バーナードも少しは丸くなったのかもしれないと思った。恋に落ちたとは言わないまでも、例の女性のおかげで珍しく機嫌がいいのだろうと。

「オリュンポスの神々のセーヴル焼きもくれたわ」クララが言った。

バーナードの動機や心理状態にざっと思いをめぐらしただけで、オリヴァーは豪華な結婚祝いについて、置き場所に悩むくらいであまり深く考えなかった。だが改めてよく考えてみると、バーナードはたいして親しくもない、理屈っぽくてこうるさいだけのいとこに、何ひとつ贈る義理はなかったのだ。

〝なんとまあ、レイヴンにも恋人ができたか。驚いたな〟

そのことに、よりによって飲んだくれのバーナードが気づいた。

オリヴァーが急いでロンドンに戻れるよう、バーナードはチャリオットと御者を貸してくれた。あれは飲んだくれなりの感謝の気持ちだったのだろうか？　少なくとも、軽蔑するいとこが助けに来たことを評価したのか？　あるいは、レイヴンに恋人ができたと思うと滑稽で、単に楽しむために応援したのかもしれない。

答えは永遠にわからない。

オリヴァーはふっと笑った。理性に欠けたもうひとりの自分はいまにも泣きだしそうだった。「ぼくが身分の高い美しいレディを射止めたと知って感心したに違いない。なんらかの弁護士の手管を使ったと思ったのかもしれない。きっとあの贈り物は、きみへの見舞品のつもりだったんだよ」

「とても寛大だと思ったわ」クララが言う。「わたしと結婚していたかもしれないのに。弁護士の手管を使えなくても」

クララがバーナードと結婚すると言って脅したことを、オリヴァーは両親に説明した。

「本当か？」父がきいた。

「よくやったわ」母が褒める。「男性はこういうことには鈍感だから。いつもは洞察力の鋭い弁護士でさえ」

「バーナードは寛大だったと認めよう」父が言う。「死者を悪く言いたくない」

「もっと評価しよう」オリヴァーも続いた。「バーナードはセンスと多少の――なんだ？ユーモアを発揮してあの贈り物を選んだ。愛情も込められていたかもしれない」

父に目をやった。少しは楽になった様子だった。興味深いことに、満足げにクララを見ている。オリヴァーが子どもの頃、知性の片鱗《へんりん》を示したときに向けたのと同じまなざしで。

新公爵となった父はワインを持ってこさせ、バーナードのために献杯した。父は優れた弁護士だから、すばらしいスピーチをした。バーナードが早逝したことに対するいらだちと、育った環境が彼の性格をゆがめたことに対する理解と、彼のユーモア感覚に対する評価がバランスよく織り交ぜられていた。幼稚で無粋なものだとしても、とにかくバーナードはユーモア感覚を持っていた、と父は言った。ほとんどの裁判官が持ちあわせていないものだ。

それから、クララに言った。「わたしのかわいい娘よ」父が〝かわいい〟という言葉を使ったことに、母以外がひどく驚いた。「きみはきみの両親が思っているよりも賢い。わたしはいまいましくもモルヴァン公爵となり、きみはわたしの跡取り息子であるブレドン侯爵と結婚したことになる。息子が爵位を継ぐまで殺されないようにしないとな」

もちろん、クララは何をすべきかわかっていた。イングランドじゅうを探しても、自分以上に準備が整っている娘がいるとは思えなかった。

彼女のあたらしい家族は、まるで大地震が起きて世界がひっくり返ったかのように混乱していた。

レディはけっしてあわてない。そして、周囲であわてている人を安心させようとする。

ゆえに、最初にやらなければならない仕事は、平静を取り戻すことだった。

クララはバーナードの問題に臆することなく取り組み、家族はうまく対応した。義理の父が落ちつきを取り戻すと、義理の母の心もなだめられた。クララははじめてふたりに会ったときから、アン・ラドフォードの夫に対する深い愛情を感じ取っていた。彼女の娘たちもその子どもたちも、ぶっきらぼうな義理の父親を敬愛していた。

それほど長い時間を一緒に過ごしたわけではないけれど、義理の母の性格を理解するのは難しくなかった。

夫たちが仕事の話をするあいだ、ふたりで婦人の間で親密な時間を過ごすと、クララの印象は間違っていなかったことが確認できた。

「もちろん、義務は果たすつもりよ」義理の母は言った。「でもわかってちょうだい、残念ながらもういろいろ忘れてしまったの。自分で選んだのよ。社交界が好きではないから。離婚したら、みんなわたしを無視したわ。わたしは悪くないと知っているのに。人でなしの元夫は、娘たちを引き取りたがらなかったのよ！　そのことと、離婚でわたしたちの顔に泥を塗ったことで、あの男の本性を社交界に知らしめられると思っていたのに――」首を横に振る。「ごめんなさい。昔話をする気はなかったのに。大昔のことよ」

「大変なことが起きたんですもの」クララは慰めた。「神経がまいっているんですわ。夫でさえ動揺を見せている」

「あら、気づいていたの」新公爵夫人は小首をかしげ、義理の娘をしげしげと眺めた。「オリヴァーをなだめる方法を見つけたのね。〝落ちついて、あなた。これが運命なのよ〟というような決まり文句を言って、あの子を怒らせるのではなくて」

「ものすごく腹が立ったときにだけ、決まり文句を言うことにします」

「賢明ね」義理の母が一瞬、目をそらした。「あれからもう三〇年以上経つのね。わたしは公爵夫人になって、昔わたしを苦しめた人たちはまだ生きていて、わたしに屈しなければならない。でも、だからといって何も変わらないわ。あの世界に戻りたくないの。ずっと幸せにやってきたのに」ひと息ついてから続ける。「夫が引退する前から静かな生活を送っていたの。夫は法廷で刺激を得て、わたしは傍聴するか、夫が家に帰ってから話を聞かせてもらうのを楽しみにしていた。ほかの人たちみたいに、いやでも応でも田舎に隠遁《いんとん》して、孤独なモルヴァン公爵夫人になんてなりたくないわ。すぐに社交界の人々が押しかけてくるでしょうけれど、わたしはいやなの。夫とふたりでいたいのよ。もっともな願いでしょう。だって、あの人はもう――」声がとぎれた。

クララはやさしく言った。「わたしがお母さまの立場でしたら、同じように思うでしょう。でも、わたしがミスター・ラドフォードと結婚したのは賢明だったと、お父さまはおっしゃいましたね？　わたしは、ミスター・ラドフォードがわたしと結婚したのは賢明だったと思います。だってわたしは、公爵と結婚するために育てられたんですから」母はその話ばかりしていたから、気づかずにはいられなかった。「お母さまがお望みどおりの生活を続けられるよう、わたしが極力でも微力でもご随意にお手伝いしますわ」

公爵夫人はクララをじっと見たあと、目を潤ませた。だが彼女もまたレディとして生まれ育ったため、まばたきして涙をこらえた。そして、いつもは少しよそよそしいのに、驚いたことに、身を乗りだしてクララの手を取った。

「本当のことを言うと、心配だったの。あなたとオリヴァーが苦労するんじゃないかと思って。身分の違いは大きな問題よ。でも、あなたたちが本気で思いあっているのはわかったし、あなたがやさしくていい子だから」手を離し、椅子に座り直して微笑んだ。「あなたの申し出に感謝するわ。あなたの善良さとやさしさと若さを最大限に活用させてもらうわね。とてもわがままで怠惰な公爵夫人になって、若いあなたに何もかも丸投げしてしまうわ」

クララは夫にも同じことを言うつもりだった。

その夜

父との話し合いは夕方になっても終わらず、夕食中も、食後まで続いた。

自室に引き上げる頃には、オリヴァーはもはや話をする気になれなかった。ドアを閉めるや、クララに抱きついてその背をドアに押しつけた。むさぼるようなキスをする。爵位や、それに伴う大量の仕事が問題なのではない。それなら対処できる。クララと一緒に過ごす時間が少なくなると思うと、頭がおかしくなりそうだった。

ようやく唇を離して言った。「主人風を吹かせるよ。しばらく一緒に夜を過ごせなくなるだろう。ぼくの計画とは違うし、念入りに立てた計画を邪魔されるのは非常に不愉快だが」流し目を送ると、クララはくすくす笑った。「ゆえに、ブレドン侯爵はきみに、妻に命じる。小間使をさがらせて、ぼくに身をまかせなさい」

「体だけでいいの？　浅はかな人ね」クララは傲慢に言い返したものの、恥ずかしがると同時に、期待に震えているのが見て取れた。

「閣下と呼びなさい」オリヴァーは注意した。「きみはぼくがきみの心と結婚したと考えるほど愚かではないはずだ」

クララが体をこわばらせた。「そう思っていたけれど」

「きみの心にそれほどの価値はない。ぼくは欲望のためにきみと結婚したんだよ」

「バーナードがくれた重い銀のポットとかはどこに置いたのかしら？　全部あなたに投げつけるわ」

「面白そうだね」オリヴァーはドレスの背中のボタンをはずしながら言った。「ぼくがきみと結婚したのは、きみをきみ自身から守るためでもある。そうしないと、きみは破滅への道を歩みかねないからね。家出してテントで暮らすとか、バーナードと結婚するとか。〝誰かがこの子を救ってやらなければ〟そう自分に言い聞かせたんだ。〝すばらしい胸やら何やらの持ち主だし、いくつか単純な技術も覚えられそうだから、ぼくがその役目を引き受けてもいい〟とね」

「銀のティーセットだけでなくてセーヴル焼きも、五〇〇個全部、必要だわ」

翌日の午後

オリヴァーはしばしの別れを惜しんで、彼の書斎に隣接する居間でクララとふたりきりで過ごしていた。あと少ししたら、両親とウェストコットに別れを告げに行くつもりだ。

「二週間以内に帰ってくる」オリヴァーは言った。「この前行ったときに、手はずは整えておいたんだ。サンボーンはじつに有能だし、ダーズリーは長年働いてくれているから、何も言われなくても自分のすべき仕事をわかっている。ただ、葬儀の問題があるし、親戚に指示しなければならない。みんな遺族ぶってあれこれ要求し、傷ついた心を慰めてもらおうとするだろう。だが悲しみや不満をぶつける相手なら、ウェストコットのほうが適任だ。あいつは誰にどんなふうに対応すればいいかよくわかっている。きみが一緒に来られないのが残念だ。その恐るべき侯爵夫人の人格で彼らをもてなしてやれるのに。それはまた今度のお楽しみだな」

「わたしはちっとも恐ろしくないわよ」クララが否定した。

「本当に？　きみが侯爵夫人然とふるまうとき、ぼくは脚が震えているのに」

「震えるのはそこじゃないでしょう」クララがそう言ったあと、頬を赤らめた。

独裁者のようなふるまいにオリヴァーが興奮するのを、クララは知っているのだ。

とはいえ、彼女のあらゆる面に興奮するのだから、言い当てるのは簡単だ。

オリヴァーは階下へおりる前に、最後にもう一度クララを抱きしめた。シルクのスカーフを押しのけて首に顔をうずめ、長いあいだそのままでいた。

ようやく体を引いたあと、スカーフを直しながら言った。「指示を残していくようなばかなまねはしない。きみはぼくがいないあいだにすべきことも、どうすればいいかもわかっている。だが、してはいけないことだけは言っておくよ」

クララは当惑した表情を装ってみせたが、オリヴァーは一瞬たりともだまされなかった。

「頬のふくれた少年の事件を追跡するな」

「そんなことできるはずないでしょう」クララが言う。「そんな時間もないし。一三キロ離れた場所からロンドンの屋敷の設備を整えたり、使用人を雇ったりしなければならないのよ。ここに押しかけてくる大勢の人たちを追い返さなければならないし。わたしの母をできるだけ落ちつかせないと。それよりも、忙しくさせたほうがいいかもしれないわね。わたしは両陛下――」

「きみに暇ができないことを願うばかりだ」オリヴァーはさえぎった。「侵入者に注意するのは使用人の仕事だ。出かけるときは必ずデイヴィスと従僕を連れていくように」

「いつもそうしているわ」クララがいらだった口調で言う。「レディは付き添いなしで出かけたりしない。あの事件のときは例外としたの。なぜなら――理由は忘れてしまったけれど、あなたの額に垂れた巻き毛に気を取られたのかもしれないわね」

従僕が来て、馬車の用意ができたと告げた。

「急がないと」

「ぼくを追いだしたくてしかたがないみたいだね」

「もしわたしがあなただったら、わたしの両親が到着する前にここを出るわ」

クララは昨日両親に手紙を書いて知らせを伝え、オリヴァーの父親の気持ちが落ちつくまで訪問は遠慮してほしいと頼んだ。だが、母親が高揚のあまり老紳士に対する配慮を忘れてしまうのではないかと思っていた。

「お母さまに愛情を注がれたら、あなたは耐えられないでしょう。それに、早く出ればその分早く帰ってこられるわ」

「そうだね」オリヴァーは最後にもう一度キスをした。いらだちと切望に駆られた情熱的なキスに、クララも全力で応えた。

昨夜は一度目は激しく、その後はやさしく愛しあった。どれだけ話しても話し足りなかった。

夫婦になってからまだほんの少ししか一緒に過ごしていないのに、二週間会えないとなると、ものすごく長い時間に思える。

唇を離したあとも、オリヴァーはクララを抱きしめたままでいた。「いいかい、探偵ごっこはするなよ」

「あなたに従うと約束したでしょう？　立会人の前で」

「注釈をつけたんだろう」

「あなたが帰ってきたら、全部教えてあげるわ」クララが彼の顔を両手で包み込み、そっとキスをした。オリヴァーはようやく、ゆっくりと彼女を放した。

そして、ふたたび乱してしまったスカーフを直した。

オリヴァーは心から願った――願いなど魔術のひとつで、足を踏み入れたい領域ではない。

それから一歩うしろにさがった。

「どこもおかしなところはない、閣下？」クララの青い瞳がきらりと光った。そこにはユーモアと……何か別の感情がこもっていた。愛情だ。そう気づいたら、オリヴァーは胸が締めつけられた。

「問題ない」

「じゃあ、モルヴァン公爵夫妻に出発のご挨拶を言いに行きましょう、ブレドン卿」


二時間後、ウェストコットがクララをぼう然と見つめた。

「コッピー姉弟？　いまですか？」

クララはウェストコットと居間に移り、モルヴァン・ハウスに関する一般的な事項について調べた。そのあとで、ブリジットとトビーの消息を尋ねたのだ。

「できるだけ早く知りたいの」クララは言った。「わからなくなったなんて言わないわよね。あなたがトビーのために勤め口と、母親から離れた場所にある部屋を探してくれると、ミスター・ラドフォードが――ブレドン卿が言ったのよ」

「もちろん、わかりますよ、マイ・レディ」ウェストコットが請けあった。「トビーは入院していた聖バーソロミュー病院で働いています。勤め口を探すのには苦労しました。その子は入院する前はどこにいたのかと、必ずきかれますからね。用心深いんです、まともな商人は。怪しげなところなら誰でも雇いますが、それではトビーのためになりません」

「でも働いているのよね？」

トビーが回復したあと、病院を手伝うと言い張ったのだと、ウェストコットは説明した。

「あの子は利発とは言わないまでも、ちゃんと指示に従うし、言われたことはなんでもやります。床だって患者の額だって拭きます」
「同じ道具は使っていないわよね」クララは心配になった。
「病院ですよ。なんとも言えません。ぼくがお伝えできるのは、報告書の内容だけです――
トビーは一生懸命働き、給料代わりに食事と寝る場所を与えられることで満足している。出
ていくことを非常にいやがっている」
「当然だわ。警察の手入れから逃れた少年たちは、わたしたちがトビーを探しに行ったのだ
と知るでしょう。警察が来たのはトビーのせいだと思うはず。その中にジェイコブ・フリー
ムもいるのよ」
「そうですね、マイ・レディ、これこそブレドン卿が避けたがっている話題です。とにかく、
フリームは死にました。熱病が原因だと聞いています」
「誰から聞いたの？」
「ぼくの尊敬すべき同僚の疑い深い性格があなたにうつったみたいですね」
クララはじっと彼を見た。
「路上で情報屋から聞いたんです」ウェストコットが答えた。
「本当だといいけれど」クララは頬のふくれた少年を思いだした。「いずれにせよ、トビー
を病院から連れだしてもらいたいの。ここで働いてほしいのよ。ブリジットと一緒に」
「ブレドン卿が戻ってくるまで待って――」

「家のことは全部まかされているわ。夫があなたにそう言ったとき、わたしもすぐそばにいたのよ。〝侯爵夫人に力を貸してやってくれ〟とも言っていたわよね？」

「たしかに。しかし、ぼくは一家の事務弁護士として、助言をすることを許されているのです。それがぼくの義務でもあります。従って、閣下が戻るまでお待ちになるよう助言します」

「あなたは勤め口を見つけられなかった」クララは言った。「わたしはここでトビーを雇えるわ。でも、できるかどうかが問題ではないの。もしあの子たちがいなければ、わたしは夫と出会うことはなかった。ふたりのために何かしてやりたいのよ」

ブリジットをミリナーズ・ソサエティから転居させる手配をすると、クララはウェストコットに告げた。クララは後援者のひとりだし、義理の姉のソフィーは設立者のひとりだから、簡単なことだ。ブリジットをひいきするなとオリヴァーに注意されたことを思いだしたが、これはまったく別の話だ。ブリジットは生徒たち全員が望んでいること——正業につくこと——をするだけなのだから。

ブリジットになんの仕事をさせるかまでは決まっていないけれど、すぐに答えが見つかるはずだ。コッピー姉弟を引き受けようと心に決めたのだ。クララは家庭内で生じるあらゆる危機に対処できるよう訓練された。だから、機が熟せば何をすべきかおのずとわかるだろう。

ウェストコットが出発すると、クララはさっそくソフィーに手紙を書き、ブリジットを学校から出す手配を手伝ってくれるよう頼んだ。

それから、義理の両親たちに知らせるため階下へおりた。

「感傷的だな」コッピー姉弟を呼びに行かせた理由をクララが説明すると、義理の父ははねつけるように手を振った。「きみは絶対に一人前の弁護士にはなれないぞ。事実を冷静な目で注意深く見なければならないんだ。感情を切り離さなければならない。関わる必要があるのは、裁判官と陪審の感情だけだ」

「感傷とはなんの関係もありません」クララは反論した。さすがに義理の父は威圧感があり、その点では夫以上だった。何十年も法廷で戦ってきたのだから当然だ。だがクララは、義理の父にも夫にもおびえるつもりはなかった。「人は懸賞金をかけて情報を求めます。警察は情報屋に謝礼金を支払います。あの子たちは正確に言うと情報を与えてくれたわけではありませんが、わたしを夫と出会わせて——」

「間接的にだな」

「そして間接的に、わたしは彼らを危険な状況に追い込みました。貧しい子どもたちの生活が厳しくて危険に満ちたものであり、その状況を解決することは不可能だと知りました。けれども、わたしがコッピー姉弟の事件に関わったせいで、彼らが大変な目に遭うかもしれません。ギャングがどういうもので、どれほど残酷になれるか、閣下はご存じでしょう。トビーはおびえています。ブリジットも弟を心配しているに違いありませんが、彼女自身もおびえるのが当然だと思うのです。あの子たちをこのまま放っておくのは心配です。いっさいご迷惑をおかけしないと約束します。努力のかいなくご迷惑をおかけするようなことがあったら、別の場所へ行かせます。でも、あの子たちは住まいと仕事を必要としているんです。彼らが——間接的にだろうと、わたしの人生を変えてくれました。それなのに、見捨てることなんてできません」

「そんなまとまりのない主張では、陪審員の心を動かせないぞ」

「そんなことありませんよ、ジョージ」義理の母が言う。

「まあ、ほとんどの弁護士より見た目がいいからな」義理の父はふっと笑った。息子の笑い方とそっくりだった。「いいだろう、クララ。好きにしなさい。きみはわたしたちにいかなる迷惑もかけないと約束した。このちょっとした愚行を許してやってもいいだろう」

「ジョージ」

「まあまあ、お前も愚行だとわかっているだろう、公爵夫人」

クララは義理の父が期待に興奮しているだけだと気づいていた。だから微笑んで立ち去り、あとはふたりで好きなように議論してもらうことにした。

一一月二五日水曜日

ロンドン

ジェイコブ・フリームは笑っていなかった。敵に気づかれないようにあたらしく生やした髭を引っ張っている。ずいぶん濃くなったものの、スクワレルにはまだフリームに見えた。毛深くなっただけだ。

これまでにないほど毛深く、怒っている。その大きな拳に近づきすぎないよう、スクワレルは気をつけていた。

ハッシャーは気にしていない様子だった。いつものことだ。ドアの前に立って、腕組みをしながら話を聞いていた。

「貴族だと！」フリームが吐き捨てる。「あいつが？」

「じきにロンドンじゅうに知れ渡る」スクワレルは言った。「ジャックスではもう噂になってると思う」

噂はつねに真っ先にジャックスに伝わる。そこから広まるのだ。

「全員で行けばよかった」フリームが言う。「隙を狙ってさっさとやっちまえたのに」

無理だったかもしれない、とスクワレルは思った。ロンドンではレイヴンはしょっちゅう通りを歩いているし、こっちは人ごみに紛れられる。深夜にフリート街やテンプル・ゲートの近くで待ち伏せできる。

一方、リッチモンドでは、レイヴンに近づくのは難しい。身分が高くなったいまとなっては、彼を狙うことが以前よりはるかに大きな問題につながる。

「いまなら隙がないわけじゃない」スクワレルは言った。「二〇〇キロ、いや、三〇〇キロ離れた城に向かってるんだ。だけど、貴族に手を出しちゃいけないんだろ」

「いいから、田舎者が言ってたことを教えろ」

田舎者は何についてもよくしゃべる。スクワレルは要領よくまとめた。「やつが駅馬車を借りたことをみんな知っていた。突然花嫁を置いて出かけたって話で持ちきりだった。そのあとで、何があったかって噂が伝わってきたんだ。葬儀に出るだけだの、あの家の使用人が増えただの」

使用人が増えたということは、監視の目が増え、悪事をかぎつけられる可能性が高くなるということだが、フリームは気にも留めない様子だった。髭をいじりながら、部屋の中を行ったり来たりして思案した。

「大女を連れていかなかったんなら、そのうち戻ってくるだろう」フリームはハッシャーのほうを向いた。「あの女を見たよな。まだ手を出すんじゃないぞ」

ハッシャーはにやりと笑い、数の足りない茶色の曲がった歯をむきだした。

「やつがいつ帰ってくるかはわからない」スクワレルは言った。「だからおれは戻ってきたんだ。見張りができなくなったから。駅馬車に乗ってるのを、走って追いかけろとは言わないよな？」

「まさか」とフリーム。「二〇〇キロ離れた場所であいつがしていることを知ったって、おれの役には立たない」

〝それがロンドンだろうとどこだろうと、あまり役には立たないかもしれない〟と、スクワレルは思った。

いま注目を集めている、なりたての貴族を始末するなど、いい考えとは思えない。ハッシャーの手を借りるにしても、失敗するかもしれない。失敗したら、警察に追いかけられ、首にロープを巻かれて、衆人環視の中でわざとゆっくりと吊るされる。そのあとは、死刑執行人が彼らの服を売り飛ばし、医者が彼らの体を切り刻むのだ。

フリームが歩くのをやめて言った。「行くぞ」

ハッシャーがにやりと笑ってうなずいた。

スクワレルは、シヴァーの復讐のためにレイヴンを始末しなければならないと、自分に言い聞かせた。だが口を開くと、声がうわずった。「いま？ レイヴンはまだ――」

「いまじゃない。頭を使え。その前に準備が必要だ」フリームが笑みを浮かべた。「失敗は許されない。だめになるのはやつと大女だけだ、ハハッ」

ハッシャーも笑った。

18

「法廷弁護士……二、心の中の紆余曲折《うよきょくせつ》や、空洞や、暗がりのことなど誰にもわからない。人はその荒野で四〇年以上さまよい、約束の地にたどりつける者はほとんどいない」
『ジュリスト』第三巻（一八三二年）

一一月二七日金曜日

ウェストコットはその日の昼過ぎにコッピー姉弟を連れてきた。リッチモンドまでの道中ずっと、姉弟を脅すようなことを言っていたに違いない。公爵夫妻に紹介されたとき、ふたりは顔面蒼白《そうはく》でしゃちこばって、ひと言も口がきけなかった。

この試練を乗り越えると、姉弟は使用人たちと顔合わせをするために従僕に連れられて地下室へ行った――いい印象を与えられるといいのだけれど、とクララは思った。そうでなければ、つらい生活が待っているだろう。

クララもいま試験を受けていた。

公爵が片方の眉をつり上げながらクララを眺めている。オリヴァーもときどきこんなふうに彼女を見る。まるで彼女が知性のかけらでも持ちあわせているかどうか熟考しているかのように。クララはそのときと同じいらだちを覚えた。だが、この親子はこういう人たちで、八〇歳の公爵の性格が変わることなど期待できない。

オリヴァーには手紙でコッピー姉弟を引き受けたことを知らせた。クララの知性を疑い、感傷を非難する返事が返ってくるに違いない。けれども、クララはこの件では自分が正しいと確信していた。それに、ここで自分の信念のために戦わなければ、この先の結婚生活で夫に負けつづけることになるだろう。夫は教育できると、祖母が言っていた。

義理の母の夫のあしらい方も見ている。これから長い時間をかけて、知能が高すぎる男性を操る方法を学べばいい。

「あの少年は」公爵が言う。「頭の中がほとんどからっぽのようだな？　フランス人の仕立屋が雇った子と同じ元非行少年か？」

息子からフェンウィックの話を聞いたに違いない。

「ジェイコブ・フリームの窃盗団での短い経験で懲りたと思います」クララは実際、トビーの変わりように驚いていた。

「そんなことはめったにない。横柄なふるまいをしなくなった。犯罪者とつきあえばますます悪くなるのがふつうだ。鞭で打たれたり刑務所に入れられたりしてはじめて鍛えられるんだ」

「犯罪者の流儀を学ぶ前に病気になったのです。それに、病気になって、面倒を見てくれるブリジットがいない生活がどういうものか身にしみてわかったでしょう。彼がどうなろうと気にもかけない粗野な男の子たちに囲まれた生活がどういうものか。このまま死ぬかもしれないと考えたはずです。その可能性はじゅうぶんあったのです。きっと教訓を得たと思います」

「そうかもしれない。単なる憶測にすぎないが——それも、感傷的な憶測だ」

「そうかもしれませんが、身なりをきちんとしたことで意識が変わった可能性もあります。ミスター・ウェストコットがあの子を浴場へ連れていって、清潔な服も買ってやったんです。そうしたら、トビーも思うところがあったみたいです。あの子にお仕着せを着せて、立派な服に見合う働きができるかどうか試してみましょう」

「きみの友人の仕立屋が、引き受けた少年に対してそういう手段を利用したのかね?」

「三角帽や金で縁取られた上着や光るボタンで、男の子の自尊心は育つんです」クララは言った。

すると、公爵が笑い声をあげた。

公爵夫人も微笑んでいる。

クララは続けて、トビーの病院での経験について話した。「職員たちを見て、患者の世話の仕方を学びました。学校にはなじめませんでしたが、違う形で学ぶことはできるみたいです。公爵のお役に立てるかどうかはわかりませんが、公爵夫人には小姓が必要でしょう」

「まさか」公爵夫人が言う。「必要ないわ!」

「必ず必要になります」クララは続けた。「この先、使用人たちはますます忙しくなります。増員するつもりですが、大勢の使用人たちを支配下に置くことを公爵夫人はお望みにならないでしょう」

公爵夫人が目を見開いた。これまでそのことに思い当たらなかったのだろうが、無理もない。

クララがどれだけ手を貸そうと、義理の母の人生をもとに戻すことはできない。イタケー・ハウスはじゅうぶん広いけれど、大きなタウンハウス、たとえばウォーフォード・ハウスと比べたら小さな家だ。これまでは少人数の使用人で事足りた。だがこれからは、家事がどんどん増える。新公爵夫妻が好まざるとも、訪問客や手紙や、あらゆるものが押し寄せるだろう。

最優先しなければならないのは、王室とのつきあいだ。両陛下は現在ブライトンに滞在中だが、クララの結婚式のときと同様に、まもなく使者を送ってくるだろう。この儀礼訪問は拒めない。公爵が衰弱していて訪問できないため、いつかは両陛下がここに訪ねてくる。それ以外にも公式訪問を受け入れなければならないのは確実だ。ケント公爵夫人もヴィクトリア王女と一緒に姿を見せるはずだ。

クララは全員を追い返すことはできないし、義理の両親だけでなく、オリヴァーのためにもそうすべきではなかった。オリヴァーは領地経営をはじめとする父親の仕事をこなしながら、弁護士を続けることはできない。けれども、弁護士としての能力を議会で生かすことならできる。問題は、改革されたにもかかわらず、庶民院でさえ内輪のクラブのままだということだ。モルヴァン家がこの世界に本当の意味で属するためには、ふさわしい社会的地位を取り戻し、貴族として役割を果たさなければならない。

差し当たって、クララは離れた場所からモルヴァン・ハウスを整える。混乱を少なくすることはできても、すべてを防ぐことは不可能だ。

「トビーに伝言を頼んだり、使い走りをさせたり、何かを取りに行かせたり運ばせたりというような仕事をさせられます」クララは言葉を継いだ。「あの子は強い子です。そうでなければ、病気で命を落としていたかもしれません。公爵の枕を直すとか、公爵がソファから椅子に移動されたいときも、あの子が役に立つでしょう」

公爵夫人が夫の世話をするのが難しくなってきたことに、クララは気づいていた。公爵は自分でできることが少なくなっていくことにいらだちを覚えている。それに、息子ほどではないが体格がいいから、大変なこともある。トビーは病院で働いていたおかげで、ほかにもたくさんできることがあるだろう。だが、公爵夫人の領域に踏み込むようなまねはしてはいけないと注意しておく必要がある。トビーがそばにいることに慣れてからなら、公爵夫人もいろいろ用事を頼めるようになるはずだ。

「女中や従僕でなくて、その子を雇えというのね」公爵夫人はじつに疑わしそうな顔をしていた。

「そうすれば、ほかの使用人たちにもっと力や頭を必要とする仕事をまかせられます」クララは言った。「結果的に、あたらしい使用人の数を減らせます」

公爵夫人はひどく迷っている様子で考え込んだ。公爵は黙って妻を見守っていた。

クララは待った。

ようやく公爵夫人が口を開いた。「あたらしい使用人の集団とひとりの少年のどちらかを選ばなければならないのなら、少年を選ぶわ」

公爵のグレーの目がきらりと光った。「よくやった、クララ。お見事」

「事実を指摘しただけです」クララは言った。

「それでいいんだ。あの見た目がよすぎる少女はどうする気だ？　従僕たちが放っておかないぞ」

デイヴィスにも同じことを言われた。

「デイヴィスとわたしで、ブリジットに従僕を誘惑する暇を与えないようにします」クララは請けあった。「腕のいいお針子に頼みたい仕事がたくさんあるんです。当面はこの家の繕い物をやらせますが、モルヴァン・ハウスで大規模な改装が必要になると思うのです」

「とんでもない状態になっているはずよ」公爵夫人が言う。「動かさなければならない重い家具がまだ梱包《こんぽう》されたまま置いてあるんじゃないかしら。でも、いろんなものが不思議とどこかへ行ってしまっているでしょうね。家族のリネン類はしまい込まれて、ぼろぼろに――とっくの昔に盗まれて売られているかもしれないけれど。もう家族の者は一〇〇年以上住んでいないし、先代の公爵のお父さまはグリナー城のほうにお金をかけていたから」

「モルヴァン・ハウスの点検を母に頼んだんです」クララは言った。「大喜びでやってくれると思います」

母に仕事を与えれば、リッチモンドへの訪問を防ぐことができる。親友であり敵でもあるレディ・バーサムに、娘――ブレドン侯爵夫人のために身を粉にして働くと、自慢する声が聞こえるようだ
〝でも母親に何ができるというの？　かわいそうにクララはいま、重大な責任を負っているのよ。モルヴァン公爵夫妻を支えたりなんだり大変なの。もちろん、あの子はわたしの判断を全面的に信用しているわ〟

「あたらしいリネン類を準備しておきます」クララは言った。「そうなると、ブリジットに手に余るほどの仕事ができますし、イニシャルを入れたりするので刺繡の才能を生かすこともできます。あのお屋敷をよみがえらせるのが本当に楽しみです」

公爵夫人が笑った。「あなたがいてくれてよかった。わたしは壁紙やらカーテンやら家具やらを選ぶなんて、退屈でしかたないもの。それよりも、検視官の判定とか、裁判官の陪審への説示とか、法律の微妙な問題に関する夫の突拍子もない意見に反論するほうがずっといいわ」

「お前は法律の微妙な問題について何も知らないだろう」公爵が言う。

「ほらね、クララ。この勘違いした紳士の相手をするだけで気力を使い果たしてしまうのよ」公爵夫人が手を振って続けた。「好きなようにしていいわよ。あの少年を着飾らせたら

よこしてちょうだいね。何ができるかそのうちわかるでしょう」

一二月四日金曜日
リッチモンド

髭とあたらしい服の効果に、スクワレルは驚くばかりだった。二日前、フリームとハッシャー、スクワレルは、白昼堂々と二頭立て二輪馬車《カリクル》でロンドンを出発した。誰も彼らの正体に気づかなかった。スクワレルは気をつけて見ていたが、あとをつけてくる者はいなかった。フリームが言っていたとおり、青白雁亭の部屋に入ってしまえば、あとはたいした苦労はなかった。馬車を換え、服を着替えた。別人に見えるような服を着れば、別人だと思われる。シヴァーの紹介でフリームの窃盗団に入るまで、スクワレルはなんであれ手に入るぼろを着ていた。フリームは正真正銘のろくでなしかもしれないが、そんな人間は大勢いる。この正真正銘のろくでなしは、手下たちに食べ物と住む場所を与え、まともな服を着せてくれた。

そして今日、スクワレルはほとんど新品の服を着ていた。ボタンは全部ついている。穴も開いていなければすり切れてもいない。肘にもどこにも継ぎは当てられていない。きちんとした帽子をかぶり、ネクタイに、偽の宝石をはめ込んだネクタイピンまでつけていた。必要なものを用意するために、ハッシャーが誰かを、おそらく死ぬまで殴って奪ったに違いない。

そう思うと、スクワレルはいくらか心苦しい気分になる。だからいつも、そういうことはあまり考えずに、ただ言われたとおりにするようにしていた。

スクワレルは使用人のサミュエルと名乗り、ハッシャーはスクワレルよりも上等の服を着て、フリームの息子、ハンフリーを演じている。歯まできれいになっていた。

当然フリームが一番立派な身なりをしていて、医者の勧めでロンドンから来た名士、ミスター・ジョゼフ・グリーンと名乗った。名士を演じるのはお手のものだった。たいていの本物の名士よりもいい暮らしをしていて、流暢《りゅうちょう》に話す。学があるが、どこのなんという学校に通っていたかは口にしないし、誰も尋ねなかった。

ハッシャーが街をぶらつくあいだ、フリームは馬車で大きな公園を走りまわり、土地勘をつけた。ときおり酒場や喫茶店へ行って噂話をした。レイヴンと、一家が住んでいる川沿いの家に関する情報を得るのは難しくなかった。

リッチモンドによそ者が多く訪れるのは主に夏だが、今年はこの時期でも押し寄せていた。引き船道に立って、塀越しにレイヴンの屋敷にぽかんと見とれたり、村の広場からの道を通って、庭に誰かいないかのぞき込んだりしている。フリームとハッシャー、スクワレルもその中にまじり、立ち止まってのぞくことができた。だいたいスクワレルが見張りの役目を担い、塀を乗り越えて侵入しろとフリームに命じられないことを願っていた。

乗り越えるだけなら簡単だ。問題は使用人だ。厩や温室のあいだを行ったり来たりして、庭のあちこちに突然現れた。

そもそも、この村がスクワレルを不安にさせた。とても小さな村で、みんながみんなのことを知っている。刑事を見かけたとスクワレルは確信しているのだが、ロンドンの警察官はこんな遠くまで出張らないとフリームは言う——それもまた、この地でレイヴンを始末することにした理由だ。ここには田舎者の巡査一名と、数名の夜警しかいない。

今日はハッシャーが見張りに立ち、フリームとスクワレルは馬車で公園に行った。スクワレルは今回にかぎり座席に座り、いつものごとく周囲に目を光らせた。フリームがスクワレルを平手で打った。「やめろ」口調こそやさしかったものの、手の力は強かった。「きょろきょろするな」

「おれは気をつけているだけだ。言われたとおり——」

「そうじゃない」フリームがさえぎった。「それじゃあ、よからぬことを企んでいるみたいだ。カモにできるまぬけを探しているようにしか見えない。おれたちはなりたての貴族をひと目見ようと、ここまで来ているんだ。一分おきに振り返る使用人なんてどこにもいないぞ」

また叩かれたくはないので、スクワレルは物陰や突然の動きに注意するのをやめて、まっすぐ前を見るようにした。外の空気を吸いに来ただけだというふりをしようと努めたが、そのにおいが好きになれなかった。新鮮すぎる。木が多すぎる。

そういうわけで、しばらく経って公園を出て、村へ向かう丘をのぼりはじめたときに、ちょうど店から出てきたトビー・コッピーにも目を留めなかった。トビーは驚いて立ち止まり、魚のように口をぱくぱくさせ、顔がネクタイと同じくらい真っ白になった。

あたらしい仕着せ姿のトビーは人目を引くが、スクワレルはどこかの派手な使用人が歩道に突っ立っているとしか思わなかった。トビーは彼らの馬車を見送りながら、顔をゆがめて考え込み、ひとつの結論を導きだした。

その後

クララの書斎で、彼女の前にブリジットとトビーが立っている。

「スクワレル」クララは口に出した。

「仲間にそう呼ばれているんです」ブリジットが言う。トビーはしどろもどろになるため、弟の代わりに話しているのだ。がたがた震えながら使い走りから帰ってきたトビーを、クララに報告するためブリジットが引っ張ってきたそうだ。

「歯が出ていて、木の実をため込んでいるみたいに頬がふくれているから」ブリジットが説明する。「それに、リスみたいにせかせかしていて、走るのも速いし、すばやく窓から出入りできるんです。ほら、押し込み強盗のときに」

「きっと警察が踏み込んだときに真っ先に逃げだした子たちのひとりね」クララはトビーに言った。

トビーがうなずいた。

ブリジットが肘で弟を小突く。

「はい、奥さま」トビーが口ごもりながら答えた。

あのとき、オリヴァーはその少年を見かけたのだ。細い通りから逃げていった少年の背中と走り方を見ていた。あの家から飛びだしてきた大勢の少年のひとりだ。それでもオリヴァーは、見たことがあると思う程度には覚えていた。そんな頭脳を持っていたらどういう感じがするのだろう？

「ひとりの男とカリクルに乗っていたそうです」ブリジットが言った。

トビーが勢い込んで話しはじめた。「ジェイコブだと思ったんだ。なんでかっていうと、あいつらの中で馬車になんか乗れるのはジェイコブだけだから。でも、あれはジェイコブじゃない。髭を生やしていて、しゃれ者みたいな格好をしてたんだ。一頭立て二輪馬車《ギグ》じゃなくて、カリクルだったし。それに、ジェイコブは死んだってみんな言ってる。だけど、ジェイコブっぽかった。一緒にいたのはスクワレルだ。立派な服を着ていたけど、あいつだとわかったんだ」そう言うと、頬をふくらませてみせた。

「ここへ何をしに来たのでしょう？」ブリジットが口を開いた。「トビーもそう思いました。恨まれているのをわかっていますから、怖くて逃げだしたかったそうです。でもフリームはレイヴン――つまり、旦那さまのことを誰よりも憎んでいますから、その答えを突き止めなければならないと考えたんです」

「追いかけたんだ」トビーが口をはさんだ。「近づきすぎないようにして」

「弟があとをつけていくと、馬車は青白雁亭の庭へ入っていったそうです」ブリジットが説明を続けた。「でも弟は庭までは入りませんでした。それでよかったのだとわたしは言いました。もし姿を見られていたらどうなっていたかわかりません」

トビーを見落とすのは難しい。フェンウィックの仕着せほど奇抜で壮麗ではないとはいえ、肩章ときらきら光る真鍮《しんちゅう》のボタンがついた仕着せを身につけている、緑色と金色を使った豪華なものだ。

一方、スクワレルがいまの衣装を着たトビーを見かけたとして、それが自分の知っているトビーだと気づくだろうか？　おそらく気づかないだろう。トビーのほうも、スクワレルがもっと特徴のない顔をしていたら、あたらしい服を着た彼を見分けられなかったかもしれない。トビーは姉と同様に顔立ちは整っているものの、服のほうが人目を引いた。

スクワレルと一緒にいた男については……。見当がつく。

クララは姉弟に礼を言った。よくやったとトビーを褒め、彼を誇りに思った。全体的に見ると、トビーはとても勇敢だった。

仕着せに恥じない仕事をした。

ふたりが部屋を出ていったあと、クララはどうすべきかじっくり考えた。対処しなければならない事柄がほかに山ほどある。それに、スクワレルと髭を生やした男を勝手に追跡したら、じきに帰ってくるオリヴァーに叱りつけられるだろう。

〝頬のふくれた少年の事件を追跡するな〟

もっともな忠告だ。

クララは人殺しを相手にした経験などない。警察の手入れを指揮する方法も知らないし、それを行う権利もない。厄介な状況に陥る可能性は高い。

夫には対処しなければならない親戚がいる。妻まで面倒を起こして苦しめるわけにはいかない。

だから、追跡するのはやめておこう……直接的にはということだが。

翌日、クララはデイヴィスとコルソンを連れて、馬車でリッチモンドの中心地へ出かけた。

一二月八日火曜日

夜遅くにイタケー・ハウスに帰ってきたオリヴァーは疲れきっていて、ほとんど頭が働かなかった。

気力を振りしぼり、物的証拠や検視により、バーナードの死因は頭蓋骨骨折だと判明したと父に報告した。

父を納得させたあと、自分たちの部屋へ行った。風呂の支度ができていた。もちろん、クララが先を読んで手配しておいてくれたのだ。完璧な女主人になるための訓練の賜物だ。

ゆっくり風呂に浸かったほうが疲れが取れるとわかっていたが、オリヴァーはさっさと上がった。早くベッドに入りたかった。クララと。狂おしいほどクララが恋しかった。クララも一緒にグリナー城へ行っていれば、親戚たちを話題にして笑いあえたのに。知性がある人と、彼を思ってくれている人と話ができた。手紙のやり取りはしたが、彼女の顔や身振りを見ながら話すのとはまた違った。手紙では、彼女の淑女らしい外見に隠れているほとんどの人が知らない面を垣間見られない。それに、手紙を通じてクララの言うところの夫婦生活を営むことはできない。

寝室に戻ると、クララはベッドの中で体を起こして本を読んでいた……ウェイドの『大都市の警察と犯罪に関する論文』を。

議論で夫を負かすために勉強しているに違いない。

オリヴァーもベッドに入った。

クララが本を脇に置いた。「大変だった？」

「何が？」オリヴァーはきき返した。

「なんでも。こんなことをきくべきじゃないわね。あなたは最後の手紙で、今日帰ってくると約束した。その約束を守るために、睡眠も食事もとれなかった。疲れているわよね。話は明日にしましょう」

骨の髄まで疲れきっていたオリヴァーは、枕に頭をのせた。クララもろうそくの火を消して、寄り添うように横たわった。彼はクララを抱き寄せ、ナイトキャップ越しにキスをした。それでは物足りなくて、ナイトキャップを取ると、髪に唇を押し当てた。シルクのごとくなめらかで、花の石鹸と彼女自身の香りがする。

「きみといるときよりも全然楽しくなかった。きみのほうがずっと面白いし、きれいだし」

「面白い？」クララがきき返した。「宮廷の道化師みたいに？」

「いや、手の込んだ殺人の裁判みたいに」

クララが静かに笑った。「最高の褒め言葉ね、弁護士さん」

「そうだよ」オリヴァーは言った。「世の中ばかばかりだ。何を言うか、何をするか、だいたい予想がつく。ラドフォード家の親戚たちがいい例だ。予想どおり、要求ばかりして、言い争いが絶えなかった。予想外だったのは死者だけだ」

いったん言葉を切って、考えを整理した。感情よりも理性のほうがはるかに単純だ。「思っていたより気の滅入る葬儀だった」

「それは、あなたが彼に希望を持っていたからよ。そうでなければ、助けようとしたり、生活を改めるよううるさく言ったりしなかったでしょう」クララが言った。

「バーナードが領主として責任を負っている人々のためにしたことだ。あいつのためじゃない」

「彼に恋人ができたと知って、喜んでいたわよね」

「それは喜ぶさ。父に爵位を継がせたくなかったんだ。ぼくも継ぎたくなかった。ぼくの人生を気に入っていたのに」

「でも、こうなってしまった」

「ああ」

そして現実は、予想よりもはるかに複雑で過酷だった。すべきことや考えるべきことが山ほどあり、さすがのオリヴァーもどこから手をつけたらいいかわからなかった。

「わたしもバーナードが変わることを期待していたの」クララが言う。「面識はないけれど、彼に失望していた。怒ってもいたわ。運を台なしにして」

多くの感情と同様に、オリヴァーの頭の隅に追いやられているバーナードに対する感情に、もうひとりの自分が悩まされている。頭の中の物置部屋にしまい込まれているため、どんな感情かはっきりしない。突き止めたいかどうかもわからなかった。

「バーナードがいなくなって寂しいんだ」オリヴァーは告白した。「さっぱりわけがわからないが」

クララが片方の手を伸ばして、オリヴァーの頰に当てた。彼は首を曲げて手のひらにキスをした。

「感情は、あなたの得意分野ではないから」

「感情は苦手だ。きみの領域だ」

「あなたの優秀な頭脳を感情でふさぐのはもったいないわ。感情や家のことはわたしにまかせて。そうすればあなたは、関心を——その——」クララが手を振ると、手首のひだ飾りがはためいた。「得意なものに向けられるでしょう。論理とか仕事とか。これからは、手に負えない感情はわたしの担当と思ってくれていいわ」

オリヴァーは笑わずにはいられず、クララの手首をつかんだ。「おいで」

「ここにいるわよ」

「もっと近くに」

「これ以上近くに行けるかしら」

「よく考えるんだ」

一二月九日水曜日
ブレドン侯爵夫人の居間

「なんてこった、クララ、約束しただろ！」

「厳密に言うと約束していないわ」

「屁理屈を言うな！　放っておけと言っただろう。そうしなければならない理由もわからないほど愚かなのか？」

クララがかっとなったのに気づいたが、オリヴァーは容赦なく言葉を継いだ。「わざわざ出かけて、名うての悪党たちに身をさらして――」

「ばかげた考えだわ。あなたならわかるはずよ」クララが言う。「悪党はどこにでもいる。みんな毎日危険にさらされているの。それに誰かに見られたとして、その人は〝ああ、あれがあたらしいブレドン侯爵夫人か〟と思うだけよ〝小間使と馬丁を連れてお出かけか〟とね」

オリヴァーはいまにも癇癪を起こしそうで、そのこと自体が腹立たしかった。彼はけっして癇癪を起こさない。法廷で演技をするとき以外は。

一方、クララのことが心配で、さまざまな考えが脳裏を駆けめぐり、動悸《どうき》がした。彼は窓辺へ行って庭を眺めた。

トビーが父の車椅子を押して小道を歩いている。一二月にしてはあたたかい日だった。父は肩掛けと膝掛けで防寒し、隣を歩く母が話しかけていた。

意外にも、両親はあの愚かな少年を気に入ったようだ。

クララのアイデアだ。オリヴァーのいないあいだ、クララは大活躍していた。

だがこればかりは……。

「わたしが何か企んでいると疑われるはずないでしょう」クララが言う。「ただの女なんだから。無力で、無能で、知性に欠けている。生まれの卑しい人や、犯罪者でさえそう考えるわ。女は重要視されないの」

オリヴァーは目を閉じて感情を切り離そうとした。頭の片隅にいるもうひとりの自分は、怒りと恐れ、昨夜と今朝の……愛の行為の記憶やら何やらで興奮していた。感情のせいだ。感情はクララの担当だ。

〝これは刑事事件だ〟オリヴァーは自分に言い聞かせた。〝法廷にいるつもりで、事実のみを考慮するんだ〟

〝だがぼくは結婚している〟反論する自分もいた。〝妻や、夫としての義務をないがしろにしてもいいのか?〟

もちろん、彼は一言一句覚えていた。

〝結婚が制定された理由〟

〝第三に、相互組合として、繁栄のときも逆境のときも、互いを助け、慰めるために制定された〟

相互に……助け……慰める。

オリヴァーは頭の中の騒音が雑音程度に静まるまで待った。

それから、妻を振り返った。彼女は炉棚のそばに立っていた。つまり、手の届くところに武器となる置き物がいくつもある。いまのところは、それらを投げたそうなそぶりは見せていない。だが青い目がきらめいていて、前で組みあわせた両手に力が入っているのがわかった。

「クララ、あの少年と一緒にいたのはフリームだ」

「わたしも同じ結論に達したの」クララが同意する。「だから――」

「ロンドンの銀行家か投資家かなんだかに化けているその男が、スクワレルのような人物をただで手下にすると思うか? スクワレルは情け容赦のない人間だ。グリナー城にいるあいだにストークス警部に手紙を書いて、詳細な報告書をもらったんだ。スクワレルはフリームの窃盗団に入ったばかりだが、すでに〝たたき〟で名を上げている」

クララがぽかんとした表情を浮かべた。

「強盗のことだ」オリヴァーは言い直した。「シヴァーの一番弟子でもある」

「それなら、見つけたのがトビーでよかったわね。使いに出たのがブリジットだったらと思うと」

「彼女なら反対方向に走って逃げる分別があるだろう。厄介ごとに突っ込んでいくきみと違って」

「あの忌まわしい少年には近づいていません！　デイヴィスもコルソンもよ。道理のわからない人ね」

「このぼくが！」

「ええ、そうよ。わたしの話をちゃんと聞いていなかったんでしょう」

「ぼくは一言一句――」

「コルソンがその宿の厩の庭で雑談をしたの」クララが言う。「馬丁がよくやるでしょう。コルソンは質問する必要さえなかった。みんな喜んでいろんなことを話してくれたそうよ。リッチモンドの健康にいい水を求めて静養に来た自称ミスター・ジョゼフ・グリーンのことも。ハンフリーという息子と、サミュエルという若い使用人を連れてきているんですって。わたしとデイヴィスはそのあいだ、通りをいくつも隔てた店にいたのよ。あなたが癇癪を起こす理由なんてないのに」

「癇癪だと！」ハンフリーという名前の息子と使用人。ハンフリーは誰のことだ？　窃盗団のメンバーの半分はまだ行方不明だと、ストークスは言っていた。ハッシャーもだ。

オリヴァーは胃が締めつけられる感じがした。

「あなたって母にそっくりだわ」クララが言った。

オリヴァーは聞き違えたのではないかと思った。耳鳴りがする。

クララは彼に反論する隙を与えずに言葉を継いだ。「そういう芝居がかったふるまいは法廷では役に立っても、結婚生活では通用しないわよ。離婚を考えているのなら話は別だけれど」

自分はせん妄を起こしているのかもしれない、とオリヴァーは考えた。耳を疑い、口を開くのが一瞬、遅れた。「気でも触れたのか？　離婚だと？」

「そうね、まだ結婚したばかりだから、婚姻無効を訴えられるわね」

「ふざけたことを言うな」

「あなたが先にはじめたのよ。かっとなって。わたしは家族の安全のために必要な情報を得ようとして、密偵を送り込んだだけなのに」

癇癪など起こしていない、とオリヴァーは思った。絶対に。自分は世界一冷静で理性のある人間だ。きわめておだやかな口調で言った。「家族の安全を守るのは、きみの仕事ではない」

「わたしの仕事に決まっているじゃない。とくにあなたが出かけているときは。密偵と言えば、あなたはミリーを使っていたけれど、彼女に近づいたら村じゅうの噂になってしまうから、やめておいたのよ。みんながみんなのことを、本人より先に知ることさえあるんだから。

本当にあなたは理性を失っているわよ。あなたにとって大変な時期なのはわかるけれど――」

「大変ではない。ぼくは公爵領を支配する能力をじゅうぶんに備えているし、父の先任者たちよりも有能だ」

「いまはわたしを支配しようとして見事に失敗しているわね」クララが言う。「感情に煩わされているんじゃないかしら。でも残念ながら、あなたに愛想を尽かしているから、手助けする気になれないの。何かほかに生産的なことをしてちょうだい。怒りをぶつける相手をほかに見つけて。わたしは手紙を書かなければならないし、生地の見本を一〇〇枚も見なければならないから、心を乱されたくないの」

オリヴァーは反論しかけたが、思い直した。

怒って部屋から飛びだし、ドアを叩きつけるように閉めた。

ドアの反対側に何かがぶつかって砕ける音がした。

19

「今週はおだやかな天気に誘われ、王妃陛下は何度か朝の散歩にお出かけになった。国王陛下と王室の人々と一緒に馬車で遠乗りもなさった」

『宮廷日誌』一八三五年一二月五日土曜日

クララは書き物机の椅子にくずおれるように座った。心臓が早鐘を打っている。いやな気持ちになるから、考えないようにしよう。扱いにくい人。

ペンを取ってあたらしいリストを作ろうとした。だが怒りがおさまらず、手が震え、紙が破れてペン先がつぶれた。

ペンナイフを取りだして削ろうとして、ペン先をだめにしてしまった。椅子を引いて立ち上がると、隣にある夫の書斎に足音も荒く入っていった。オリヴァーが出発したあと、クララは彼の机を整頓した。彼の物に触れると心が慰められた。夫は自分の物に勝手に触られるのが嫌いだとあとから知ったが、それもまた楽しい発見で、そのことで彼をからかった。

喉が締めつけられた。

オリヴァーの机からペンを一本盗んだ。それでも気がすまなかった。クララは怒っていた。傷ついていた。

彼はクララのことを理解してくれていると思っていたのに。

〝誰かが励ましてやるべきです〟オリヴァーはクララの両親にそう言った。〝本当の自分になれるよう〟

クララは引き出しを開けて、きちんと整理された文房具を並べ替えた。定規を鉛筆がしまってある小さなトレーに入れた。上の引き出しに入っていた便箋を全部取りだしたあと、下の引き出しを開けた。

下の引き出しに入っているものを取りだそうとして……手を止めた。

鉛筆でもなく、ノートでもなく、仕事とは関係なさそうな、薄紙にぞんざいに包まれたものが入っている。

クララは便箋を机の上に置いて、包みを取りだした。薄紙の隙間がさらに開いて、やわらかい革が見えた。

椅子に座り、包みを机の上に置いて薄紙を開いた。

手袋だ。

婦人用の手袋。

とても汚れている。

地味だが、上質のものだ。かすかにラベンダーの香りがする……デイヴィスがいつもクララの服に染み込ませている香り。

クララの手袋だ。トビーを助けに行った日につけていた、もっとも地味な手袋。〝その手袋を見てみろ！〟オリヴァーはどういうわけか、そういうささいなことで腹を立てる。

クララはその手袋を脱いだあと――どこへやったの？

大おばの屋敷に戻ったあとで、デイヴィスに言われた。〝お嬢さまはまた手袋をなくしたんですか？〟

平気なふりをして馬車から降りたときに落としたのだと思っていた。あるいは、膝から床に落ちたか……キスをしたときに。御者か次の乗客が自分のものにしただろうと。

それは間違っていた。

オリヴァーが見つけたのだ。それを取っておいた。

喉が締めつけられた。

そのとき、足音が聞こえた。

クララは手袋を包み直して引き出しに突っ込んだ。便箋をもとの場所にしまってから、急いで居間に戻り、あたらしいペンを手に取った。

椅子に座った直後にドアが開いた。

オリヴァーが部屋に飛び込んできたときには、クララは机に向かってリストを作成しはじめていた——なんのリストか自分でもわからないけれど。鼓動が速まり、ペンを握る手に力が入る。ペンを放りだし、両手に顔をうずめて泣きだしてしまいたかった。

けれども、祖母の姿を思い浮かべ、涙をこらえて唇を引き結んだ。

オリヴァーがドアを閉めて勢いよく近づいてきた。「なんてことだ、クララ、きみを傷つけてしまったかな？」

「いいえ」クララは答えた。「あなたの理不尽な怒号にもたわごとにも気づかなかったわ」

オリヴァーが片手を机に突いて身を乗りだし、クララの目をのぞき込む。彼女は顎をつんと上げて見返した。

「傷つけてしまったようだな」

「約束したのに」クララは言った。

「約束？」

「あの日、裁判で。わたしはわたしらしくあるべきだと、あなたは言ってくれた。失態を演じてもかまわないと。あなたは——」

「覚えてるよ」

驚いたことに、彼の頬がさっと赤く染まった。

「あなたはわたしの考えを代弁してくれた。それなのにさっきは、わたしを考えなしみたいに扱った。あなたは——」

「わかってる」オリヴァーがいらだたしげに同意した。「ちょっと大げさに反応しすぎたかもしれない」

「ちょっとですって？　わたしの知性を侮辱したのよ。証拠もないのに」

「たしかに証拠不じゅうぶんだった」

「違うわ。ひとつもなかった。ゼロよ。その大きな脳が機能不全に陥っていないかぎり、わたしはあなたと同じくらい上手に調査したとわかるはずなのに――」

「ぼくなら違うやり方をした」

「もちろんそうでしょうね。あなたは男性だから自由に行動できる。わたしは約束事に縛られていて、できることはかぎられているの」

「ぼくがあんなに守らせようとした約束以外にな」

クララはまだ怒りがおさまらなかった。「危険は冒していないわ。これ以上ないというくらい慎重に行動したの。犯人を追跡したりしなかったし、犯人の姿さえ見なかった。ただ情報を集めただけよ。それを、あなたが旅の疲れから回復したあとで教えてあげたの。もしやり直せるとしても、同じことをするわ。だって、あなたを殺されたくないもの。いまのところは」

「いまのところは？」

「あなたのために喪に服す気分じゃないのよ。バーナード――わたしがやっぱりこの人と結婚しておけばよかったと心から後悔している男性が亡くなって、すでに喪服を着ているでしょう。でも似合わないから、喪の期間を延ばしたくないの。あなたにもお化けみたいだと言われてしまったし」

　オリヴァーがクララのドレスをじろじろ眺めた。「黒を着ると少し青白く見えるんだよ。だが、いまは怒っているから血色がよくなっているね。黒も似合うよ」

「おだてたって無駄よ」そう言いながらも、クララは気分がよかった。救いようがない。手袋を見つけてしまったせいだ。ちょっと褒められただけで、態度がやわらいでしまう。

「クララ――」

「クララじゃないでしょう。マイ・レディと呼んで」

「きみは容赦ないな。やっぱりバーナードと結婚すればよかったんだ」

「あの人なら更生させられたかもしれない。でもあなたは手の施しようがないわ！　どこまでも鼻持ちならない人ね」

「ぼくが鼻持ちならない男だということは、結婚する前から知っていたはずだ。世界じゅうの人が知っている。辞書でその言葉を引けば、ぼくの写真が載ってるんだ」

「あなたは努力さえしない」

「ぼくは努力しなくても鼻持ちならない男になれるからね。簡単に」

　クララはオリヴァーの腕の中に飛び込みたかった。これ以上喧嘩を続けたくない。どれほど欠点があろうと、彼を愛しているのだ。欠点も含めて愛している。だが望みどおりの結婚生活を送りたければ、戦うしかない。彼の両親が築いたような関係になれるはずだ。ずっと幻想だと思っていたような結婚生活を手に入れられる。ただ望んでいるだけでは実現しない。

「あなたがまあまあの夫になろうと努力しないと言ったのよ」

「まあまあだと！　お前《マイ・ディア・ガール》は要求が高すぎるな」

「相続のせいで追い詰められているのはわかっているわ」クララは容赦なく言葉を継いだ。〝お前〟と呼ばれて抱きつきたくなったのをごまかすために。「だけど、大変な思いをしているのはあなただけじゃないのよ。たしかに、わたしは公爵夫人になるための訓練を受けたわ。でも、これまで公爵家ではなくて、社交界に出入りしていなくて、そのどちらもまったく考慮に入れず、なんの準備もしていなくて、ほとんどのことを変えたくないと思っている家に入る覚悟はできていなかった」急いでつけ加える。「あなたのご両親のことを責めているんじゃないわよ。おふたりが平穏な生活を望むのは当然だもの。とはいえ、この二週間ずっと、わたしがひとりで頑張ってきたのに、あなたに帰ってくるなりなじられるなんて！」

オリヴァーがまるで平手打ちを食らったかのようにのけぞった。

そのあと机から離れたので、また出ていくのだろうと、クララは思った。ところが、オリヴァーは深呼吸をしてから口にした。「きみの言うことにも一理ある」

「一理ですって！」クララは憤った。「まったく道理にかなっているわ！　時間があれば紙に書きだすところだけれど、モルヴァン・ハウスのカーテンを考えなければならないの。それに、母は最後の目録に載っていた家具を半分しか見つけられなかったし。もっとも、残っている家具から判断すると、わざわざ探す必要はないと母は言っているけれど」

「わかるよ――」

「いいえ、あなたは全然わかっていない。モルヴァン・ハウスの使用人は数が足りないだけでなくて、役に立たないの。ひとりかふたりは使えるものの、あとは全員入れ換えないと。それにどれだけ時間がかかるか、あなたは知らないでしょう」

「別にきみが――」

「部屋数が四、五〇あるのよ。正確な数がわからないの。最新の間取り図が見当たらないから。五階建てで、母でさえ主要階を見ただけで疲れきってしまったのよ」

オリヴァーがクララに背を向け、暖炉のほうへ歩いていった。背後で両手を組みあわせ、しばらく炉辺に立って燃える石炭を見つめていた。

沈黙が流れた。石炭のはぜる音と、クララの心臓が早鐘を打つ音が鳴り響いた。

クララはオリヴァーを見つめた。長身で肩幅が広く、引きしまった体に強さと自信がみなぎっている。昔クララの名誉を守るために、当時の彼女にはゾウほども大きく見えたいじめっ子に立ち向かった、痩せた少年をふと思いだした。

手袋のことも。

それから昨夜と今朝、肌を合わせたときのことを思いだした。どれほどオリヴァーが恋しかったことか！ まだ数えるほどしか夜をともにしていないのに、彼のぬくもりを感じながら眠ることが当たり前になっていて、自分の居場所をついに見つけた気がした。

クララとオリヴァーは運命で結ばれている。クララには彼しかいないけれど、対等の関係でありたかった。とはいえ、彼のほうがはるかに強いストレスを受けているのを考慮しなければならない。

オリヴァーだって、こういう生活を送る訓練は受けていないのだ。

これは彼の望んでいた人生とは違う。

〝ぼくの人生を気に入っていた〟と彼は言った。

「わたしも完全に道理をわきまえた行動を取っているとは言えないかもしれない」クララは口を開いた。

「たしかに」オリヴァーが言う。「状況を考えれば、きみは癇癪を起こしたり、泣いたり、取り乱したりするのが道理だ。ぼくの両親は何もかもきみにまかせきりにしている。ぼくたちの将来の家を適切な状態にするには人手が足りないし、夫は男としてのプライドや、財産を守るという時代遅れの考えしか頭にない。ちなみに、夫の原始的見解では、財産には妻も含まれるんだ」

オリヴァーが振り返り、驚いているクララの目を見た。「ぼくが感情に支配されるとどうなるかは、これでわかっただろ。理路整然と考えるどころか、物事をまっすぐに見ることすらできなくなる。きみの鮮やかな仕事ぶりを褒め称えるべきだったのに。ぼくが状況を知っていて、きみに指示を求められていたら――最近自信がなくなってきたが、ぼくが正気だったら、きみがしたことと同じことをするよう指示しただろう」

クララは胸の痛みがやわらぐのを感じた。「よく言ったわ、弁護士さん」

「それじゃあ、少なくとも当面は離婚手続きを見合わせてくれるね？」

「そうね。離婚は面倒だし、ほかにやらなければならないことがたくさんあるから」実際は、夫のほうが言いださないかぎり離婚はできない。だからこそ、最初のうちに夫婦間の厄介な問題を解決しておく必要があるのだ。

「家のこともあとまわしにしてくれないか」オリヴァーが言う。「ぼくたちは悪党の問題を真っ先に解決しなければならない」

「ぼくたち」それを聞いて、クララは心が浮きたった。

「フリームは保身のためなら腹心の部下すら犠牲にする男だ」オリヴァーが言葉を継ぐ。「あいつの場合、〝盗人に仁義なし〟だ。スクワレルがどうしてほかの手下たちみたいに逃げださなかったのかはわからないが、気高い理由ではないだろう。もうひとりの男に関しては、思い当たる節があるが、誓って牧師ではない。やつらは偵察のためにスクワレルを先に送り込んだ。そしていま三人で乗り込んできた。ろくでもないことが起こりそうだ。しかし、きみを仲間はずれにするのはまったく不公平だし薄情だと思う」

「まあ、レイヴン」クララは椅子から立ち上がって彼に抱きつこうとした。

「その前に、レディ・ブレドン、ほかに何をしたか話してくれないか」

クララの目が大きく見開かれ、口がぽかんと開いて欠けた歯がのぞいた――あれを見るたびに、彼女が勝ち目もないのにオリヴァーを守ろうと勇敢に戦ったことが思い起こされる。クララはオリヴァーにも戦いを仕かけてくる。それもまた勇敢な行為だ。

オリヴァーは〝鼻持ちならない〟どころではない。オリヴァーは理詰めの攻撃で、相手方の弁護士を泣かせてしまうこともある。証人は言うまでもない。

クララが泣くとしたら、それは怒りの涙だ。そして彼は、頭を銃で撃ち抜かれたような衝撃を受けるだろう。

だがクララはまたたく間に落ちつきを取り戻すと、冷やかなまなざしでオリヴァーを見た。「話す機会がなかったの。最初の行動が議論を呼んだから。ねえ、お庭を散歩しながら話さない？　今日はあたたかいし、新鮮な空気を吸えば頭もすっきりするわ」

「ぼくはまったくもって冷静だ」

「そうだといいわね。帽子と上着を持ってこさせるわ」

ふたりの上着が届けられ、クララが満足のいくまで身支度を整えた頃には、オリヴァーはじれったさのあまり踊りだしそうだった。

ふたりはオリヴァーの母親が造園した庭に出た。美しい庭で、冬でさえ目を楽しませてくれる。クララに腕を取られた瞬間、彼のいらだちは消え去った。

オリヴァーはいつもどおり黒ずくめで、クララは愚かなバーナードのために喪服を着ている。

「今日のぼくたちは、まさにレイヴン夫妻だね」オリヴァーは言った。

クララが横目で彼を見た。「あなたは本当に黒が似合うわね。さっそうとしていて、危険な香りがするわ」

「きみこそ似合ってるよ。印象的だ。きみが喪服を新調すると言ったときの、仕立屋たちの喜びようが目に浮かぶよ。それもふつうの喪服じゃなくて、侯爵夫人にふさわしい恐ろしく高価なものなんだから」

「わたしに黒は似合わないと、彼女たちもわかっているのよ。黒を着せるには、いつもより力を入れないと」

ブレドン侯爵夫人を美しく装わせるのに格別な努力が必要だとは、オリヴァーには思えなかった。

「ぼくたちを残して死んでしまうとは、バーナードはじつにせっかちなやつだ。財産を使い果たす暇もなかった。〝メゾン・ノワロ〟と上品に書き込まれた請求書が届くたびに、ぼくは自分の喉をかき切りたいとほんの少し思うかもしれない」

「あなたのお父さまが爵位を継がなければ、節約していたわ」クララが言った。「でもいまとなっては、あなたの評判を上げる義務があるの」

「きみのおかげでぼくの評判はうなぎのぼりだ。ドレスによって、きみの評判が上がるのもよくわかっている。ぼくは口から泡を吹いて心臓発作を起こすだろうが、そういったことにも慣れていかなければならないんだろうね」

クララがもたれかかってきた。腕に胸が押し当てられるのを感じたが、彼女の胸の位置をほかの部分と比べて正確に把握しているからそう感じるのだと、オリヴァーは認識していた。

服を何枚も着込んでいる彼女の胸を、実際に知覚するのは不可能だ。

「周りを見て」クララが言った。

オリヴァーは周囲を見まわした。ふたりは曲がりくねった小道を歩いていた。あたたかい時期は花で埋め尽くされ、種類や季節によって色が変化する。カドガン伯爵やランズダウン侯爵、デヴォンシャー公爵夫人、バクルー公爵夫人といった名士が所有する南東の地所と比較するとささやかな土地だが、リッチモンドにはほかにも上品な屋敷がいくつもあり、イタケー・ハウスは成功した弁護士にふさわしい邸宅だ。

この季節、葉をつけているのは常緑樹だけで、ほかの時期よりも周囲の地所が見えやすくなる。

つまり、イタケー・ハウスの建物や庭も、リッチモンド・グリーンにつながる道路や、東の地所との境をなす小道を通る人々から見られるということだ。

「なんだか無防備な感じがするな」オリヴァーは口にした。

田舎では珍しくないことだ。夏になると何艘《そう》ものボートが川に浮かび、蒸気船がロンドンから観光客の集団を運んできて、活気にあふれる。だがそれがどのような影響を与えるかについて、オリヴァーは考えたことがなかった。考える時間もなければ、その必要性に気づきもしなかった。

「ほとんどの家がそうよ」クララが言う。「とくに川沿いは。わたしたちと通行人を隔てるものは、それほど高くない塀だけ。ブリジットからスクワレルの話を聞いたとき、高い壁があればいいのにと思ったわ。でも、たとえお粗末で醜い壁でも、一日では築けないし」

狭い地所に高い壁など築いたら刑務所のような感じがするし、景観を損なってしまう。

「だから、その代わりに戸外の使用人を増やしたのよ」クララが言葉を継いだ。「敷地内を不規則に絶えず見回るよう命じたの。ロンドンのゴシップ紙の記者たちが立ち入るのを心配しているということにしておいたわ。犯人たちの警戒心を引き起こさないように」

オリヴァーは驚いてクララを見つめた。頰が誇らしげに紅潮している。誇りに思って当然だと、彼は考えた。彼女は聡明なのだから、驚くべきではないとも。

「賢明な判断だ。本当のことだから。リッチモンドを忍び歩いている記者たちが、ぼくたちを殺そうとしているやつらの足を引っ張っているに違いない」

「賢明ですって？　うれしくて気絶してしまいそう」

「まだだめだ」オリヴァーは注意した。「その満足げな表情からすると、話の続きがあるんだろう」

クララが楽しそうなまなざしで彼を見た。「ご推察のとおりよ。噂はまたたく間にリッチモンドじゅうに広まった。巡査が訪ねてきて、イタケー・ハウスの見回りを怠らないと約束してくれたの。ついでに、サリー州のこの地域は首都警察法の適用外だと教えてくれたわ」

「ロンドン近郊の州はちぐはぐなんだ」オリヴァーは言った。「行政区によって適用されるところもあればそうでないところもある」

「いずれにせよ、ロンドンからやってきた少年犯罪者たちと髭を生やした男のことで、地元の警察の手を煩わせてもしょうがないわ」

オリヴァーはクララを過小評価していた。とんでもなく愚かだった。彼女はたしかに美しいが、それだけが結婚の決め手となったわけではない――そうだったとしても誰も彼を責めないだろうが。底が知れないところが彼女の魅力なのだ。彼女は興味深い人で、いつも驚かされる。それはつまり、彼女が考えることができるからだ。

「ねえ、レディ・ブレドン、きみは適切な指導を受ければ、ゆくゆくは……聡明になれるかもしれないよ」

クララが片手を頭に当てた。「気付け薬を持ってきて」

「気絶している暇はない」オリヴァーは言った。「ぼくが戻ってきたから、フリームはチャンスがあり次第ぼくを襲うだろう。一刻も早く計画を練らないと」

一二月一一日金曜日

青白雁亭の食堂で朝食をとるときが、スクワレルの一番好きな時間だった。そのときだけ、ロンドンにいるような感じがした。混雑していて活気がある。人の出入りが激しく、騒がしいため、誰もフリームとハッシャーに注意を払わないのもよかった。ふたりは村の広場や、近くの比較的にぎやかな通りを見渡せる、いつもの窓際の席に座っている。スクワレルは使用人のように彼らのそばに立って、部屋からあれを取ってこいだの、使いに行ってこいだの言いつけられるのを待っていた。

そして三人とも、周囲のできごとに耳を澄ましていた。フリームの言ったとおり、レイヴンが戻ってきた。問題は、記者どもがハエのごとく群がっているせいで、レイヴンの家に近づこうとすると、夜警や巡査に止められることだった。

フリームの言ったとおり、ロンドンと違ってここに刑事はいない。だが立派な屋敷がいくつもあるため、民間の夜警がいる。広場から少し行ったところや川沿い、丘の上、公園の中など、あちこちに貴族の家が立っている。

フリームはレイヴンに近づけなくて煮えくり返っていたものの、スクワレルに塀を乗り越えて侵入させようとはしなかった。それではあっさりと捕まってしまう、とフリームは言った。

ひとりが捕まれば、ほかのふたりは即刻逃げだすだろう。そうしなければならない。三人が連れだっていることは村じゅうに知れ渡っている。

夜警とまぬけな記者たちのせいで、フリームは機嫌が悪い。ビーフステーキをレイヴンの内臓に見立てるかのようにめった切りにしている。一心に思い込めばそれが本当になると言わんばかりに。

「当然、こっちは全面的に引き受けたいと願っている」近くの大きなテーブルに着いている男が言った。「モルヴァン・ハウスはロンドンでも指折りの大邸宅だ。いまは無残な状態だが。そうでなければ、こんな話にはなっていない。レディ・ブレドンはすっかりよみがえらせるつもりなんだ。厩まで。もっともそれは専門外だが」

年配の男で、商人のようだ。時代遅れだが仕立てのいい服と、右手にはめた大きな指輪から判断すると、儲《もう》かっているのだろう。古くさいかつらと眼鏡もつけていた。

フリームがナイフを動かす手を止めて、耳をそばだてた。

そのテーブルを囲んでいる別の男が何か言ったが、周りがうるさくてスクワレルは聞き取れなかった。

「いまは無理だ」年配の商人が答えた。「だが、閣下は現公爵の郵便馬車《メール・フェートン》をまた使いはじめたそうだ」

「家族持ちにはそっちのほうがふさわしい」また別の男が言う。「奥方を連れてロンドンへ行き来するにも都合がいいし」

おれたちにとっては都合が悪い、とスクワレルは思った。メール・フェートンは幌の背後に小包や手荷物を入れる荷台がある。さらにそのうしろに、使用人がふたり乗れるくらい広い座席がついている。

これまでレイヴンは、馬にしろ馬車にしろ、ひとりで乗って移動していた。

おれたちはチャンスを失った、とスクワレルは思った。

「この数年間、馬車はよく手入れされていたと、閣下は愛想よく話してくださった」商人が言う。「少し整備すれば、問題なく使えるそうだ」

商人は昨日、屋敷に上がり込み、カーテンやら家具やらについて、レイヴンと大女と直接話をしたようだ。人々は質問を浴びせ、給仕まで口実を作ってやってきてしゃべりだした。フリームは話の輪に巧みに入り込んだ。磨き上げられたメール・フェートンについて詳しく知りたかったのだ。商人は川沿いに住むなりたての貴族について、知っていることを洗いざらい得意げに話してくれた。

そのあと、これから奥方と会う約束があるから遅れるわけにはいかないと言って、あわてて席を立った。

フリームは食堂を出ていく彼を追いかけて、歩きながら話しはじめた。

そして、その商人——ジョン・コットンとその日の夕食をともにする約束をし、ハッシャーとスクワレルは別行動を取った。

一二月一五日火曜日
リッチモンド・パーク

いや応なしに舞台となったこの公園を、スクワレルは好きではなかった。池やら野原やら森やら丘やらが多すぎる。せめてもの救いは、冷え込んできたため、レイヴンが最初の日のように馬車に大女を乗せて何キロも走りまわらないことだ。毎日、家から同じ道を通り、ハイド・パークをめぐる貴族たちと同様にぐるりと一周した。それに、荷台のうしろの座席に使用人は乗っていない。ふたりきりだ。

ふたりは毎日リッチモンド・ヒルをおりて公園に入り、そこでUターンして来た道を引き返した。

フリームは商人のコットンから、レイヴンたちが毎日馬車で出かけることをききだした。その後、スクワレルが二日連続で尾行し、道筋を突き止めたのだ。

ここで片をつけなければならないと、フリームは言った。村ではみんなが何もかも見ていて、みんなに何もかも話す。だがこの時期、とくに夕方は、公園に人けはなかった。

フリームはひとつひとつ計画を立てた。フリームが選んだ場所にレイヴンたちよりも先に来て、練習をした。それから、スクワレルはカリクルを移動させ、丘陵地帯のふもとを回る道を少し行った先にある、つややかな緑の葉をつけた高い木の茂みに隠れた。

面白くなりそうだ、とハッシャーは言った。

スクワレルは早く終わることを願っていた。

そして、数日とも思えるほど長い時間待ちつづけた。

ようやく二頭の馬の蹄《ひづめ》の音と、車輪の音が聞こえてきた。

オリヴァーがその気配を視界の端にとらえるや、見覚えのあるしなやかな体つきの人物が茂みから車道へ飛びだしてきて、外套《がいとう》の前を広げてばたばた動かしながら叫んだ。「助けて！助けてくれ！」

木に止まっていた鳥が仲間に対する警告の声をあげながら飛びたち、葉がガサガサ音をたてた。驚いた馬がうしろ脚で立つ。その人物——髭を生やしたフリームは蹄をよけつつ、外套をはためかせながら叫びつづけた。

〝捕まえてみろ〟そう言っているように見える。オリヴァーはフリームを追いかけて捕まえたかった。彼ら——ほかの連中もいるのはわかっている——が何を企んでいるにせよ。

だが馬が駆けだす恐れがある。先に馬を制御しなければならない。

「手綱を貸して！」クララが叫んだ。

そのとき、茂みからもうひとり、フリームより大柄の人物が現れた。そしてオリヴァーに飛びかかると、座席から引きずりおろした。

〝焦ってはだめ〟クララは自分に言い聞かせた。

オリヴァーが転がり落ちるあいだも、クララは手綱を放さなかった。手綱をしっかりと握りしめて馬を操った。背後で何が起きているのか、茂みから悪党が何人飛びだしてきたのか見当もつかないし、振り返る暇もなかった。もし馬車から飛びおりるか転げ落ちるかして首の骨でも折ったら、オリヴァーを悲しませてしまう。馬車でみんなを轢いてしまったら、誰のためにもならない。完全に集中して、おびえている馬を手綱と声を使って制御した。自分ならやれる。やらなければならないのだ。

ハッシャーは若い大男で、鍛冶屋並みに力持ちだ。足場もしっかりしている。一方、オリヴァーはなすすべもなく宙に放りだされ、背中から勢いよく着地した。耳鳴りがし、パニックに襲われる。視界が暗くなっていき、嘲笑を浮かべているバーナードの顔が見えた。

死亡、死亡、死亡。ちくしょう。

まぶしい光が点滅した。オリヴァーは急速にどこかへ向かっていた。遠く、遠くへ。永遠に？　血の味がし、背中にかたい地面の感触があった。暗闇が渦を巻きながらものすごい勢いで押し寄せてくる。

だめだ。

やり残したことがある。言わなければならないことが。

クララ。愛している。

ぐずぐずしている暇はない！　立ち上がれ！　戦うんだ！　行動しろ！

オリヴァーはどうにか立ち上がろうとした。バーナードに何度も殴り倒されたことがあるのだから、どうすればいいかわかっているはずだ。たぶん。

地面に手を突こうとしたら、何か別のかたいものに触れた。オリヴァーはそれをつかんで目を開けた。すると、振り上げられた大きな手が見えた。すきっ歯をむきだして笑っているハッシャーの顔も。

ナイフの刃が夕日を浴びてぎらぎら光っている。オリヴァーは横に転がり、振りおろされたナイフを間一髪でよけた。ハッシャーが怒りの咆哮《ほうこう》をあげながらのしかかってくる。レンガでできているかのように頑丈で重い。オリヴァーは息を切らしながら手につかんだもの

──鞭の柄で、ふたたび振りおろされたナイフを払い落とした。ハッシャーは悪態をつきながらオリヴァーの鞭を持っているほうの手をつかむと、万力のごとく締めつけた。

「シヴァーのかたきだ。ハハッ」ハッシャーが笑いながら言った。

大女が手こずっているのは明らかだ、とフリームは考えた。馬と格闘しているが、きっと負けるだろう。

馬が馬車をひっくり返してくれるといいのだが。馬車から落ちたレイヴンが首の骨を折ってくれればなおよかったのだが、ハッシャーに激しく抵抗している。

そろそろハッシャーに手を貸してやるべきときだ。ナイフを貸してやったほうがいいかもしれない。

ところが、フリームが足を踏みだす前に、荷台から男が飛びだしてきて、ハッシャーを押さえつけた。

ちくしょう、どうしてスクワレルは丘や木にのぼって、荷台の中身を確認しておかなかったんだ?

勝算を計算するまでもなかった。フリームは一目散に逃げだした。

オリヴァーはありったけの力を振りしぼり、彼の手をつかんでいるハッシャーの大きな手を押しのけた。鞭の柄がハッシャーの鼻にぶつかって血が流れでる。ハッシャーは叫び声をあげ、オリヴァーの手を放して鼻をつまんだ。

ドスンという音が聞こえた。次の瞬間、ハッシャーが横ざまに倒れ、その上にストークスがのしかかった。

オリヴァーはようやく立ち上がった。ふたたび暗闇が渦を巻く。すっかり暗くなった公園が渦巻いていた。自分のいる場所を確認しようと、木の枝の隙間からもれ入る薄明かりに目を凝らした。音が聞こえる。馬車が走る音だ。

音がする方向に目を向けると、加速しながら走り去るメール・フェートンが見えた。

クララ。

暴走した馬車にクララが乗っている。

馬は躍り上がるのをやめたものの、まだおびえながら馬車を引っ張っていた。前方は下り坂が続き、ふもとが急なカーブになっている。クララは必死に落ちつきを保ちながら、ハリーから教わった馬がパニックに陥った場合の制御法を思いだそうとした。落ちつきを保つ以外に、どうすればいいの？

そのとき、フリームを見つけた。操縦に専念していたのだが、悪魔に追いかけられているかのごとく全速力で走っているフリームがふと目に留まった。

「止まりなさい！」クララは叫んだ。「レイヴン！　フリームよ！」

20

「鴉の天気、すなわち、嵐の前兆で空が低くなっているとき、あるいは嵐が通過した直後、鴉は森の開けた場所で見られるかもしれない。石の山の上で、荒涼とした周囲を鋭い視線で注意深く見まわしている」

『英国百科事典』（一八三六年）チャールズ・F・パーティントン著

大女の叫び声が聞こえた。フリームは死に物狂いで走っていた。振り返る余裕はない。すぐうしろで、猛スピードで走る蹄の音がし、鎖や車輪がガタガタ鳴っている。だがフリームは道路をはずれる勇気はなかった。両側は岩や茂みだらけで、どれだけ森林が広がっているか、どこに水場があるかわからない。脚の骨を折ったり、冷たい池や沼に落ちたりするのはごめんだ。

大丈夫。あと少しだ。

このすぐ先で、スクワレルがカリクルで待機している。逃げきれるだろう。道路から飛びだして、いまいましい馬をよける必要があるかもしれないが。馬車は衝突して、大女もずたずたになるだろう。

次の曲がり角を曲がるとシーン・ゲートにつながり、まもなくパットニーへ向かう道路に入る。その後、パットニー橋を渡れば、六キロメートルほどでロンドンに到着する。

フリームは全速力で走った。

〝御者に命じられて走っているんだと馬に思わせればいい〟ハリーはそう言っていた。〝馬を支配しろ。これは競走だというふりをするんだ〟

馬はすでに奮いたって、走る気でいる。あとはクララ次第だ。

落ちついて状況を把握し、障害物に気をつければいいだけだ。馬を驚かせるものが現れず、フリームを追いつづけてくれることを願うばかりだった。木々が飛ぶように流れていき、路上の小石が跳ね上がる。前方の道は危険なほど急に見え、馬が加速しながらがむしゃらに駆けていく先に、切り株や岩が点在する深い木立があった。

突然、フリームが口笛を吹き、手で合図をしながら叫んだ。すると、その先の茂みが動いたのにクララは気づいた。

次の瞬間、木陰から何かが現れた。少年のようだ。その背後に、大きな動物——馬と、黒い幌のついた馬車がかすかに見える。

フリームはそちらへ向かって走っていき、曲がり角に差しかかった。

フリームが馬車に乗ったら、逃げられてしまう。このまま野放しにするわけにはいかない。

捕まえないかぎり、オリヴァーは狙われつづけるだろう。

クララは馬を駆りたてた。

フリームが振り向いた。細長い顔が青ざめている。ふたたび前を向くと、少年に向かって何やら叫んだ。少年は立ち止まり、蹄と車輪の音をとどろかせながら迫ってくる馬車を、口をぽかんと開けて見ている。フリームがわめきながら、突然道からはずれて少年のほうへ逃げだした。クララは叫んだ。「だめ！」

叫び声がナイフのごとく鋭く響き渡った。曲がり角に差しかかり、倒れそうなくらい横に傾く馬車を、オリヴァーは見守った。激しい鼓動が一瞬止まり、馬車がゆっくりと倒れて、地面に放りだされるクララの姿が脳裏に浮かぶ。木の枝や切り株や岩の上に着地したら、命取りとなる。

バーナードは頭を岩にぶつけて即死した。

オリヴァーはその映像を頭から追いだして、恐怖を抑え込んだ。

ふたたび叫び声が聞こえた。今度はクララではなく、男の声だ。馬車はぐらついたものの、完全に持ち直した。そして、徐々に速度を落として停止した。

オリヴァーは息を切らしながら馬車に向かって走った。

クララは向こうの地面を見おろしていたが、足音に気づいて振り返った。そして、オリヴァーを見ると微笑んだ。引きつった笑顔だった。

それでもなお、深まる闇の中、光が差したような気がした。

クララは生きていて、見たところ怪我もしていない。とはいえ、震えているに違いない。オリヴァーも手足が震え、心臓が早鐘を打っていた。

オリヴァーは彼女のそばへ行った。

「わたしなら大丈夫よ」クララは馬の蹄のそばで倒れている人物を顎で示した。「轢いてしまわないよう、フリームから目を離さずに走っていたの、道が狭いし……でも、突然彼が方向を変えて、何かにつまずいたみたい。悲鳴をあげながら転んで、そのまま起き上がらなかった。死んでいるかどうかはわからない。逃げられないように注意してね」

オリヴァーが返事をしかけたとき、前方の木立から少年が飛びだしてきて、シーン・ゲートにつながる道路を猛スピードで走りだした。

オリヴァーは見送ることしかできなかった。向こうが疲れていないのなら、捕まえるのに苦労するだろう。実際、勝ち目はなかった。だが、追いかける必要もない。少年もゲートにたどりつく頃には息切れしていて、速度をゆるめざるを得ないだろう。そこで巡査が待ち伏せしている。

さらに多くの警察官がパットニー橋で待機していた。リッチモンドと公園の大部分がロンドン警視庁の管轄ではないが、少年が向かうはずのパットニーは含まれる。ストークスの同僚は今度こそスクワレルを逃がさないだろう。

オリヴァーはうつぶせに倒れている、自分を殺そうとした男に近づいていった。

その少しあと

一同はシーン・ゲートで警察と落ちあうことになっていた。

それで、クララとオリヴァー、高級家具商人ジョン・コットンことストークス警部は、とらわれ人たちとともにそこへ向かった。ストークスがハッシャーと呼んでいる野蛮な青年は手錠をかけられ、足を骨折して動けないフリームは間に合わせの添え木を当てられ、メール・フェートンの荷台に乗っている。そのうしろの使用人用の座席にストークスが腰かけて見張っていた。クララは埃にまみれただけですんだが、ほかは全員血を流し、あざを作っていた。

オリヴァーの上着は汚れてぼろぼろになっている。ズボンも同じだった。とはいえ、夕日の中、ランプの明かりに照らされていても、黒い服についたしみを見分けるのは難しかった。土だろうが、血もまじっているに違いない。顔にも汚れやらあざやら切り傷がついていて、腫れてきているところもある。勢いよく落下したのだから、頭にもこぶができているだろう。

男同士の喧嘩の結果なら見慣れていた。けれどもこれは、それとは違う。クララはみぞおちにぽっかりと穴が開いたような気分だった。オリヴァーは殺されていたかもしれないのだ。あっさりと。彼のいとこのように即死していてもおかしくなかった。

フリームの共犯者のハッシャーは筋肉質で身のこなしが軽く、指の太い大きな手の持ち主だ。彼にそっくりな鍛冶屋がいた。背が高く不器用に見えるのに、金床や斧を軽々と持ち上げられるし、金属の細かい部品を自由自在に成形できるのだ。

幌が防音の役目をしているうえに、車輪や蹄の騒音がほかの音をかき消すほどうるさかったにもかかわらず、フリームがうめいたりわめいたりする声が聞こえてきた。なんと言っているかまではわからないが。ときおりストークスのパイプの煙のにおいがした。

「完全に計画どおりにはいかなかったわね」クララは言った。

「そういうものだ。ストークスもそう言ってただろう」オリヴァーの声がいつもよりかすれている。クララは彼の手から鞭を取り上げて、夫に何をしたにせよ、ハッシャーを気絶するまで打ちすえたい衝動に駆られた。

ふたりは念入りに計画を立てた。郵便物の宛先がリッチモンドじゅうの人に知られてしまうため、オリヴァーはウェストコット経由でロンドン警視庁に手紙を書き、事情を説明した。それから、高名な元ボウ・ストリート・ランナーズのストークス警部を私立探偵として雇った。地元感情に配慮しながらロンドンの警察官と連携し、できるかぎり少数の地元民に協力を頼んだ。

ストークスは呼びだされてから数時間も経たないうちに到着し、オリヴァーと一緒に、予想される展開に合わせた計画をいくつか立てた。

そしてジョン・コットンに扮《ふん》し、特定の時間に、あらかじめ決められたルートにフリームが現れるような情報を本人に与えた。

毎日のドライブで、ストークスは茂みからのぞく人々に姿を見られないよう、荷台の中で丸くなり、毛布をかぶって隠れた。

そのようにして攻撃に備え、場所を限定しても、いつどこで襲われるか正確に知ることはできなかった。

フリームが隠れ場所から突然現れたことで、馬も人間も不意を突かれて驚いてしまい、フリームたちが優位に立った。

「きみはゲートで警察が待ち伏せていることを知っていた」オリヴァーが言う。「きみは静観していて、ぼくが殺されそうになったとき、それもきみに危険がおよばない場合にかぎって行動するという約束だったじゃないか」

「そのときは、あなたが馬車から引きずりおろされてあっさり倒されるのも、馬がパニックに陥るのも考慮に入れていなかったわ」

馬はよく訓練されていたものの、ロンドンで訓練された馬と違って、喧騒や、人や馬や馬車が向かってくることに慣れていない。フリームはそれを心得ていた。だから、突然飛びだして叫びながら外套をはためかせ、かく乱したのだ。

「まあ、もっとひどいことになっていた可能性もある」オリヴァーが言葉を継ぐ。「きみが馬車から飛びおりてハッシャーを殺そうとするとか。いずれにせよ、フリームはきみに轢き殺されそうになったと裁判で主張するだろうね」

「わたしは陪審にこう主張するわ」クララは言った。「わたしは暴走する馬車にひとり取り残され、馬を制御しようと最善を尽くしました。でもそれは、女ごときには難しいことでした。フリームは道から飛びだした際に不幸にもつまずいたのです」

「女ごときには難しい、か」オリヴァーがぶつぶつ言う。「ロングモアの笑い声が聞こえるようだ。いや、兄上たち全員を法廷から締めだしたほうがいいかもしれない」

「たぶんもっと早く馬車を止められたわ。少なくとも、速度を落とすことはできた。でも、そうしようとは思わなかった。あのときは、論理的に考えている自覚はなかったけれど、きっとストークス警部と話したり練習したりしたことで、準備ができていたのね」

「きみはこうなった場合はどうすればいいのかという質問をたくさんしていたからね」

それをオリヴァーはひとつ残らず覚えているのだと、クララは知っていた。彼は口をはさまなかったし、どの質問もはねつけなかった。彼も警部もクララの話を真剣に聞いてくれた。男性に対するのと同じように接してくれた。それがクララにとってどれほど重要なことか、ふたりはわかっていないかもしれない。男性はそのように尊重されることを当たり前と思っている。男性の中でも序列はあるにせよ、全体から見ると男性の発言は重要視される。女性はそうではない。女性は見るもので、話を聞く対象ではないから。

そのときもいまも、この気持ちを口にしなかったけれど、クララは大切に心に留めておいた。いつか夫に伝えるときが来るはずだ。

クララは言葉を継いだ。「馬を制御することに集中していたけれど、頭の片隅でちゃんと考えてもいたの。シーン・ゲートとパットニー橋で警察が待機していることは知っていた。

でもフリームが目の前で逃げていて、シーン・ゲートに向かっているのはわかっていたわ。でも、だからといって必ず捕まえられるとはかぎらない。わたしが彼の立場だったら、カリクルに飛び乗って、死に物狂いで走って、チャリング・クロスでわたしたちに向かってきたときみたいに、警察官に突っ込んでいったでしょう。わたしたちがそうしたように、警察官は反射的に道を譲ったはず。一瞬のことかもしれないけれど、そのあいだに逃げられたかもしれない。それに、パットニー橋へ向かう保証なんてなかった。フリームは脇道に入って、ハマースミス橋を目指したかもしれない。遠回りになるとはいえ、だからこそ、誰もそこを通るとは思わないでしょう」

「一理ある」オリヴァーが応じる。「まったくそのとおりだ。きみと結婚すると決心したのも、思っていたより賢明な選択だったようだ」

「決心ですって！」

「ああ、きみのせいで選択の余地はなかったし」

オリヴァーはひと息ついてから続けた。「これでもう冒険に飽きてくれたらいいんだが。こんな冒険はこの先そうそうないと思うから」

クララはぞんざいに手を振った。「そんな心配はいらないわ。あなたがあたらしい地位を得て、この先何をしようと、大勢の人を怒らせて敵に回すはず。つねに誰かに命を狙われるでしょうから」

「それは思いつかなかったよ」オリヴァーが言う。「そもそも、未来についてゆっくり考える暇がなかった。次々といろんなことがあったから。バーナードが早逝し、グリナー城に駆けつけて、その対処に追われた。急いで帰ってきたら、茂みに潜んでいる刺客を見つけた。ロンドン警視庁に連絡して、ストークスを呼び寄せ、計略を練った。それで、悪党どもをやっつけたが、口で言うほど簡単ではなかった。今度はやつらをロンドンへ無事に送り届けて、来月ぼくが弁護できない裁判にかけるために、計画を立てなければならない」

死と隣り合わせの経験をしたにもかかわらず、オリヴァーの口調は冷静だった。けれども、論理と理性によって物事を見るのが彼の習性で、感情はクララの領域だ。感情を絶つことでオリヴァーが味わえないもののことを考えると胸が痛むが、彼は平然と感情を捨てているように見えた。かつらとたれ襟とローブを身につけて法廷に立ち、裁判官や相手方の弁護士とやりあうために。

「それは……大変ね」クララは言った。

「ああ」オリヴァーが眉根を寄せた。

「でももちろん、ミスター・ウェストコットに細かい指示を与えて、誰を代理人にするかあなたが決めるんでしょう」

「いや」オリヴァーがクララを見た。グレーの目がいたずらっぽくきらりと光った。「弁護士は必要ない。ぼくは軽い脳震盪を起こして――」

「脳震盪ですって！」

「たいしたことないよ」オリヴァーが言葉を継ぐ。「だがそのせいで、法律の基本を忘れてしまっていた。犯罪被害者は自ら訴訟を起こす権利があるんだった。ほとんどの人がそうしている」

「でも脳震盪だなんて！」クララは法律のことなどどうでもよかった。「頭から落ちたんだ。しかし、バーナードと違ってぼくは生き延びた。それに、きみがやさしく看護してくれるんだろう？　楽しみだな。それに、来月の裁判も俄然《がぜん》楽しみになった。ブレドン卿となったぼくに、みんなぺこぺこするだろう。たぶん裁判官も」オリヴァーは笑い声をあげたあと、顔をしかめた。

クララは彼が頭のほかにどこを怪我したのか、確かめることはできなかった。まもなく警察が待機しているシーン・ゲートに到着する。

スクワレルは警察の包囲網をかいくぐったことが判明した。

シーン・ゲートを通らなかったのだと、現場にいた警察官たちは断言した。

だが通った可能性もあると、オリヴァーは考えた。スクワレルはじつにすばしこいから。

あるいは、公園に隠れて、ほとぼりが冷めるのを待っているのかもしれない。最初に長い追いかけっこを仕かけたときも、スクワレルは強靱《きょうじん》な忍耐力を発揮した。

とはいえ、スクワレルの有罪を立証するのは難しいだろうし、きわめて有害なふたりは拘束できた。

ストークスはオリヴァーと少しのあいだ話しあったあと、巡査二名にフリームの馬車を取りに行かせた。少なくとも、それが証拠として役に立つかもしれない。オリヴァーはフリームを近くの外科医に診せるべきだと言って聞かせ、その他のあらゆる仕事も警察にまかせて家路についた。夕闇が迫ってきていたにもかかわらず、公園を通った。この道は目隠ししてでも走れるし、やじ馬に会わずにすむ。自分はものすごく疲れきった顔をしているに違いない。いつもなら気にしないが、いまは人々の視線に耐えられなかった。

心を静める時間が必要だ。最近のできごとと、それに伴うさまざまな感情を切り捨てたかった。そうすれば、リッチモンド・ヒルを通る頃には、群衆にじろじろ見られても客観的に受け止められるはずだ。

オリヴァーはただちに、慣れ親しんだ論理的な分野に意識を向けた。たとえば、フリームとその共犯者に対する訴訟について。

「裁判がはじまるまで数週間も待たなければならないのが残念だ」彼は言った。「その頃にはぼくの怪我も治っているだろうから、立派な服を着た健康な貴族を危険にさらせるのは、そうだな――モンゴルの遊牧民くらいだと陪審は思うに違いない。フリームとハッシャーは、ぼくが彼らを轢き殺そうとしたと主張するはずだ。そして、ハッシャーがぼくを止めようとしたら、今度はぼくの妻がフリームを轢き殺そうとしたと言うだろう」

「証拠が必要ね」クララが言う。「動機を説明するのは難しいわ。グラムリーの訴訟と同じく」

「誰かが密告すれば話は別だが。それでも、密告者が共謀者のひとりだった場合は、陪審は暴行未遂や、ふたりとも暴行でさえ絞首刑に処せられる見込みはない。きみに言っておくよ。ふたりとも信憑性《しんぴょう》が低いと判断するかもしれない」

「終身流刑がいいわ。ふたりともイングランドから出ていってほしい」

「不可能ではない。だが、フリームにはカリクルやら馬やらあたらしい服やらを買って、宿屋に数週間泊まる金があった、また誰かから金をしぼり取って、判決について思い悩んでもどうにもならない。その前に自供するかもしれないし、警察はフリームがこれまでに犯した数々の犯罪の証拠を集めるだろう。その結果次第で、終身流刑の判決が下されるかもしれない。もちろん、きみが恐ろしい体験を話すときに、その大きな青い目からこぼれる涙の効果も当てにしているよ」

「わたしに証言させる気なの？」クララはいまのように法廷でも臆することなく話せるだろうが、レディがよりによってオールド・ベイリーの証言台に立つことが許されないのは、ふたりとも承知していた。

「きみが証言してくれないと、負けるだろう」

「まあ、レイヴン」

「きみの両親は間違いなく卒倒するだろうね」オリヴァーは言った。「しかし、きみがそういったことを気にする人なら、ぼくとは結婚しなかったはずだ」

「まあ、あなた。正気を失うまでキスしてあげるわ」

「本当に？　ぼくは汚れているし、血もついているし、顔の片側が腫れてきているのに」

「暗いから見えないわ」

オリヴァーは周囲を見まわした。「たしかに。そう言えば、木立にきみを連れ込んでいけないことをしようと考えたこともあったっけ」

「何をするのか詳しく教えて」


ふたりはリッチモンド・ゲートの近くにいて、すでに日は暮れていた。だがたとえ真っ昼間だったとしても、オリヴァーは気にしなかっただろう。木立の陰に馬車を止め、クララを膝の上にのせた。首に顔をうずめて息を吸い込む。恐怖と興奮のせいで、彼女は麝香《じゃこう》のような香りがした。クララが生きてここにいる。オリヴァーも疲れきっているものの無事で、彼女を求めていた。


顔を上げ、クララの後頭部をつかむと、激しいキスをした。

〝きみを失うかもしれないと思うと、ものすごく怖かった〟

クララも情熱的に応え、すぐに唇を開いて彼を受け入れた。オリヴァーは故郷に帰ってきた気がした。いや、それでは言い尽くせない。世界の終わりであると同時に、はじまりだった。〝ばかばかしい〟——論理的な自分はそう言うだろうが、ふたりが大変なできごとをともに乗り越えたことを理解していた。恐怖や怒り、死に直面したことも。生き延びて勝利をおさめた喜びも。

ふたりは勝ったのだ。

だが、もう少しで負けるところだった。

すべてがこのキスに込められていた。恐怖。怒り。安堵。喜び。感情だ。

オリヴァーは帽子のリボンを引っ張った。帽子がずり落ちても、クララは絡めた舌を離さなかった。ヴィンテージの高級ウイスキーを味わっているみたいだ。飲むと焼けるように熱くて、気分が浮きたち、体の痛みだけでなく、恐怖や怒り、狼狽を忘れさせてくれる。

クララが両手を彼の頬や首にそっとはわせた。質のいい手袋をはめたレディの手に、どういうわけかひどくそそられる。オリヴァーは唇を離し、彼女の手をつかむと、手袋の縁をめくった。その手を唇に持ってきて、手首の内側に口づけた。彼女が震えるのを感じた。

「ああ、レイヴン、いけない唇ね」クララがささやいた。

オリヴァーはさらに手袋をめくって、手のひらをむきだしにした。そこにもキスをしてから、舌でやわ肌を愛撫すると、クララのうめき声が聞こえた。手袋を引っ張って、一本ずつ指から脱がせる。指に、関節に、指先に順番に口づけた。もう片方の手袋も同じように、さっきより急いで脱がせた。彼の膝の上でクララが腰を動かすので、理性を失いかけているせいだ。

外套の下に両手を滑り込ませ、細いウエストや胸をなでまわす。何枚もの布に隔てられていることに逆に興奮した。

手を下に伸ばして、外套とスカートの裾を一緒にめくった。静まり返った公園に、衣擦れの音が花火の音のごとく響き渡る。風が木々の隙間を吹き抜け、落ち葉がカサカサ鳴る音が聞こえたが、まるで遠い夢の中のできごとのように思えた。布の山の下に、ようやく脚が見えた。シルクに包まれた長く美しい脚が、オリヴァーの手の下で震えながらサラサラ音をたてる。クララが両手で彼の顔を包み込み、吐息まじりにささやいた。「ああ、いいわ《イエス》、そう」クララに唇を舌でなぞられながら、オリヴァーは腿をなで上げ、靴下留めの上まで手を滑らせた。あの日――愚かな方法で彼女に結婚を申し込んだ日と同じように。

あの日彼女は〝イエス〟と答えた。

いまも〝イエス〟と言った。

腿のあいだに手を差し込んで、あたたかく濡れた場所に触れた。彼を求めている。やさしく愛撫すると、クララは自ら脚を開いた。「早く。もう待てない。とてもみだらな気分なの」

「ああ、きみはみだらな女だ」オリヴァーはズボンをゆるめ、シャツを引きだして、かたくなったものをあらわにした。それをクララに握られ、その場で果ててしまわないようにするのが精いっぱいだった。彼が愛情を込めてキスをした手はやわらかく、あたたかい。彼女が恥じらいを捨てて自ら彼の全身に触れたのは、これがはじめてだった。

もはや理性は残っていなかった。ここにあるのは愛と欲望と、燃えるような情熱だけだ。オリヴァーはうめき声をもらした。これ以上持ちこたえられない。クララの手を引きはがすと、彼女の中に突き入った。クララが小さな叫び声をあげたあと、力を抜いて体を沈めた。きつく締めつけられ、苦しいほどの快感に襲われる。主導権を譲り渡すと、クララは馬に乗っているかのようになめらかに腰を動かし、彼は少しずつ絶頂に近づいていった。

「まったく、コツをつかんだみたいだな」オリヴァーは息を切らしながら言った。

クララがかすかに笑った。オリヴァーは言葉にできない感情が込み上げてくるのを感じた。暗く熱い世界で、彼女――この世でもっとも美しい、彼の女の香りと感触に包まれている。

ときに激しく、ときにやさしくキスをしながら、ふたりは一緒に揺れ動いた。もっと速く、これ以上ないくらいに。やがて快楽の嵐に襲われ、かたく抱きあいながら嵐が通り過ぎるのを待った。

ようやく興奮がおさまると、オリヴァーはクララが服を直すのを手伝いながら言った。

「愛しているよ、レディ・ブレドン。知ってたかい?」クララは知らないまま殺されていたかもしれない。オリヴァーが愚かにも一度もその言葉を口にしなかったせいで。

クララが言った。「それくらい論理的に推理できたわ、ブレドン卿」

その日の夜遅く

「だめだ!」フリームは叫んだ。

「下腿がだめになっている」外科医が言う。「切断したほうがいい」

「そんなはずない! だまされないぞ。刑事《デカ》の手口だ。早く固定しろよ」

「まともな医者ならこの状態で骨を接ごうとはしない。リスクが高すぎる。どこの医者も切断しなければ感染症を引き起こすと診断するだろう」

「まぬけで嘘つきのくそったれ！　ストークス、ここから出してくれ。田舎のやぶ医者じゃだめだ。ロンドンの医者でないと」

ストークスは田舎のやぶ医者の忠告を無視して、フリームをロンドンへ連れていった。ブレドン侯爵はフリームが裁判まで生き長らえることを望んでいたので、治療代を払うと申し出た。

ところが、フリームがロンドンの医者の意見に従ってくれることを、ストークスは願った。

ストークスはブレドン卿に手紙を書いた。〝ロンドンの医者はシーンの外科医と同じことを言いました。しかし、フリームはその意見を受け入れませんでした。ほかの外科医に診せると言うのでそうしましたが、またしても同じ診断が下されました。それでも、フリームはあきらめようとしません。わたしの考えでは、フリームは死ぬことよりも、身体障害者になることを恐れているのです。結局、ロンドンのふたりの医師はできるかぎり骨を接いで、フリームは自分の死亡証明書に署名したのだと言いました。フリームが上腿まで失うはめになったとしても、責任に問われないよう、わたしを証人に立てたのです〟

その後もロンドンから報告書が届いた。医者が言ったとおり、フリームはまもなく炎症を起こした。

「フリームが身体障害者になることを恐れるのにはもっともな理由がある」オリヴァーは最新の報告書を読んだあと、妻に言った。「路上で身を守れなければ、長生きできないだろう。

やつをじわじわと苦しめながら殺したいと思っている敵が大勢いるんだ。それに、裁判では衰弱していて不憫《ふびん》に見えたほうが有利だと考えたのかもしれない」

「ずいぶん危険な考え方ね」クララが応じる。「自殺行為に思えるけれど」

オリヴァーは首を横に振った。「フリームは司法制度に精通している。そうでなければ、とっくに裁判にかけられて流刑に処せられていただろう。一月の裁判で憐れを誘う外見を武器にしようとしているんだ。やつが雇った弁護士の指図で、ぼくに怪我をさせられたように見せたがるに違いない。そのあとで切断するかどうか決めるんだろう。だが計算を狂わせてやろう。裁判を延期すればいい」

一方、ハッシャーはいくつかの罪で有罪となった――重罪を犯す意思を持ってブレドン侯爵を威嚇、殴打した。ブレドン侯爵夫人をおびえさせた。重罪を犯す意思を持ってサム・ストークス警部を鋭利な刃物で威嚇、殴打し、合法的な逮捕・拘禁に抵抗する意思を明らかにした。

オリヴァーの予想どおり、これだけでは不じゅうぶんだったかもしれない。だが同裁判で、ハッシャーは二件の強盗容疑でも審理された。目撃証人も、進んで証言する被害者もいた。

その結果、終身流刑の判決が下された。

一月の終わりに、フリームは聖バーソロミュー病院に搬送された。

二月に延期された裁判は、再度、延期された。

病状は悪化する一方で、本人は発疹チフスの症状が出ていると主張した。しかし、オリヴァーに手紙を送ってきた外科医によると、フリームは壊疽《えそ》にかかっていた。

オリヴァーはフリームに会いに行った。

「脚をあきらめたほうがいい」彼はフリームに言った。「お前が元気になるまで裁判は延期しつづける」

「よく言うよ！」フリームが憤る。「おれを痛めつけるためにあんたが仕組んだんだろう。こうなったのはあんたのせいだ、レイヴン。覚えてろよ」

「頭を使って考えろ。脚が一本なければ、少しは陪審の同情を買えるぞ。お前の仲間は流刑ですんだ。お前に関しては、こっちが望んでいるほどの明確な証拠がないのは知っているだろ。腕のいい弁護士なら疑問を提起するような証拠しかない。お前が絞首刑になる可能性は低い」

ほとんどない、と言ったほうが正確だ。フリームはハッシャーに襲われかけて、助けを求めて道路に飛びだしたと主張できる。ブレドン夫妻に轢き殺されそうになったとも。陪審員の心を動かすのはそこまで難しくないだろう。フリームはまあまあ立派な人物を演じられる。たとえ有罪になったとしても、前科がないから、厳しい刑罰は科せられそうにない。

フリームはそのことを知っていたとしても、そ知らぬふりをしていた。「調子のいいことを言ったって、おれはだまされないぞ。貴族の手口なら知っている。陰でこっそり話をつけ、しかるべき相手に金が渡るようにして、おれを絞首刑にしちまうんだ」

「そんなことができるなら、ぼくの妻はハッシャーの首に縄がかけられるようにしていただろう」

「あんたの妻か」フリームがうなるように言う。「あのときふたりとも轢き殺しておけばよかった」

「あれは失敗だったな」オリヴァーは応じた。「失敗を繰り返すな。脚を切断しないと大変なことになるぞ。医者の話と、ぼくがこの目で見たことから判断すると、すでに手遅れかもしれない」

帰宅後、オリヴァーは、おまるに話しかけるのと同じくらい意味がなかったと妻に話した。裁判はまたしても延期された。


さらに数週間が経過し、フリームは大量のアヘンチンキを投与されても耐えられないほどの痛みに苦しめられるようになった。そしてついに脚の切断に同意したが、もはや手遅れだった。壊疽が上腿から骨盤まで広がっていた。

その後も何週間も苦痛に満ちた闘病生活が続き、四月四日に死亡した。

ウェストコットはその知らせをブレドン侯爵夫妻に伝えるために、ふたりが現在住んでいるモルヴァン・ハウスを訪れた。

屋敷はまだ改装中だったものの、住めるようにはなっていて、夫妻は最近、慎《つつ》ましい人数の使用人たちとともに引っ越してきたのだ。

主要階のほとんどは完成していて、クララとオリヴァーは書斎でウェストコットを迎えた。予想していた結果だったにもかかわらず、クララはその知らせを理解するのに少し時間がかかった。そのときはじめて、自分がフリームたちにどれだけ悩まされていたかに気づき、安堵のあまり泣きだしそうになった。だが泣きだす前に、夫の鋭い声が身の引きしまるような風のごとく耳に飛び込んできた。

「どうしようもないばかだ。はじめから切断に同意していれば、数カ月刑務所に入るだけですんだかもしれないのに。まあこれで、余罪を探す警察の手間が省けたな」

「フリームは死んだのね」クララは完全に落ちつきを取り戻して言った。「それが大事なことよ。これ以上あなたのことも、誰も傷つけることはできない。それに、自分で蒔《ま》いた種なんだから、当然の報いだと思うわ」

「これできみを殺したがっている人物がまたひとり減ったな」ウェストコットが指摘する。

「あとたった数十人だ」

「ブレドンを見くびらないで」クララは言った。「この先、大勢の貴族が殺人願望を抱くようになるわよ」

「ぼくは心配していない」オリヴァーが続く。「クララが守ってくれるから」

「奥さまがいつかおっしゃったように」ウェストコットが言った。「最悪の場合は、相手が死ぬまでしゃべり倒せばいい」

「じつは、いずれにせよ、そうすることになりそうだ。議員に立候補すればいいとクララに勧められて、面白そうだと思ったんだ」

「有権者を取り込むだけでなれるぞ」

「選挙演説のとき、隣に妻を立たせて、青い目をぱちぱちさせるだけでいい。有権者は全員男なんだから」

「それがきみの選挙戦略なのか？」

「あなたがしゃべらなければ、もっといいかもしれないわね」クララは言った。

「もっともだ」とウェストコット。

「とにかく、議員になりさえすれば、しゃべる時間はたっぷりある。その時間を有効に使わせてもらうよ」

「そうなると、暗殺される可能性はさらに高まるな」

「そんなことないわ」クララは言った。「社交界とロンドンの暗黒街では多少違いがあるもの。紳士たちは妄想をたくましくするかもしれないし、夫に食ってかかることもあるかもしれない。ブレドンを殺したいと思うかもしれないけれど、実際に暗殺計画を立てたりはしないわ。それに、わたしの思いどおりにいけば、奥さまたちが止めるでしょうし」

ウェストコットが微笑んだ。「レディ・ブレドン、あなたの夫に対する愛情の深さには恐れ入ります。しかし経験から言わせてもらうと、彼はそんなつもりはなくても、女性に暴力を振るわせることもできるんです」

クララは微笑み返した。「これからはそんなことにはならないわ」

「さっぱり意味がわからないだろう、ウェストコット」オリヴァーが言った。「クララには計画があるんだ。ばかげたすばらしい計画が。ぼくを社交界に連れ込むつもりなんだ」

「冗談だろ」

「いや、本当だ」オリヴァーはまじめな顔をしていたが、口角がわずかに引きつっていた。

「ぼくのために舞踏会を開いてくれるそうだ。ぼくは社交界にデビューするんだよ」

「それはぜひこの目で見てみたいな」

「もちろん、ミスター・ウェストコットは招待客名簿の一番上に載っているわ」クララは請けあった。

「国王のひとつ上だ」オリヴァーは笑い声をあげた。

21

「ふたりは夫婦の交わりに満足すると、会話を楽しんだ」

『ホメーロスのオデュッセイア』ウィリアム・クーパー訳

国王との謁見は、五月五日水曜日、二時きっかりにはじまった。最初のほうで、クリーヴドン公爵がブレドン侯爵を陛下に紹介した。

「やっと来たか」国王が言った。「オールド・ベイリーをうろつくことはもはやできない。自分を生かせる別の場所を探しなさい」

「おっしゃるとおりです」オリヴァーは応じた。「それについて、妻にいくつか考えがあるようです」

国王が微笑んだ。「明日、レディ・ブレドンに会えるのを楽しみにしているよ」

両陛下は、ほとんど誰も訪れたことのないモルヴァン・ハウスを、はじめて見に来ることになっていた。

国王はそのあと、モルヴァン公爵の体の具合を尋ね、ウィンザーに戻る前にそちらも訪問すると約束した。

そして、次の紹介に移った。

オリヴァーたちの会話を近くで聞いていた人々が男たちのあいだに噂を広め、彼らは妻や愛人、母親や姉妹に話して聞かせた。オリヴァーが着ていた服についても、詳細に伝えられた。むろん、宮廷の規定にも合う黒ずくめだった。

その日の夜、オールマックスの客は何度となく入り口のドアに目を向けたが、そのたびにがっかりさせられた。

レディ・ウォーフォードは友人たちにこう説明した。「あら、当然だわ。明日の夜、クララが舞踏会を開くでしょう。だから、その前にできるだけ休んでおきたかったのよ。午後は両陛下が改装したモルヴァン・ハウスを見にいらっしゃるの。クララは前から両陛下のお気に入りだし、モルヴァン公爵は国王陛下に一目置かれているのよ」両陛下は舞踏会には出席しないが、ほかの王族が来ることもつけ加えた。

レディ・バーサムは淑女らしく、心の中で歯ぎしりするにとどめた。毒舌でやり返すこともできなかった。ほかの女性たちがレディ・ウォーフォードの機嫌を取ろうと張りきっていたので、話に割り込めなかったのだ。

舞踏会に招待されなかった人々も、近いうちに別の行事に招かれるという望みを抱くことができた。クララは、母親のもてなし上手なところを受け継いでいると期待されていた。

国王が指摘したように、オリヴァーは爵位を得てからずいぶん経った頃に拝謁した。そのあいだ彼は、放置されていた屋敷の工事を監督したり、裁判を延期に持ち込んだあげく死んでしまった悪党に対する訴訟の準備をしたりして過ごしていた。つまり、モルヴァンの財産を整理し、法的な責任を全うするのに忙しくて、社交に割く時間がなかったのだ。

ブレドン侯爵の社交界へのデビューが大幅に遅れたことでじりじりしていた人々は、クララの舞踏会の招待状を受け取るとみなさっそく出席の返事を出した。誰もが新侯爵に興味津々だった。刑事訴訟記録で彼について読んだことがある人もいる。裁判所に縁がある人は、ときおり彼を見かけていた。だが、結婚式に出席した人以外にとって、ブレドン侯爵は謎の人物で、レディ・クララ・フェアファックスが社交界の感じのいい紳士たちを大勢振ってまで選んだ男となると、いっそう好奇心をかきたてられた。

また、一〇〇年ものあいだほとんど誰も足を踏み入れていないモルヴァン・ハウスにも、人々の注目が集まっていた。

五月六日木曜日
モルヴァン・ハウス

応接間ふた部屋が舞踏室として美しくしつらえられ、クララの趣味のよさがそこかしこに表れていて、モルヴァン・ハウスの改装は絶賛された。三〇〇名の招待客が出席し、ヴァイペルト楽団が演奏することになっていて、豪華な晩餐《ばんさん》も用意された。

だがオリヴァーは妻しか目に入らなかった。

クララはメゾン・ノワロの特色のひとつである、贅沢なドレスを着ていた。象牙色のオーガンジーで作られた体に張りつくようなドレスで、見事なスタイルを強調している。襟ぐりにかかったひだをつけたチュールが魅惑的な曲線を描き、なめらかな首を引きたてていた。襟ぐりウエストに巻くのではなく、前部に取りつけられたピンクのサッシュは、両端がスカートの裾のひだ飾りまで垂れさがっている。ピンクのバラが、襟ぐりやぴったりした袖――ようやく袖が細くなった！――の肘の内側、サッシュや裾に飾られているが、全体的にシンプルで、凝ったドレスや目のくらむような宝石で着飾った大勢の女性たちの中でかえって目立っていた。たとえとても質素な修道服を着ていようと、クララはアプロディーテーにも劣らないだろうが。

オリヴァーは例によって黒い服を着ているとはいえ、いつもより高価なものだった。

「女性たちはあなたに夢中よ」招待客を迎えたあとで、クララがささやいた。

「あまりしゃべらなかったからね」オリヴァーは応じた。

クララが彼を見上げた。「いつもどおりにしてね。しゃべらないほうがいいと言ったのは、冗談だとわかっているでしょう」

「だが、いくらかの真実が含まれている。それに、ぼくは新人だから、おとなしくしていたほうがいい。もっとも、ぼくが何を言おうと問題にはならないと思うが。みんなぼくときみを交互に見て、ぼくのどこがよかったんだろうと考えるので忙しそうだから」

「女性たちはそんなふうに考えていないわよ。まあ、あなたはそう思っていればいいわ」クララが周囲を見まわした。「いよいよね」

「ああ、待ちきれない。きみはデコレーションケーキみたいだ。早く手をつけたいよ」オリヴァーは声を潜めてつけ加えた。「口も」

クララはほんのり赤くなりながら、楽団に合図をした。

ワルツの最初の旋律が流れだした。

オリヴァーはクララを見てきいた。「失態を演じる覚悟はできているかい?」

「いつでもできているわ」クララが微笑んだ。

オリヴァーは心が浮きたつのを感じたが、軽く微笑むにとどめて、妻とはじめてのダンスを踊るために彼女を連れて前に出た。

饗宴《きょうえん》は一一時にはじまり、四時まで続いた。招待客たちは晩餐に夢中で、ダンスフロアに引きずりださなければならなかった。

ブレドン夫妻が最初にあまりにも見事なダンスを披露したせいで、踊りにくかったのだろうと、クララは寝支度をしながら夫に話した。

「きみは美しかった」オリヴァーが言う。「ぼくは背景に徹することで満足していた」

「優雅な背景だったのね」クララは返した。「あのあと、パートナーには事欠かなかったでしょう」

「きみだって。きみの賛美者たちはこれからもきみを追いまわしつづけるつもりなのだろうか?」

「わたしを恨んではいないということを示したかったんだと思うわ」

「きみが正気に返ってぼくから逃げだしたときは、まだ自分たちがいるということを伝えたかったのかもしれない」

「わたしはあなたと出会って正気に返ったのよ」

オリヴァーが真剣なまなざしで、探るようにクララを見た。

「この世界がわたしを息苦しくさせるんだと思っていたの」クララは言った。「でも、どの世界にいようと違いはないとわかったわ。隣にいる男性で変わるのよ」

オリヴァーが咳払いをした。「きみはとりわけ面倒な男が必要だったみたいだな」

「そのほうがずっと楽しいでしょう」

クララはガウンのリボンをほどいた。

オリヴァーはガウンを脱がせると、肩にキスをしてから、ガウンを椅子にかけた。

それから、ふたたび真剣な表情をした。さっきよりも強い視線で、クララをじっと見つめた。

「レディ・ブレドン」しばらく経ってから口を開いた。「ぼくに伝えたいことがあるんじゃないか?」

クララはそれまで、鏡に映った自分を注意深く観察していた。デイヴィスは気づいたが、小間使はこういったことを把握しておかなければならない。クララは見た目には表れていないとほぼ確信していた――つまり、ふつうの人なら気づかないはずだ。

「なんのこと？」クララはきいた。

「その胸。おなか。顔。目の輝き。今夜はいつも以上にきれいに見えた。論理的にあり得ないほど」

「確信が持てるまで黙っているつもりだったの」

「もうじゅうぶんなんじゃないか？」オリヴァーがきく。「ぼくは父親になるのかい？」

クララはなぜか目頭が熱くなった。「なると思うわ」

オリヴァーの唇が震えた。「父親か。このぼくが」ふっと笑う。「信じられないな」

「それでは」クララは震える声で言った。「お怪我はありませんか、閣下？ 泣きも気絶もしないとはすばらしい」

オリヴァーはクララを抱きしめた。「本当にすばらしいよ。ああ、笑えるな。ぼくが父親だなんて！ 愛してるよ。きみは驚くべき女性だ」

「基本的な生物学的事実を考えれば、そう驚くべきことではないわ」

「いまは論理的に考えている場合じゃない」

オリヴァーがクララの唇にキスをした。喜びにあふれた、未来の喜びをも約束するような、深く長いキスだった。

けれども、クララは途中で唇を離した。「心から愛してるわ、わたしのレイヴン。いままで一度も言わなかったけれど――」

「奥さま、それくらい論理的に推理できたよ」

オリヴァーはふたたびクララを抱き寄せて、キスの続きに取りかかった。

エピローグ

「毎日のできごとの記録を終えたり送ったりしたあとでいつも、書くべきだったのに書かなかったことをいくつか思いだす。そのときにはもう手遅れだ。書き忘れたことを挿入するのにふさわしい場所は見つからない」

『一八三五年のイングランド』フリードリヒ・フォン・ラウマー著

ジェイコブ・フリームが死亡したという知らせはすぐにジャックスに届き、しばらく経って川沿いにあるあばら家にも伝わった。スクワレルはそこで時機を待つあいだに、川沿いの下層社会の人々と知り合いになった。フリームの死後まもなく、パットニーとグレーヴズエンドのあいだの川でごみあさりをするひとりである、桁網漁師のもとで働きはじめた。数年後、ようやく信頼を得られるようになると、川から抜けだして、川沿いの酒場に就職した。ようやく酒場の主人の娘と結婚し、ジェイコブ・フリームが送っていたような贅沢な生活でなくとも、安定した生活を送った。いまではジョン・スタイルズと名乗り、しょっちゅう走る必要がなくなったため少し太りはじめ、誰かにつけられているのではないかと気にして、うしろを振り返ることもなくなった。

老齢の第七代モルヴァン公爵は、本人も含めたみんなの予想よりもはるかに長生きした。彼の息子はクララのおかげだといつも言っている。オリヴァーが最初に彼女の話をしたときから、公爵は生気を取り戻し、彼女を知れば知るほど元気になった。病は気からとはよく言ったものだ。息子が結婚すると、痛みは著しく減った。

祖父たちにちなんでジョージと名づけられた孫息子と、祖母たちにちなんでフランシス・アンと名づけられた孫娘の誕生を見届けることもできた。そしてある夜、一八三六年に成立した被告人弁護士法の長所について妻とおおいに議論を楽しんだ数時間後、眠っているあいだに安らかに息を引き取った。

よって、オリヴァー・〝レイヴン〟・ラドフォードが第八代モルヴァン公爵となり、多くの人を面白がらせ、あるいは落胆させた。彼は刑事裁判所や庶民院にいたときと同様に、貴族院でもおおいなるいらだちの種となり、妻に支援されながら、地位の低い友人たちを増やした。

公爵位を受け継ぐ前からずっと行っていた数々の慈善事業の中で、夫妻はとりわけ貧民学校に力を入れた。最初の慈善パーティーはヴォクソールで開催され、集まった資金はサフロン・ヒルの学校で切実に必要とされていた入浴設備にあてがわれた。

結局のところ、レディ・クララ・フェアファックスは公爵夫人となり、そのためか、あるいは完璧な孫が大勢できたためか（レディ・バーサムの泣き虫たちよりもはるかに優れていた）、彼女の母親は心から幸せな女性となった。

しばらくのあいだは。

後注

「好奇心旺盛な訪問者は、好奇心によって生まれた隙間を寄せ集めのイメージで埋めるか、旅仲間から情報を得ようとするが、その仲間が通りかかった風景について自分と同じ程度の知識しか持ちあわせていない場合もある」

『一八二八年のロンドンの鮮やかな叙述、訪問者のための案内書』

法的な事柄について

物語を書くために、警察や訴訟手続きについて若干勝手に変更した。たとえば、プロットの都合で、治安判事裁判所の開廷期を待って、そのあいだに起訴を再審査することなく、重罪犯人を裁判にかけた。ロンドンの刑事司法制度の歴史の概説として、オンラインのオールド・ベイリー法廷議事録（http://www.oldbaileyonline.org/index.jsp）をお薦めする。

グラムリーの貧民施設は架空の施設だが、一八四九年に実際に起こった事件を基にしている。

貧民学校について

貧民学校連合が結成されたのは一八四四年のことだが、その前から、同じ名前とはかぎらないが貧民学校は存在した。Infed.org (http://www.infed.org/youthwork/ragged_schools.htm) によると、「一八三五年に設立されたロンドン・シティ・ミッションとともに生まれ……その名がついた」。創作のため歴史的事実を曲げ、物語の時代よりあとに建設されたサフロン・ヒルの貧民学校をモデルにした。

カメオ出演について

マルセリーヌ、ソフィー、レオニーの物語は、ドレスメーカー三部作（『Silk Is for Seduction』『Scandal Wears Satin』『Vixen in Velvet』）でお伝えした。

マーチモント公爵は『Don' Tempt Me』の主人公である。ケンジントンにある彼の屋敷は、『Royally Ever After』に収録された中編小説『Lord Lovedon's Duel』に登場する。

クララの婚約同然の関係の解消と、イグビー伯爵夫人の舞踏会で引き起こした衝撃的な事件は、『Silk Is for Seduction』と『Scandal Wears Satin』のエピソードである。

衣服は実在したもの

ドレスはオンラインで見られる一九世紀初期の婦人雑誌に掲載された絵を基にした。いろいろ使わせてもらったが、中でもクララのウェディングドレスは、大部分を『マガジン・オブ・ザ・ボーモンド』一八三五年一一月号から借用した。作者のピンタレストのページ(https://www.pinterest.com/lorettachase/)でそのドレスや、物語に使用したその他の絵を見ることができる。

ポンド、シリング、ペンス、その他旧貨幣について

貨幣の等価:かつて(一九七一年まで)イギリスの貨幣は十進法に基づいていなかった。次のように決められていた。

一シリング(俗語で「ボブ」)=一二ペンス
一ポンド(ソブリン金貨)=二〇シリング
一ギニー=二一シリング

さらに、次のような大小さまざまの金種が存在した。

半ソブリン＝一〇シリング
クラウン＝五シリング

さらに詳しいことを知りたければ、(http://en.wikipedia.org/wiki/Coins_of_the_pound_sterling#Predecimal_coinageOther) をご参照ください。

その他

ロバート・バーンズのシラミにまつわる詩

醜くはいまわる忌まわしき占領者よ
聖人にも罪人にも憎まれ、避けられるというのに
よくも彼女に取りついたものだ
そのような上品な淑女に
晩飯ならよそで探せ
みすぼらしい者の体で

『シラミに寄せて、教会である婦人の帽子にシラミを見て』（一七八六年）ロバート・バーンズ

次のサイトでこの詩の朗読を聞くことができる。（http://www.bbc.co.uk/arts/robertburns/works/to_a_louse/）

「tiger（タイガー）」とは仕着せを着た馬丁のことで、馬を押さえておくといった仕事をするために、馬車の持ち主や御者に同行した。

ほかに疑問があれば、author@lorettachase.com 宛にメールを送ってください。わたしは歴史オタクなので、ブログで取り上げるかもしれません。

訳者あとがき

オリヴァー・ラドフォードは何よりも理性を重んじる男。能弁で聡明な弁護士で、着々と実績を積み上げている。しかし、理屈っぽい性格があだとなり、鼻持ちならない男と言われ、敵も多い。

クララはまさに社交界の花形。公爵夫人になるべく育てられ、それにふさわしい美貌と品格を備えながらも、レディとしての掟に縛られる人生に息が詰まりそうになっている。

そんなある日、クララが支援する慈善学校の生徒の弟が行方不明になった。どうやら悪名高い窃盗団に誘い込まれたらしい。一生に一度でいいから役に立つことがしたいと願う彼女は、トビーを救うべく、貧しい子どもたちの擁護者として名をあげたオリヴァーの事務所を訪れた。

かくして住む世界の違うふたりの人生が交差したが、その道をつなぐのは、これまでオリヴァーが取り組んできたどの裁判よりも勝ち目のない闘いとなった。

ベストセラー作家、ロレッタ・チェイスの最新作（二〇一七年一〇月時点）をお届けします。

ヒーローのオリヴァーの子どもの頃のあだ名は教授。ホメーロスを引用するような嫌味な少年でしたが、公爵の跡継ぎであるいとこにいじめられたせいで、感情を切り離して俯瞰《ふかん》するすべを覚えたという、ナイーブな一面も持っています。じつは親思いで正義感が強く、愛情深い青年です。

ヒロインのクララは幼い頃は三人の兄に囲まれて奔放に育ったのですが、それが度を越してある事件を起こしてしまい、その日を境に窮屈な生活を強いられます。しかし、オリヴァーとの出会いを通じて本来の知的で勇敢な自分を見つけるのです。

本書の魅力はなんといっても、ユーモアがたっぷり含まれているところにあります。ヒーローとヒロインのやり取りはどこまでもエスカレートし、いじめっ子のいとこや窃盗団の悪党でさえ、そこはかとないおかしみを漂わせていて、憎めないのです。また、フランス人の三姉妹の仕立屋たちがデザインしたドレスも、物語に興を添えています。あまりにも奇抜なので作者のオリジナルだと思ったのですが、実際に一九世紀のはじめに着られていたドレスを参考にしたというのだから驚きです。作者の後注にもありますが、それらのドレスの絵は、作者のピンタレストのページで見ることができます（https://www.pinterest.com/lorettachase/）。

作者のロレッタ・チェイスは現在、新シリーズを執筆中。二〇一七年の終わりに一作目の『A Duke in Shining Armor』が刊行される予定です。不名誉な三人組の公爵がヒーローとなる模様で、そちらも楽しみに待ちたいと思います。

最後に、本書を翻訳する機会を与えてくださり、訳出に当たってご指導くださったみなさま方に、この場を借りて心よりお礼申し上げます。

二〇一八年一月

ライムブックス

そのとき心《こころ》は奪《うば》われて

著 者　ロレッタ・チェイス

訳 者　水野麗子《みずのれいこ》

2018年2月20日　初版第一刷発行

発行人　成瀬雅人

発行所　株式会社原書房

〒160-0022東京都新宿区新宿1-25-13
電話・代表03-3354-0685　http://www.harashobo.co.jp
振替・00150-6-151594

カバーデザイン　松山はるみ

印刷所　図書印刷株式会社

落丁・乱丁本はお取替えいたします。
定価は、カバーに表示してあります。

ISBN978-4-562-06508-0　Printed in Japan